décembre 2008

Joyeuses fêtes

Louise L.

BIBLIOTHÈQUE NORDIQUE

L'HOMME DU LAC

Arnaldur INDRIDASON

L'HOMME DU LAC

Traduit de l'islandais
par Éric Boury

Traduit avec le concours
du Centre National du Livre

Éditions Métailié
5, rue de Savoie, 75006 Paris
www.editions-metailie.com
2008

Informez-vous sur nos programmes et nos parutions
sur nore site : www.editions-metailie.com

Titre original : *Kleifarvatn*
© Arnaldur Indridason, 2004
Published by agreement with Edda Publishing, Reykjavik, www.edda.is
Traduction française © Éditions Métailié, Paris, 2008
ISBN : 978-2-86424-638-1

1

Elle resta longtemps immobile à scruter les ossements comme s'ils n'avaient pas dû se trouver là. Pas plus qu'elle-même, d'ailleurs.

Elle se disait que c'était probablement encore un mouton qui s'était noyé jusqu'à ce qu'elle parvienne assez près pour distinguer un crâne à demi enfoui au fond du lac ainsi que la forme d'un squelette humain. Les côtes dépassaient du sable et, en dessous, on pouvait distinguer les contours des os du bassin et du fémur. Le squelette reposait sur le côté gauche. Elle voyait la face droite du crâne, ses orbites vides ainsi que trois dents de la mâchoire supérieure. L'une d'elles portait un gros plombage en argent. On distinguait un large trou dans la boîte crânienne proprement dite et elle se fit machinalement la réflexion qu'il avait été causé par un marteau. Elle se baissa pour examiner le crâne. D'un geste hésitant, elle passa un doigt à l'intérieur du trou. Il était rempli de sable.

Elle ne savait pas pourquoi elle s'était mise à penser à ça et l'idée que quelqu'un puisse avoir été frappé sur la tête à l'aide d'un tel outil lui semblait abominable. En outre, le trou était plus large que celui qu'aurait laissé un marteau. Il était de la taille d'une boîte d'allumettes. Elle décida de ne plus toucher au squelette. Elle prit son téléphone portable et composa le numéro à trois chiffres.

Elle se demandait ce qu'elle allait dire. Tout cela lui semblait d'une certaine façon tellement irréel. Un squelette, à cette distance de la rive du lac, enseveli dans le fond sablonneux. En outre, elle ne se sentait pas très en forme. Elle pensait principalement à des marteaux et à des boîtes d'allumettes. Elle éprouvait des difficultés à se concentrer. Ses pensées partaient dans toutes les directions et elle avait toutes les peines du monde à les rassembler.

Cela tenait probablement à sa gueule de bois. Elle avait prévu de rester chez elle toute la journée mais avait changé d'avis et était venue jusqu'au lac. Elle était persuadée qu'il fallait qu'elle aille faire des relevés. C'était une scientifique. Elle avait toujours désiré devenir scientifique et savait qu'il fallait surveiller constamment les relevés. Cependant, elle tenait une méchante gueule de bois et ses pensées n'avaient rien de logique. La fête annuelle de la Compagnie de distribution d'énergie avait eu lieu la veille au soir et, comme cela lui arrivait parfois, elle avait abusé de la boisson.

Elle pensait à l'homme qui se trouvait chez elle, allongé dans son lit. C'était à cause de lui qu'elle était partie faire un tour au lac. Elle n'avait pas voulu se réveiller à ses côtés et espérait bien qu'il serait parti quand elle rentrerait. Il l'avait raccompagnée chez elle à la fin de la soirée mais ne s'était pas montré franchement captivant. Pas plus que tous les autres dont elle avait pu faire la connaissance après son divorce. Il n'avait pratiquement pas parlé d'autre chose que de sa collection de disques et avait même continué à la bassiner avec ça longtemps après qu'elle avait cessé de faire semblant de s'y intéresser. Elle avait fini par s'endormir dans le fauteuil du salon. En se réveillant, elle avait constaté qu'il s'était couché dans son lit où il dormait bouche ouverte, vêtu d'un slip ridiculement petit et de chaussettes noires.

– Ici la centrale d'urgences, répondit une voix au téléphone.

– Oui, je vous appelle pour signaler la découverte d'un squelette. Il s'agit d'un crâne percé.

Elle grimaça. Fichue gueule de bois! Qui donc dirait un truc pareil? Un crâne percé. Elle se rappela l'expression "une pièce percée de dix aurar*". À moins que ça n'ait été la pièce de deux couronnes qui était percée?

---

*Les *aurar*, au singulier *eyrir*, sont la centième division de la *króna*, la couronne islandaise. *(Toutes les notes sont du traducteur.)*

– Votre nom, s'il vous plaît? demanda d'un ton neutre la voix de la centrale d'urgences.

Elle parvint à mettre de l'ordre dans ses pensées et déclina son identité.

– Où l'avez-vous trouvé?

– Dans le lac de Kleifarvatn, près de la rive nord.

– Il a été pris dans vos filets?

– Non, il est enfoui au fond du lac.

– Vous étiez en train de faire de la plongée?

– Non, le squelette dépasse du lac. On voit les côtes et le crâne.

– Donc, il est au fond du lac?

– Oui.

– Dans ces conditions, comment se fait-il que vous le voyiez?

– Il est devant moi, à l'endroit où je me trouve.

– Vous l'avez ramené sur la rive?

– Non, je n'y ai pas touché, mentit-elle sans même réfléchir.

Il y eut un silence à l'autre bout de la ligne.

– Qu'est-ce que c'est, ces âneries? gronda finalement la voix. C'est une blague? Vous savez ce que ça peut vous coûtez, une plaisanterie de ce genre?

– Ce n'est pas une plaisanterie. Je suis dans le lac et je l'ai sous les yeux.

– Vous allez peut-être me dire que vous marchez sur l'eau?!

– L'eau a disparu, expliqua-t-elle. Il n'y a plus d'eau, il ne reste que le fond asséché et c'est là que se trouve le squelette.

– Comment ça, l'eau a disparu?

– Pas entièrement, mais elle s'est retirée de l'endroit où je me trouve. Je suis hydrologue à la Compagnie de distribution d'énergie. J'étais en train d'effectuer des relevés du niveau du lac quand je suis tombée sur ce squelette. Il a un trou dans la boîte crânienne et il est presque entièrement enseveli dans le fond sablonneux. J'ai d'abord cru qu'il s'agissait d'un mouton.

– D'un mouton?

– On en a retrouvé un l'autre jour, il s'était noyé depuis longtemps. À l'époque où le niveau du lac était plus haut.

11

Il y eut un silence au téléphone.

– Attendez-nous là-bas, annonça la voix avec quelques réticences. J'envoie une voiture.

Elle resta immobile à côté du squelette pendant quelques instants puis se dirigea vers le bord de l'eau pour évaluer la distance. Elle était certaine que ces ossements étaient encore immergés quand elle était venue faire des relevés au même endroit deux semaines plus tôt. Dans le cas contraire, elle les aurait vus. Le niveau du lac n'avait baissé que d'un mètre à ce moment-là.

L'énigme demeurait insoluble depuis que les ingénieurs de la Compagnie de distribution d'énergie avaient constaté que le niveau du lac de Kleifarvatn baissait à toute vitesse. La compagnie avait installé un appareil destiné à mesurer constamment la hauteur de l'eau et l'une des tâches des ingénieurs hydrologues consistait à relever les mesures. Au cours de l'été 2000, on aurait pu croire que l'appareil s'était détraqué. Une incroyable quantité d'eau semblait disparaître chaque jour, le double de la normale.

Elle retourna vers le squelette. Elle mourait d'envie de l'examiner de plus près, de le dégager et de le nettoyer du sable. Cependant, elle se disait que ça ne serait pas du goût de la police. Elle se demandait s'il s'agissait d'un homme ou d'une femme et se souvint d'avoir lu quelque part, probablement dans un roman policier, qu'il n'existait pratiquement aucune différence entre un squelette féminin et masculin excepté le sacrum, les os du bassin. Elle se souvint aussi que quelqu'un lui avait dit qu'il ne fallait pas croire ce qu'on lisait dans les romans policiers. Elle ne voyait pas le sacrum qui était enfoui dans le sable et se dit que, de toute façon, elle n'aurait pas su faire la différence.

Sa gueule de bois se faisait plus oppressante. Elle décida de s'asseoir dans le sable à côté du squelette. C'était dimanche matin et une voiture solitaire longeait le lac. Elle s'imagina qu'il s'agissait de l'une de ces familles qui se livraient à leur excursion dominicale jusqu'à la baie de Herdisarvik et Selvog. C'était un itinéraire apprécié et grandiose qui traversait les champs de lave, les collines, en longeant divers lacs avant de descendre jusqu'à la mer. Elle méditait sur ces familles dans leurs voitures. Son mari l'avait quittée lorsqu'il était apparu qu'ils ne pourraient pas avoir d'enfants ensemble. Il s'était rapidement remarié et avait maintenant deux adorables gamins. Il avait trouvé le bonheur.

De son côté, tout ce qu'elle avait trouvé, c'était un homme qu'elle connaissait à peine et qui était en ce moment allongé en chaussettes dans son lit. Les années passant, il lui était de plus en plus difficile de trouver des hommes équilibrés. La plupart d'entre eux étaient divorcés tout comme elle ou, ce qui était encore pire, ils n'avaient jamais eu de relation durable.

Elle regarda tristement les ossements à demi enfouis dans le sable, elle se sentait au bord des larmes.

Environ une heure plus tard, une voiture de police arriva de Hafnarfjördur. Elle ne se pressait pas, avançant paresseusement le long de la route qui menait au lac. On était en mai, le soleil, haut dans le ciel, se reflétait à la surface lisse de l'eau. Assise dans le sable, elle surveillait la route et fit un signe à la voiture une fois que celle-ci fut parvenue sur la rive. Deux officiers de police descendirent, lancèrent un regard dans sa direction avant de se mettre en route.

Ils demeurèrent longtemps silencieux, debout au-dessus du squelette jusqu'à ce que l'un d'entre eux donne un petit coup de pied dans l'une de ses côtes.

– Tu crois qu'il était à la pêche ? demanda-t-il à son collègue.

– Ou bien sorti en barque ? renvoya ce dernier.

– Peut-être qu'il avait avancé jusqu'ici en marchant dans le lac ?

– Il y a un trou, dit-elle en les regardant à tour de rôle. Dans la boîte crânienne.

L'un d'eux se baissa.

– Ah bon ? demanda-t-il.

– Il a pu tomber de sa barque et se fracasser le crâne, observa son collègue.

– Il est rempli de sable, remarqua celui qui avait pris la parole en premier.

– On ne ferait pas mieux de contacter la Scientifique ? proposa l'autre, pensif.

– Ils ne sont pas tous en Amérique? À un congrès de criminologie? répondit son collègue.

L'autre policier hocha la tête. Puis, ils restèrent un long moment à examiner le squelette en silence avant de se tourner vers la femme.

– Où toute l'eau a bien pu passer? demanda l'un.

– Il existe dans ce domaine plusieurs théories, répondit-elle. Alors, qu'est-ce que vous allez faire? Est-ce que je pourrais rentrer chez moi?

Les deux hommes échangèrent un regard, notèrent le nom de la femme et la remercièrent sans présenter la moindre excuse pour l'avoir fait attendre. La chose ne l'avait pas dérangée. Elle n'était pas pressée. C'était une belle journée au bord du lac et elle aurait profité encore mieux de sa gueule de bois si elle n'était pas tombée sur ces ossements. Elle se demanda si l'homme aux chaussettes noires était parti de chez elle, ce qu'elle espérait de tout son cœur. Elle avait hâte de se louer une vidéo le soir et de se glisser sous la couette devant la télé.

Elle baissa les yeux sur les ossements et sur le trou dans la boîte crânienne.

Peut-être louerait-elle un bon film policier.

2

Les deux policiers informèrent leur supérieur de Haf-narfjördur de la découverte des ossements dans le lac. Il leur fallut un certain temps pour lui expliquer comment ceux-ci pouvaient être en même temps au beau milieu du lac et accessibles à pied sec. Leur supérieur appela le chef de la police pour lui faire part de la découverte et lui demanda s'il n'allait pas prendre le relais dans cette affaire.

– C'est un boulot pour le service des identifications, répondit le chef. Je crois que j'ai l'homme qu'il vous faut.

– Qui est-ce ?

– Nous l'avons obligé à prendre des vacances, je crois bien que nous lui devons cinq ans, mais je suis sûr qu'il sera ravi d'avoir de quoi s'occuper. Il s'intéresse aux disparitions. Et il adore farfouiller.

Le chef de la police nationale salua son collègue de Haf-narfjördur, décrocha le téléphone et demanda à ce qu'on contacte Erlendur Sveinsson pour qu'il se rende au lac de Kleifarvatn avec un petit groupe de policiers de la Criminelle.

Erlendur était plongé dans sa lecture quand le téléphone sonna. Il essayait de se protéger de la clarté du soleil de mai, fidèle à son habitude. Les épais rideaux étaient tirés devant les fenêtres de son salon, il avait fermé la porte de la cuisine où il n'y avait pas de rideaux dignes de ce nom. Il parvenait ainsi à maintenir une obscurité suffisante pour se permettre d'allumer la lampe placée à côté de son fauteuil.

Erlendur connaissait cette histoire. Il l'avait déjà lue bien des fois. Elle racontait le voyage qu'avaient effectué quelques hommes à l'automne 1868 en empruntant la branche sud du chemin de Fjallbak, sur le versant nord du glacier de

Myrdalsjökull. Ils étaient partis de Skaftartunga et voulaient se rendre à Gardur pour partir en mer. Un garçon de dix-sept ans nommé David se trouvait avec eux. Ces hommes étaient habitués à voyager ; ils connaissaient bien les chemins des hautes terres. Cependant, peu après leur départ, le temps se déchaîna et ils ne revinrent jamais. On lança d'importantes recherches mais on ne trouva pas la moindre trace d'eux. Ce ne fut que dix ans plus tard que leurs squelettes furent découverts par hasard sur une grève de sable au sud de Kaldaklof. Ils s'étaient allongés sous une couverture, serrés les uns contre les autres.

Erlendur leva les yeux dans la pénombre et s'imagina le jeune homme de dix-sept ans, tenaillé par la peur et l'inquiétude. Il semblait avoir pressenti ce qui se préparait avant de se mettre en route ; les gens de la région avaient trouvé curieux qu'il ait distribué ses jouets à ses frères et sœurs en leur disant qu'il ne les verrait plus.

Erlendur reposa le livre, se leva avec raideur et répondit au téléphone. C'était Elinborg.

– Alors, tu viens ? demanda-t-elle tout de go.

– Est-ce que j'ai le choix ? répondit Erlendur. Elinborg préparait depuis longtemps un livre de recettes et il allait enfin être publié.

– Seigneur Dieu, ce que je suis stressée. Comment crois-tu que le public va l'accueillir ?

– Pour l'instant, je sais à peine me servir du four à micro-ondes, répondit Erlendur, alors, je ne suis peut-être pas la bonne...

– Il plaît énormément à mon éditeur, continua Elinborg. Et les photos des plats sont sublimes. Ils ont engagé un photographe spécialisé. Et puis, il y a aussi tout un chapitre consacré aux plats de Noël...

– Elinborg.

– Oui.

– Tu m'appelais pour quelque chose de spécial ?

– Oui, les ossements de Kleifarvatn, annonça Elinborg en baissant la voix maintenant que la conversation s'orientait vers autre chose que son livre de recettes. Le lac a baissé ou je ne sais trop quoi et des ossements y ont été découverts ce matin. Ils voudraient que tu viennes y jeter un œil.

– Le lac a baissé ?

– Oui, je n'ai pas bien saisi.

Sigurdur Oli se tenait à côté du squelette quand Erlendur et Elinborg arrivèrent au lac. On attendait une équipe de la Scientifique, dépêchée par la police nationale. Les policiers de Hafnarfjördur se débattaient avec un ruban jaune. Ils voulaient s'en servir pour délimiter le périmètre mais ne trouvaient rien pour le fixer. Sigurdur Oli observait leurs manœuvres tout en s'efforçant de se remettre en mémoire une blague sur les gens de Hafnarfjördur, sans aucun résultat.

– Tu n'es pas en vacances ? demanda-t-il à Erlendur qui avançait sur le sable dans sa direction.

– Si, répondit Erlendur. Alors, quoi de neuf de ton côté ?

– Que du vieux, répondit Sigurdur Oli. Il leva les yeux vers la route au bord de laquelle se garait une grosse jeep de la deuxième chaîne télévisée. Ils ont dit à la femme qui a découvert les ossements qu'elle pouvait rentrer chez elle, précisa Sigurdur Oli en indiquant les deux policiers de Hafnarfjördur d'un signe de la tête. Elle était venue prendre des relevés. Nous pourrons l'interroger plus tard si nous voulons savoir pourquoi le lac a disparu. Si la situation était normale, en ce moment, nous serions en train de faire de la plongée sous-marine.

– Ton épaule va mieux ?

– Oui, et Eva Lind, comment va-t-elle ?

– Elle n'a pas fait de fugue pour l'instant, répondit Erlendur. Je pense qu'elle regrette ce qu'elle t'a fait mais bon, comment savoir ?

Il s'agenouilla pour examiner la partie visible du squelette. Il passa son doigt dans le trou du crâne et caressa l'une des côtes.

– Il a reçu un coup sur la tête, observa-t-il en se relevant.

– C'est une vérité de La Palisse, nota Elinborg d'un ton moqueur. Enfin, pour autant qu'il s'agisse effectivement d'un *il*, ajouta-t-elle.

17

– On dirait bien qu'il y a eu une bagarre, vous ne croyez pas? demanda Sigurdur Oli. Le trou est juste à l'arrière de la tempe droite. Peut-être bien qu'un seul coup a suffi.

– Il est peut-être aussi venu jusqu'ici en barque et est passé par-dessus bord, remarqua Erlendur en regardant Elinborg. Dis-moi, Elinborg, ce ton moqueur, tu nous le sers aussi dans ton livre de recettes?

– Les fragments d'os ont évidemment été emportés par l'eau depuis longtemps, observa Elinborg sans répondre à sa question.

– Il va falloir qu'on dégage les ossements, dit Sigurdur Oli. Elle arrive quand, la Scientifique?

Erlendur nota que d'autres voitures s'étaient garées sur l'accotement et supposa que la nouvelle de la découverte du squelette avait fait le tour des agences de presse.

– Ils ne feraient pas mieux d'installer une tente? remarqua-t-il en regardant la route.

– Si, ils vont sûrement en amener une, rétorqua Sigurdur Oli.

– Tu crois qu'il était tout seul et qu'il pêchait dans le lac? demanda Elinborg.

– Non, c'est juste une possibilité, répondit Erlendur.

– Mais si c'est quelqu'un qui l'a frappé?

– Nous ne savons absolument rien de ce qui s'est passé, observa Erlendur. Peut-être qu'on lui a donné un coup. Peut-être qu'il était sur le lac avec quelqu'un et qu'ils pêchaient ensemble jusqu'au moment où l'autre a sorti un marteau. Peut-être qu'ils n'étaient que deux. Peut-être cinq.

– Ou bien, risqua Sigurdur Oli, quelqu'un l'a frappé à la tête en ville puis il l'a emmené jusqu'ici pour l'immerger au fond du lac.

– Comment ils s'y seraient pris pour le faire couler? protesta Elinborg. Il faut bien quelque chose pour retenir un corps de cette taille au fond de l'eau.

– C'est un adulte? demanda Sigurdur Oli.

– Dis-leur de rester à une distance convenable, demanda Erlendur qui regardait les journalistes descendre sur le fond asséché du lac depuis le bord de la route. Un petit avion arrivant de Reykjavik approchait et survola le lac en rase-mottes, ils y virent un homme qui tenait une caméra. Sigurdur Oli marcha à la rencontre des journalistes. Erlendur descendit au bord de l'eau. Les vagues venaient lécher paresseusement le sable et Erlendur regardait le soleil de cette fin d'après-midi se refléter sur la surface du lac en s'interrogeant sur le phénomène. Était-ce à cause de l'activité humaine que le lac baissait ainsi ou bien était-ce l'œuvre de la nature ? Il semblait bien que le lac lui-même avait voulu dévoiler ce crime. Ne recelait-il pas d'autres méfaits dans ses profondeurs calmes, silencieuses et obscures ? Il jeta un regard vers la route. Les policiers de la Scientifique, vêtus de combinaisons blanches, marchaient sur le sable d'un pas rapide dans sa direction. Ils portaient une tente et des sacoches remplies de secrets. Il leva les yeux vers le ciel et sentit la chaleur du soleil sur son visage.

Peut-être était-ce lui qui asséchait le lac.

La première chose que les policiers de la Scientifique découvrirent quand ils commencèrent à dégager les ossements du sable à l'aide de leurs petites pelles et de leurs brosses à poils fins était une corde qui passait entre les côtes et derrière la colonne vertébrale du squelette avant de disparaître sous le sable.

L'ingénieur hydrologue s'appelait Sunna ; elle s'était confortablement installée sous une couverture sur le canapé, la cassette était insérée dans l'appareil : un thriller américain intitulé *Ossements*. L'homme en chaussettes noires était parti. Il avait laissé deux numéros de téléphone qu'elle avait fait disparaître dans les toilettes. Le film commençait juste quand elle entendit la sonnette. Elle se dit qu'elle allait faire semblant de ne pas être chez elle. Elle était constamment dérangée. Si ce n'était pas des démarcheurs au téléphone, alors c'était des vendeurs de poisson séché qui venaient sonner à sa porte ou bien des gamins qui collectaient les bouteilles de soda et mentaient en disant que c'était pour la Croix-Rouge. La sonnette retentit à nouveau. Elle hésitait encore. Puis, elle se débarrassa de la couverture en poussant un soupir.

En ouvrant la porte, elle vit deux hommes devant elle. L'un avec un air plutôt malheureux, les épaules tombantes et une étrange expression de tristesse sur le visage, il avait la bonne cinquantaine. L'autre était plus jeune, d'apparence nettement plus sympathique et, pour tout dire, séduisant.

Erlendur la regarda dévorer Sigurdur Oli des yeux et ne put retenir un sourire.

– Nous venons vous voir au sujet du lac de Kleifarvatn, déclara-t-il.

Une fois qu'ils furent assis dans le salon de la femme, elle leur expliqua ce qui s'était produit selon elle et ses collègues de la Compagnie de distribution d'énergie.

– Aucun ruisseau ne part du lac en surface, commença Sunna, mais l'eau s'écoule par le fond avec un débit d'un mètre cube par seconde depuis plusieurs années, phénomène qui, d'une certaine manière, l'a maintenu au même niveau.

Erlendur et Sigurdur Oli la regardaient en faisant de leur mieux pour paraître extrêmement intéressés.

– Vous vous souvenez du tremblement de terre qui a secoué le sud du pays, le 17 juin 2000? demanda-t-elle. Ils répondirent d'un hochement de tête. Cinq secondes après la première secousse, un autre grand tremblement de terre a touché le lac et eu pour conséquence de doubler le débit de l'écoulement. Au début, quand le lac s'est mis à baisser, les gens ont cru que c'était à cause d'une diminution des précipitations, mais ensuite, on s'est aperçu que l'eau s'engouffrait dans des failles situées au fond, des failles qui existent depuis des années. Il semble qu'elles se sont agrandies au moment des secousses telluriques avec les conséquences que l'on sait. Le lac avait une surface de dix kilomètres carrés, aujourd'hui réduite à huit. Quant à son niveau, il a baissé d'au moins quatre mètres.

– Ce qui explique pourquoi le squelette est apparu, commenta Erlendur.

– Nous avons trouvé le squelette d'un mouton lorsque le niveau avait baissé de deux mètres, reprit Sunna. Mais évidemment, lui, il n'avait reçu aucun coup sur la tête.

– Comment ça, aucun coup sur la tête? demanda Sigurdur Oli.

Elle lui jeta un regard. Elle s'était efforcée de dissimuler le fait qu'elle scrutait ses mains. Qu'elle y cherchait la présence d'une alliance.

– J'ai vu le trou qu'il avait à la tête, expliqua-t-elle. Vous savez qui c'était ?

– Non, répondit Erlendur. Il a dû se servir d'une barque, n'est-ce pas ? Pour arriver aussi loin sur le lac ?

– Si vous vous demandez si quelqu'un aurait pu aller à pied jusqu'à l'endroit où se trouve le squelette, alors la réponse est non. Il y avait là une profondeur d'au moins quatre mètres voilà encore peu de temps. Et si c'est arrivé il y a très long-temps, je suis évidemment incapable de le certifier, mais il se peut que la profondeur ait été encore plus importante.

– Donc, ils étaient en barque ? demanda Sigurdur Oli. Il y a des barques sur les rives du lac ?

– Il y a quelques maisons dans les environs, répondit-elle en le regardant dans les yeux. Il avait de beaux yeux, d'un bleu profond, ainsi que des sourcils finement dessinés. Il se peut qu'on y trouve aussi des barques. Mais je n'en ai jamais vu aucune sur le lac. Puis, elle se dit en elle-même : ah, si seule-ment toi et moi, nous pouvions aller y faire un petit tour à la rame.

Le portable d'Erlendur se mit à sonner. C'était Elinborg.

– Tu ferais bien de rappliquer ici, déclara-t-elle.

– Qu'est-ce qui se passe ? demanda Erlendur.

– Viens voir. C'est vraiment très bizarre. Je n'ai jamais vu un truc pareil.

3

Il se leva, coupa les informations télévisées et poussa un profond soupir. Elles avaient longuement traité de la découverte du squelette dans le lac de Kleifarvatn et diffusé une interview du chef de la police criminelle qui avait affirmé qu'ils procéderaient à une enquête détaillée.

Il alla jusqu'à la fenêtre et regarda en direction de la mer. Sur le trottoir qui longeait la plage, il vit le couple qui passait chaque soir devant sa maison, l'homme avait toujours une légère avance et la femme s'efforçait de le suivre. Ils discutaient pendant leur promenade, lui tournait la tête vers l'arrière et elle répondait dans le dos de l'homme. Cela faisait des années qu'ils passaient devant la maison et ils avaient cessé d'accorder la moindre attention au cadre. Autrefois, il leur était arrivé de regarder cette maison ou bien les autres qui se trouvaient dans la rue longeant la mer, ainsi que les jardins. Parfois, ils s'étaient même arrêtés pour observer des jeux récemment installés, des travaux effectués sur les clôtures ou sur les terrasses. Quels que soient le temps et l'époque de l'année, ils faisaient toujours cette promenade en fin d'après-midi ou en soirée, toujours tous les deux.

Il regarda la mer et vit un grand porte-conteneurs à l'horizon. Le soleil était encore haut dans le ciel bien que la soirée fût avancée. La période la plus lumineuse de l'année approchait jusqu'au moment où les jours raccourciraient à nouveau pour être réduits à néant. Le printemps avait été beau. L'homme avait remarqué les premiers pluviers devant sa maison dès la mi-avril. Ils avaient suivi les vents printaniers d'Europe.

La première fois qu'il avait pris le bateau pour l'étranger, c'était la fin de l'été. À cette époque-là, les bateaux de marchandises n'étaient pas aussi gigantesques et il n'y avait pas non plus de containers. Il se souvenait des marins qui emmenaient des sacs pesant jusqu'à cinquante kilos dans la cale. Il se souvenait des histoires de contrebande qu'ils lui avaient racontées. Ils le connaissaient depuis l'été précédent, quand il avait travaillé sur le port et qu'ils s'étaient amusés à lui raconter la façon dont ils bernaient les douaniers. Certaines anecdotes étaient des plus rocambolesques et il savait qu'ils en rajoutaient. D'autres étaient vivantes et pittoresques, ils n'avaient alors aucun besoin d'exagérer. Et puis, il existait aussi des histoires qu'il n'avait jamais eu le droit d'entendre. Même s'ils affirmaient qu'il ne cafterait pas. Pas lui, le communiste du lycée!

Ne va pas cafter!

Il jeta un regard vers la télévision. Il avait l'impression d'avoir attendu l'annonce de cette nouvelle toute sa vie.

Du plus loin qu'il se souvienne, il avait été socialiste, comme tous les membres de sa famille, que ce soit du côté de sa mère ou de son père. On ne savait pas ce que signifiait être apolitique; il avait été élevé dans la haine du conservatisme. Son père avait participé aux luttes ouvrières des premières décennies du XXe siècle. On parlait beaucoup de politique à la maison, on y nourrissait une haine particulière de l'armée américaine installée sur la lande de Midnesheidi*, que la petite classe capitaliste islandaise embrassait et cajolait. C'était à la classe dominante islandaise que profitait le plus la présence de l'armée.

Et puis il y avait l'esprit de camaraderie, ses amis qui venaient du même milieu que lui. Ils pouvaient se montrer très radicaux et certains faisaient preuve d'une grande éloquence. Il se souvenait bien des réunions politiques. Se rappelait la passion, la fièvre de ceux qui prenaient la parole. Il se rendait aux réunions avec ses amis qui, comme lui, faisaient leurs premiers pas dans le mouvement de la jeunesse du Parti dont il écoutait le chef prononcer des discours tonitruants et inspirés

---

* Il s'agit de la base américaine plus connue sous le nom de base de Keflavik. Elle a été rétrocédée à l'Islande en 2006, la présence américaine n'ayant plus de réelle raison d'être, comme le suggère plus loin le roman.

sur la classe dominante qui opprimait le prolétariat et sur l'armée américaine qui se l'était mise dans la poche. Il avait souvent entendu dire ces choses-là, toujours avec une égale force de persuasion. Tout ce qu'il entendait le séduisait parce qu'il avait été élevé en islandais patriote et en socialiste radical, convaincu de ce en quoi il devait croire. Il savait que la vérité était de son côté.

Dans les réunions, il était largement question de la présence de l'armée américaine sur la lande de Midnesheidi et des ruses que la classe dominante islandaise avait utilisées pour que les militaires fassent de la terre d'Islande une forteresse. Il savait comment le pays avait été vendu aux Américains afin que les capitalistes islandais puissent s'engraisser. Il avait fait partie des adolescents venus protester sur la place d'Austurvöll lorsque les troupes d'infanterie du grand capitalisme étaient sorties du bâtiment de l'Althingi, l'assemblée nationale, armées de gaz lacrymogène et de matraques avec lesquelles elles avaient frappé les manifestants. Ceux qui vendent le pays sont les cireurs de bottes de l'impérialisme américain! Nous sommes écrasés par la main de fer des capitalistes américains! Le mouvement de la jeunesse n'était pas à court de slogans.

Lui-même appartenait à la populace opprimée. Il était porté par cette passion enflammée, par la magie de ces mots et la pensée juste et légitime selon laquelle tous devaient être égaux. Le directeur devait travailler avec les ouvriers à l'intérieur de son usine. À bas les classes sociales! Il plaçait dans le socialisme une foi inébranlable et naïve. Il ressentait un besoin intérieur de servir la cause, de convaincre les autres et de se battre pour tous ceux qui ne le pouvaient pas, les ouvriers et les opprimés.

En avant, opprimés de tous pays...

Il prenait pleinement part aux discussions dans les réunions de cellule et se procura des lectures auprès du mouvement de la jeunesse. Il alla se documenter dans les bibliothèques et dans les librairies. Les livres ne manquaient pas. Il voulait faire entendre sa voix. Il savait au fond de son cœur qu'il était armé de la vérité. Bien des choses qu'il entendait dans les rangs du mouvement de la jeunesse l'emplissaient d'un sentiment de justice.

Peu à peu, il apprit les réponses aux questions concernant le matérialisme dialectique, la lutte des classes comme force de mouvement dans l'Histoire, le capital et le prolétariat, et il s'entraîna à les illustrer avec des citations dans l'esprit des révolutionnaires au fur et à mesure qu'il avançait dans ses lectures. Ce qu'il lisait lui plaisait de plus en plus. En peu de temps, il avait dépassé ses camarades en termes de connaissance des sciences marxistes et de la rhétorique, ainsi il suscita l'intérêt des dirigeants des jeunesses socialistes. Une énergie considérable était dépensée à choisir les membres des comités dirigeants et des diverses commissions ainsi qu'à rédiger des déclarations et on lui demanda s'il souhaitait entrer dans le comité de direction. Il était alors en troisième année au lycée. Ils avaient fondé un comité de discussion au sein de celui-ci, qu'ils avaient baptisé le Drapeau Rouge. Son père avait décidé qu'il serait le seul à poursuivre des études parmi les quatre enfants de la famille, chose dont il lui serait éternellement reconnaissant.

Malgré tout.

Les jeunesses socialistes se montraient très actives, publiaient une lettre d'information et organisaient fréquemment des réunions. Leur dirigeant avait même été invité à Moscou dont il était rentré plein d'histoires sur l'empire prolétaire. La reconstruction était une merveille, les gens tellement heureux. Ils avaient tout. L'économie collective et la politique de plan offraient des perspectives qui battaient tous les autres systèmes. La reconstruction industrielle après la guerre dépassait toutes les espérances. Des usines sortaient de terre, elles étaient la propriété de la société et du peuple qui les faisaient fonctionner. De nouveaux quartiers résidentiels couvraient les banlieues des grandes villes. L'ensemble des services médicaux était gratuit. Tout ce qu'ils avaient lu, tout ce qu'ils avaient entendu était vrai, on ne peut plus vrai. Quelle époque exaltante !

D'autres gens s'étaient rendus en Union soviétique et en avaient rapporté une expérience différente, d'autres gens qui se montraient moins enthousiastes. Mais cela n'avait aucune influence sur les jeunesses. Ces gens-là étaient des suppôts du capitalisme. Ils avaient trahi la cause et la lutte pour une société plus juste.

Les réunions du comité de discussion du Drapeau Rouge étaient très fréquentées et parvenaient à rallier de plus en plus de monde au mouvement. Il fut élu directeur du comité à l'unanimité et devint bientôt l'objet de l'intérêt des dirigeants du parti socialiste. Sa dernière année au lycée, qu'il acheva avec d'excellents résultats, il paraissait évident qu'il avait la trempe d'un futur dirigeant.

Il tourna le dos à la fenêtre et s'approcha de la photo de groupe des bacheliers de sa classe accrochée au-dessus du piano. Il regarda les visages coiffés de leurs casquettes blanches. Les garçons en costume noir, les filles en robe. Le soleil illuminait la façade du bâtiment du lycée, les casquettes des bacheliers étaient éblouissantes. Il avait obtenu la mention bien en frôlant de très près la mention très bien. Il passa sa main sur la photo. Il regrettait les années de lycée. Il regrettait cette époque où ses convictions étaient si profondes que rien ne pouvait les ébranler.

Au cours de sa dernière année au lycée, on lui offrit un emploi à l'organe du Parti. L'été précédent, il avait travaillé sur le port, à charger les bateaux, il avait fréquenté les ouvriers, les marins, et discuté avec eux. Ils le surnommaient le communiste, beaucoup d'entre eux étant extrêmement conservateurs. Il s'intéressait au journalisme et savait que l'organe du Parti était l'un de ses piliers. Accompagné du secrétaire adjoint du mouvement de la jeunesse, il alla rencontrer le secrétaire adjoint du Parti avant de commencer à travailler au journal. Assis dans un profond fauteuil, le famélique secrétaire adjoint essuyait ses lunettes avec un mouchoir en leur parlant de l'avènement d'un empire socialiste en Islande. L'homme parlait d'une voix basse et tout ce qu'il disait était d'une telle justesse et d'une telle vérité qu'un frisson lui parcourut la colonne vertébrale pendant qu'assis dans le petit salon il buvait chacune de ses paroles.

Il était doué pour les études. Peu importait ce qu'il apprenait, que ce soit l'histoire ou les mathématiques, il n'éprouvait aucune difficulté. Ce qui lui était entré dans la tête une fois y demeurait ancré pour toujours, il pouvait se le rappeler à tout moment. Sa mémoire et sa capacité d'assimilation lui servaient beaucoup dans le journalisme. Il apprenait rapidement. Il travaillait vite, pensait vite et pouvait longuement interviewer quelqu'un sans avoir besoin de prendre plus que quelques phrases en note. Il savait que le journalisme qu'il pratiquait n'avait rien d'objectif mais en réalité, ce n'était le cas de personne.

Il avait l'intention de s'inscrire à l'Université d'Islande à l'automne suivant et on lui demanda de continuer à travailler au journal pendant l'hiver. Il n'eut pas besoin d'y réfléchir à deux fois. Au milieu de l'hiver, le secrétaire adjoint du Parti l'invita à son domicile. Le parti communiste de la RDA proposait à quelques étudiants islandais de venir séjourner à l'université de Leipzig. S'il acceptait l'invitation, il faudrait qu'il s'y rende par ses propres moyens, en revanche, il serait logé et nourri gratuitement.

Il avait envie d'aller en Europe de l'Est ou en Union soviétique afin de voir de ses yeux la reconstruction après la guerre. Il voulait voyager, connaître d'autres peuples, apprendre les langues étrangères. Il voulait voir le socialisme à l'œuvre. Il avait déjà envisagé de poser sa candidature à l'université de Moscou et n'avait pas encore pris sa décision lorsqu'il était venu rendre visite au secrétaire adjoint. Le secrétaire essuya ses lunettes avec son mouchoir en déclarant que partir étudier à Leipzig était une occasion unique de se familiariser avec les rouages d'un État socialiste, de voir à l'œuvre le socialisme en action, de se former afin de servir son pays encore mieux dans l'avenir.

Le secrétaire remit ses lunettes.

– Ainsi que l'organe du Parti, ajouta-t-il. Tu te sentiras bien là-bas. Leipzig est renommée historiquement et elle fait partie de notre histoire nationale. Halldor Laxness y est allé pour rendre visite à son ami Johann Jonsson. Et l'édition des contes populaires de Jon Arnarson a été financée par la librairie Heinrich de Leipzig en 1862.

Il hocha la tête. Il avait lu l'ensemble des écrits de Halldor Laxness au sujet du socialisme dans les pays de l'Est, il admirait sa force de persuasion.

Il eut l'idée de s'engager sur un cargot en y travaillant pour payer son voyage à l'étranger. Son oncle paternel connaissait quelqu'un dans la compagnie maritime qui lui avait déjà trouvé le travail d'été. Toute la famille était au septième ciel. Aucun de ses membres ne s'était jamais rendu à l'étranger. Aucun d'entre eux ne s'était embarqué sur un bateau et encore moins pour aller faire des études à l'université. Il s'agissait là d'un véritable conte de fées. Cette merveilleuse aventure était dans toutes les conversations téléphoniques, dans toutes les lettres. Il deviendra quelqu'un, disaient les gens. Peut-être même qu'il finira ministre !

Ils firent une première escale aux îles Féroé puis ce fut Copenhague, Rotterdam et Hambourg où il débarqua. De là, il prit un train pour Berlin et dormit dans la gare pendant la nuit. Le lendemain soir, il monta dans le train pour Leipzig. Il savait qu'il n'y aurait personne pour l'accueillir. Il n'avait qu'une adresse sur un papier qu'il gardait dans sa poche et demanda son chemin jusqu'à ce qu'il soit parvenu à sa destination finale.

Debout devant la photo des bacheliers, il soupira lourdement en regardant le visage de cet ami qu'il avait eu à Leipzig. Ils avaient fréquenté la même classe au lycée. Si seulement il avait pu savoir ce qui allait arriver.

Il se demandait si la police allait finalement découvrir la vérité sur l'homme du lac. Il se rassurait en se disant qu'il y avait bien longtemps maintenant et que ce qui s'était passé n'intéressait plus personne.

Que l'homme du lac de Kleifarvatn ne comptait plus pour personne.

4

La Scientifique avait dressé une grande tente au-dessus des ossements. Elinborg se tenait à l'entrée à regarder Erlendur et Sigurdur Oli s'avancer vers elle d'un pas pressé sur fond asséché du lac. La soirée était bien avancée, les journalistes partis. La circulation aux abords du lac était devenue plus intense après l'annonce de la découverte du squelette, mais elle avait maintenant à nouveau diminué et le calme était revenu sur les lieux.

– Ah, quand même! fit Elinborg quand ils arrivèrent à portée de voix.

– Sigurdur Oli a dû avaler un hamburger en route, répondit Erlendur, agacé. Qu'est-ce qui se passe?

– Venez, dit Elinborg en ouvrant la tente. Le médecin légiste est arrivé.

Erlendur jeta un regard vers la rive du lac dans le calme vespéral en pensant aux failles qui en traversaient le fond. Il leva les yeux vers le ciel. Le soleil était encore haut, il faisait encore bien jour. Son regard s'arrêta sur des nuages cotonneux juste au-dessus de lui et il s'étonna à nouveau devant cet étrange phénomène qui faisait qu'à l'endroit où il se trouvait, il y avait eu autrefois quatre mètres d'eau.

La Scientifique avait dégagé le squelette, le rendant entièrement visible. On n'y distinguait pas un seul lambeau de chair ni même un morceau de vêtement. Juste à côté, une femme accroupie grattouillait le sacrum à l'aide d'un crayon à papier jaune.

– Il s'agit d'un homme, annonça-t-elle. Taille moyenne et âge moyen probablement, mais il faut que j'examine cela de plus près. Je ne saurais dire combien de temps il a passé sous l'eau, quarante, peut-être cinquante ans. Peut-être plus longtemps. Mais ce ne sont là que des conjectures. Je serai en mesure de me montrer plus précise une fois que le squelette aura été transféré à la morgue de Baronstigur où je pourrai l'examiner.

Elle se leva pour les saluer. Erlendur savait qu'elle s'appelait Matthildur et qu'elle était nouvelle au poste de médecin légiste. Il avait envie de lui demander ce qui la poussait à vouloir s'occuper de crimes ; pourquoi elle ne se contentait pas d'être un simple médecin comme tous les autres et de profiter du système social islandais.

– On l'a frappé à la tête ? demanda Erlendur.

– Il semble bien, répondit Matthildur. Mais ce n'est pas facile de voir avec quel objet. Toutes les traces situées sur le pourtour du trou ont disparu.

– Nous avons donc affaire à un meurtre prémédité, remarqua Sigurdur Oli.

– Tous les meurtres sont prémédités, répondit Matthildur. Ils sont simplement d'une stupidité variable.

– Le fait qu'il s'agit d'un meurtre ne fait aucun doute, interrompit Elinborg qui avait jusque-là écouté la conversation sans rien dire.

Elle enjamba le squelette en pointant son doigt vers la grande fosse que les policiers de la Scientifique avaient creusée au fond du lac. Erlendur la rejoignit et y vit une imposante caisse noire en métal, attachée au squelette par une grosse corde. La caisse était encore quasiment enterrée sous le sable, mais on pouvait y distinguer des éléments qui ressemblaient à des compteurs cassés, munis d'aiguilles et de boutons noirs. La caisse cabossée était couverte de rayures : elle s'était ouverte et le sable y était entré.

– Qu'est-ce que c'est ça ? demanda Sigurdur Oli.

– Dieu seul le sait, en tout cas, on l'a plongé dans l'eau attaché à ce truc-là, répondit Elinborg.

– C'est une sorte d'instrument de mesure ? demanda Erlendur.

– Je n'ai jamais vu ce genre de truc, répondit Elinborg. Les Scientifiques pensent qu'il s'agit d'un vieil émetteur. Ils sont partis déjeuner.

– Un émetteur ? Quel type d'émetteur ? demanda Erlendur.

– Ils ne savaient pas. Il faut qu'ils le sortent du sable. Erlendur examina la grosse corde attachée au squelette ainsi que la caisse noire dont on s'était servi pour faire couler le corps. Il s'imagina des hommes extirper péniblement le cadavre d'une voiture, l'attacher à l'émetteur puis l'emmener en barque loin de la rive avant de jeter le tout par-dessus bord.

– Donc, quelqu'un l'a immergé dans le lac? demanda-t-il.

– Il n'a sûrement pas fait ça tout seul, rétorqua Sigurdur Oli. Il n'est quand même pas venu jusqu'au milieu du lac pour s'attacher à un émetteur qu'il aurait pris dans ses bras avant de s'arranger pour se fracasser la tête en faisant bien attention à tomber dans l'eau afin de disparaître à coup sûr. Ça serait vraiment le suicide le plus débile de toute l'histoire.

– Vous croyez que cet instrument pèse très lourd? demanda Erlendur, s'efforçant de ne pas laisser Sigurdur Oli lui porter sur les nerfs.

– Oui, j'ai l'impression qu'il fait un sacré poids, répondit Matthildur.

– Ça serait peut-être utile de chercher l'arme du crime au fond du lac avec un détecteur de métaux, au cas où il s'agirait d'un marteau ou d'un truc de ce genre? demanda Elinborg. Peut-être qu'ils l'ont jeté dans le lac en même temps que le cadavre.

– La Scientifique va s'en occuper, répondit Erlendur en s'agenouillant à côté de la caisse noire. Il balaya le sable de la surface.

– C'est peut-être une radio amateur, observa Sigurdur Oli.

– Alors, tu viendras? demanda Elinborg. Je veux dire, au lancement du livre?

– On est un peu obligés, non? observa Sigurdur Oli.

– Je ne voudrais pas te forcer.

– C'est quoi, le titre? demanda Erlendur.

– *Des feuilles et des lys*, répondit Elinborg. C'est une sorte de jeu de mots. Des feuilles comme celles des lasagnes ou des pâtisseries feuilletées, et puis évidemment, le jeu de mots avec des lys, délices enfin, tu vois, les plats.

– Très bien trouvé, convint Erlendur en lançant un regard déconcerté à Sigurdur Oli qui éclata de rire.

Assise en tailleur face à lui dans sa salopette blanche, Eva Lind tournait son index dans ses cheveux en décrivant cercle après cercle, comme hypnotisée. En général, les pensionnaires n'étaient pas autorisés à recevoir de visiteurs, mais le personnel connaissait bien Erlendur et n'avait fait aucune objection quand il avait demandé à la voir. Lui et sa fille restèrent assis en silence un bon moment. Ils se trouvaient dans la salle commune des pensionnaires dont les murs étaient recouverts d'affiches contre l'alcool et la drogue.

– Tu continues à voir cette vieille peau ? demanda Eva Lind en enroulant une mèche autour de son index.

– Arrête de la traiter de vieille peau, rétorqua Erlendur. Valgerdur a deux ans de moins que moi.

– Exactement, c'est une vieille peau. Alors, tu la fréquentes toujours ?

– Oui.

– Et elle vient te voir chez toi, cette Valgerdur ?

– Elle est venue une fois.

– Par conséquent, vous vous donnez rendez-vous dans des hôtels ?

– Oui, il y a de ça. Et toi, comment ça va ? Sigurdur Oli te passe le bonjour. Il m'a dit que son épaule allait mieux.

– J'ai manqué mon coup. C'est la tête que je visais.

– T'es vraiment une fichue crétine, observa Erlendur.

– Et elle a quitté son mec ? Elle est toujours mariée, non, cette Valgerdur ? C'est pas ce que tu m'as dit, une fois ?

– Cela ne te regarde pas.

– Par conséquent, elle le fait cocu. Ce qui signifie que tu te tapes une femme mariée. Qu'est-ce que tu penses de ça, hein ?

– Bien que cela ne te concerne en aucune manière, nous n'avons pas couché ensemble. Et arrête avec ce langage de charretier !

– Encore heureux, que vous n'avez pas couché ensemble !

– Dis-moi, ils ne te donnent pas des médicaments ici ? Contre la méchanceté ?

Il se mit debout. Elle leva les yeux vers lui.

– Ce n'est pas moi qui t'ai demandé de me faire enfermer ici, précisa-t-elle. Je ne t'ai pas demandé de t'occuper de moi. Je veux que tu me foutes la paix. Complètement!

Il quitta la salle sans même lui dire au revoir.

– Eh, bonjour à la mégère, cria Eva Lind dans son dos en continuant de tourner son index dans les cheveux aussi calmement qu'avant. Bonjour à la putain de mégère, répéta-t-elle à voix basse.

Erlendur se gara à côté de son immeuble avant de prendre la cage d'escalier. En arrivant à son étage, il remarqua la présence d'un grand jeune homme maigre avec des cheveux longs et une cigarette. Son buste étant dans la pénombre, Erlendur ne distinguait pas bien son visage. Il crut d'abord qu'il s'agissait d'un malfaiteur qui avait une dent contre lui. Parfois, il y en avait qui l'appelaient, ivres, en le menaçant des pires représailles parce que, d'une manière où d'une autre, il était venu perturber le cours de leur pitoyable existence. Certains s'aventuraient même jusque chez lui pour lui adresser leurs reproches. Il s'attendait à ce genre de chose dans la cage d'escalier.

Le jeune homme s'étira en voyant Erlendur arriver.

– Je peux dormir chez toi? demanda-t-il, visiblement incertain de ce qu'il devait faire du mégot de sa cigarette. Erlendur en remarqua deux par terre.

– Qui êtes…?

– Sindri, interrompit le jeune homme en sortant de l'ombre. Ton fils. Tu ne me reconnais pas?

– Sindri? répondit Erlendur, stupéfait.

– J'ai déménagé en ville, expliqua Sindri. Et j'ai eu l'idée de te rendre une petite visite.

Sigurdur Oli était déjà au lit aux côtés de Bergthora quand le téléphone se mit à sonner sur la table de chevet. Il regarda le numéro qui s'affichait. Connaissant l'identité du correspondant, il n'avait aucune intention de décrocher. Au bout de la septième sonnerie, Bergthora le pinça.

– Réponds-lui, commanda-t-elle. Ça lui fait du bien de discuter avec toi. Il a l'impression que tu l'aides à s'en sortir.

— Je ne veux pas qu'il s'imagine qu'il a le droit de m'appeler comme ça chez moi en pleine nuit, répondit Sigurdur Oli.

— Eh, mon vieux, arrête un peu ton char, rétorqua Bergthora en passant son bras par-dessus Sigurdur Oli pour attraper le téléphone sur la table de nuit.

— Oui, il est à la maison, répondit-elle. Un instant, s'il vous plaît.

Elle tendit le combiné à Sigurdur Oli.

— C'est pour toi, annonça-t-elle avec un sourire.

— Vous dormiez ? demanda la voix au téléphone.

— Oui, mentit Sigurdur Oli. Je vous ai déjà demandé de ne pas appeler à mon domicile. Je ne veux pas que vous téléphoniez chez moi.

— Excusez-moi, répondit la voix. Je n'arrive pas à trouver le sommeil. Je prends des antidépresseurs, des calmants et des somnifères mais ça ne change rien.

— Vous ne pouvez tout simplement pas appeler ici à votre guise, rétorqua Sigurdur Oli.

— Pardonnez-moi, s'excusa l'homme, mais je ne me sens pas bien du tout.

— Ce n'est pas grave.

— Ça fait juste un an aujourd'hui.

— Oui, je sais.

— Une année entière passée en enfer, précisa l'homme.

— Essayez d'arrêter de penser à tout ça, conseilla Sigurdur Oli. Il est temps que vous cessiez de vous torturer. Ça ne change rien.

— C'est facile à dire, objecta l'homme.

— Je sais, mais vous pouvez essayer.

— Qu'est-ce que j'avais donc dans la tête avec ces fichues fraises ?

— Nous avons déjà abordé cette question des milliers de fois, répondit Sigurdur Oli en regardant Bergthora et en secouant la tête. Ce n'était pas votre faute. Il faut que vous le compreniez. Arrêtez de vous torturer comme ça.

— Bien sûr que si, répliqua l'homme. Bien sûr que si, c'était ma faute. Tout est arrivé par ma faute à moi.

Sur ce, il raccrocha.

5

La femme les regarda à tour de rôle, afficha un léger sourire avant de les inviter à entrer. Elinborg passa la première, Erlendur referma la porte derrière eux. Comme ils avaient prévenu de leur visite, elle avait dressé la table sur laquelle elle avait apporté des beignets ainsi que du gâteau sablé. Une odeur de café s'échappait de la cuisine. Ils se trouvaient dans une maison jumelée de la banlieue de Breidholt. Elinborg s'était déjà entretenue avec elle au téléphone. Elle s'était remariée. Son fils issu de son premier mariage étudiait la médecine aux États-Unis. Elle avait eu deux enfants de son second mari. Étonnée du coup de téléphone d'Elinborg, elle avait demandé un après-midi de congé à son travail afin de recevoir Erlendur et Elinborg à son domicile.

– C'est lui ? demanda-t-elle en les invitant à s'asseoir. Elle se prénommait Kristin, avait plus de soixante ans et pris de l'embonpoint avec l'âge. Elle avait vu le reportage télévisé sur la découverte du squelette dans le lac de Kleifarvatn.

– Nous ne saurions l'affirmer, répondit Erlendur. Nous savons qu'il s'agit d'un homme, nous attendons encore qu'on nous communique un âge plus précis.

Quelques jours avaient passé depuis la découverte du squelette. Une partie des ossements avait été envoyée pour une analyse au carbone 14 mais le médecin légiste avait également employé une autre méthode, susceptible, selon elle, d'accélérer les choses. Elinborg en avait parlé avec elle.

– Comment ça, accélérer les choses ? avait demandé Erlendur.

– Elle utilise l'usine d'aluminium de Straumsvik, avait répondu Elinborg.

– L'usine d'aluminium ?

– Oui, elle étudie les données historiques de la pollution émise par l'usine. Il est question de dioxyde de soufre, de fluor et de saletés dans ce style. Ça ne te dit rien ?

– Non.

– Une certaine quantité de dioxyde est rejeté dans l'atmosphère. Il se dépose à la surface de la mer et de la terre ; on retrouve sa trace, entre autres, dans les lacs situés à côté de l'usine d'aluminium, comme, par exemple, celui de Kleifarvatn. Grâce à l'amélioration des filtres antipollution, les émissions ont diminué. Elle m'a dit en avoir décelé une certaine quantité dans les ossements. Par conséquent, il ressort d'une évaluation grossière que le cadavre a été jeté dans le lac avant 1970.

– Et quelles sont les marges d'erreur ?

– Cinq ans, plus ou moins, répondit Elinborg.

À ce stade, l'enquête concernant le squelette du lac de Kleifarvatn s'attachait aux individus de sexe masculin ayant disparu entre 1960 et 1975. Ces derniers étaient au nombre de huit dans l'ensemble du pays. Parmi eux, cinq vivaient dans la région de la capitale.

Le premier mari de Kristin était l'un d'entre eux. Erlendur et Elinborg avaient consulté les rapports de police. C'était l'épouse elle-même qui était venue signaler la disparition. Un jour, il n'était pas rentré de son travail. Elle l'attendait, le repas était prêt. Son petit garçon jouait par terre. La soirée était passée. Elle avait donné son bain au petit, l'avait couché avant de ranger la cuisine. Puis, elle s'était assise pour l'attendre. Elle aurait regardé la télévision si ce n'avait pas été un jeudi*.

C'était à l'automne 1969. Ils occupaient un petit appartement qu'ils venaient juste d'acheter. Le mari était responsable des ventes dans une agence immobilière et ils avaient acquis l'appartement à des conditions avantageuses. Elle venait juste de terminer ses études à l'École de commerce lorsqu'ils s'étaient rencontrés. Un an plus tard, ils s'étaient mariés en grande pompe et, un an après leur mariage, était né leur fils, que son mari vénérait.

---

* À cette époque-là, la télévision islandaise n'émettait pas le jeudi, ni d'ailleurs pendant les vacances d'été.

– Voilà pourquoi je n'ai jamais compris, observa Kristin en les regardant à tour de rôle.

Erlendur eut le sentiment qu'elle espérait encore le retour de cet homme qui avait disparu de sa vie de manière si soudaine et incompréhensible. Il l'imagina en train d'attendre dans l'obscurité de l'automne, l'imagina en train d'appeler leurs connaissances et leurs amis, d'appeler la famille, venue la voir dans cet appartement les jours suivants pour lui apporter force et réconfort dans sa tristesse.

– Nous étions heureux, observa-t-elle. Nous tenions au petit Benni comme à la prunelle de nos yeux. J'avais trouvé un emploi à l'Association des commerçants et, autant que je sache, il réussissait bien dans son travail. Il s'agissait d'une importante agence immobilière, c'était un bon vendeur. Il n'était pas allé très loin dans ses études, il avait arrêté le lycée au bout de trois ans. Mais il était courageux et je crois qu'il était satisfait de la vie qu'il menait. Il ne m'a jamais laissé entendre quoi que ce soit d'autre.

Elle versa du café dans leurs tasses.

– Je n'ai rien remarqué d'inhabituel durant la dernière journée, reprit-elle en leur tendant une assiette chargée de beignets. Il m'a dit au revoir le matin, m'a appelée à midi juste pour avoir de mes nouvelles et à nouveau plus tard dans la journée pour me dire qu'il serait légèrement en retard. Je n'ai jamais eu aucune nouvelle de lui ensuite.

– Peut-être que ça ne marchait pas si bien à son travail, même s'il ne vous en disait rien ? demanda Elinborg. Nous avons consulté les rapports et…

– Il devait y avoir des licenciements. Il m'en avait touché mot au cours des jours précédents mais il ne savait pas qui serait concerné. Et puis, on l'a convoqué ce jour-là pour lui annoncer qu'on n'avait plus besoin de lui. C'est son patron qui m'a raconté ça plus tard. Il m'a expliqué que mon mari n'avait pas dit un mot en apprenant qu'il était licencié, qu'il n'avait pas protesté ni demandé d'explications, qu'il était simplement retourné s'asseoir à son bureau. Qu'il n'avait manifesté aucune réaction.

– Il ne vous a pas appelée pour vous l'annoncer ? demanda Elinborg.

— Non, répondit la femme et Erlendur ressentit la tristesse qui l'enveloppait encore. Il m'a téléphoné, comme je viens de vous le dire, mais il ne m'a pas parlé de son licenciement.

— Pour quelle raison a-t-il été licencié ? demanda Erlendur.

— Je n'ai jamais obtenu d'explication satisfaisante. J'ai l'impression que le patron a voulu m'épargner et faire preuve de tact en discutant avec moi. Il m'a raconté qu'ils avaient dû procéder à des compressions de personnel à cause d'une baisse des ventes, mais j'ai aussi entendu dire que Ragnar s'était désintéressé de son travail. Que ce qu'il faisait ne le passionnait plus. Après une fête avec ses anciens camarades de lycée, il avait parlé de reprendre des études. Il avait été invité bien qu'il ait quitté le lycée avant le bac et ses anciens copains étaient tous en passe de devenir médecins, avocats ou ingénieurs. Il parlait comme s'il regrettait d'avoir arrêté le lycée.

— Établissez-vous un lien quelconque entre cette chose-là et sa disparition ? demanda Erlendur.

— Non, pas plus que ça, répondit Kristin. Je pourrais tout autant en établir un avec une petite dispute que nous avions eue la veille. Ou encore avec le fait que notre petit garçon nous rendait les nuits difficiles. Ou bien avec le fait qu'il n'avait pas les moyens de changer de voiture. En réalité, je ne sais pas quoi penser.

— Était-il dépressif ? demanda Elinborg qui nota que la femme avait mis sa dernière phrase au présent, comme si tout cela venait de se produire.

— Eh bien, comme la plupart des Islandais. Il a disparu en automne, pour autant que cela signifie quelque chose.

— À cette époque-là, vous affirmiez qu'il était exclu qu'il s'agisse d'un crime, observa Erlendur.

— Oui, répondit-elle. Je n'arrive pas à m'imaginer une chose pareille. Il ne trempait pas dans ce genre de milieu. Cela relèverait du plus pur des hasards s'il avait croisé la route de quelqu'un qui l'aurait assassiné. Je n'ai jamais cru qu'une chose de ce genre s'était produite et vous non plus, à la police. Vous n'avez jamais considéré sa disparition comme une affaire criminelle. Il est resté à son travail une fois que tout le monde était parti, c'est là qu'il a été vu pour la dernière fois.

– Aucune enquête criminelle n'a donc jamais été menée sur sa disparition ? demanda Elinborg.

– Non, aucune, répondit Kristin.

– Dites-moi encore une chose, votre mari était-il radio-amateur ?

– Radioamateur ? Qu'est-ce que c'est, exactement ?

– Je n'en suis pas certain moi-même, répondit Erlendur. Il regarda Elinborg, espérant qu'elle allait se porter à son secours, mais elle restait assise, muette. Il s'agit de gens qui parlent avec d'autres gens qui se trouvent partout dans le monde en se servant d'émetteurs radio. Il faut, ou plutôt, il fallait être équipé d'émetteurs d'une portée suffisamment importante pour pouvoir atteindre les régions lointaines du monde. Il avait un appareil de ce type ?

– Non, répondit la femme. Un radioamateur ?

– Est-ce qu'il faisait des transmissions ? demanda Elinborg. Il avait un émetteur ou… ?

Kristin le regarda.

– Qu'est-ce que vous avez donc trouvé là-bas, à Kleifar-vatn ? demanda-t-elle, surprise. Il n'a jamais possédé aucun émetteur. Quel genre d'émetteur avez-vous découvert ?

– Lui arrivait-il d'aller pêcher sur le lac de Kleifarvatn ? demanda Elinborg en éludant sa question. Ou bien connais-sait-il ce lac ?

– Non, jamais. Il ne s'intéressait pas du tout à la pêche. Mon frère est un passionné de pêche au saumon, il a bien essayé de le convertir mais il a refusé. Il avait dans ce domaine la même position que moi. Nous étions d'accord là-dessus. Nous ne voulions pas tuer pour le plaisir ni quand ce n'était pas nécessaire. En plus, nous ne sommes jamais allés au lac de Kleifarvatn.

Le regard d'Erlendur tomba sur une photo à l'intérieur d'un joli cadre posé sur la bibliothèque du salon. Elle représentait Kristin en compagnie d'un jeune garçon. Il s'imagina que c'était le fils orphelin. Il se mit à penser à Sindri, son propre fils. Il n'avait pas immédiatement compris la raison de sa visite. Sindri l'avait toujours évité, contrairement à Eva Lind qui voulait l'amener à endosser la responsabilité du fait qu'il les avait délaissés quand ils étaient enfants. Erlendur avait divorcé de leur mère au terme d'un bref mariage et, les années passant, il regrettait de plus en plus amèrement de ne pas avoir gardé le contact avec ses enfants.

Ils s'étaient salués, mal à l'aise, sur le palier, comme deux étrangers, puis Erlendur avait fait entrer Sindri et mis du café en route. Sindri avait précisé qu'il était à la recherche d'un appartement ou d'une chambre. Erlendur lui avait répondu ne pas avoir eu vent de quoi que ce soit de ce genre, mais lui avait promis de le contacter s'il entendait parler de quelque chose.

— Je pourrais peut-être rester ici en attendant? demanda Sindri en promenant son regard le long de la bibliothèque du salon.

— Ici? fit Erlendur de la porte de la cuisine. Il comprit tout à coup la raison de la visite de Sindri.

— Eva m'a dit que tu avais une pièce de libre, que tu n'y stockais que des vieilleries.

Erlendur regarda son fils. Il y avait effectivement une pièce libre dans son appartement. Quant aux vieilleries dont Eva avait parlé, il s'agissait d'objets qui avaient appartenu à ses parents et qu'il conservait parce qu'il ne pouvait pas s'imaginer les jeter. C'étaient des objets provenant de la maison de son enfance. Un coffre plein de lettres de ses parents et de ses ancêtres, une étagère sculptée, des piles de magazines, des cannes à pêche, le vieux fusil de chasse inutilisable et extrêmement lourd de son grand-père.

— Et ta mère, proposa Erlendur, tu ne peux pas aller chez elle?

— Si, évidemment, répondit Sindri. Je vais faire comme ça. Ils se turent.

— Non, il n'y a pas de place dans cette pièce, reprit Erlendur. Alors… je ne sais pas trop…

— Eva a pourtant dormi ici plus d'une fois, remarqua Sindri.

Ses paroles furent suivies d'un profond silence.

— Elle m'a dit que tu avais changé, dit finalement Sindri.

— Et toi, répondit Erlendur, tu as changé?

– Je n'ai pas bu une goutte depuis des mois et des mois, répondit Sindri, si c'est ce que tu veux dire.

Erlendur revint à lui et avala une gorgée de café. Il quitta la photo des yeux et regarda Kristin. Il avait envie d'une cigarette.

– Par conséquent, votre petit garçon n'a jamais connu son père, remarqua-t-il. Du coin de l'œil, il vit qu'Elinborg lui faisait les gros yeux mais il n'en fit aucun cas. Il avait parfaitement conscience d'avoir franchi la frontière de la vie privée de cette femme qui avait perdu son mari d'une façon mystérieuse plus de trente ans auparavant sans jamais obtenir de réponse satisfaisante. La question d'Erlendur n'avait aucun rapport avec l'enquête de police.

– Son beau-père a toujours été très bon pour lui et il s'entend bien avec ses autres frères, précisa-t-elle. Je ne vois pas en quoi votre question concerne la disparition de mon mari.

– En effet, veuillez m'excuser, reconnut Erlendur.

– Bon, je crois que nous avons fait le tour, conclut Elinborg.

– Vous pensez que c'est lui ? demanda Kristin en se levant.

– C'est peu probable, répondit Elinborg, mais il faut encore que nous examinions tout cela de plus près.

Ils demeurèrent un moment silencieux, comme si le dernier mot n'avait pas encore été prononcé. Comme s'il flottait dans l'air quelque chose qui attendait de prendre corps par des mots avant la fin de leur entrevue.

– Un an après sa disparition, on a trouvé sur la péninsule de Snaefellsnes un cadavre rejeté par la mer. On a cru que c'était lui et puis on s'est aperçu qu'il n'en était rien, reprit Kristin en se tordant les mains. Parfois, encore aujourd'hui, je m'imagine qu'il pourrait être en vie. Qu'il n'est pas mort. Parfois, je me dis qu'il a déménagé en province ou bien à l'étranger sans nous le dire et qu'il a fondé une nouvelle famille. Il m'est même arrivé de m'imaginer l'apercevoir ici, à Reykjavik. Il y a environ cinq ans, j'ai croisé un homme et j'ai eu l'impression que c'était lui. Je l'ai suivi comme une imbécile. J'étais au centre commercial de Kringlan. Je l'ai épié jusqu'au moment où je me suis rendu compte que ce n'était évidemment pas lui.

Elle lança un regard à Erlendur.

– Il a disparu et cependant… dans un sens, il ne disparaîtra jamais, observa-t-elle, un sourire plein de tristesse sur les lèvres.

– Je sais, répondit Erlendur. Je sais précisément ce que vous voulez dire.

Une fois dans la voiture, Elinborg réprimanda Erlendur pour le manque de tact dont il avait fait preuve en posant cette question sur le fils. Erlendur lui conseilla de ne pas donner dans la mièvrerie.

Son portable sonna. C'était Valgerdur. Il s'attendait à ce qu'elle se manifeste. Ils s'étaient rencontrés le Noël précédent alors qu'Erlendur enquêtait sur un assassinat dans un hôtel de Reykjavik. Lui et cette biologiste entretenaient une relation très fragile depuis. Elle était mariée. Son époux lui avait avoué l'avoir trompée mais, le moment venu, il était apparu qu'il ne voulait pas briser leur mariage. Il avait fait preuve d'humilité et de repentir, lui avait demandé pardon en promettant de s'amender. Elle disait qu'elle avait l'intention de le quitter, mais n'avait pas encore sauté le pas.

– Comment va ta fille ? demanda-t-elle. Erlendur lui relata brièvement sa visite à Eva Lind.

– Tu ne crois pas que cette cure lui sera quand même bénéfique ? demanda Valgerdur.

– Je l'espère, mais bon, je ne saurais dire ce qui est bénéfique ou non dans son cas. Elle se comporte exactement de la même façon qu'avant de perdre son enfant, expliqua Erlendur.

– On essaie de se voir demain ? proposa Valgerdur.

– Oui, on se voit demain, répondit-il, puis ils se saluèrent.

– C'était elle ? demanda Elinborg qui savait qu'Erlendur entretenait une sorte de relation avec une femme.

– Si tu veux parler de Valgerdur, alors oui, c'était elle, répondit Erlendur.

– Elle s'inquiète pour Eva Lind ?

– Qu'est-ce qu'ils t'ont raconté, à la Scientifique ? s'enquit Erlendur pour changer de conversation.

– Ils ne savent pas grand-chose, répondit Elinborg. Ils pensent quand même que c'est un appareil d'origine russe. Quelqu'un a effacé la marque et le numéro de série, mais ils arrivent à distinguer une lettre par-ci par-là. Ils pensent que c'est de l'alphabet cyrillique.

– Un truc russe?

– Oui, russe.

À l'extrémité sud du lac de Kleifarvatn se trouvaient quelques maisons. Erlendur et Sigurdur Oli prirent des renseignements sur leurs propriétaires. Ils les appelèrent pour leur poser quelques questions d'ordre général à propos de disparitions qui auraient pu être en rapport avec le lac. Cela ne les mena nulle part.

Sigurdur Oli dit quelques mots sur Elinborg, plongée jusqu'au cou dans la préparation du lancement de son livre de cuisine.

– Je crois qu'elle s'imagine qu'elle va devenir célèbre grâce à ce truc-là, dit Sigurdur Oli.

– Elle en a envie? demanda Erlendur.

– Tout le monde en a envie, non? rétorqua Sigurdur Oli.

– Vanité, tout est vanité, observa Erlendur.

6

Sigurdur Oli relut la lettre contenant les dernières paroles d'un jeune homme qui avait quitté son foyer un jour de 1970 pour ne jamais y revenir. Les parents de celui-ci, âgés tous les deux de soixante-dix-huit ans, étaient en parfaite santé. Ils avaient deux autres fils, plus jeunes, âgés d'une cinquantaine d'années. Ils étaient persuadés que leur aîné s'était suicidé, d'après ce qui se trouvait dans la lettre. Ils ne savaient pas comment il s'y était pris ni à quel endroit il reposait. Sigurdur Oli leur avait posé des questions à propos du lac de Kleifarvatn, de l'émetteur et du trou à la tête, mais ils ne voyaient absolument pas de quoi il parlait. Leur fils ne s'était jamais querellé avec qui que ce soit, il n'avait pas d'ennemi, c'était exclu.

– C'est absolument impossible qu'il ait été assassiné, dit la femme en regardant son mari, toujours inquiète du destin de son fils disparu depuis tant d'années.

– Vous le voyez clairement dans la lettre, confirma le mari. Ce qu'il avait en tête était parfaitement évident.

Sigurdur Oli relut à nouveau la lettre.

Chers papa et maman pardonnez-moi mais je ne peux pas faire autrement c'est insupportable et je n'arrive pas à m'imaginer de vivre je ne peux pas je ne veux pas et je ne peux pas

La lettre était signée Jakob.

– C'est la faute de cette fille, accusa la femme.

– Nous n'en savons rien, rectifia le mari.

– Elle s'est mise à fréquenter le meilleur ami de notre fils, précisa-t-elle, et notre petit ne l'a pas supporté.

– Vous croyez que c'est lui, dites-moi, vous croyez que c'est notre fils? demanda le mari. Ils étaient assis dans le salon, face à Sigurdur Oli, attendant d'obtenir les réponses aux questions qui les avaient hantés depuis que leur fils avait disparu. Ils savaient bien qu'il ne pouvait pas répondre à la plus difficile d'entre elles, à celle contre laquelle ils s'étaient battus pendant toutes ces années et qui concernait les actes et la responsabilité des parents ; en revanche, il pouvait leur dire si c'était lui qu'on avait retrouvé. La presse s'était bornée à mentionner la découverte d'un squelette de sexe masculin dans le lac de Kleifarvatn. Pas un mot à propos de l'émetteur ou du crâne fracassé. Ils ne comprirent pas où Sigurdur Oli voulait en venir quand il orienta la conversation dans cette direction. Tout ce qu'ils voulaient, c'était la réponse à leur question : est-ce que c'est lui ?

– C'est peu probable, répondit Sigurdur Oli en les regardant à tour de rôle.

La disparition incompréhensible, doublée de la mort d'un être cher, avait laissé son empreinte sur la vie de ces gens. L'affaire n'avait jamais été classée. Leur fils n'était pas rentré à la maison et cela durait depuis toutes ces années. Ils ne savaient ni où il était ni ce qui s'était passé et cette incertitude était porteuse de détresse et d'inquiétude.

– Nous pensons qu'il s'est jeté dans la mer, reprit la femme. Il était bon nageur. J'ai toujours dit qu'il avait nagé vers le large jusqu'à ce qu'il soit trop loin pour revenir ou bien jusqu'à ce que le froid l'engourdisse.

– À l'époque, la police nous a dit qu'étant donné que le corps n'avait pas été retrouvé, il ne s'était probablement pas jeté dans la mer, précisa l'homme.

– Tout ça, à cause de cette fille, dit de nouveau la femme.

– Nous ne pouvons pas l'accuser, répondit l'homme.

Sigurdur Oli avait l'impression qu'ils se répétaient. Il se leva afin de prendre congé.

– Il m'arrive parfois de ressentir une telle colère contre lui, conclut la femme sans que Sigurdur Oli sache si elle voulait parler de son fils ou de son mari.

Valgerdur attendait Erlendur au restaurant. Elle portait le même trois-quarts de cuir que lors de leur premier rendez-vous. Ils s'étaient rencontrés par hasard et Erlendur l'avait, par pur défi, invitée à dîner avec lui. Il ne savait pas si elle était mariée ni si elle avait une famille, puis il avait appris qu'elle vivait en couple, que ses deux fils avaient quitté le foyer familial et que son mariage se délitait.

Lors de leur deuxième rendez-vous, elle avait avoué avoir eu l'intention de se servir d'Erlendur pour se venger de son mari.

Elle avait à nouveau contacté Erlendur quelque temps plus tard et ils s'étaient vus plusieurs fois par la suite. Un jour, elle était venue chez lui. Il s'était efforcé de ranger aussi bien qu'il le pouvait, de laver la vaisselle, de jeter quelques magazines et de remettre les livres sur leurs étagères. Il était rare qu'il reçoive de la visite et il avait longtemps hésité à permettre à Valgerdur de venir chez lui. De son côté, elle n'en démordait pas, elle voulait connaître le cadre dans lequel il vivait. Quant à Eva Lind, elle disait que son appartement était une tanière dans laquelle il rentrait en rampant pour se cacher.

— Regardez-moi un peu tous ces livres, avait déclaré Valgerdur, debout au milieu de son salon. Tu as lu tout ça ?

— La majeure partie, avait répondu Erlendur. Je te fais un café ? J'ai acheté des viennoiseries.

Elle s'approcha de la bibliothèque, passa son doigt sur le dos des ouvrages, lut quelques titres et sortit divers livres ici et là.

— Ils traitent tous de gens qui se sont perdus dans la nature ou ont disparu sur des chemins de montagne ? demanda Valgerdur.

Elle n'avait pas tardé à découvrir qu'Erlendur se passionnait pour les disparitions et qu'il lisait toute une littérature concernant les gens qui se perdaient dans la nature, en Islande. Il lui avait confié quelque chose qu'il n'avait jusque-là raconté qu'à Eva Lind et à personne d'autre : son frère avait disparu à l'âge de huit ans dans les montagnes des fjords de l'Est au début de l'hiver alors qu'Erlendur avait dix ans. Ils étaient partis à trois, les deux garçons accompagnaient leur père. Erlendur et son père étaient rentrés sains et saufs, mais son frère s'était perdu et on n'avait jamais retrouvé son corps.

— Tu m'as dit un jour qu'il existait un texte qui racontait ton histoire et celle de ton frère dans l'un de ces livres, observa Valgerdur.

— En effet, répondit Erlendur.

— Tu pourrais me le montrer ?

– Je le ferai, répondit Erlendur, après une hésitation. Plus tard. Pas tout de suite. Je te le montrerai plus tard.

Valgerdur se leva quand il entra dans le restaurant et, comme toujours, ils se saluèrent d'une poignée de main. Erlendur ne comprenait pas bien le type de relation qui les unissait mais il en était satisfait. Ils n'avaient pas couché ensemble même s'ils se fréquentaient de façon régulière depuis bientôt six mois. En tout cas, leur relation n'était pas de nature sexuelle. Ils restaient assis à discuter de tout ce qui touchait à leur existence.

– Pourquoi est-ce que tu ne l'as pas encore quitté? demanda-t-il une fois qu'ils eurent terminé leur repas, pris un café accompagné d'un digestif, discuté d'Eva Lind, de Sindri, des fils de Valgerdur et du travail. Au lieu de répondre, elle le questionna abondamment sur le squelette trouvé dans le lac de Kleifarvatn, mais il ne pouvait pas se permettre de dévoiler grand-chose. Excepté le fait que la police interrogeait des gens ayant perdu des êtres chers aux alentours de 1970.

Peu avant le Noël précédent, Valgerdur avait découvert que son mari avait une liaison avec une autre femme depuis deux ans. Elle savait que la chose s'était déjà produite une fois dans le passé, mais que cela avait été moins "sérieux", comme il l'avait dit. Elle lui avait annoncé qu'elle allait le quitter. Il avait immédiatement cessé de la tromper. Depuis lors, il n'était rien arrivé.

– Valgerdur…? commença Erlendur.

– Tu es allé voir Eva Lind pendant sa cure, s'empressa-t-elle de répondre, comme si elle savait ce que Erlendur allait lui dire.

– Oui, je l'ai vue.

– Elle se souvient de son arrestation?

– Non, je crois qu'elle n'en a aucun souvenir. Nous n'avons pas abordé le sujet.

– La pauvre gamine.

– Tu vas rester avec lui? demanda Erlendur.

Valgerdur avala une gorgée de son digestif.

– C'est tellement difficile, répondit-elle.

– Ah?

– Je ne suis pas encore prête à en finir, dit-elle en regardant Erlendur dans les yeux. Et je ne veux pas non plus renoncer à toi.

47

Quand Erlendur rentra chez lui dans la soirée, Sindri Snaer était allongé sur le canapé en train de regarder la télé en fumant une cigarette. Il adressa un signe de la tête à son père avant de se remettre à suivre son émission. Erlendur eut l'impression qu'il regardait des dessins animés. Il avait confié à son fils une clef de son appartement et ce dernier était susceptible d'y venir à tout moment, même si Erlendur ne lui avait pas donné la permission de dormir chez lui.

– Ça ne te dérangerait pas d'éteindre ça ? demanda-t-il en enlevant son imperméable.

Sindri se leva pour éteindre le poste de télévision.

– Je n'ai pas trouvé la télécommande, remarqua-t-il. C'est une télé vieille comme Hérode, non ?

– Non, elle a environ vingt ans, répondit Erlendur. Et je ne la regarde pas beaucoup.

– Eva m'a appelé aujourd'hui, déclara Sindri en écrasant sa cigarette. Il fait partie de tes collègues, le gars qui l'a arrêtée ?

– Oui, c'est Sigurdur Oli. Elle l'a frappé avec un marteau. Elle voulait l'assommer, mais elle l'a touché à l'épaule. Il avait bien envie de porter plainte contre elle pour coups et blessures, et pour entrave à l'action de la police.

– Et tu as obtenu qu'elle aille en désintox à la place.

– Elle a toujours refusé de suivre une cure. Sigurdur Oli m'a fait la faveur de ne pas porter plainte.

Un dealer dénommé Eddi était impliqué dans une affaire de drogue. Sigurdur Oli et deux autres policiers de la Criminelle l'avaient trouvé dans un repaire de drogués juste au-dessus de la place de Hlemmur, non loin du commissariat de la rue Hverfisgata. Une connaissance d'Eddi avait appelé la police. Seule Eva Lind leur avait opposé résistance. Elle était tellement droguée qu'elle ne savait même plus où elle était. Eddi était allongé, immobile et à demi nu sur un sofa. Une autre fille, plus jeune qu'Eva Lind, était couchée entièrement nue sur lui. Eva avait perdu son sang-froid en voyant les policiers. Elle savait qui était Sigurdur Oli. Elle savait qu'il travaillait avec son père. Elle avait attrapé un marteau qui se trouvait à terre et essayé d'assommer Sigurdur Oli. Elle avait manqué son coup mais lui avait cassé la clavicule. La douleur était insupportable et Sigurdur Oli était tombé à genoux. Elle se préparait à lui asséner un second coup quand les autres policiers s'étaient jetés sur elle pour la plaquer au sol.

Sigurdur Oli n'en avait pas fait état, mais Erlendur avait appris par les autres policiers qu'il avait eu un moment d'hésitation en voyant Eva Lind s'attaquer à lui. Elle était la fille d'Erlendur, il ne voulait pas la blesser. Voilà pourquoi elle était parvenue à l'atteindre.

– Je pensais qu'elle allait se reprendre en main après avoir perdu son enfant, observa Erlendur. Mais elle est encore pire qu'avant. Maintenant, on dirait qu'elle se fiche de tout.

– J'aimerais bien aller la voir, dit Sindri. Mais ils interdisent les visites.

– Je vais en discuter avec eux.

Le téléphone sonna. Erlendur l'attrapa.

– Erlendur ? demanda une voix éteinte à l'autre bout de la ligne. Erlendur reconnut immédiatement la voix.

– Marion ?

– Qu'est-ce que vous avez trouvé à Kleifarvatn précisément ? demanda Marion Briem.

– Des ossements, répondit Erlendur. Il n'y a pas de quoi t'inquiéter.

– Bon, bon, rétorqua Marion qui, bien qu'à la retraite, avait du mal à cesser de s'occuper d'Erlendur et des enquêtes passionnantes qu'il menait.

Il y eut un long silence au téléphone.

– Tu m'appelais pour quelque chose de spécial ? demanda Erlendur.

– Tu ferais peut-être bien de t'intéresser d'un peu plus près à Kleifarvatn, conseilla Marion, mais je ne veux pas te déranger. Loin de moi cette idée. Je ne voudrais pas importuner un ancien collègue qui a fort à faire avec ses problèmes.

– Qu'est-ce que le lac de Kleifarvatn a de spécial ? demanda Erlendur. Qu'est-ce que tu veux dire ?

– Rien du tout, au revoir, répondit Marion en raccrochant au nez d'Erlendur.

7

Parfois, en repensant à cette époque, il lui arrivait de sentir l'odeur du quartier général de Dittrichring, cette odeur étouffante de lino sale, de sueur et de peur. Il se rappelait également la puanteur âcre de la pollution au charbon qui planait au-dessus de la ville et qui, par moments, occultait presque le soleil. Leipzig n'était absolument pas telle qu'il se l'était imaginée. S'étant documenté avant son départ, il savait qu'elle était située au confluent des rivières Elster, Parthe et Pleisse, il savait également que c'était un ancien centre d'activités liées à l'édition et au livre en Allemagne. Bach y était enterré et c'était dans cette ville que se trouvait la célèbre Auerbachkeller, la taverne qui avait servi de modèle à Goethe dans son *Faust*. Le compositeur islandais Jon Leifs y avait étudié la musique et vécu quelques années. Il s'était imaginé une de ces vieilles cités allemandes chargées de culture. Cependant, ce qui s'offrait à son regard n'était qu'une ville morne et lugubre de l'après-guerre. Leipzig avait été occupée par les Alliés avant d'être placée sous la coupe des Soviets ; on pouvait encore y voir les marques des balles sur les bâtiments et sur les immeubles à demi effondrés, les ruines de la guerre.

Le train arriva tard dans la nuit. Il laissa sa valise à la consigne de la gare pour aller déambuler dans les rues jusqu'à ce que la ville commence à s'éveiller. Il y avait une pénurie d'électricité. Il faisait sombre dans le centre, mais il était heureux d'être arrivé à Leipzig. Il avait l'impression de se trouver en plein conte, tout seul, si loin de chez lui. Il monta jusqu'à l'église Saint-Nicolas et quand il atteignit celle de Saint-Thomas, il alla s'asseoir sur un banc face à elle en se rappelant les mots écrits par les poètes Halldor et Johann après avoir visité ces lieux bien des années plus tôt. C'était le point du jour et il imaginait les deux hommes levant les yeux vers l'église Saint-Thomas, admiratifs, avant de poursuivre leur promenade. Une jeune vendeuse de fleurs le dépassa en lui proposant un bouquet. N'ayant personne à qui les offrir, il lui adressa un sourire en guise d'excuse. Il avait hâte de découvrir ce que lui réservait l'avenir. Hâte d'être indépendant, de décider de son destin. Il n'avait aucune idée de ce qui l'attendait, mais voulait l'appréhender l'esprit ouvert. Il savait qu'il n'éprouverait pas le mal du pays car il était en route vers une aventure déterminante pour le reste de son existence. Il avait conscience que les études allaient être difficiles, mais ne rechignait pas à la tâche. Les études d'ingénieur l'intéressaient au plus haut point et il savait qu'il allait faire de nouvelles connaissances, rencontrer de nouveaux amis. Il était impatient de commencer les cours.

Il marcha dans les ruines, arpentant les rues sous une légère bruine, et un sourire s'esquissa sur ses lèvres tandis qu'il imaginait les deux amis qui, jadis, s'étaient promenés dans ces mêmes rues.

Quand il fit clair, il alla chercher sa valise pour se rendre à l'université ; il trouva sans peine le bureau des inscriptions. On lui indiqua la résidence universitaire située non loin du bâtiment principal. La résidence, une ancienne villa qui inspirait le respect, avait été affectée aux activités de l'université. Il devait partager une chambre avec deux autres étudiants. Le premier s'appelait Emil, c'était un de ses camarades de classe au lycée. On lui avait dit que l'autre venait de Tchécoslovaquie. Aucun des deux ne se trouvait dans la chambre. Le bâtiment avait trois étages, le second était occupé par un cabinet de toilette commun et une cuisine. Les murs étaient recouverts de vieux papiers peints qui partaient en lambeaux un peu partout, le parquet était sale et une odeur d'humidité flottait dans tout le bâtiment. Sa chambre était meublée de trois paillasses et d'un vieux bureau. Une ampoule nue pendait au plafond autrefois enduit, mais dont le revêtement était tombé en grande partie, laissant apparaître les lames de bois moisies. Il y avait deux fenêtres : sur l'une d'elles, on avait cloué des planches car la vitre était cassée.

Des étudiants mal réveillés sortaient de leurs chambres. Une file d'attente s'était formée devant les toilettes. Certains allaient uriner à l'extérieur. Quelqu'un avait rempli une casserole d'eau qui chauffait sur une antique cuisinière. Un vieux four se trouvait juste à côté. Il parcourut la pièce du regard à la recherche de son ami. Il observa le groupe dans la cuisine et constata tout à coup que la résidence abritait des garçons comme des filles.

L'une d'elles s'approcha de lui et l'apostropha en allemand. Il avait appris la langue au lycée mais n'avait pas compris ce qu'elle lui avait dit. Dans son allemand un peu rigide, il la pria de parler plus lentement.

— Tu cherches quelqu'un ? demanda la fille.

— Oui, je cherche Emil, un Islandais.

— Toi aussi, tu viens d'Islande ?

— Oui, et toi, tu viens d'où ?

— De Dresde. Je m'appelle Maria.

— Moi, c'est Tomas, répondit-il puis ils échangèrent une poignée de main.

— Tomas ? répéta-t-elle. Il y a quelques Islandais ici, à l'université. Ils se retrouvent souvent chez Emil. On est même parfois obligés de les mettre à la porte parce qu'ils chantent à tue-tête jusqu'au milieu de la nuit. Tu ne parles pas trop mal allemand.

— Merci, je l'ai appris au lycée. Tu sais où est Emil ?

— Il doit être à la chasse aux rats, répondit-elle. En bas, à la cave. Ça grouille de rats, ici. Tu veux un thé ? Ils sont en train d'installer une cantine à l'étage d'en haut mais en attendant, il faudra qu'on se débrouille tout seuls.

— À la chasse aux rats ?!

— Ils sortent la nuit. C'est là qu'ils sont les plus faciles à attraper.

— Il y en a tant que ça ?

— On en tue dix et il en arrive vingt. C'est quand même mieux maintenant que pendant la guerre.

Il baissa machinalement les yeux au sol, comme s'il s'attendait à les voir passer entre les jambes de tous ces gens. S'il y avait une chose qui lui inspirait du dégoût, c'était bien les rats.

Il sentit qu'on lui tapotait légèrement l'épaule et, en se retournant, il vit son ami qui lui souriait, posté derrière lui. Il tenait par la queue deux énormes rats qu'il leva en l'air. Dans son autre main, il tenait une pelle imposante.

– Le mieux pour les tuer, c'est la pelle, précisa Emil.

Il s'habitua avec une rapidité étonnante à ces nouvelles conditions, à l'odeur d'humidité, à celle des toilettes de l'étage intermédiaire qui se propageait dans tout le bâtiment, aux paillasses qui sentaient le moisi, aux chaises qui craquaient et à la cuisinière ancien modèle. Simplement, il ne s'attardait pas trop sur tout cela, sachant que la reconstruction d'après-guerre nécessitait beaucoup de temps.

L'université était excellente même si elle n'était pas richement dotée. Les enseignants avaient un bon niveau, les étudiants étaient intéressants et il réussissait bien dans ses études. Il fit la connaissance d'étudiants ingénieurs originaires de Leipzig, d'autres villes allemandes ou d'autres pays limitrophes, principalement des pays d'Europe de l'Est. Certains étaient, comme lui, boursiers du gouvernement est-allemand. À part cela, ceux qui fréquentaient l'université Karl Marx semblaient venir d'un peu partout dans le monde. Il fit bientôt la connaissance de Vietnamiens, de Cubains, de Chinois qui restaient un peu à l'écart des autres. Il y avait également des Nigériens et la chambre à côté de la sienne dans la vieille villa était occupée par un Indien très sympathique du nom de Deependra.

Le petit groupe des Islandais présents dans la ville passait beaucoup de temps ensemble. Karl, qui avait été élevé dans un petit port de pêche, suivait des études de journalisme. La faculté s'appelait le Cloître rouge et on affirmait que seuls y étaient admis ceux qui obéissaient à la ligne la plus dure du Parti. Rut venait d'Akureyri, ville dont elle avait fréquenté le lycée. Elle était le premier secrétaire du mouvement de la jeunesse de la ville et suivait des études littéraires avec comme spécialité la littérature russe. Hrafnhildur étudiait la littérature allemande et Emil, originaire du nord-ouest de l'Islande, étudiait l'économie. La plupart d'entre eux avaient été, d'une manière ou d'une autre, choisis par le parti communiste islandais pour bénéficier d'une bourse et aller poursuivre des études au sein d'une université est-allemande. Ils se retrouvaient le soir pour jouer aux cartes, écouter les disques de jazz de l'Indien Deependra ou bien ils se rendaient dans l'un des bars des environs où ils chantaient des chansons islandaises. L'université dirigeait un ciné-club très actif où ils avaient vu le *Cuirassé Potemkine* avant de discuter de l'influence du cinéma en tant que moyen de propagande. Ils parlaient politique avec les autres étudiants. Ils devaient obligatoirement assister aux réunions ainsi qu'aux conférences de l'association des étudiants de l'université, la FDJ, la Freie Deutsche Jugend, qui était l'unique association autorisée à l'université. Tous désiraient créer un monde nouveau, un monde meilleur.

Tous, sauf un. Hannes était celui qui avait séjourné le plus longtemps à Leipzig. Il ne l'avait rencontré qu'au bout de deux mois. Il avait entendu bien des louanges sur son compte à Reykjavik et savait que le Parti lui réservait un rôle de premier plan. Le premier secrétaire du Parti avait mentionné son nom lors d'une réunion de rédaction en affirmant que c'était quelqu'un qui irait loin. Tout comme lui, Hannes avait été journaliste à l'organe du Parti et il avait également entendu des anecdotes à son sujet à la rédaction. À Reykjavik, il avait assisté à une réunion où Hannes avait pris la parole ; il avait été conquis par son enthousiasme et ce qu'il avait dit à propos de la démocratie islandaise, que les cow-boys américains avaient achetée grâce aux richesses que la guerre leur avait rapportées et à propos des politiciens islandais qui n'étaient que des marionnettes dont les tenants de l'impérialisme américain tiraient les ficelles. La démocratie dans ce pays, c'est que de la merde tant que l'armée américaine souille la terre d'Islande ! s'était-il écrié sous un tonnerre d'applaudissements. Au cours des premières années que Hannes passa en Allemagne de l'Est, il rédigeait pour l'organe du Parti une chronique intitulée "Lettres de l'Est" qui décrivait les merveilles de l'État communiste mais, au bout d'un certain temps, la chronique cessa de paraître. Les autres Islandais de la ville n'avaient pas grand-chose à dire sur le compte de Hannes. Il s'était peu à peu éloigné d'eux et se tenait la plupart du temps à l'écart. Il leur arrivait d'aborder le sujet et puis ils haussaient les épaules comme si cela ne les concernait pas.

Il le rencontra par hasard un jour à la bibliothèque de l'université. Le soir tombait, il n'y avait pas beaucoup d'étudiants dans les salles et Hannes était plongé dans la lecture de ses manuels de cours. Dehors, il faisait un froid humide. Parfois, il régnait un tel froid dans la bibliothèque qu'un nuage de buée sortait de la bouche des gens quand ils discutaient. Hannes était assis, emmitouflé dans son manteau et sa casquette à protège-oreilles sur la tête. La bibliothèque, dont seule une partie était en service, avait beaucoup souffert pendant les bombardements.

– Tu t'appelles Hannes, n'est-ce pas? demanda-t-il d'un ton amical. Nous ne nous sommes jamais rencontrés.

Hannes leva les yeux de ses livres.

– Je m'appelle Tomas, poursuivit-il en tendant la main.

Hannes le dévisagea, observa la main tendue avant de se replonger dans sa lecture.

– Laisse-moi tranquille, ordonna-t-il.

Il sursauta. Il ne s'attendait pas à un tel accueil de la part de son compatriote, et encore moins de celle d'un homme à ce point respecté de tous et par lequel il avait lui-même été séduit.

– Excuse-moi, reprit-il, je ne voulais pas te déranger. Évidemment, tu es en plein travail.

Hannes ne lui répondit pas mais continua de prendre des notes dans les livres ouverts posés sur son bureau. Il écrivait à toute vitesse au crayon à papier et portait des mitaines pour garder ses mains au chaud.

– Je me demandais juste si on ne pouvait pas prendre un café ensemble un de ces jours, proposa-t-il, ou bien une bière.

Hannes ne répondit pas. Debout à côté de lui, il attendait une réaction de sa part mais comme celle-ci ne venait pas, il s'éloigna lentement de la table de travail à reculons et tourna les talons. Il allait disparaître derrière l'un des rayonnages quand Hannes leva les yeux de ses bouquins usés et lui répondit enfin.

– Tomas, tu dis?

– Oui, on ne s'est jamais rencontrés mais j'ai enten…

– Je sais qui tu es, coupa Hannes. Avant, j'étais comme toi. Qu'est-ce que tu me veux?

– Rien, répondit-il. Je voulais juste te dire bonjour. J'étais assis de l'autre côté et je t'ai vu. J'avais seulement envie de te dire bonjour. J'ai assisté à une réunion où tu…

– Qu'est-ce que tu penses de Leipzig? interrompit Hannes.

– Il fait un froid du diable, on mange mal mais c'est une bonne université et la première chose que je ferai en rentrant en Islande, c'est de me battre pour que la bière soit autorisée à la vente.

Hannes afficha un sourire.

– C'est vrai, la bière, c'est ce qu'il y a de meilleur dans cette ville.

– On pourrait peut-être aller en boire une chope tous les deux, un de ces jours?

– Peut-être, répondit Hannes avant de retourner à sa lecture, mettant ainsi fin à leur conversation.

– Qu'est-ce que tu veux dire en disant qu'avant tu étais comme moi? demanda-t-il prudemment. Qu'est-ce que tu sous-entends?

– Rien, répondit Hannes en levant le nez de ses livres pour le regarder. Il perçut chez lui une sorte d'hésitation. Puis, comme s'il se fichait de ce que Tomas pouvait penser, Hannes ajouta : ne fais pas attention à ce que je raconte. Ça ne t'apportera rien de bon.

Désemparé, Tomas quitta la bibliothèque pour sortir dans le frimas hivernal. Il croisa Rut et Emil sur le chemin de la résidence universitaire. Ils étaient allés à la poste chercher un paquet que Rut avait reçu d'Islande. C'était un colis de provisions dont ils avaient hâte de se régaler. Il ne mentionna pas sa conversation avec Hannes, du reste, il n'avait pas compris où il voulait en venir.

– Lothar te cherchait, annonça Emil. Je lui ai dit que tu étais à la bibliothèque.

– Je ne l'ai pas vu, tu sais ce qu'il me voulait?

– Aucune idée.

Lothar était ce que l'on appelait son Betreuer, c'est-à-dire son homme de confiance, son tuteur. Tous les étrangers venus étudier à l'université avaient leur tuteur, qu'ils pouvaient consulter et qui leur facilitait la vie. Lothar s'était lié d'amitié avec les Islandais de la résidence. Il avait proposé une visite de la ville pour leur montrer les lieux principaux. Il les aidait à l'université et il lui arrivait même de régler la note après leurs visites à la taverne Auerbach. Il voulait se rendre en Islande pour y étudier la littérature islandaise; il maîtrisait très bien la langue et était même capable de chanter des chansons connues de tous. Il disait s'intéresser aux sagas islandaises; il avait lu celle de *Njall*, qu'il avait envie de traduire.

— Tiens, voilà le fameux bâtiment, annonça Rut tout à coup en s'arrêtant. Là, c'est le bureau et il y a aussi des cellules à l'intérieur.

Ils levèrent les yeux vers le sommet du bâtiment. C'était un immeuble en pierre lugubre, composé de quatre étages. Des planches de contreplaqué avaient été clouées sur toutes les fenêtres du rez-de-chaussée. Il vit le nom de la rue: Dittrichring. Numéro 24.

— Des cellules? C'est quoi, ce bâtiment? demanda-t-il.

— La police politique, répondit Emil à voix basse, comme si quelqu'un risquait de l'entendre.

— Le quartier général de la Stasi, reprit Rut.

Il balaya à nouveau l'immeuble du regard. Les lumières blafardes de la rue jetaient une clarté inquiétante sur les murs de pierre et sur les fenêtres. Un léger frisson le parcourut. Il sentait que jamais il n'aurait envie de franchir la porte de ce bâtiment mais, évidemment, il ne pouvait pas encore savoir combien ses désirs à lui auraient peu de poids face à leur volonté.

Il soupira profondément et regarda un petit voilier passer au loin sur l'océan.

Des dizaines d'années plus tard, après la chute du Mur, il était retourné au quartier général de la police politique. Il y avait immédiatement reconnu cette odeur surgie du passé qui lui donnait la nausée tout autant que celle de ce rat qui, coincé dans un tuyau derrière la chaudière de la résidence universitaire, avait été cuit et recuit sans que personne ne remarque sa présence jusqu'au moment où la vieille villa était devenue inhabitable à cause de l'odeur pestilentielle.

8

Erlendur regardait Marion. Assise dans un fauteuil du
salon, un masque en plastique sur le visage, elle inhalait de
l'oxygène. La dernière fois qu'il avait vu son ancienne supérieure à la police criminelle, c'était à Noël et il ne la savait pas
malade. Il avait demandé des précisions à ses collègues qui
l'avaient informé qu'elle avait les poumons détruits par un
tabagisme incessant depuis des décennies et qu'un caillot de
sang avait occasionné chez elle une paralysie du côté droit, du
bras et d'une partie du visage. Il faisait sombre à l'intérieur de
l'appartement en dépit du soleil qui brillait dehors et une
épaisse couche de poussière s'était déposée sur les meubles.
Marion recevait la visite d'une aide-soignante une fois par jour.
Cette dernière s'apprêtait à partir quand Erlendur arriva.

Il s'installa dans le canapé confortable face à Marion et
constata combien son ancienne collègue était mal en point. Il
ne lui restait presque que la peau sur les os. Sa grosse tête
dodelinait lentement au sommet de son corps maladif. Chaque
os de son visage était apparent, elle avait les yeux enfoncés
dans leurs orbites. Ses cheveux jaunâtres étaient tout ébou-
riffés. Le regard d'Erlendur s'arrêta sur ses doigts jaunis par le
tabac avec leurs ongles racornis, posés sur l'accoudoir usé du
fauteuil. Marion dormait.

L'aide-soignante avait fait entrer Erlendur qui resta assis en
silence en attendant que Marion se réveille. Il repensa une fois
de plus à son premier jour de travail à la Criminelle, il y avait
de cela des années et des années.

— Qu'est-ce qui ne va pas chez vous ? fut la première question que Marion lui posa. Vous ne souriez donc jamais ?

Il ne savait pas quoi répondre. Il ne savait pas à quoi
s'attendre de la part de cette drôle de petite bonne femme qui,

constamment enveloppée d'un âcre nuage de fumée bleutée, ne lâchait pas sa Camel.

– Pourquoi vous voulez enquêter sur des crimes? poursuivit Marion, constatant qu'Erlendur ne lui répondait pas. Pourquoi vous ne continuez pas à régler la circulation?

– Je me suis dit que je pouvais être utile, répondit Erlendur.

Le petit bureau était bourré à craquer de papiers et de dossiers; sur la table était posé un imposant cendrier rempli de mégots. L'atmosphère était complètement enfumée, mais cela ne gênait pas Erlendur. Comme, de son côté, il fumait également, il sortit une cigarette.

– Vous avez un intérêt particulier pour les crimes? demanda Marion.

– Pour certains, oui, répondit Erlendur en tirant une boîte d'allumettes de sa poche.

– Pour certains?

– Je m'intéresse aux disparitions, précisa Erlendur.

– Aux disparitions? Pourquoi?

– Je m'y intéresse depuis toujours. Je...

Erlendur hésitait.

– Quoi donc? Qu'alliez-vous dire? Marion fumait cigarette sur cigarette. Elle alluma une nouvelle Camel à l'aide du mégot encore incandescent de la précédente qui rejoignit le tas dans le cendrier. C'est quoi, ces hésitations? Vous allez cracher le morceau ou quoi? Si vous avez l'intention d'hésiter comme ça dans le travail, alors je n'ai rien à faire avec vous. Allez, crachez le morceau!!

– Je me dis que les disparitions ont peut-être plus souvent à voir avec des crimes qu'on ne le pense généralement, répondit Erlendur. Mais je n'ai aucun élément qui le prouve, c'est juste une impression.

Erlendur revint à la réalité. Il regarda Marion inhaler l'oxygène. Il jeta un œil par la fenêtre du salon. Juste une impression, pensa-t-il.

Marion Briem ouvrit lentement les yeux et remarqua la présence d'Erlendur sur le canapé. Leurs regards se croisèrent. Marion retira le masque à oxygène.

– Alors, comme ça, tout le monde a oublié ces satanés communistes ? demanda Marion d'une voix éraillée. Sa bouche était légèrement tordue à la suite de son accident vasculaire et sa voix était voilée.

– Comment tu te sens ? demanda Erlendur.

Marion esquissa un sourire furtif. Ou peut-être était-ce une grimace.

– Ce sera un miracle si je finis l'année.

– Pourquoi tu ne m'as rien dit ?

– Pour quoi faire ? Tu peux me trouver des poumons neufs ?

– C'est un cancer ?

Marion hocha la tête.

– Tu fumes trop, dit Erlendur.

– Qu'est-ce que je ne ferais pas pour une cigarette, convint Marion.

Elle remit le masque sur son visage en regardant Erlendur comme si elle s'attendait à le voir sortir son paquet. Erlendur secoua la tête. La télévision était allumée dans le coin et la malade regarda brièvement l'écran. Le masque retomba.

– Comment ça avance avec ce squelette ? Est-ce que tout le monde aurait oublié les communistes ?

– Qu'est-ce que ça a à voir avec les communistes ?

– Ton supérieur est venu me dire bonjour hier ou peut-être plutôt me faire ses adieux. Je n'ai jamais beaucoup aimé ce frimeur et je ne comprends pas pourquoi tu ne veux pas de ce poste à la direction. Comment tu expliques ça ? Tu peux me le dire ? Il y a longtemps que tu devrais passer tes journées à te la couler douce pour presque le double de salaire.

– Il n'y a aucune explication, répondit Erlendur.

– Il a laissé échapper que le squelette était attaché à un émetteur russe.

– Oui, on pense effectivement qu'il est de fabrication russe et qu'il s'agit d'un émetteur.

– Tu vas me donner une cigarette, oui ou non ?

– Non.

– Je n'en ai plus pour longtemps. Tu crois peut-être que ça change quelque chose ?

– Je ne te donnerai pas de cigarette. C'est pour ça que tu m'as appelé ? Pour que je puisse te régler ton compte définitivement ? Pourquoi tu ne me demandes pas tout bonnement de te mettre une balle dans la tête ?

– Tu ferais ça pour moi ?

Erlendur eut un sourire et une mine joyeuse s'afficha l'espace d'un instant sur le visage de Marion.

– Ce caillot de sang n'a pas arrangé les choses. Je parle comme une débile et j'ai du mal à bouger la main.

– C'est quoi, ces histoires de communistes ? demanda Erlendur.

– C'était quelques années avant que tu viennes travailler chez nous. Au fait, tu as commencé quand ?

– En 1977, répondit Erlendur.

– Tu m'as dit que tu t'intéressais aux disparitions, je m'en souviens, continua Marion Briem. Son visage se crispa de douleur. Elle remit le masque à oxygène et ferma les yeux. Un long moment passa ainsi. Erlendur observait les lieux. Cet appartement lui rappelait désagréablement le sien.

– Tu veux que j'aille chercher quelqu'un ? demanda-t-il. Un médecin ?

– Non, ne va chercher personne, répondit Marion en retirant le masque. Tu m'aideras à nous faire du café tout à l'heure. J'ai juste besoin d'un peu de temps pour me remettre. Mais tu devrais quand même te rappeler quand nous avons trouvé les appareils.

– Quels appareils ?

– Dans le lac de Kleifarvatn. Plus personne ne se souvient de rien ou quoi ?

Marion le regarda puis se mit à lui raconter d'une voix éteinte et monocorde la découverte des appareils dans le lac de Kleifarvatn. Erlendur comprit tout à coup de quoi elle parlait. N'en ayant conservé qu'un vague souvenir, il n'avait établi aucun rapport entre cette affaire et le squelette, même s'il aurait dû le faire immédiatement.

– Le 10 septembre 1973, le téléphone sonna au commissariat de police de Hafnarfjördur. Deux hommes-grenouilles de Reykjavik, c'était comme cela qu'on appelait les plongeurs à l'époque, nota Marion avec un sourire espiègle malgré sa douleur, deux hommes-grenouilles ont découvert toute une ribambelle d'appareils dans une zone peu fréquentée du lac. Ils se trouvaient à une profondeur de dix mètres. Il est apparu rapidement que la plupart étaient de fabrication russe et qu'on avait tenté d'en effacer les inscriptions en caractères cyrilliques. Les employés des Postes et Télécommunications, sollicités pour les examiner, ont conclu qu'il s'agissait de divers appareils de transmission et d'écoute. Il y avait tout un tas de machins, précisa Marion Briem. Des magnétophones, quelques radios et aussi des émetteurs.

– C'est toi qui t'es occupée de l'affaire ?

– J'étais au lac quand ils ont sorti tout ça de l'eau, mais ce n'est pas moi qui ai dirigé l'enquête. Cette histoire a fait beaucoup de bruit. La guerre froide était à son point culminant et les activités d'espionnage auxquelles les Russes se livraient en Islande étaient avérées. Bien sûr, les Américains pratiquaient eux aussi l'espionnage mais ils étaient nos amis. Les Russes étaient l'ennemi.

– Des émetteurs ?

– Oui, et des appareils d'écoute. On s'est aperçu que certains d'entre eux étaient réglés sur la fréquence de la base américaine de la lande de Midnesheidi.

– Tu établirais un rapport entre ces appareils et le squelette trouvé dans le lac ?

– Et toi, qu'en penses-tu ? demanda Marion Briem en fermant à nouveau les yeux.

– C'est une éventualité.

– Ne perds pas ça de vue, conseilla Marion, épuisée, en faisant une grimace.

– Je peux faire quoi que ce soit pour toi ? demanda Erlendur. Tu veux que je t'apporte quelque chose ?

– Dans le temps, il m'arrivait parfois de louer des westerns, répondit Marion au bout d'un long silence, toujours assise, les yeux clos.

Erlendur n'était pas certain d'avoir bien entendu.

– Des westerns, fit-il, tu veux parler de films de cow-boys ?

– Oui, tu pourrais m'apporter un bon western ?

– C'est quoi, un bon western ?

- Avec John Wayne, précisa Marion puis elle se tut.

Erlendur resta assis à côté du fauteuil un long moment au cas où Marion se réveillerait. La matinée était bien avancée. Il alla jusqu'à la cuisine, fit du café et prépara deux tasses. Il se souvenait que Marion buvait son café noir et sans sucre, comme lui. Il plaça les tasses à côté du fauteuil de Marion. Il ne voyait pas ce qu'il pouvait faire de plus.

Des westerns ! pensa-t-il en sortant de l'immeuble.

– Incroyable, se dit-il à haute voix en démarrant sa voiture.

Ce jour-là, dans l'après-midi, Sigurdur Oli vint s'asseoir dans le bureau d'Erlendur. L'homme lui avait à nouveau téléphoné au milieu de la nuit en affirmant vouloir se suicider. Sigurdur avait envoyé une voiture de police à son domicile mais il n'y avait personne. L'homme en question vivait seul dans une petite maison. La police était entrée chez lui par effraction à la requête de Sigurdur Oli mais la maison était vide.

– Il m'a rappelé ce matin, conclut Sigurdur Oli après avoir raconté l'histoire. Il était rentré chez lui. Il ne lui est rien arrivé mais je commence à en avoir marre de ce gars-là.

– C'est celui qui a perdu sa femme et son enfant ?

– Oui, et il a décidé qu'il en était responsable en vertu d'une théorie incompréhensible. Et il refuse d'entendre autre chose.

– Ce qui s'est passé n'est que le fruit du hasard, n'est-ce pas ?

– Non, pas dans son esprit.

Sigurdur Oli était brièvement allé travailler dans la branche de la police chargée d'enquêter sur les accidents de la route. Une grosse jeep avait percuté l'aile d'une voiture de tourisme à l'un des carrefours du boulevard Breidholtsbraut avec pour conséquence la mort d'une mère de famille et de sa fille de cinq ans, assise sur le siège arrière, ceinture de sécurité attachée. Le conducteur de la jeep, ivre, était passé au rouge. La voiture de la mère et de la fillette était la dernière d'une longue file qui traversait le carrefour au moment où la jeep, lancée à toute allure, avait grillé le feu. Si la mère avait attendu le feu vert suivant pour passer, la jeep n'aurait commis aucun dégât, elle aurait simplement traversé le carrefour avant de continuer sa route. Même si le conducteur ivre avait été à l'origine d'un accident, celui-ci n'aurait pas eu lieu à ce carrefour-là.

— Mais c'est le cas de la plupart des accidents, dit Sigurdur Oli à Erlendur. Ce ne sont que des hasards regrettables. Et ce gars-là refuse de comprendre ça.

— Il est rongé par le remords, objecta Erlendur. Tu devrais te montrer compréhensif.

— Compréhensif ?! Il m'appelle chez moi en pleine nuit! On peut être plus compréhensif que ça?

La femme de l'homme était allée faire des courses au supermarché Hagkaup du centre commercial de Smaralind. Elle patientait à la caisse lorsqu'il l'avait appelée sur son portable pour lui demander si elle ne pouvait pas prendre une barquette de fraises. Elle s'était exécutée mais cela l'avait retardée de quelques minutes. L'homme était persuadé que s'il ne lui avait pas téléphoné, elle ne se serait pas trouvée à ce carrefour à ce moment-là et la jeep n'aurait pas percuté son véhicule. Voilà pourquoi il affirmait que ce qui était arrivé était de sa faute. L'accident s'était produit parce qu'il lui avait téléphoné.

La scène était effroyable. La voiture de la femme était en morceaux. La jeep avait fait un tonneau à la suite du choc. Le conducteur avait reçu un mauvais coup à la tête et souffrait de multiples fractures, il était inconscient quand l'ambulance l'avait emmené. Une mare de sang maculait la chaussée.

Accompagné d'un prêtre, Sigurdur Oli s'était rendu au domicile de l'homme au nom duquel la voiture était immatriculée. Il commençait à s'inquiéter pour sa femme et sa fille et fut extrêmement surpris de voir le prêtre et le policier à sa porte. En apprenant ce qui s'était passé, il s'effondra et ils appelèrent un médecin. Depuis lors, il téléphonait de temps en temps à Sigurdur Oli qui, contre sa volonté, était devenu pour lui une sorte de confident.

— Je ne veux pas donner dans la codépendance, soupira Sigurdur Oli. Mais il ne me laisse pas tranquille. Il m'appelle en pleine nuit en me disant qu'il va se suicider! Pourquoi est-ce qu'il ne s'est pas accroché au prêtre? Il était là avec moi lui aussi.

— La codépendance, plaît-il? fit Erlendur.

– C'est quand on dit amen à tout ce que quelqu'un dit ou fait, précisa Sigurdur Oli. Codépendance!! Tu comprends pas l'islandais ou quoi?

– Dis-lui d'aller consulter un psychiatre.

– Il voit un médecin régulièrement.

– Évidemment, il est impossible de se mettre à sa place, remarqua Erlendur. Il doit se sentir affreusement mal.

– Oui, confirma Sigurdur Oli.

– Et il a des idées suicidaires?

– C'est ce qu'il laisse entendre. Il pourrait bien faire une connerie monumentale. Je n'en peux plus de ce truc-là. J'en ai ma claque!

– Et Bergthora, qu'est-ce qu'elle en dit?

– Elle pense que je peux lui apporter un peu d'aide.

– Tout ça à cause de fraises?

– Oui, je sais, je passe mon temps à le lui dire, ça n'a ni queue ni tête.

9

Erlendur écoutait l'histoire d'une disparition survenue dans les années 60. Il était accompagné de Sigurdur Oli. Cette fois-ci, il s'agissait d'un homme qui approchait de la quarantaine. Les analyses sommaires pratiquées sur le squelette indiquaient justement que l'homme retrouvé dans le lac de Kleifarvatn avait entre trente-cinq et quarante ans. Étant donné la date figurant sur l'appareil russe, il avait été immergé après 1961. Une analyse complète de la caisse noire qui lestait le squelette avait été pratiquée. Il s'agissait d'un appareil d'écoute appelé à cette époque récepteur d'ondes courtes, capable de capter les fréquences d'émission utilisées par l'Alliance Atlantique dans les années 60. Sa date de fabrication, 1961, était grossièrement effacée et les inscriptions qu'on pouvait encore distinguer étaient visiblement du russe.

Erlendur consulta les articles de presse traitant de la découverte des appareils russes dans le lac de Kleifarvatn en 1973. Le contenu des journaux concordait dans l'ensemble avec ce que lui avait raconté Marion Briem. Les appareils avaient été trouvés à une profondeur de dix mètres, non loin de la pointe de Geithöfdi, assez éloignée de l'endroit où on avait découvert le squelette. Il fit part à Sigurdur Oli et à Elinborg de la découverte de ces appareils et ils discutèrent de la possibilité qu'elle ait un rapport quelconque avec le squelette. La chose semblait évidente à Elinborg. Si la police avait étendu son périmètre de recherches à cette époque-là, elle serait peut-être tombée sur le corps.

Dans les rapports de police d'alors, les plongeurs avaient déclaré avoir croisé une limousine noire sur la route de Kleifarvatn au cours de la semaine précédant la découverte. Ils avaient immédiatement pensé qu'il s'agissait d'une voiture d'ambassade. L'ambassade soviétique n'avait pas répondu aux demandes d'information à ce sujet, pas plus que les représentants des autres délégations des pays d'Europe de l'Est présents à Reykjavik. Erlendur trouva un rapport laconique mentionnant l'origine soviétique des appareils. Il se serait, entre autre, agi d'appareils d'espionnage d'une portée de cent soixante kilomètres, probablement destinés à écouter des conversations téléphoniques à Reykjavik ou dans les environs de Keflavik. On pensait que les appareils dataient du début des années 60, puisque c'étaient de vieux émetteurs à lampes qui allaient bientôt être remplacés par les transistors. Les appareils passaient pour des batteries et se logeaient à l'intérieur de simples valises.

La femme assise face à eux approchait des soixante-dix ans, elle portait bien son âge. Elle et l'homme avec lequel elle avait vécu n'avaient pas d'enfant lorsque ce dernier avait disparu de façon soudaine. Ils n'étaient pas mariés mais avaient, à l'époque, envisagé de passer devant le juge afin de se déclarer en concubinage. Timidement et d'une voix teintée de regrets, elle avait avoué n'avoir jamais vécu avec quelqu'un depuis.

– C'était un homme extrêmement gentil, précisa la femme, j'ai toujours pensé qu'il allait revenir. Je préférais me dire cela plutôt que de croire qu'il était mort. Je n'arrivais pas à me résoudre à cette idée. Et je ne m'y suis toujours pas résolue.

Ils avaient trouvé un petit appartement et prévoyaient d'avoir un enfant. Elle travaillait dans une crémerie. Cela remontait à 1968.

– Vous vous en souvenez, dit-elle à Erlendur, et peut-être même que vous aussi, d'ailleurs, continua-t-elle en regardant Sigurdur Oli. Dans ce temps-là, il existait des magasins qui vendaient exclusivement du lait, du fromage blanc et ce genre de chose. Rien que des produits laitiers.

Erlendur hochait calmement la tête. Quant à Sigurdur Oli, il manifestait déjà quelques signes d'impatience.

Son compagnon devait passer la prendre après son travail, comme d'habitude, et elle était restée seule à l'attendre devant la boutique.

– Ça fait maintenant plus de trente ans, dit-elle en regardant Erlendur, et j'ai l'impression d'être toujours en train de l'attendre devant cette boutique. De l'avoir attendu pendant toutes ces années. Il était toujours ponctuel et je me rappelle m'être fait la réflexion qu'il était sacrément en retard au bout de dix minutes, puis d'un quart d'heure, puis d'une demi-heure. Je me souviens comme le temps me semblait interminable. C'était comme s'il m'avait oubliée.

Elle poussa un soupir.

– Par la suite, j'ai eu l'impression qu'il n'avait jamais existé.

Ils avaient consulté les rapports. La femme avait signalé la disparition le lendemain matin. La police s'était rendue à son domicile. On avait passé un avis de recherche dans les journaux, à la radio et à la télévision. La police lui avait dit qu'on le retrouverait sans doute rapidement, on lui avait également demandé s'il lui arrivait de boire ou s'il avait déjà disparu de cette manière dans le passé, s'il y avait une autre femme dans sa vie, à sa connaissance. Elle avait répondu à tout par la négative, mais ces questions l'avaient amenée à considérer cet homme sous un autre angle. Y avait-il une autre femme ? Était-il parti rejoindre une autre ? Étant représentant, il voyageait beaucoup dans le pays. Il vendait des engins de terrassement et des machines agricoles, des tracteurs, des faucheuses, des pelleteuses et des bulldozers, ce qui occasionnait ses déplacements. Parfois, pendant ses voyages les plus longs, il s'absentait plusieurs semaines de suite. Il rentrait juste de l'un de ces déplacements au moment de sa disparition.

– Je ne vois pas ce qu'il serait allé faire là-haut, au lac de Kleifarvatn, remarqua-t-elle en les regardant à tour de rôle. Nous n'y avons jamais mis les pieds.

Ils n'avaient rien dit à propos de l'appareil russe, ni mentionné le crâne fracassé. Ils s'étaient bornés à parler d'un squelette trouvé à un endroit autrefois recouvert par le lac en expliquant qu'ils enquêtaient sur les disparitions datant d'une époque précise.

– Votre voiture a été retrouvée deux jours plus tard devant la gare routière, observa Sigurdur Oli.

– La description qu'on a donnée de lui ne disait rien à personne. Je n'avais aucune photo de lui, ni lui de moi. Nous n'étions pas ensemble depuis très longtemps et nous n'avions pas

d'appareil photo. Et puis, nous ne partions jamais en voyage, c'est en voyage que les gens prennent le plus de photos, non ?
– Et à Noël, confirma Sigurdur Oli.
– Oui, à Noël, convint-elle.
– Et ses parents ?
– Ils étaient décédés depuis longtemps. Il avait passé des années à l'étranger, travaillé sur des bateaux et aussi vécu un certain temps en Grande-Bretagne et en France. Il avait un très léger accent suite à ses longs séjours à l'étranger. Entre le moment de sa disparition et celui où l'on a retrouvé notre voiture, une trentaine de cars ont quitté la gare routière en direction des quatre coins du pays et aucun des chauffeurs n'a été à même de dire s'il était monté dans l'un d'entre eux. Ils ne pensaient pas l'avoir vu. La police était persuadée que les chauffeurs l'auraient remarqué, s'il avait pris un car, mais je sais qu'elle m'a dit ça pour me rassurer. Je crois que les policiers pensaient qu'il était en train de cuver quelque part en ville et qu'il allait rentrer à la maison. Ils m'ont dit qu'il leur arrivait parfois de recevoir des appels de femmes mortes d'inquiétude pendant que leurs maris éclusaient en ville.

La femme marqua une pause.

– Je ne crois pas qu'ils aient mené l'enquête avec un soin excessif, ajouta-t-elle ensuite, j'ai l'impression que cette affaire ne les intéressait pas beaucoup.

– D'après vous, pourquoi a-t-il laissé sa voiture à la gare routière ? demanda Erlendur. Il vit Sigurdur Oli prendre en note la remarque de la femme à propos de la façon dont la police avait effectué son travail à l'époque.

– Je n'en ai aucune idée.

– Pensez-vous que quelqu'un d'autre aurait pu y déposer la voiture ? Afin de vous induire en erreur, vous ou bien la police ? Pour qu'on croie qu'il avait quitté la ville ?

– Je n'en sais rien, répondit la femme. Évidemment, j'ai beaucoup réfléchi à la possibilité qu'il ait tout simplement été assassiné, mais je ne comprends pas qui aurait pu le faire et encore moins pour quelle raison. Ça m'échappe complètement.

– C'est souvent le hasard qui en décide, répondit Erlendur. Il n'y a pas forcément toujours une explication. Il est très rare en

Islande qu'un meurtre soit commis avec un mobile précis. Ce sont des accidents, des coups de folie, sans aucune préparation ni préméditation, dans la plupart des cas terriblement irréfléchis.

Les rapports de police précisaient que l'homme était parti rendre visite à un client plus tôt dans la journée et qu'il avait prévu de rentrer chez lui. Un éleveur bovin résidant à proximité de la ville était intéressé par l'achat d'un tracteur. L'homme avait décidé de s'y rendre pour essayer de conclure la vente. Le paysan déclara que l'homme n'était jamais venu. Il l'avait attendu toute la journée mais ne l'avait jamais vu.

– Tout semble donc aller pour le mieux et il s'arrange pour disparaître, observa Sigurdur Óli. Personnellement, que pensez-vous qu'il est arrivé ?

– Il ne s'est pas arrangé pour disparaître, s'offusqua la femme. Pourquoi dites-vous ça ?

– Non, pardonnez-moi, s'excusa Sigurdur Óli. Bien sûr que non. Je voulais dire qu'il a disparu. Pardonnez-moi.

– Je ne sais pas, répondit la femme. Il lui arrivait parfois d'être un peu déprimé, taciturne et solitaire. Peut-être que si nous avions eu des enfants... Peut-être que les choses auraient été différentes si nous avions eu des enfants.

Il y eut un silence. Erlendur l'imagina en train de faire les cent pas devant la boutique, inquiète et déçue.

– Avait-il des contacts avec les ambassades à Reykjavik ? demanda Erlendur.

– Avec les ambassades ? s'étonna la femme.

– Oui, les ambassades, confirma Erlendur. Était-il en rapport avec certaines d'entre elles, peut-être surtout avec celles des pays d'Europe de l'Est ?

– Non, aucune, répondit la femme. Je ne comprends pas... Que voulez-vous dire ?

– Il ne connaissait personne dans les ambassades et ne travaillait pas pour leur compte ou quelque chose de ce genre ? demanda Sigurdur Óli.

– Non, absolument pas, en tout cas, pas après notre rencontre. Pas à ma connaissance.

– Quel genre de voiture aviez-vous ? demanda Erlendur, qui avait oublié la marque mentionnée dans les rapports.

La femme s'accorda un moment de réflexion. Son esprit commençait à s'embrouiller devant l'étrangeté de toutes ces questions.

– Une Ford, répondit-elle. Je crois que c'était une Falcon. Elle était noire.

– En relisant les rapports de police de cette époque, j'ai eu l'impression qu'on n'y avait trouvé aucun indice expliquant la disparition de votre compagnon.

– Non, ils n'ont rien trouvé. Quelqu'un avait volé un des enjoliveurs, mais c'était tout.

– Là-bas, devant la gare routière? demanda Sigurdur Oli.

– C'est ce qu'ils pensaient.

– Donc, il manquait un enjoliveur?

– Oui.

– Et la voiture, qu'est-elle devenue?

– Je l'ai revendue. Je manquais d'argent. Je n'ai jamais eu beaucoup d'argent.

Elle se souvenait du numéro d'immatriculation, qu'elle leur communiqua d'un air absent. Sigurdur Oli le prit en note. Erlendur donna le signal de départ. Ils se levèrent en remerciant la femme de son accueil. Elle resta assise dans son fauteuil. Erlendur avait l'impression qu'elle était profondément désemparée.

– Les machines qu'il vendait, elles venaient d'où? demanda Erlendur, simplement pour dire quelque chose.

– Les machines agricoles? Elles étaient importées de Russie et d'Allemagne de l'Est. Il disait qu'elles étaient de moins bonne qualité que celles d'Amérique, mais aussi nettement moins chères.

Erlendur ne comprenait pas ce que Sindri Snaer lui voulait. Son fils ne ressemblait absolument pas à Eva, sa sœur, qui trouvait qu'Erlendur ne s'était pas assez battu pour obtenir un droit de visite de ses enfants. Ils n'auraient même pas eu connaissance de son existence si leur mère n'avait pas passé son temps à dire du mal de lui. En grandissant, Eva avait retrouvé son père et laissé sa colère s'abattre sur lui sans aucune pitié. Sindri Snaer ne semblait pas avoir la même préoccupation. Il n'essayait pas de lui tirer les vers du nez à propos de la dissolution de la famille, ne l'accusait pas d'indifférence envers lui et sa sœur pendant leur enfance, passée à croire que leur père était un être malfaisant parce qu'il les avait abandonnés.

Quand Erlendur rentra chez lui, Sindri Snaer faisait bouillir des spaghettis. Il avait rangé la cuisine, c'est-à-dire qu'il avait jeté quelques emballages de plats préparés, lavé quelques fourchettes et nettoyé la cafetière ainsi que l'espace autour. Erlendur alla dans le salon pour suivre les informations télévisées. Le squelette de Kleifarvatn était maintenant en cinquième position. La police avait pris garde de ne pas dévoiler l'existence de l'appareil russe.

Assis sans rien dire, ils mangeaient leurs spaghettis. Erlendur les coupait en morceaux avec sa fourchette et y avait ajouté du beurre alors que Sindri mettait sa bouche en cul de poule pour les aspirer, accompagnés de ketchup. Erlendur lui demanda des nouvelles de sa mère mais Sindri répondit qu'il n'en avait pas eu depuis son arrivée en ville. Assis en silence, ils mangeaient. La télévision était restée allumée dans le salon. Le talk-show avait commencé. Une pop-star relatait les grandes victoires de son existence.

– À la fin de l'année dernière, Eva m'a raconté que tu avais eu un frère et qu'il était mort, déclara tout à coup Sindri en s'essuyant la bouche avec de l'essuie-tout.

– C'est vrai, répondit Erlendur au bout d'un bref instant de réflexion. Il ne s'y attendait pas.

– Eva m'a dit que ça t'a énormément marqué.

– C'est vrai.

– Et que ça explique un peu ta façon d'être.

– Ma façon d'être ? Je ne connais rien à ma façon d'être. Et Eva non plus !

Ils recommencèrent à manger en silence. Sindri mettait sa bouche en cul de poule et Erlendur se battait avec les spaghettis pour les maintenir sur sa fourchette. Il se dit qu'il achèterait des flocons d'avoine et du *sur slatur** la prochaine fois qu'il passerait à proximité d'un magasin.

---

* Plat typiquement islandais à base de sang et d'abats de mouton, mis à surir dans de la saumure dans un but de conservation.

– Ce n'est pas ma faute, répondit Sindri.

– Quoi donc?

– Si je sais à peine qui tu es.

– Non, reconnut Erlendur. Ce n'est pas ta faute.

Ils mangeaient en silence. Sindri posa sa fourchette et s'essuya à nouveau la bouche avec un morceau d'essuie-tout. Il se leva pour aller chercher un gobelet à café qu'il remplit au robinet avant de retourner s'asseoir à table.

– Elle m'a dit qu'on ne l'avait jamais retrouvé.

– Oui, c'est vrai, on ne l'a jamais retrouvé, confirma Erlendur.

– Donc, il se trouve encore là-bas, dans la montagne?

Erlendur s'arrêta de manger et posa sa fourchette.

– Je suppose, oui, répondit-il en regardant son fils dans les yeux. Où veux-tu en venir avec ces questions?

– Il t'arrive encore de le chercher? demanda Sindri.

– De le chercher?

– Oui, tu le cherches encore?

– Sindri, qu'est-ce que tu me veux? demanda Erlendur.

– J'ai travaillé dans les fjords de l'Est, à Eskifjördur. Les gens ne savaient pas que nous... Sindri hésita avant de trouver le mot juste... que nous nous connaissions. Mais, quand Eva m'a raconté cette histoire sur ton frère, j'ai posé des questions aux gens du coin, aux anciens et à ceux qui travaillaient avec moi dans le poisson.

– Tu as posé des questions sur moi?

– Non, pas de façon directe. Pas sur toi. J'ai posé des questions sur le passé, sur les gens qui vivaient là-bas autrefois, sur les paysans des environs. Ton père, mon grand-père, il était bien paysan, non?

Erlendur ne répondit pas.

– Il y a des gens là-bas qui s'en souviennent bien, poursuivit Sindri.

– Qui se souviennent de quoi?

– De ces deux garçons qui sont partis avec leur père dans la montagne et du plus jeune qui a disparu. Après ça, la famille a déménagé à la capitale.

Erlendur fixait son fils.

74

– À quels gens tu as parlé?

– À des gens qui vivent là-bas, dans les fjords de l'Est.

– Donc, tu es allé fouiner à mon sujet? lança sèchement Erlendur.

– Je ne suis pas allé fouiner, répondit Sindri. Eva Lind m'a raconté ça et j'ai posé des questions sur ce qui était arrivé.

Erlendur repoussa son assiette.

– Et qu'est-ce qui s'est passé?

– Le temps était déchaîné. Ton père est rentré à la maison et on a appelé les sauveteurs. Tu as été retrouvé enfoui sous la neige. Ton frère, jamais. Ton père n'a pas participé aux recherches. Les gens m'ont dit qu'il s'en voulait et qu'il avait toujours été bizarre après ça.

– Bizarre? rétorqua Erlendur, furieux. C'est quoi, ces âneries?

– Ta mère était beaucoup plus solide, continua Sindri. Elle a accompagné les sauveteurs tous les jours, elle a continué de chercher ton frère longtemps après. Jusqu'à ce que vous déménagiez, deux ans plus tard. Elle allait toujours dans les montagnes à la recherche de son fils. C'était une obsession chez elle.

– Elle voulait qu'il ait une sépulture, répondit Erlendur. C'était ça, son obsession.

– Les gens m'ont aussi parlé de toi.

– Tu ne devrais pas écouter les bêtises que les gens racontent.

– Ils m'ont dit que le frère aîné, celui qui avait été sauvé, venait régulièrement dans l'Est, qu'il sillonnait les montagnes et les landes. Que plusieurs années pouvaient s'écouler entre ses visites et qu'il n'était pas venu depuis un bon moment maintenant, mais qu'ils s'attendaient toujours à le voir arriver. Il vient seul, équipé d'une tente. Il loue des chevaux et s'en va dans les montagnes. Il redescend au bout d'une semaine, d'une dizaine ou peut-être d'une quinzaine de jours avant de repartir en voiture. Il ne parle jamais à personne, sauf quand il va louer les chevaux, d'ailleurs il ne dit pas grand-chose à cette occasion non plus.

– Ils parlent encore de ça dans l'Est?

– Je ne pense pas, répondit Sindri. Pas tant que ça. Je me suis montré curieux sur la question et j'ai discuté avec des gens qui s'en souvenaient bien. Qui se souvenaient de toi. J'ai discuté avec le paysan qui te loue les chevaux.

– Pourquoi tu as fait ça ? Tu n'as jamais...

– Eva Lind m'a dit qu'elle te comprenait mieux depuis que tu lui avais raconté cette histoire. Elle veut toujours qu'on parle de toi. Moi, je ne me suis jamais intéressé à toi. Tu représentes à ses yeux quelque chose qui m'échappe. Tu m'es totalement indifférent et je trouve ça très bien comme ça. Je trouve que c'est très bien de ne pas avoir besoin de toi. Je n'ai jamais eu besoin de toi. Eva, elle, a besoin de se raccrocher à toi et ça a toujours été le cas.

– J'ai essayé de faire ce que j'ai pu pour Eva, répondit Erlendur.

– Je sais, elle me l'a dit. Elle a parfois l'impression que tu te mêles de ce qui ne te regarde pas, mais je crois qu'elle a conscience de ce que tu essaies de faire pour elle.

– Les restes humains peuvent être retrouvés après des dizaines d'années, précisa Erlendur. Même au bout de cent ans. Tout à fait par hasard. Il existe des tas d'histoires à ce sujet.

– Probablement, répondit Sindri. Eva m'a dit que tu te sentais responsable de ce qui lui était arrivé. Que tu lui avais lâché la main. C'est pour ça que tu retournes dans l'Est, pour le chercher ?

– Je crois...

Erlendur se tut.

– Parce que tu as mauvaise conscience ?

– Je ne sais pas si on peut parler de mauvaise conscience, répondit-il en esquissant un sourire.

– Mais tu ne l'as jamais retrouvé, reprit Sindri.

– Non, répondit Erlendur.

– C'est pour ça que tu y retournes encore et encore.

– Ça me fait du bien d'aller là-bas, dans l'Est. De changer de cadre. D'être un peu seul avec moi-même.

– J'ai vu la maison que vous avez construite. Il y a longtemps qu'elle est abandonnée.

– Oui, répondit Erlendur. Elle l'est depuis longtemps. Et à moitié en ruine. J'ai parfois pensé en faire une maison de campagne mais...

– L'endroit pue la mort.

Erlendur lança un regard à Sindri.

– Il fait encore bon y dormir, nota-t-il. Avec les fantômes.

Le soir, en allant se coucher, il repensa aux paroles de son fils. Sindri avait raison. L'été, il lui arrivait de se rendre dans les fjords de l'Est à la recherche de son frère. Il en ignorait la raison, si l'on excluait le fait, évident, qu'il désirait retrouver ses restes afin de pouvoir clore l'histoire, même s'il savait au fond de lui qu'il y avait peu d'espoir qu'il subsiste désormais quoi que ce soit de son corps. Il passait toujours la première et la dernière nuit dans l'ancienne maison d'habitation de la ferme, aujourd'hui abandonnée. Il dormait sur le sol et, à travers les vitres cassées, levait les yeux vers le ciel en pensant au temps ancien, à ce temps qu'il avait passé, assis dans cette salle en compagnie de sa famille, de ses ancêtres ou bien des gens des environs. Il regardait la jolie porte peinte de la pièce principale et voyait sa mère y entrer une cafetière à la main, elle versait le café dans les tasses des invités, baignés par la douce clarté de la lampe. Son père se tenait dans l'embrasure et souriait à quelqu'un. Son frère s'approchait de lui, intimidé par les hôtes, en lui demandant s'il pouvait prendre un autre beignet. Quant à lui, debout à la fenêtre, il regardait les chevaux au-dehors. Joyeux et bruyants, des gens revenaient d'une promenade à cheval.

C'étaient ses fantômes à lui.

10

Marion Briem paraissait légèrement en meilleure forme lorsque Erlendur lui rendit visite tôt le lendemain matin. Il avait réussi à dégoter un western avec John Wayne. Il s'agissait de *The Searchers, La Prisonnière du désert**, ce qui semblait satisfaire Marion qui demanda à Erlendur d'insérer la cassette dans le magnétoscope.

– Depuis quand tu regardes des westerns? demanda Erlendur.

– J'ai toujours adoré ça, répondit Marion. Son masque à oxygène reposait sur la table à côté du fauteuil du salon. Les meilleurs d'entre eux racontent des histoires simples qui parlent de gens simples. J'aurais imaginé qu'un péquenot comme toi apprécierait aussi ce genre d'histoire.

– Je n'ai jamais pu m'habituer au cinéma.

– Alors, le lac de Kleifarvatn, ça avance?

– Que nous apprend le fait qu'un squelette datant probablement des années 60 ait été retrouvé attaché à un appareil d'écoute soviétique? rétorqua Erlendur.

– Seule hypothèse envisageable? observa Marion.

– Des espions, n'est-ce pas?

– Oui.

– Tu crois sérieusement que c'est un authentique espion islandais, dans le lac?

– Qui te dit qu'il est islandais?

– Eh bien, on serait tenté de le supposer, non? demanda Erlendur d'un ton hésitant.

---

* Le texte mentionne ce titre dans la langue originale. Tous les films et feuilletons étrangers sont sous-titrés et jamais doublés, de même ils sont en général connus sous leur titre original.

– Rien ne dit qu'il le soit, remarqua Marion, subitement prise d'une quinte de toux. Elle éprouvait des difficultés à respirer. Passe-moi l'oxygène, je me sentirai mieux.

Erlendur tendit le bras vers le masque, le lui plaça sur le visage et ouvrit l'arrivée du réservoir. Il se demanda s'il ne ferait pas mieux d'appeler une infirmière ou même un médecin. On aurait dit que Marion lisait dans ses pensées.

– Ne t'inquiète pas, ça ira comme ça. Une infirmière va passer me voir plus tard dans la journée.

– Je ne devrais pas rester là à te fatiguer.

– Ne t'en va pas tout de suite. Tu es la seule personne qui vient me voir et à qui j'ai envie de parler. Et la seule susceptible de me donner une cigarette.

– Ne compte pas sur moi pour ça.

Il y eut un silence. Marion reposa à nouveau son masque.

– Les Islandais auraient fait de l'espionnage pendant la guerre froide? demanda Erlendur.

– Je n'en sais rien, répondit Marion. En revanche, je sais que certains ont essayé de les y pousser. Je me souviens d'un homme qui est venu nous voir pour se plaindre que les Russes ne le laissaient jamais en paix. Marion ferma les yeux. Il s'agissait d'une histoire d'espionnage particulièrement abracadabrante mais, évidemment, des plus islandaises.

Les Russes s'étaient mis en contact avec l'homme en question en lui demandant s'il voulait bien leur apporter son aide. Ils voulaient, entre autres, obtenir des renseignements sur l'aéroport de Keflavik et les installations qui s'y trouvaient. Les Russes se montrèrent extrêmement sérieux; ils désiraient rencontrer l'homme dans des endroits isolés à l'extérieur de la ville et l'homme les trouvait très pressants. Il ne parvenait pas à s'en débarrasser. Il leur avait dit qu'il n'était pas d'accord mais les Russes ne l'avaient pas écouté et, finalement, il avait cédé. C'est alors qu'il avait contacté la police qui avait mis au point un piège d'une désarmante simplicité. Quand l'homme était parti retrouver les Russes au lac de Hafravatn, deux policiers avaient embarqué dans sa voiture, cachés sous des couvertures. D'autres policiers s'étaient postés dans le périmètre. Les Russes n'avaient absolument rien soupçonné jusqu'au moment où les policiers avaient surgi du véhicule pour les arrêter.

– Ils ont été expulsés, conclut Marion. Son visage afficha un rictus à la pensée de cette tentative d'espionnage. Je me souviens encore de leurs noms : Kisilev et Dimitriev.

– Mais dis-moi, tu te souviendrais par hasard d'une disparition qui s'est produite ici, à Reykjavik, dans les années 60 ? reprit Erlendur. Un type qui vendait des machines agricoles et des pelleteuses. Il n'est pas allé à un rendez-vous qu'il avait donné à un paysan qui ne vivait pas bien loin de la ville et on n'a eu aucune nouvelle de lui depuis.

– Si, je m'en rappelle très bien. C'est Niels qui s'est occupé de cette affaire. Ce fainéant de Niels.

– Oui, c'est vrai, convint Erlendur qui connaissait ce Niels. L'homme possédait une Ford Falcon qui a été retrouvée devant la gare routière. Quelqu'un avait volé un des enjoliveurs.

– Il ne voulait pas tout simplement se débarrasser de sa bonne femme ? Je crois me souvenir que c'était la conclusion de l'enquête. Qu'il s'était suicidé.

– C'est bien possible, répondit Erlendur.

Marion ferma les yeux. Erlendur resta un bon moment silencieux, assis sur le canapé, à regarder le western pendant que Marion sommeillait. Sur le boîtier de la cassette, on pouvait lire que Wayne incarnait un ancien soldat de l'armée sudiste à la recherche d'Indiens qui avaient tué son frère et sa belle-sœur avant d'enlever leur fille. Le soldat passe des années à chercher la petite fille et, au moment où il finit par la retrouver, elle a tout oublié du passé, elle est devenue une Indienne.

Au bout de vingt minutes, Erlendur se leva et salua Marion qui dormait encore avec le masque sur la bouche.

Quand il arriva au commissariat, il alla s'asseoir dans le bureau d'Elinborg, occupée à la rédaction d'un discours pour le cocktail organisé à l'occasion de la parution de son livre. Sigurdur Oli était avec elle. Il rapporta qu'il avait remonté le circuit des propriétaires de la Falcon jusqu'à ce qu'il ait retrouvé le dernier en date.

– Il a vendu la voiture à une casse de Kopavogur, un peu avant 1980, précisa Sigurdur Oli. Cette casse existe toujours mais personne ne répond au téléphone. Ils sont peut-être partis en vacances d'été.

– La Scientifique nous a communiqué d'autres précisions sur l'appareil d'écoute ? s'enquit Erlendur. Il vit Elinborg remuer les lèvres en louchant sur son écran comme si elle essayait de s'assurer que le discours sonnait bien.

– Elinborg ! gronda-t-il.

Elle leva un doigt en l'air, comme pour lui dire d'attendre un instant.

– ... et j'espère, lut-elle à haute voix sur l'écran, que ce livre vous procurera d'inestimables moments de plaisir dans vos cuisines, de même qu'il vous aidera à élargir votre horizon. Je me suis efforcée de le rendre simple, j'ai essayé de mettre l'accent sur le côté familial car la cuisine et la préparation des repas sont le centre...

– Parfait, interrompit Erlendur.

– Attends un peu, reprit Elinborg... sont le centre de tout foyer harmonieux où la famille se réunit chaque jour afin de s'offrir des moments de plaisir en toute tranquillité.

– Elinborg, coupa Sigurdur Oli.

– Ça fait trop mièvre ? demanda-t-elle en grimaçant.

– C'est dégoulinant, commenta Sigurdur Oli.

Elinborg regarda Erlendur.

– Que dit la Scientifique sur cet appareil ? demanda-t-il.

– Ils sont encore en train de l'étudier, précisa Elinborg. Ils essaient de trouver un spécialiste aux Télécoms.

– Je pensais à tous les appareils retrouvés à Kleifarvatn durant cette année, intervint Sigurdur Oli, et à celui qui était attaché au squelette. On ferait peut-être bien d'aller interroger des anciens membres des ambassades étrangères ?

– Oui, occupe-toi de trouver à qui on doit s'adresser, répondit Erlendur. Des gens qui se souviennent de la guerre froide à l'époque où elle battait son plein.

– On serait en train de parler d'espionnage en Islande ? demanda Elinborg.

– Je ne sais pas, répondit Erlendur.

– C'est plutôt risible, non ? fit remarquer Elinborg.

— Pas plus risible que ce "foyer harmonieux où la famille se réunit chaque jour afin de s'offrir des moments de plaisir en toute tranquillité", reprit Sigurdur Oli en l'imitant.

— Ah, tais-toi donc, rétorqua Elinborg en effaçant de l'écran ce qu'elle venait d'écrire.

La seule personne travaillant à la casse de Kopavogur était le propriétaire lui-même et celle-ci n'était ouverte que l'après-midi. Cernées d'une haute clôture, les carcasses de voitures étaient empilées jusqu'à six les unes sur les autres. Certaines étaient dans un état pitoyable après de graves accidents alors que d'autres, simplement vieilles, étaient en bout de course. Cela semblait également être le cas du propriétaire, un homme à l'air fatigué qui approchait de la soixantaine, vêtu d'une combinaison déchirée et sale qui, dans le passé, avait dû être bleu clair. L'homme retirait le pare-chocs d'une voiture japonaise presque entièrement pliée comme un accordéon suite à un choc à l'arrière.

Erlendur resta à regarder l'épave en attendant que l'homme lève les yeux.

— Un camion lui a foncé dedans, commenta-t-il. Une chance qu'il n'y ait eu personne à l'arrière.

— Une voiture neuve, regretta Erlendur.

— Alors, qu'est-ce qu'il vous faut?

— Je cherche une Ford Falcon noire, déclara Erlendur. Quelqu'un vous l'a vendue ou donnée avant 1980.

— Une Ford Falcon?

— Évidemment, c'est sans espoir, je sais bien, observa Erlendur.

— C'est-à-dire qu'elle était déjà vieille quand nous l'avons reçue ici, observa l'homme en attrapant un chiffon pour s'essuyer les mains. Ils ont arrêté de la produire vers 1970, peut-être même plus tôt.

— Par conséquent, elle ne vous a été d'aucune utilité, c'est ce que vous voulez dire?

— La plupart des Falcon ont disparu bien avant 1980. Pourquoi est-ce que vous la cherchez? Il vous manque des pièces détachées? Vous êtes en train d'en restaurer une?

Erlendur lui exposa la situation: il était de la police; cette voiture était liée à une disparition datant de plusieurs années.

L'intérêt de l'homme s'en trouva aiguisé. Il lui raconta qu'il avait acheté la casse à un certain Haukur au milieu des années 80 mais il n'avait pas souvenir d'une Ford Falcon dans le parc des véhicules. Il expliqua que l'ancien propriétaire, décédé depuis des années, tenait un registre des épaves qu'il achetait et indiqua à Erlendur une petite pièce située derrière l'accueil où des dossiers et des caisses de documents s'entassaient jusqu'au plafond.

– C'est notre comptabilité, déclara l'homme avec un sourire d'excuse. Ici, nous n'avons pas l'habitude de nous débarrasser de quoi que ce soit. Vous êtes le bienvenu si vous voulez jeter un œil à tout ça. Je n'ai jamais eu le courage de tenir un registre des épaves, je n'en voyais pas le but, en revanche ce bon vieux Haukur s'en acquittait scrupuleusement.

Erlendur le remercia avant d'entreprendre d'examiner les dossiers dont le dos indiquait à chaque fois l'année. Il repéra les piles datant des années 70 et commença par là. Il ne savait pas pourquoi il recherchait cette voiture. Il ne voyait pas du tout en quoi elle pouvait lui être utile, si tant est qu'elle existait encore. Sigurdur Oli lui avait demandé pourquoi il s'intéressait à cette disparition-là plus qu'aux autres sur lesquelles il s'était penché ces jours derniers. Erlendur n'avait pas de réponse satisfaisante. Sigurdur Oli n'aurait jamais compris s'il lui avait dit qu'il ne parvenait pas à chasser de son esprit l'image de cette femme solitaire pensant enfin avoir trouvé le bonheur, piétinant devant une crémerie et regardant sa montre en attendant l'homme qu'elle aimait.

Trois heures plus tard, alors qu'Erlendur était sur le point d'abandonner et que le propriétaire était venu à plusieurs reprises lui demander s'il était tombé sur quelque chose, il trouva ce qu'il cherchait, une transaction concernant la voiture. La casse avait vendu la Falcon noire le 21 octobre 1979, le moteur était hors d'état, l'intérieur et la peinture convenables. Sans plaque d'immatriculation. À la fiche descriptive était agrafée une facture écrite au crayon à papier. Elle portait les mentions suivantes : Falcon, année 1967. Prix : 35 000 Kr. Acquéreur : Hermann Albertsson.

11

Le premier secrétaire de l'ambassade russe de Reykjavik avait l'âge d'Erlendur, mais, plus mince, il était visiblement mieux portant que lui. Il les reçut en s'efforçant de se montrer décontracté. Il portait un pantalon kaki et un pull-over et déclara en souriant qu'il s'apprêtait à partir au golf. Il invita Erlendur et Elinborg à passer dans son bureau et s'assit lui-même derrière une grande table de travail avec un large sourire. Il connaissait le motif de leur visite. Le rendez-vous ayant été pris depuis quelque temps, cette excuse du golf surprit Erlendur. On aurait dit qu'ils devaient bâcler l'entrevue avant de repartir en vitesse. Ils discutaient en anglais et, bien que le secrétaire sache ce qui les amenait, Elinborg exposa brièvement en quoi leur entrevue semblait nécessaire. On avait trouvé un appareil d'écoute russe attaché au squelette d'un homme qui, selon toute probabilité, avait été assassiné puis immergé dans le lac de Kleifarvatn à une date postérieure à 1961. La découverte de l'appareil d'écoute n'avait toujours pas été divulguée à la presse.

— Un certain nombre d'ambassadeurs, d'abord soviétiques et ensuite russes, ont été en poste ici depuis 1960, expliqua le secrétaire en souriant d'un air sûr de lui comme s'il ne se sentait en rien concerné par tout ce que les policiers lui racontaient. Ceux qui travaillaient ici dans les années 60 et au début des années 70 sont décédés depuis longtemps. Je doute qu'ils aient su que des appareils russes se trouvaient dans ce lac. Pas plus que moi, d'ailleurs.

Il fit un sourire qu'Erlendur lui renvoya.

— Mais vous avez fait de l'espionnage en Islande pendant la guerre froide? Ou, du moins, vous avez essayé.

— C'était avant que j'arrive ici, répondit le secrétaire. Je ne saurais vous dire quoi que ce soit à ce sujet.

– C'est-à-dire qu'il n'y a plus d'espionnage ?

– Que voulez-vous qu'on aille espionner ? Nous allons sur le Net, comme tout le monde. Et puis, votre base militaire n'a plus réellement d'importance stratégique. Si tant est qu'elle en ait eu une. Les points de friction du monde se sont déplacés. Les États-Unis n'ont plus besoin de tête de pont comme l'Islande. Ce qu'ils fichent ici avec cette base militaire qui leur coûte les yeux de la tête échappe à l'entendement. S'il s'agissait de la Turquie, encore, on pourrait comprendre.

– Ce n'est pas notre base militaire, précisa Elinborg.

– Nous savons que des employés de votre ambassade ont été expulsés d'Islande car ils étaient soupçonnés d'espionnage, intervint Erlendur. À l'époque la plus conflictuelle de la guerre froide.

– Dans ce cas-là, vous êtes nettement mieux renseignés que moi, répondit le secrétaire. Et bien sûr que c'est votre base militaire, ajouta-t-il en regardant Elinborg. Ne vous faites pas d'illusions. Il s'adressa à nouveau à Erlendur : si cette ambassade était un nid d'espions, alors ils étaient deux fois moins nombreux que les agents de la CIA à l'ambassade des États-Unis. Vous leur avez posé la question ? En vous écoutant décrire la découverte de ce fameux squelette, j'ai l'impression qu'il s'agit de, comment dirais-je, d'une espèce de crime mafieux. Ça ne vous a pas effleuré l'esprit ? Un bloc de béton et un lac bien profond. On se croirait presque dans un polar américain.

– L'appareil a été fabriqué en Russie, observa Erlendur. L'appareil attaché au cadavre, enfin, au squelette...

– Ça ne nous avance pas beaucoup, répondit le secrétaire. Il y avait des ambassades ou des délégations d'autres pays de l'Est ici qui se servaient également d'appareils provenant de l'ex-Union soviétique. Il n'est pas certain que tout cela ait quoi que ce soit à voir avec nos services.

– Nous avons ici une description plus précise de l'appareil en question avec clichés à l'appui, reprit Elinborg en lui tendant les documents et les photos. Pourriez-vous nous décrire l'utilisation qui en était faite ? En nous précisant qui s'en servait ?

– Je ne connais malheureusement pas cet appareil, répondit le secrétaire en examinant les photos. Je vais me renseigner.

En tout cas, même si nous le connaissions, nous ne pourrions pas vous être d'un bien grand secours.

— Ça vaudrait quand même le coup d'essayer, non ? demanda Erlendur.

Le secrétaire sourit.

— Vous devez me croire. Ce squelette trouvé au fond du lac n'a aucun rapport avec cette ambassade ni avec aucun de ses employés. Par le passé comme aujourd'hui.

— Nous pensons qu'il s'agit d'un appareil d'écoute, observa Elinborg. Il capte l'ancienne fréquence d'émission de l'armée américaine sur la lande de Midnesheidi.

— Je suis incapable de vous répondre là-dessus, s'impatienta le secrétaire en regardant sa montre. Le golf l'attendait.

— Si vous aviez fait de l'espionnage dans le passé, ce qui, bien sûr, n'est pas le cas, qu'est-ce qui aurait été susceptible d'éveiller votre curiosité ? demanda Erlendur.

Le secrétaire eut un instant d'hésitation.

— Si nous nous étions livrés à quoi que ce soit dans ce style, alors nous aurions évidemment surveillé la base militaire, les déplacements de matériel, ceux des bateaux militaires, des avions, des sous-marins. Nous aurions cherché des renseignements sur leurs occupants respectifs. Je ne vous apprends rien que vous ne sachiez déjà. Nous aurions voulu en savoir plus sur le fonctionnement de la base et des autres installations militaires présentes en Islande. Il y en avait partout, pas seulement à Keflavik. Elles étaient disséminées dans le pays tout entier. Nous nous serions également tenus informés des activités des autres ambassades, de la politique intérieure, des partis et de ce genre de chose.

— Un certain nombre d'appareils ont été repêchés dans le lac de Kleifarvatn en 1973, l'informa Erlendur. Des émetteurs, des récepteurs d'ondes courtes, des bandes magnétiques et même des radios. La plupart provenaient d'Union soviétique.

— Je n'ai pas connaissance de cet élément, répondit le secrétaire.

— Non, bien sûr que non, observa Erlendur. Mais vous savez peut-être pour quelle raison tout cela a été jeté à l'eau.

Existait-il une procédure précise pour se débarrasser des vieux appareils?

– Je crains de ne pouvoir être d'un grand secours dans toute cette affaire, dit le secrétaire dont le sourire s'était évanoui. J'ai tenté de vous répondre de mon mieux, mais il y a des choses dont j'ignore tout. C'est aussi simple que ça.

Erlendur et Elinborg se levèrent. Il y avait chez cet homme une sorte de suffisance qu'Erlendur n'appréciait pas. *Votre* base militaire! Que savait-il des problèmes de défense de l'Islande?

– S'agissait-il d'appareils obsolètes qu'il n'y avait aucune raison de renvoyer par la valise diplomatique? demanda-t-il. N'aurait-il pas suffi de les mettre à la décharge avec les autres ordures? Ce ne sont pas des appareils qui prouvent formellement que l'espionnage ait été pratiqué en Islande, à cette époque où le monde était plus simple et les lignes de partage plus nettes.

– Vous pouvez disserter sur la question autant que vous voulez, répondit le secrétaire. Moi, je suis attendu ailleurs.

– Est-il possible que l'homme retrouvé à Kleifarvatn appartienne à votre ambassade?

– Non.

– Ou à d'autres délégations des pays de l'Est?

– Je crois que cette hypothèse est exclue. Maintenant, je dois vous demander de…

– Personne n'a manqué à l'appel chez vous durant cette période?

– Non.

– Vous êtes capable de me répondre comme ça, du tac au tac, sans même avoir besoin de le vérifier?

– J'ai déjà vérifié. Personne ne manque.

– Personne ne s'est évanoui dans la nature sans que vous sachiez ce qui lui est arrivé?

– Je vous salue bien, répondit le secrétaire avec un sourire. Il leur avait déjà ouvert la porte.

– Vous êtes bien sûr que personne n'a disparu? insista Erlendur en sortant dans le couloir.

– Personne, conclut le secrétaire en leur fermant la porte au nez.

Sigurdur Oli se vit refuser un entretien avec l'ambassadeur des États-Unis ou l'un de ses subalternes. À la place, il reçut un communiqué classé confidentiel mentionnant qu'aucun des Américains présents en Islande n'avait disparu durant la période en question. Sigurdur Oli s'entêta et voulut que la police exige une entrevue, mais sa requête fut écartée lors de la réunion des cadres de la Criminelle. Il aurait fallu que la police dispose d'éléments tangibles indiquant qu'il existait un lien entre le squelette du lac, l'ambassade américaine, la base militaire ou des ressortissants américains ayant séjourné en Islande.

La théorie la plus probable était que ce squelette était lié à des activités d'espionnage en Islande et qu'il s'agissait d'un ressortissant étranger. Sigurdur Oli avait téléphoné à un ami chef de bureau de la Défense au ministère des Affaires étrangères pour lui demander s'il pouvait trouver d'anciens collaborateurs susceptibles d'informer les services de police sur les employés des ambassades basées en Islande pendant les années 60 et 70. Il s'efforça d'en dévoiler le moins possible sur l'enquête tout en en racontant suffisamment pour aiguiser la curiosité de son ami qui promit de le recontacter.

Son verre de vin blanc à la main, Erlendur ne se sentait pas à sa place. Il examinait la foule venue au cocktail à l'occasion de la parution du livre d'Elinborg. Il avait éprouvé bien des difficultés à décider s'il devait y assister ou non, mais il avait finalement choisi de s'y rendre. Les mondanités l'ennuyaient, en tout cas le nombre infime qui croisait son chemin. Il avala une gorgée de blanc et grimaça. Le vin était aigre. Il pensa avec regret à la chartreuse qui l'attendait chez lui.

Il adressa un sourire à Elinborg qui, perdue dans la marée humaine, lui renvoya un signe de la main. Elle discutait avec des journalistes. Le fait qu'un membre féminin de la Criminelle de Reykjavik publie un livre de cuisine suscitait une certaine curiosité et Erlendur se réjouissait de voir Elinborg goûter l'intérêt qu'on lui accordait. Un jour, elle l'avait invité à manger chez elle avec Sigurdur Oli et son épouse Bergthora.

Elle avait testé sur eux un nouveau plat indien à base de poulet dont la recette figurerait dans le livre, avait-elle précisé. Le plat en question, particulièrement savoureux, était un vrai délice. Ils complimentèrent Elinborg jusqu'à la faire rougir comme une pivoine.

Erlendur ne connaissait pas grand-monde ici, excepté quelques policiers. Il se sentit soulagé en voyant Sigurdur Oli et Bergthora s'avancer dans sa direction.

– Tu pourrais tout de même essayer de sourire un peu quand tu nous vois, lança Bergthora en l'embrassant sur la joue. Il trinqua avec eux avant de lancer un toast à la santé d'Elinborg.

– Alors, quand est-ce que tu nous présentes cette femme que tu fréquentes? demanda Bergthora. Erlendur vit Sigurdur Oli se raidir à côté de son épouse. Tout le monde à la Criminelle ne parlait que de cela, mais très peu se risquaient à poser des questions là-dessus.

– Un jour peut-être, répondit Erlendur, pour tes quatre-vingts ans!

– Elle risque d'avoir disparu depuis belle lurette à ce moment-là, non? demanda Bergthora.

Erlendur répondit par un sourire.

– C'est qui, tout ce monde? s'enquit Bergthora en parcourant l'assemblée du regard.

– Je ne connais que ceux qui sont flics, observa Sigurdur Oli. Mais tous ces gens bien en chair doivent être avec Elinborg.

– Oui, tiens, voilà Teddi, nota Bergthora en adressant un signe de la main au mari d'Elinborg.

Quelqu'un fit tinter sa cuiller contre son verre, le brouhaha cessa. L'homme s'exprimait depuis un coin éloigné de la salle et ils ne saisissaient pas ce qu'il disait mais l'assistance riait. Ils virent Elinborg se frayer un chemin jusqu'à lui en sortant le discours qu'elle avait préparé. Ils s'avancèrent pour l'écouter et parvinrent à entendre la conclusion où elle remerciait sa famille et ses collègues de la police pour leur patience et leur soutien. Ensuite, ce furent les applaudissements.

– Vous prévoyez de rester encore longtemps? demanda Erlendur, comme s'il s'apprêtait à quitter le cocktail.

— Décoince-toi donc un peu! lança Bergthora. Détends-toi et profite de la vie. Prends-toi une cuite!

Elle attrapa un verre de blanc sur le plateau le plus proche.

— Allez, avale-moi ça!

Elinborg apparut dans la foule. Elle vint leur faire la bise en leur demandant s'ils s'ennuyaient. Elle regarda Erlendur qui avala une grande gorgée de blanc aigre. Elle et Bergthora se mirent à parler d'un animateur télé connu qui passait justement à côté d'eux en compagnie d'un directeur quelconque. Sigurdur Oli serra la main d'un homme inconnu d'Erlendur qui se mit à l'écart dans l'intention de s'éclipser lorsqu'il tomba nez à nez avec un vieux collègue. Ce dernier allait bientôt partir à la retraite. Erlendur savait qu'il le redoutait.

— Tu as appris pour Marion? demanda l'homme en avalant une gorgée de blanc. Je crois qu'elle a les poumons bousillés. Elle reste chez elle à souffrir le martyre.

— Oui, c'est ça, répondit Erlendur. Et à regarder des westerns.

— C'est toi qui t'intéresses à la Falcon? s'enquit l'homme en vidant son verre avant d'en attraper un autre sur un plateau qui passait à proximité.

— La Falcon?

— Oui, j'en ai entendu parler au commissariat. Tu cherchais des informations sur les disparitions à cause de la découverte de ce squelette au lac de Kleifarvatn.

— Tu t'en souviens, de cette Falcon? demanda Erlendur.

— Non, pas précisément. Nous l'avons retrouvée devant la gare routière. C'est Niels qui dirigeait l'enquête. Je viens de l'apercevoir, il y a un instant. Dis donc, la gamine nous a sorti un joli bouquin, ajouta-t-il. Belles photos, hein?

— Je crois bien que la gamine en question a la cinquantaine, nota Erlendur. Mais c'est vrai, son livre est vraiment très chouette.

Il balaya les lieux du regard à la recherche de Niels qu'il repéra, assis sur le large rebord d'une fenêtre. Erlendur alla s'installer à côté de lui et songea à quel point il lui arrivait d'envier cet homme. Niels avait derrière lui une longue carrière dans la police ainsi qu'une famille dont n'importe qui aurait été fier. Son épouse était une artiste peintre célèbre, ils avaient eu quatre enfants prometteurs qui avaient tous fait des études avant de leur pondre des petits-enfants. Le couple possédait un imposant pavillon dans la banlieue de Grafarvogur, une maison magnifiquement dessinée par l'artiste en personne, deux voitures et rien qui puisse venir jeter une ombre sur leur parfait bonheur. Erlendur se demandait parfois si c'était possible d'avoir une vie aussi heureuse et pleine de réussites que ce Niels. Ils n'étaient pas les meilleurs amis du monde. Erlendur avait toujours considéré Niels comme un fainéant patenté qui n'avait pas sa place à la Criminelle. Et la réussite de sa vie privée n'était pas faite pour atténuer l'antipathie qu'Erlendur éprouvait à son égard.

– Marion est visiblement très malade, déclara Niels lorsque Erlendur s'assit à côté de lui.

– Elle a sûrement encore un bon bout de temps devant elle, affirma Erlendur en dépit de sa certitude contraire. Et toi, comment tu vas?

Il posa cette question par simple politesse, sachant toujours parfaitement comment Niels se portait.

– Je n'y comprends plus rien, commença Niels. Nous avons arrêté un individu pour effraction cinq fois durant le week-end. À chaque fois, il a avoué les faits et on l'a relâché, l'affaire étant considérée comme réglée. Et puis, il recommence, s'introduit quelque part par effraction, avoue, est relâché et recommence. C'est quoi, cette connerie? Pourquoi on ne met pas au point un système pour envoyer ces crétins en taule? Au lieu de ça, ils accumulent les infractions de ce genre et peuvent en faire une vingtaine, on les traduit en jugement, ils sont condamnés à la peine minimale puis relâchés avec mise à l'épreuve et on se remet aussitôt à arrêter ces mêmes connards. Qu'est-ce qu'on fout à faire du surplace comme ça? Pourquoi ces gars-là ne sont pas simplement condamnés comme il se doit?

– Il n'y a pas de plus mauvais appareil que le système judiciaire islandais, répondit Erlendur.

– Ces petits voyous se payent la tête des juges, fulmina Niels. Et encore, je ne parle pas des violeurs d'enfants. Ni des agressions avec violence!

Ils se turent un instant. Cette discussion sur la légèreté des peines échauffait les deux policiers qui plaçaient en détention des délinquants, des violeurs, des pédophiles et apprenaient ensuite qu'ils avaient été condamnés à des peines ridicules quand ils n'étaient pas libérés avec sursis.

— Autre chose, reprit Erlendur. Tu te rappelles l'homme qui vendait des machines agricoles ? Il avait une Ford Falcon. Et il a disparu, comme si la terre l'avait englouti.

— Tu veux parler de la voiture devant la gare routière ?

— Oui.

— Il avait une femme adorable, cet homme-là. Je me demande ce qu'elle est devenue.

— Elle en est toujours au même point, répondit Erlendur. Il manquait un enjoliveur à une des roues, tu t'en souviens ?

— On a supposé qu'il avait été volé devant la gare. Toute cette affaire n'avait aucun caractère criminel à part peut-être cet enjoliveur volé. Si c'était bien un vol. C'est possible aussi qu'il ait heurté un trottoir et que l'enjoliveur se soit détaché tout seul. En tout cas, on ne l'a pas retrouvé. Pas plus que le propriétaire.

— Pourquoi aurait-il mis fin à ses jours ? demanda Erlendur. Tout lui réussissait, il avait une jolie femme. L'avenir lui souriait. Il venait de s'acheter une Ford Falcon.

— Tu sais bien que tout ça ne change rien quand les gens décident de se suicider, observa Niels.

— Tu crois qu'il aurait pris un billet pour monter dans un car ?

— À l'époque, ça nous a semblé peu probable, si je me rappelle bien. On a interrogé les chauffeurs, mais ils ne se souvenaient pas de lui. Enfin, ça ne prouve pas qu'il n'ait pas quitté la ville en car.

— Toi, tu crois qu'il s'est suicidé.

— Oui, répondit Niels, mais…

Il hésita.

— Mais quoi ? insista Erlendur.

— Cet homme s'était fait tout un film, reprit Niels.

— Comment ça ?

— Sa femme nous a dit qu'il s'appelait Leopold, mais nous n'avons trouvé personne de ce nom né l'année qu'elle nous a indiquée. On n'a trouvé personne dans nos dossiers ni dans ceux du Registre de la population. Pas d'acte de naissance, pas de permis de conduire. Aucun Leopold ne correspondait à cet homme-là.

— Qu'est-ce que tu veux dire ?

— Soit tous les dossiers le concernant se sont perdus, soit…

— Soit il menait sa femme en bateau ?

— En tout cas, il ne s'appelait pas Leopold, répéta Niels.

— Et elle, qu'est-ce qu'elle a dit de ça quand vous lui avez posé la question ?

— On avait l'impression qu'il s'était moqué d'elle, expliqua finalement Niels. On a eu pitié d'elle. Elle n'avait même pas une photo de lui. Que pouvons-nous en déduire ? Qu'elle ne savait presque rien sur cet homme.

— Et ?

— On ne lui a rien dit.

— Dit quoi ?

— Eh bien, que nous n'avions pas le moindre dossier sur son fameux Leopold, précisa Niels. On avait l'impression que c'était clair et net. Il lui avait menti avant de l'abandonner.

Erlendur gardait le silence tout en réfléchissant à ce que son collègue lui racontait.

— C'était par compassion pour elle, plaida Niels.

— Et aujourd'hui, elle n'en sait toujours rien ?

— Je ne crois pas, non.

— Pourquoi tu lui as caché ça ?

— Sans doute par simple gentillesse.

— Elle est toujours en train de l'attendre, observa Erlendur. Ils allaient se marier.

— Oui, c'est ce dont il l'avait convaincue avant de prendre la poudre d'escampette.

— Et s'il avait été assassiné ?

— Ça nous semblait très improbable. Ce genre de mystification est peut-être très rare, mais pas nouveau. Il y a des hommes qui mentent à des femmes pour en retirer quelque… comment dirais-je, quelque avantage. Ensuite, ils s'arrangent pour disparaître. Je crois qu'elle en avait conscience, au fond d'elle-même. On n'avait pas besoin de lui dire quoi que ce soit.

— Et la voiture?

— Elle était au nom de la femme. L'emprunt aussi. C'est elle qui en était la propriétaire.

— Vous auriez dû lui parler de tout ça.

— Peut-être. Mais ça lui aurait apporté quoi? Ça lui aurait appris que l'homme dont elle était amoureuse n'était qu'un escroc qui s'était moqué d'elle. Il ne lui avait rien dit sur sa famille. Elle ne savait rien de lui. Il n'avait pas d'amis. Il passait beaucoup de temps à voyager en province pour son travail. À quoi ça t'avancerait?

— Mais elle savait quand même qu'elle l'aimait, répondit Erlendur.

— Et voilà la récompense.

— Le paysan avec lequel il avait rendez-vous, qu'est-ce qu'il vous a dit?

— Tu trouveras tout ça dans les procès-verbaux, répondit Niels en hochant la tête et en souriant à Elinborg, en grande conversation avec son éditeur. Elinborg leur avait dit un jour qu'il s'appelait Anton.

— Tu sais très bien que tout ne figure pas dans les procès-verbaux.

— L'homme n'est jamais allé voir le paysan, répondit Niels. Erlendur vit qu'il s'efforçait de se remémorer les menus détails de l'enquête. Tous se souvenaient des grandes enquêtes, des meurtres, des disparitions, de chaque arrestation importante, de chaque agression physique aggravée ou de chaque viol.

— L'examen de la Falcon vous a permis de découvrir s'il avait vu le paysan ou non?

— On n'y a trouvé aucun indice attestant qu'il s'était rendu à cette ferme.

— Vous avez fait des relevés?

— Je crois me souvenir que oui, mais on était nettement moins aguerris qu'aujourd'hui. On a vérifié ça aussi bien que possible, avec les moyens de l'époque.

— Vous avez fait des relevés sur le plancher de l'avant du véhicule? Sous les pédales?

— C'est consigné dans les procès-verbaux.

– Je n'ai rien trouvé là-dessus. Vous auriez pu voir s'il était allé rendre visite à ce paysan. Il aurait ramené de la terre sur ses chaussures.

– Erlendur, cette affaire n'avait rien de complexe et personne ne voulait la compliquer. L'homme avait disparu. Peut-être qu'il s'était suicidé. Nous ne retrouvons pas toujours les cadavres, tu le sais bien. Et même si on avait trouvé de la terre sous les pédales, elle aurait pu venir de n'importe où. Il voyageait énormément, il était représentant en machines agricoles.

– Qu'ont dit ses collègues ?

Niels s'accorda un moment de réflexion.

– Tout cela date d'il y a très longtemps, Erlendur.

– Essaie de t'en rappeler.

– Il n'était pas salarié, je m'en souviens parce que c'était plutôt rare à cette époque. Il travaillait au pourcentage et on le payait aussi à la commission.

– Ce qui signifie qu'il s'occupait lui-même de payer ses charges sociales et ses impôts.

– Comme je te l'ai dit, il n'y avait aucune trace de lui dans les fichiers sous le nom de Leopold. Absolument rien.

– Donc tu crois qu'il a pris cette femme comme maîtresse quand il passait à Reykjavik mais qu'en fait il habitait, disons, quelque part en province.

– Peut-être même qu'il avait une famille, ajouta Niels. Il y a des types de ce genre.

Erlendur avala une gorgée de vin blanc en examinant le nœud de cravate impeccable sous le col de chemise de Niels. Il n'avait rien d'un bon inspecteur de police. Dans son esprit, aucune enquête n'était complexe.

– Tu aurais dû lui dire la vérité.

– Peut-être qu'elle gardait de bons souvenirs de cet homme. On n'a jamais envisagé cette affaire comme un crime. Donc pas enquêté sur cette disparition dans l'éventualité d'un meurtre, d'ailleurs on n'a trouvé aucun indice permettant de justifier une telle enquête.

Ils se turent un moment. Le brouhaha de l'assistance était incessant.

– Tu es toujours plongé dans ces disparitions? demanda Niels. Pourquoi tu t'intéresses à ça? Qu'est-ce que tu cherches, au juste?

– Je ne sais pas, répondit Erlendur.

– Il s'agit d'un cas de disparition tout à fait banal, reprit Niels. Il en aurait fallu un peu plus pour que ça donne lieu à une enquête pour meurtre. Aucun indice ne nous le permettait.

– Non, je suppose que non.

– Tu ne t'en lasses jamais?

– Si, parfois.

– Et ta fille, elle fait toujours autant de conneries? demanda Niels du haut de ses quatre enfants qui avaient étudié à l'université avant de fonder de belles familles qui menaient des vies aussi parfaites et sans taches que la sienne.

Erlendur savait que toute la police était au courant de l'arrestation d'Eva Lind ainsi que de la façon dont elle avait agressé Sigurdur Oli. Il lui arrivait d'avoir maille à partir avec la police, mais elle ne bénéficiait d'aucun traitement de faveur sous prétexte qu'elle était la fille d'Erlendur. Niels avait visiblement eu vent de ce qui s'était passé. Erlendur les examina, lui, sa tenue impeccable et ses ongles manucurés, en se demandant si le bonheur avait la faculté de rendre les gens stérilement emmerdants.

– Oui, confirma Erlendur, elle est toujours aussi timbrée.

12

Quand Erlendur rentra chez lui dans la soirée, Sindri n'était pas là pour l'accueillir. Il n'était pas encore rentré vers minuit, quand Erlendur alla se mettre au lit. Il n'avait laissé aucun message ni numéro de téléphone où le joindre. Sa compagnie manquait à Erlendur. Il appela les renseignements, mais le numéro de portable de Sindri ne figurait pas dans l'annuaire. Il était sur le point de s'endormir quand le téléphone sonna. C'était Eva Lind.

– Tu sais qu'ils droguent les gens ici, déclara-t-elle en bafouillant.

– Je dormais, mentit Erlendur.

– Ils t'assomment avec des pilules, précisa Eva. Je n'ai jamais été aussi stone de ma vie. Qu'est-ce que tu fous?

– J'essaie de m'endormir, répondit Erlendur. Et toi, tu as encore fait des tiennes?

– Sindri est passé aujourd'hui, l'informa Eva sans répondre à sa question.

– Tu sais où il est?

– Il est pas chez toi?

– Je crois qu'il est parti, répondit Erlendur. Peut-être qu'il est chez ta mère. Dis-moi, on vous autorise à passer des coups de fil à n'importe quelle heure dans cette institution?

– Moi aussi, ça me fait plaisir de t'entendre, rétorqua Eva Lind. Pour ton information, je n'ai fait aucune connerie, ajouta-t-elle avant de lui raccrocher au nez.

Erlendur resta allongé à scruter l'obscurité. Il pensa à Eva Lind et Sindri Snaer, ses deux enfants, et à leur mère qui le haïssait. Il pensa à son frère qu'il avait passé toutes ces années à chercher sans le retrouver. Ses ossements reposaient quelque part. Peut-être au fond d'une profonde crevasse, peut-être dans les montagnes, plus haut qu'il ne l'avait jamais soupçonné. Il était pourtant monté très haut et avait essayé de calculer la distance qu'un garçon de huit ans était susceptible de parcourir dans une tempête de neige.

Tu ne t'en lasses jamais ?

Tu ne te lasses jamais de cette recherche incessante ?

Hermann Albertsson vint accueillir Erlendur à la porte un peu avant midi le lendemain matin. C'était un homme svelte d'une soixantaine d'années, le geste vif, vêtu d'un jean élimé et d'une chemise en coton à carreaux rouges. Il n'était pas avare de son large sourire. Un fumet d'aiglefin bouilli provenait de la cuisine. L'homme vivait seul, ce qui avait toujours été le cas, informa-t-il Erlendur sans que ce dernier lui ait demandé quoi que ce soit. Il se dégageait de lui une odeur d'huile de vidange.

– Vous prendrez de l'églefin ? demanda-t-il à Erlendur qui l'avait suivi jusqu'à la cuisine.

Erlendur déclina catégoriquement l'invitation, mais l'homme ne l'écouta pas. Il posa sur la table une assiette qui lui était destinée et en moins de temps qu'il n'en faut pour le dire, il était assis là en compagnie d'un homme qu'il ne connaissait ni d'Ève ni d'Adam en train de déguster de l'églefin bouilli et des pommes de terre accompagnées d'une noix de beurre. Ils mangèrent tous les deux la peau du poisson ainsi que celle, épaisse, des pommes de terre. Erlendur pensa subitement à Elinborg et à son livre de recettes. Pendant qu'elle le rédigeait, elle avait testé sur lui une lotte à la sauce au citron vert, toute jaune à cause de la demi-livre de beurre qu'elle y avait ajoutée. Il lui avait fallu une journée entière pour réduire le bouillon jusqu'à ce qu'il ne reste plus au fond de la casserole que les quatre cuillers à soupe qui formaient la quintessence de la lotte. Elle avait veillé toute la nuit pour écumer le bouillon. Tout est dans la sauce, telle était la devise d'Elinborg. Erlendur sourit intérieurement. L'églefin bouilli d'Hermann n'était pas mauvais non plus.

– C'est moi qui ai restauré cette Falcon, déclara Hermann en enfournant un gros morceau de pomme de terre dans sa bouche. Il était mécanicien de profession et passait son temps libre à retaper de vieilles voitures qu'il tentait ensuite de vendre. Il expliqua à Erlendur que c'était de plus en plus compliqué. Plus personne ne s'intéressait aux vieilles voitures, mais seulement à ces jeeps rutilantes qui n'allaient jamais se frotter à un terrain plus accidenté que celui du grand carrefour du boulevard Miklabraut.

– Et vous l'avez toujours ? demanda Erlendur.

– Je l'ai vendue en 1987, répondit Hermann. En ce moment, j'ai une Chrysler modèle 79, presque une limousine. Ça fait maintenant... disons, six ans que je passe pas mal de temps dessous.

– Vous en tirerez quelque chose ? demanda Erlendur.

– Rien du tout, d'ailleurs je n'ai pas envie de la vendre, précisa Hermann en lui proposant du café.

– Vous n'avez pas déclaré la Falcon à votre nom lorsque vous en étiez le propriétaire ?

– Non, répondit Hermann. Elle n'a jamais eu de plaque d'immatriculation. Je m'en suis occupé pendant quelques années ; j'en étais très content. Parfois, je faisais un tour avec ici, dans le quartier, et quand je voulais la conduire jusqu'à Thingvellir ou autre, je mettais la plaque de mon autre voiture dessus. Je ne voyais pas l'utilité de l'assurer.

– Nous n'avons trouvé aucune trace d'elle dans nos registres, précisa Erlendur, son nouveau propriétaire n'a pas dû l'immatriculer non plus.

Hermann versa le café dans les deux tasses.

– Ce n'est pas certain, peut-être qu'il s'en est lassé et qu'il l'a envoyée à la casse.

– Dites-moi, les enjoliveurs qui se trouvaient sur la Falcon, ils étaient particulièrement beaux ou recherchés ?

Erlendur avait demandé à Elinborg de faire des recherches sur le Net et ils avaient trouvé sur le site de ford.com un lien vers des photos des anciennes Falcon. L'une d'elles était noire et, sur l'image imprimée par Elinborg, les enjoliveurs apparaissaient très clairement.

– Disons qu'ils étaient plutôt décoratifs, répondit Hermann, pensif, comme tous ceux qui équipaient les américaines.

– Il en manquait un à l'époque, reprit Erlendur.

– Ah bon ?

– Vous en avez acheté un nouveau quand vous avez eu la voiture ?

– Non, un ancien propriétaire avant moi les avait déjà changés. Les enjoliveurs d'origine ne s'y trouvaient plus quand je l'ai récupérée.

– C'était une voiture digne d'intérêt ?

– Ce qu'elle avait d'intéressant, c'était qu'elle n'était pas grande, répondit Hermann. Ce n'était pas un des ces dragons ou de ces veaux américains, comme on appelle ces énormes bagnoles familiales qu'ils ont là-bas. Comme ma Chevrolet. C'était une jolie petite voiture, agréable à conduire. Rien à voir avec une voiture de luxe, loin de là.

Le nouveau propriétaire se révéla être une veuve, légèrement plus âgée qu'Erlendur. Elle vivait à Kopavogur. Son époux, un menuisier passionné de voitures, était décédé d'une crise cardiaque quelques années plus tôt.

– Il était en bon état, précisa-t-elle en ouvrant le garage à Erlendur qui ne savait pas si elle voulait parler du véhicule ou de son mari. La voiture était recouverte d'une grosse bâche qu'Erlendur demanda à retirer. La femme hocha la tête.

– Mon époux en prenait le plus grand soin, expliqua-t-elle d'un ton morne. Il passait tout son temps ici. Il achetait des pièces détachées hors de prix ; il remuait ciel et terre pour les trouver.

– Il la conduisait quelquefois ? questionna Erlendur en se battant avec un nœud.

– Juste pour faire le tour de la maison, répondit la femme. Cette voiture est tout à fait convenable, mais aucun de mes fils n'en veut et ils n'ont pas réussi à la vendre. On dirait que ces vieux tacots n'intéressent plus personne. Mon mari allait l'immatriculer au moment de son décès. Il est mort ici, dans son atelier. Il était seul en train d'y travailler. Quand j'ai vu qu'il ne rentrait pas pour le dîner et qu'il ne répondait pas non plus à son téléphone, j'ai demandé à mon fils d'aller voir et il l'a trouvé couché par terre.

– Ça a dû être une épreuve difficile, dit Erlendur.

– Ils sont cardiaques dans sa famille, précisa la femme. Sa mère et son oncle aussi sont partis comme ça.

Elle observait Erlendur pendant qu'il retirait la bâche. On n'avait pas l'impression qu'elle regrettait beaucoup son mari défunt. Peut-être qu'elle avait déjà fait son deuil et qu'elle essayait de reconstruire quelque chose.

– Pourquoi cette voiture est importante pour vous ? demanda-t-elle.

Elle avait déjà posé cette question quand elle avait eu Erlendur au téléphone et il n'avait rien trouvé à lui répondre sans lui en dire trop sur l'enquête. Il préférait éviter de lui dévoiler les détails. Pour l'instant, il voulait les garder pour lui. Il savait d'ailleurs à peine pourquoi il s'entêtait sur cette voiture, ni même si elle lui serait d'une quelconque utilité.

– Elle a été impliquée dans une enquête de police il y a des années, expliqua-t-il à contrecœur. J'avais simplement envie de savoir si elle était encore en un seul morceau.

– C'était une de ces enquêtes dont on a beaucoup parlé ? demanda-t-elle.

– Non, pas du tout, plutôt une enquête de routine, répondit Erlendur.

– Vous n'auriez pas envie de l'acheter, par hasard ? s'enquit la femme.

– Non, je ne suis pas acheteur. Je n'ai pas ce genre de passion pour les vieilles voitures.

– Comme je viens de vous le dire, elle est en bon état. Valdi, mon mari, disait que le problème principal était le châssis. Il était tellement rouillé qu'il avait dû le réparer. À part ça, tout est bon. Valdi a démonté le moteur et nettoyé toutes les pièces, il en rachetait des neuves quand elles manquaient.

Elle marqua une pause.

– Il était capable de dépenser pas mal d'argent pour cette voiture, reprit-elle. Mais moi, il ne m'achetait jamais rien. Enfin, les bonshommes sont comme ça.

Erlendur tira péniblement sur la bâche qui libéra la voiture et tomba à terre. Il resta un instant à examiner cette Ford Falcon aux lignes magnifiques qui était autrefois la propriété de l'homme disparu devant la gare routière. Il s'agenouilla devant l'une des roues avant. Il s'imagina l'enjoliveur manquant sur la voiture lorsqu'on l'avait retrouvée et se demanda où diable il pouvait bien avoir atterri aujourd'hui.

Son portable retentit au fond de sa poche. C'était la Scientifique qui l'appelait pour lui communiquer des renseignements sur l'appareil retrouvé à Kleifarvatn. Le chef de la Scientifique lui annonça de but en blanc que l'appareil ne semblait pas avoir été en état de fonctionnement au moment de son immersion.

– Ah bon? fit Erlendur.

– Oui, reprit l'homme. Il était probablement endommagé avant d'être immergé. Le fond sablonneux du lac amortit les chocs et les pièces internes sont tellement abîmées que le séjour dans le lac ne suffit pas à l'expliquer. Il était cassé avant d'être jeté dans le lac.

– Ça nous apprend quoi d'intéressant? demanda Erlendur.

– Aucune idée, répondit le chef de la Scientifique.

13

Le couple avançait sur le trottoir, l'homme précédant légèrement la femme. C'était un beau soir de printemps. Les rayons du soleil s'infiltraient à travers les trouées du ciel pour tomber à la surface de la mer. Dans le lointain, on distinguait des averses de pluie. Cette fois-ci, on aurait dit que le couple ne prêtait aucune attention à la beauté de la soirée. Ils avançaient à grandes enjambées et l'homme semblait très déprimé. Il parlait constamment, suivi par la femme silencieuse qui s'efforçait de ne pas se laisser distancer.

Il les regarda passer devant la fenêtre, regarda le soleil vespéral en pensant à sa jeunesse, à cette époque où le monde commençait à devenir infiniment complexe et difficile à appréhender.

Cette époque où les malheurs avaient débuté.

Ayant brillamment achevé sa première année à l'université, il était rentré en Islande pour l'été. Il travailla toutes les vacances à l'organe du Parti pour lequel il rédigea des articles sur la reconstruction à Leipzig. Il parla de son séjour d'études dans diverses réunions et traita des liens historiques et culturels qui unissaient cette ville à l'Islande. Il rencontra les dirigeants du Parti. Ils le destinaient à de grandes choses. Il avait hâte de reprendre le bateau. Il se sentait appelé à jouer un rôle, peut-être plus important que les autres. On disait qu'il avait de l'avenir devant lui.

Il reprit le bateau à l'automne. Il allait bientôt passer son second Noël à la résidence universitaire. Les Islandais étaient impatients car certains d'entre eux recevaient alors des colis envoyés d'Islande avec des plats traditionnels de Noël, comme du gigot de mouton fumé, du poisson salé ou séché, accompagnés de quelques friandises et parfois même de livres. Karl avait déjà reçu son paquet et la bonne odeur du mouton fumé se répandit dans toute la résidence quand il se mit à faire cuire le magnifique gigot expédié depuis la province de Hunavatn où son oncle maternel était paysan. Le colis contenait également une bouteille de Brennivin* qu'Emil réquisitionna d'autorité.

Seule Rut avait eu les moyens de rentrer en Islande pour fêter Noël. Elle était également la seule d'entre eux à avoir véritablement souffert du mal du pays à son retour des vacances d'été et, quand elle était repartie pour Noël, ils s'étaient dit qu'elle ne reviendrait peut-être pas. La vieille villa était moins remplie que d'habitude car les étudiants allemands étaient presque tous rentrés chez eux, de même que certains qui, originaires des pays voisins, avaient obtenu l'autorisation de quitter le territoire tout en bénéficiant de billets de train bon marché.

Ils ne furent donc pas très nombreux à s'asseoir autour du gigot de mouton et de la bouteille de Brennivin qu'Emil avait posée au centre de la table, à l'endroit qu'il appelait la place d'honneur. Deux Suédois de la résidence avaient apporté des pommes de terre, d'autres du chou rouge, et Karl parvint à accompagner la viande d'une garniture honorable. Son tuteur, Lothar Weiser, qui s'était lié d'amitié avec les Islandais, pointa son nez et fut invité à la fête. Ils l'appréciaient beaucoup. Lothar savait parler et il pouvait se montrer amusant. Il semblait porter un grand intérêt à la politique ; il cherchait parfois à savoir quelle opinion ils avaient de l'université, de Leipzig, de la RDA, du secrétaire général Walter Ulbricht et de son économie de plan. Il leur demanda s'ils trouvaient qu'Ulbricht se montrait trop servile face au gouvernement soviétique et posa nombre de questions sur les événements de Hongrie où les capitalistes américains essayaient de mettre à mal les liens d'amitié unissant l'Union soviétique à la Hongrie, en diffusant des émissions de radio et toutes sortes de propagande anticommuniste. À son avis, c'étaient surtout les jeunes qui se

---

* Eau-de-vie islandaise aromatisée au cumin. On la surnomme la Morte Noire.

laissaient facilement abuser par cette propagande, frappés qu'ils étaient de cécité face au véritable dessein des puissances capitalistes occidentales.

– On ne pourrait pas juste s'amuser? suggéra Karl lorsque Lothar aborda le sujet d'Ulbricht avant de vider son verre d'une traite. Il fit une affreuse grimace en lançant qu'il n'avait jamais aimé le Brennivin.

– *Ja, ja natürlich*, convint Lothar, laissons tomber la politique.

Il parlait l'islandais qu'il affirmait avoir appris en Allemagne. Les autres se disaient qu'il devait être un génie des langues car, bien que n'étant jamais allé en Islande, il s'exprimait dans un islandais presque aussi bon que le leur. Ils lui avaient demandé comment il s'y était pris pour parvenir à une telle maîtrise et il leur avait expliqué qu'il écoutait des enregistrements, entre autres d'émissions radiophoniques. C'était quand il chantait *Bí bí og blaka** qu'il était le plus drôle.

"Averse en vue" était une formule figée qu'il avait constamment à la bouche.

Le colis de Karl contenait deux lettres retraçant les événements les plus marquants survenus en Islande durant l'automne et quelques coupures de journaux. Ils discutèrent des nouvelles du pays et quelqu'un remarqua que, comme à son habitude, Hannes manquait à l'appel.

– Ah oui, Hannes, commenta Lothar avec un rictus.

– Je lui ai pourtant parlé de cette fête, précisa Emil en vidant un verre de Brennivin.

– Pourquoi il est si mystérieux? demanda Hrafnhildur.

– C'est vrai, il est très secret, confirma Lothar.

– Moi, je trouve ça bizarre, reprit Emil. Il n'assiste ni aux réunions ni aux conférences des FDJ. Je ne l'ai jamais vu participer au travail bénévole. Il se croit peut-être trop bien pour travailler à la reconstruction? Est-ce que nous lui serions par hasard inférieurs? Est-ce qu'il se sentirait supérieur à nous? Tomas, toi, tu as discuté avec lui.

---

* Berceuse islandaise aussi connue que notre *Au clair de la lune.*

– J'ai l'impression que Hannes a simplement hâte de terminer ses études, répondit-il en haussant les épaules. Il ne lui reste plus que cette année.

– On parlait toujours de lui comme d'une véritable vedette dans les rangs du Parti, reprit Karl. On entendait constamment mentionner ce Hannes comme futur dirigeant potentiel. Ici, on ne peut pas dire qu'il soit très prometteur. Je crois que je ne l'ai croisé que deux fois cet hiver et c'est à peine s'il m'a adressé la parole.

– C'est vrai, on le voit rarement, confirma Lothar. Il est un peu déprimé, ajouta-t-il en secouant la tête avant d'avaler une gorgée de Brennivin en grimaçant.

À l'étage inférieur, ils entendirent la porte d'entrée s'ouvrir, puis un bruit de pas rapides dans l'escalier. Deux hommes accompagnés d'une jeune femme apparurent dans l'obscurité au fond du couloir.

– On a appris que vous organisiez un réveillon islandais, déclara la jeune femme en arrivant dans l'embrasure de la porte.

Tous les trois parcoururent du regard la table de fête. Il restait suffisamment de gigot et les autres leur ménagèrent une place. L'un des deux hommes sortit deux bouteilles de vodka sous les applaudissements et les cris de joie. Ils se présentèrent ; les deux hommes venaient de Tchécoslovaquie et la jeune femme était hongroise.

Quand elle vint s'asseoir à côté de lui, il eut l'impression de perdre tous ses moyens. Il s'efforçait de ne pas la fixer du regard depuis qu'elle était sortie du couloir obscur. Mais, dès qu'il l'avait vue, il avait senti des émotions dont il s'ignorait capable et qu'il avait bien du mal à cerner l'envahir. Une chose étrange et merveilleuse était en train de se produire ; il ressentit subitement une joie surprenante, mêlée de bien-être et de timidité. Aucune femme n'avait produit sur lui un effet comparable jusqu'alors.

– Toi aussi, tu viens d'Islande ? demanda-t-elle dans son allemand impeccable en se tournant vers lui.

– Oui, je suis islandais, bredouilla-t-il en allemand, qu'il maîtrisait désormais convenablement. Il la quitta précipitamment des yeux quand il se rendit compte qu'il avait passé tout son temps à la fixer depuis qu'elle s'était assise à côté de lui.

– C'est quoi, cette horreur? demanda-t-elle en montrant du doigt la tête de mouton calcinée à laquelle personne n'avait touché sur la table.

– C'est une tête de mouton qu'on a sciée en deux et qu'on a passée sur le feu pour la brûler, expliqua-t-il.

Il la vit grimacer.

– Qui donc fait ce genre de chose? s'étonna-t-elle.

– Les Islandais, répondit-il. En fait, c'est délicieux, ajouta-t-il, un peu hésitant. La langue et les joues…

Il s'interrompit quand il se rendit compte que la description n'était pas des plus appétissantes.

– Et vous mangez aussi les yeux et les lèvres? demanda-t-elle d'un air franchement dégoûté.

– Les lèvres? Oui, elles aussi, et même les yeux.

– Vous n'aviez sûrement pas grand-chose à vous mettre sous la dent pour vous être rabattus là-dessus, observa-t-elle.

– Nous étions un peuple très pauvre, en effet, répondit-il en hochant la tête.

– Je m'appelle Ilona, déclara-t-elle en lui tendant la main. Ils échangèrent une poignée de main et il précisa qu'il s'appelait Tomas.

L'un des deux hommes qui étaient arrivés avec elle l'interpella. Il avait devant lui une assiette bien garnie de gigot de mouton et de pommes de terre; c'était également le cas de son camarade et il encouragea la jeune fille à les imiter, c'était absolument délicieux. Elle se leva, prit une assiette, puis se coupa une tranche de viande.

– On ne se lasse jamais de la viande, nota-t-elle en se rasseyant à côté de lui.

– C'est vrai, répondit-il, juste pour répondre quelque chose.

– Mmm… mais c'est très bon, dit-elle, la bouche pleine de gigot.

– Meilleur que les yeux de mouton, concéda-t-il.

Ils s'amusèrent jusqu'au matin. D'autres étudiants ayant eu vent de la fête, la maison se remplit. On sortit un antique gramophone et quelqu'un mit un Sinatra. Une fois la nuit très avancée, ces représentants de peuples différents interprétèrent des chansons de leur terre natale à tour de rôle. Ce furent Karl et Emil qui commencèrent en chantant un poème déchirant de Jonas Hallgrimsson*, tous deux largement victimes du colis reçu d'Islande. Ensuite, ce furent les Hongrois qui prirent le relais, puis les Tchèques, les Suédois, et pour finir les Allemands ainsi qu'un étudiant venu du Sénégal qui regrettait les nuits brûlantes de l'Afrique. Hrafnhildur voulut savoir quels étaient les mots les plus beaux dans la langue de chacun des convives, ce qui donna lieu à toutes sortes de tergiversations jusqu'au moment où un accord fut trouvé. Alors, le représentant de chaque peuple se leva pour dévoiler les choses les plus belles qui aient été exprimées dans sa langue. Il ne régnait aucun désaccord parmi les Islandais. Ce fut Hrafnhildur qui se leva pour déclamer les plus belles lignes jamais écrites en islandais.

Au-dessus des Aiguilles
Voilent l'étoile d'amour
Les nuages de la nuit.
Autrefois, elle a ri
Sur le jeune homme triste
*Au fond de la vallée**.*

L'interprétation de Hrafnhildur était chargée de sentiments et bien que la majeure partie de l'assistance ne comprennent pas l'islandais, le silence s'abattit un instant sur le groupe avant qu'éclatent enfin des applaudissements nourris. Hrafnhildur salua bien bas.

Tomas et Ilona étaient toujours assis côte à côte à table. Ilona lui lança un regard interrogateur. Il lui expliqua que l'homme du poème se remémorait le passé après avoir effectué un long voyage à travers les plateaux déserts du centre de l'Islande en compagnie d'une jeune fille dont il

---

* Jonas Hallgrimsson est un immense poète du XIXe siècle (1807-1845).
** Il s'agit de la première strophe d'un long poème intitulé *Ferðalok*, "Fin du voyage", composé par le même Jonas Hallgrimsson.

était amoureux. Il savait qu'elle et lui ne pourraient jamais vivre leur amour et, le cœur plein de ces tristes pensées, il rentrait dans sa vallée, désespéré. Au-dessus de sa tête scintillait l'étoile d'amour qui lui avait autrefois indiqué le chemin mais était désormais cachée derrière un voile de nuages. Il se disait que même s'ils ne pourraient jamais consommer cet amour, celui-ci durerait éternellement.

Elle le regardait parler et, qu'on mette la chose sur le compte de l'histoire du jeune homme triste, de la façon dont il la racontait ou encore du Brennivin, elle l'embrassa subitement sur la bouche d'un baiser si doux qu'il lui sembla redevenir nouveau-né.

Rut ne revint pas après les vacances de Noël. Elle envoya une lettre à chacun de ses amis restés à Leipzig. La sienne mentionnait les conditions de vie, tel ou tel détail, et il comprit qu'elle en avait eu assez. Ou peut-être le mal du pays avait-il été trop fort. Ils en discutèrent. Karl déclara qu'il la regrettait et Emil hocha la tête. Hrafnhildur affirma que ce n'était qu'une pauvre fille.

Quand il vit Hannes, il lui demanda pourquoi il n'avait pas voulu se joindre à leur réveillon à la résidence. C'était juste après un cours de physique mécanique des plus surprenants auquel Hannes avait également assisté. Une vingtaine de minutes après le début du cours, la porte de la salle s'était ouverte et trois étudiants qui se disaient représentants des FDJ étaient entrés en demandant à dire quelques mots. Ils étaient accompagnés d'un étudiant qu'il avait parfois croisé à la bibliothèque et qui, pensait-il, suivait des cours de littérature allemande. Ce dernier avait les yeux baissés. Celui qui était en tête s'était présenté comme secrétaire des FDJ. Il avait commencé par disserter sur l'adhésion des étudiants aux idéaux tout en rappelant les quatre objectifs des études universitaires : inculquer le marxisme aux étudiants, les rendre socialement actifs, les inciter à prendre part au travail social organisé par les jeunesses communistes et former une classe de gens qui deviendraient ensuite des spécialistes dans leurs domaines respectifs.

Il se tourna vers l'étudiant, annonça que ce dernier avait reconnu écouter des radios de l'Ouest et promis qu'il ne recommencerait pas. L'étudiant leva les yeux, s'avança d'un pas, confessa son crime et jura de ne plus écouter les radios occidentales. Il ajouta qu'elles étaient pourries par l'impérialisme, par l'appât du profit caractéristique du système économique capitaliste, et exhorta l'auditoire à n'écouter que les émissions provenant d'Europe de l'Est.

Le secrétaire le remercia ; il demanda à la classe de l'imiter et de jurer qu'aucun d'entre eux n'écouterait les radios de l'Ouest. La classe promit. Ensuite, le secrétaire se tourna vers l'enseignant, présenta ses excuses pour le dérangement et l'expédition quitta la salle.

Assis deux rangées devant lui, Hannes se retourna pour lui lancer un regard chargé de tristesse et de colère.

À la fin du cours, Hannes quitta la salle avant lui. Tomas lui courut derrière, l'attrapa par le bras en lui demandant d'un ton un peu brusque s'il y avait un problème.

– Un problème ? répéta Hannes. Tu trouves que ce qui vient de se passer ne pose aucun problème ? Tu as bien vu ce pauvre garçon ?

– Quand, tout à l'heure ? Eh bien, non, je... enfin bon, il faut évidemment que... nous devons bien...

– Fiche-moi la paix, coupa Hannes. S'il te plaît, fiche-moi la paix !

– Pourquoi tu n'es pas venu au réveillon ? Les autres s'imaginent que tu te crois supérieur à nous.

– C'est n'importe quoi, rétorqua Hannes en pressant le pas comme s'il voulait se débarrasser de lui.

– Qu'est-ce qui ne va pas ? demanda-t-il. Pourquoi tu te comportes comme ça ? Qu'est-ce qui s'est passé ? Qu'est-ce qu'on t'a fait ?

Hannes s'arrêta dans le couloir.

– Rien du tout, vous ne m'avez rien fait, répondit-il. Je veux juste qu'on me fiche la paix. Je termine mes études le printemps prochain et ensuite, basta ! Terminé. Je rentre à la maison, et fini tout ça. Toute cette comédie. Tu n'as pas vu ? Tu n'as pas vu ce qu'ils ont fait à ce garçon ? C'est ça que tu veux en Islande ?!

Sur quoi, il s'en alla à toute allure.

— Tomas, entendit-il une voix l'appeler dans son dos. Il se retourna et vit Ilona lui adresser un signe de la main. Il lui renvoya un sourire. Ils avaient prévu de se retrouver après les cours. Elle était passée à la résidence le lendemain du repas de Noël en demandant à le voir. Par la suite, ils s'étaient vus régulièrement. Ce jour-là, ils firent une longue promenade en ville. Ils allèrent s'asseoir sur un banc à côté de l'église Saint-Thomas. Il lui raconta l'histoire de ces amis islandais, les deux poètes, qui avaient autrefois résidé dans cette ville et étaient venus s'asseoir à cet endroit même. L'un d'eux avait été emporté par la tuberculose alors que l'autre était devenu l'un des plus grands écrivains islandais.

— Tu es toujours tellement triste quand tu parles de tes chers Islandais, observa-t-elle en souriant.

— Je trouve simplement que c'est une très belle histoire de savoir que deux grands poètes islandais ont parcouru les mêmes rues que moi dans cette ville.

Pendant qu'ils étaient assis près de l'église, il avait remarqué qu'elle semblait inquiète, on aurait dit qu'elle se tenait sur ses gardes. Elle scrutait les alentours comme si elle était à la recherche de quelque chose.

— Quelque chose ne va pas? demanda-t-il.

— Il y a un homme…

Elle s'interrompit au milieu de sa phrase.

— Quel homme?

— L'homme qui est là-bas, répondit Ilona. Ne regarde pas, ne tourne pas la tête, mais je l'ai déjà vu hier. Je ne me souviens pas à quel endroit.

— Qui est-ce? Tu le connais?

— Je ne l'avais jamais vu avant, mais maintenant je le croise tous les jours.

— Il est à l'université?

— Non, je ne crois pas. Il est plus âgé que nous.

— Qu'est-ce que tu sous-entends?

— Probablement rien, répondit Ilona.

— Tu crois qu'il te surveille?

— Non, ce n'est rien. Allez, viens.

Ilona n'habitait pas sur le campus. Elle louait une chambre en ville et c'est là qu'ils allèrent. Il essaya de vérifier si l'homme de l'église Saint-Thomas les suivait mais ne vit aucune trace de lui.

La chambre se trouvait dans le petit appartement d'une veuve qui subvenait à ses besoins en travaillant dans une imprimerie. Ilona la décrivit comme une femme adorable en précisant qu'elle pouvait aller et venir comme bon lui semblait dans l'appartement. La femme avait perdu son mari et ses deux fils pendant la guerre. Il vit des photos d'eux sur les murs. Les fils portaient l'uniforme de l'armée allemande.

La chambre d'Ilona renfermait des piles de livres, des journaux allemands et hongrois, des revues, une vieille machine à écrire fatiguée et une paillasse. Elle alla à la cuisine, il feuilleta ses livres tout en enfonçant quelques touches de la machine à écrire. Sur le mur au-dessus de la paillasse étaient accrochées des photos de gens qu'il s'imagina être des membres de sa famille.

Ilona revint avec deux tasses de thé et referma la porte d'un coup de talon. Elle posa doucement les tasses sur la table, à côté de la machine à écrire. Elles étaient visiblement brûlantes.

– Elles auront sûrement assez refroidi quand nous aurons fini, précisa-t-elle en s'approchant de lui pour l'embrasser longuement et passionnément. Il fut un peu surpris, mais la serra dans ses bras en l'embrassant goulûment jusqu'à ce qu'ils tombent tous les deux sur la paillasse où elle entreprit de lui enlever son pull et de défaire sa ceinture. Il n'avait pas beaucoup d'expérience. Certes, il avait déjà couché avec des filles, la première fois quand il avait eu son bac et la seconde lors de la fête annuelle de l'organe du Parti, mais ces deux tentatives avaient été plutôt maladroites. Il n'était pas très doué et comme il avait l'impression qu'elle l'était nettement plus que lui, il la laissa avec joie prendre la direction des opérations.

Elle ne s'était pas trompée. Lorsqu'il s'affaissa sur son sein alors qu'elle étouffait un long gémissement, le thé était parfaitement à point.

Deux jours plus tard, à la taverne Auerbach, elle refusa de discuter d'autre chose que de politique. Ils se disputèrent pour la première et dernière fois. Elle commença par lui parler de la révolution russe et de la façon dont celle-ci avait engendré une dictature en disant que la dictature était toujours dangereuse, sous quelque forme que ce soit.

Il ne voulait pas se disputer avec elle, même s'il savait très bien qu'elle avait tort.

– Pourtant, c'est grâce à la reconstruction de l'industrie entreprise par Staline que le nazisme a été vaincu, objecta-t-il.

– Il a aussi signé un pacte avec Hitler, nota-t-elle. La dictature engendre la peur tout en développant un comportement servile. On s'en rend compte en Hongrie en ce moment. Nous ne sommes pas une nation libre. Ils ont, de manière systématique, mis en place un État communiste sous la surveillance de l'Union soviétique. Personne ne nous a demandé, à nous, le peuple, ce que nous voulions. Nous voulons nous gouverner nous-mêmes, mais nous n'en avons pas le droit. Les jeunes sont jetés en prison. Il y en a qui disparaissent. On dit qu'ils sont envoyés en URSS. Vous avez une armée dans votre pays. Qu'en penserais-tu si elle en venait à prendre les rênes par la force?

Il secoua la tête.

– Regarde un peu les élections, continua-t-elle. Ils les disent libres, mais il n'y a qu'un seul parti qui se présente. Qu'est-ce qu'il y a de libre là-dedans? Si tu as une autre opinion, on te colle en prison. C'est quoi, ça? C'est ça, le socialisme? Qu'est-ce que les gens peuvent choisir d'autre dans ces élections libres? Qui ne se souvient pas des émeutes d'il y a deux ans? Elles ont été matées par le pouvoir soviétique qui tirait sur les gens dans les rues, sur des gens qui voulaient des réformes!

– Ilona...

– Et cette surveillance réciproque! tonna Ilona, de plus en plus énervée. Ils disent que sa raison d'être est de nous aider. Nous sommes censés surveiller nos amis, notre famille, et signaler les opinions qui vont à l'encontre du socialisme. Si tu sais que quelqu'un de ta classe écoute des radios occidentales, alors tu dois le dénoncer et on le trimballe de classe en classe pour confesser son crime. Les enfants sont encouragés à dénoncer leurs parents.

– Le Parti a besoin de temps pour s'adapter, répondit-il.

Après l'émerveillement initial de leur séjour à Leipzig, quand la réalité leur était apparue, les Islandais avaient discuté de la situation. Tomas s'était fait sa propre conception des choses sur cette société de surveillance, ce qu'on appelait "surveillance réciproque" et qui consistait pour chaque citoyen à observer les autres et à dénoncer les comportements ou les opinions contraires à l'esprit socialiste. De même concernant la dictature du parti communiste, la censure de la presse et la réduction de la liberté d'expression, l'obligation d'assister aux réunions et aux défilés. Son opinion était que le Parti n'avait pas à dissimuler les méthodes dont il usait, mais, au contraire, à reconnaître qu'en cette période de changements, il était nécessaire de recourir à ces moyens afin d'atteindre l'objectif et de créer un État socialiste. Ceux-ci étaient justifiables tant qu'ils avaient un caractère temporaire. Dans le futur, de telles méthodes ne seraient plus nécessaires, les gens constateraient d'eux-mêmes que le socialisme était la meilleure organisation possible.

– Les gens ont peur, avança Ilona.

Il secoua la tête et ils se disputèrent. Il ne savait pas grand-chose sur les événements de Hongrie. Elle fut blessée de l'entendre mettre sa parole en doute. Il tenta de recourir aux arguments qu'il avait entendus dans les réunions à Reykjavik, aux arguments de la direction du Parti, du mouvement de la jeunesse, à ceux développés dans les écrits de Marx et d'Engels, mais rien n'y fit. Elle se contentait de le regarder en répétant constamment : tu n'as pas le droit de fermer les yeux là-dessus.

– Vous laissez la propagande des impérialistes occidentaux vous monter la tête contre l'Union soviétique, répondit-il. Ils veulent détruire l'entente entre les pays communistes parce qu'ils en ont peur.

– C'est faux ! protesta-t-elle.

Ils se turent tous les deux. Il n'y avait plus de bière dans les verres. Il était en colère contre elle. Il n'avait jamais vu ni entendu personne parler aussi mal de l'URSS ou des pays d'Europe de l'Est sauf dans la presse conservatrice islandaise. Il connaissait la puissance de l'appareil de propagande occidental, elle fonctionnait parfaitement en Islande et il reconnaissait qu'entre autres, à cause d'elle, il était nécessaire de limiter la liberté d'expression ainsi que celle de la presse dans les pays de l'Est. Cela lui semblait compréhensible pendant qu'on bâtissait un État socialiste sur les ruines de la Seconde Guerre mondiale. Il n'avait jamais considéré cela comme une aliénation de la pensée.

– On ne va pas se disputer, dit-elle.

– Non, convint-il en déposant une pièce sur la table. Partons d'ici.

Alors qu'ils sortaient du bar, Ilona le pinça légèrement. Il la regarda. Elle essaya de lui dire quelque chose par des mimiques avant de hocher la tête d'un air entendu.

– Il est là-bas, chuchota-t-elle.

Il regarda dans la direction qu'elle indiquait et vit l'homme qu'Ilona soupçonnait de la suivre. Il était assis, vêtu de son imperméable, occupé à boire sa bière comme s'ils n'étaient pas là. C'était bien lui qu'ils avaient vu devant l'église Saint-Thomas.

– Je vais aller lui parler, proposa Tomas.

– Non, répondit Ilona. Ne fais pas ça. Partons.

Quelques jours plus tard, apercevant Hannes à son pupitre à la bibliothèque, il alla s'asseoir à côté de lui. Au lieu de lever les yeux, Hannes continua de prendre des notes au crayon à papier dans son cahier.

– Alors, elle te fait enrager? demanda Hannes sans cesser d'écrire.

– Qui ça?

– Ilona.

– Tu connais Ilona?

– Je sais qui c'est, répondit Hannes en levant les yeux. Il portait une écharpe épaisse et des mitaines.

– Tu es au courant pour nous? demanda Tomas.

– Tout se sait, répondit Hannes. Ilona est hongroise, par conséquent, elle n'est pas aussi naïve que nous.

– C'est-à-dire?

– Laisse tomber, répondit Hannes en se replongeant dans ses notes.

Tomas se pencha par-dessus la table pour attraper le cahier. Hannes lui lança un regard étonné, il essaya de le lui arracher des mains sans y parvenir.

— Qu'est-ce qui se passe ? demanda-t-il. Pourquoi ce drôle de comportement ?

Hannes examina le cahier dans la main de Tomas avant de le regarder, lui.

— Je ne veux pas m'occuper de ce qui se passe ici, je veux juste rentrer au pays et oublier tout ça, dit-il. C'est une absurdité totale. J'en avais déjà ma claque après avoir passé moins de temps que toi ici.

— Mais tu es quand même là.

— C'est une bonne université. Il m'a fallu un bout de temps avant de percer à jour tout ce mensonge et de me révolter.

— Qu'est-ce que je ne vois pas ? demanda-t-il, redoutant la réponse. Qu'est-ce que tu as percé à jour ? Qu'est-ce qui m'échappe ?

Hannes le fixa droit dans les yeux, balaya la bibliothèque du regard, fixa le cahier que Tomas brandissait toujours au-dessus de sa tête et le regarda à nouveau dans les yeux.

— Contente-toi de continuer, répondit-il. Persévère dans tes convictions. Ne t'éloigne pas du droit chemin. Crois-moi, tu n'y gagneras rien. Si tu te sens à l'aise avec tout ça, alors il n'y a pas de problème. Ne cherche pas plus loin. Tu n'as aucune idée de ce que tu risquerais de découvrir.

Hannes tendit la main pour récupérer son cahier.

— Crois-moi, reprit-il, oublie tout ça.

Tomas lui tendit l'objet.

— Et Ilona ? demanda-t-il.

— Oublie-la, elle aussi, répondit Hannes.

— Qu'est-ce que tu veux dire ?

— Rien du tout.

— Pourquoi tu me dis des choses comme ça ?

— Fiche-moi la paix, répéta Hannes, je t'en prie, laisse-moi tranquille.

Trois jours plus tard, il se trouvait dans une forêt, à l'extérieur de la ville. Avec Emil, ils s'étaient inscrits à l'Association sportive et technique. De vocation généraliste, cette dernière proposait toutes sortes de sports allant de l'équitation à la course automobile. Les étudiants étaient incités à prendre part aux travaux collectifs ainsi qu'au bénévolat sous l'égide de la FDJ. Celui-ci consistait à participer pendant une semaine à la récolte d'automne, à travailler une journée par semestre au nettoyage des ruines, l'exploitation du charbon, ou à s'acquitter d'autres activités. Tout le monde était libre de refuser, mais celui qui s'y soustrayait avait une épée de Damoclès au-dessus de la tête.

Il réfléchissait à cette organisation, debout dans la forêt en compagnie d'Emil et d'autres camarades qui s'apprêtaient à passer une semaine au grand air, semaine qui, en fait, consista principalement en un entraînement militaire.

Ainsi était la vie à Leipzig. Les apparences étaient trompeuses. Les étudiants étrangers sous surveillance prenaient garde de ne rien dire publiquement qui puisse vexer leurs hôtes. On leur inculquait les valeurs socialistes lors de réunions obligatoires. Quant au bénévolat, il n'avait de bénévole que le nom.

Avec le temps, ils s'habituèrent à toutes ces choses qu'ils qualifiaient d'absurdes. De son côté, il croyait cette situation temporaire. D'autres se montraient moins optimistes. Il avait ri en son for intérieur en découvrant que cette association technico-sportive n'était rien d'autre qu'un régiment déguisé. Emil n'avait pas trouvé cela très drôle. Il ne voyait rien de comique à ça et, contrairement aux autres, il ne parlait jamais des absurdités. Il ne voyait rien qui prête à rire à Leipzig. Alors qu'ils étaient allongés sous la tente le premier soir en compagnie de leurs camarades, Emil avait passé la soirée à tenir des propos enflammés sur l'avènement d'un État socialiste en Islande.

— Toutes ces inégalités dans un pays aussi petit où tous pourraient si facilement être égaux, avait-il déclaré. Je veux pouvoir changer ça.

— Tu voudrais un État socialiste comme celui qui existe ici ?

— Et pourquoi pas ?

— Avec tout ce que ça implique ? La surveillance ? La paranoïa ? La censure ? Les absurdités ?

— Dis donc, elle commencerait à te convaincre ?

— Qui ça ?

— Ilona.

— Comment ça ? Me convaincre de quoi ?

— De rien.

— Tu connais Ilona ?

— Pas du tout, répondit Emil.

— Toi-même, tu cours les filles. Hrafnhildur m'a parlé d'une de tes conquêtes au Cloître rouge.

— Rien d'important, répondit Emil.

— Non, c'est vrai.

— Tu m'en diras peut-être un peu plus sur cette Ilona un de ces jours, suggéra Emil.

— Elle n'est pas aussi orthodoxe que nous. Elle voit plusieurs détails qui clochent dans le système et elle voudrait les régler. Ici, c'est exactement comme en Hongrie, sauf que là-bas, les jeunes bougent. Ils se battent contre les absurdités.

— Contre les absurdités ! éructa Emil. Putain de conneries ! Regarde comment ils vivent, les gens au pays. Ils se gèlent le cul dans des abris de l'armée américaine. Les mômes crèvent de faim. Les parents peuvent à peine leur acheter de quoi se mettre sur le dos. Pendant ce temps-là, une élite déjà bien grasse s'engraisse encore et encore. T'appelles peut-être pas ça une absurdité ? Ça change quoi si on doit surveiller un peu les gens et mettre un frein à la liberté d'expression de façon momentanée ? Ici, on s'occupe d'anéantir l'injustice. Ça demande des sacrifices, et alors ?

Ils se turent. Le silence était tombé sur les tentes. Il faisait nuit noire.

— Je ferais n'importe quoi pour la révolution islandaise, conclut Emil. N'importe quoi pour tordre le cou à l'injustice.

Debout à la fenêtre, il regardait les rayons du soleil s'infiltrer à travers les trouées. Au loin, on voyait un arc-en-ciel. Il sourit en son for intérieur en repensant à cette surprenante association sportive. Il vit clairement devant lui le visage d'Ilona éclatant de rire le soir du mouton fumé, il pensa à ce baiser dont il sentait toujours la douceur sur ses lèvres ; il pensa à l'étoile d'amour et à ce jeune homme triste au fond de sa vallée.

14

Les fonctionnaires du ministère des Affaires étrangères souhaitaient vivement apporter leur concours à la police. Sigurdur Oli et Elinborg avaient obtenu un rendez-vous auprès d'un chef de bureau, un homme plutôt obséquieux de l'âge de Sigurdur Oli. Ils s'étaient connus pendant leurs études en Amérique et commencèrent par discuter de leurs souvenirs communs. Le chef de bureau expliqua que la requête de la police avait un peu surpris le ministère et chercha à savoir pourquoi ils voulaient avoir des informations sur les anciens employés des ambassades étrangères de Reykjavik. Là-dessus, ils restèrent muets.

– Simple vérification de routine, répondit Elinborg avec un sourire.

– Et puis, ça ne concerne pas toutes les ambassades, expliqua Sigurdur Oli en souriant également, juste celles des anciens pays de l'Est.

Le chef de bureau les dévisagea tour à tour.

– Vous voulez dire des anciens pays communistes ? demanda-t-il avec une curiosité visiblement décuplée. Pourquoi seulement elles ? Qu'est-ce qu'elles ont de spécial ?

– Simple vérification de routine, répéta Elinborg.

Elle était de meilleure humeur ces derniers temps. Le cocktail organisé à l'occasion de la sortie de son livre avait été un franc succès. Elle flottait encore sur un nuage après une critique parue dès le lendemain dans les colonnes du principal quotidien, critique dithyrambique aussi bien sur le livre que sur les recettes ou les photographies. À la fin de l'article, le journaliste exprimait le vœu que cet ouvrage ne soit que le premier d'une série publiée par Elinborg, enquêtrice à la Criminelle et cuisinière émérite.

– Les pays communistes, répéta le chef de bureau, pensif. Qu'est-ce que vous avez donc trouvé là-bas, dans le lac ?

– On n'est pas sûrs que ça ait quelque chose à voir avec les ambassades, observa Sigurdur Oli.

– Il vaudrait mieux que vous me suiviez, je pense, déclara le chef de bureau en se levant. Allons en discuter avec le chef de cabinet s'il est là.

Le chef de cabinet les invita à entrer dans son bureau avant d'écouter leur requête. Il s'efforça de leur arracher la raison pour laquelle ils désiraient obtenir ces renseignements précis, mais ils ne laissèrent rien filtrer.

– Les noms de ces employés sont consignés dans nos registres ? demanda le chef de cabinet. C'était un homme très grand, maigre comme un clou, avec une expression inquiète et des cernes profonds sous ses yeux fatigués.

– Oui, bien sûr, répondit le chef de bureau. Il nous faudra un peu de temps pour rassembler toutes ces informations, mais ça ne devrait poser aucun problème.

– Alors, c'est d'accord, déclara le chef de cabinet.

– On pratiquait le renseignement en Islande pendant la guerre froide ? demanda Sigurdur Oli.

– Vous croyez que l'homme du lac était un espion ? s'étonna le chef de cabinet.

– Nous ne pouvons pas vous dévoiler les détails de l'enquête, mais il semble que ces ossements se trouvent dans le lac depuis une période antérieure à 1970, précisa Elinborg.

– Ce serait puéril de s'imaginer que personne n'a pratiqué l'espionnage ici, commença le chef de cabinet. C'était courant dans tous les pays voisins. En plus, à cette époque-là l'Islande avait une grande importance stratégique et militaire, nettement plus qu'aujourd'hui. Il y avait énormément d'ambassades, celles des pays de l'Est, mais aussi, évidemment, des pays nordiques, de Grande-Bretagne, des États-Unis et d'Allemagne de l'Ouest.

– Quand on parle d'espionnage, demanda Sigurdur Oli, qu'est-ce qu'on entend exactement par là ?

– Je crois que ça consistait surtout à surveiller les activités de l'ennemi, expliqua le chef de cabinet. Des tentatives ont parfois été faites pour établir des contacts. Certains ont essayé de persuader des membres du camp adverse de travailler pour eux ou ce genre de chose. Et puis, il y avait évidemment la base américaine, l'ensemble de son champ d'activités et de ses manœuvres militaires. En soi, je ne pense pas que tout cela ait vraiment concerné les Islandais. Pourtant, des rumeurs courent que certains ont tenté d'obtenir leur coopération.

Le chef de cabinet prit un air pensif.

— Vous seriez à la recherche d'un espion islandais ? demanda-t-il.

— Non, répondit Sigurdur Oli, bien que sans certitude en la matière. Il y en a eu, des espions islandais ? Ce n'est pas une idée complètement saugrenue ?

— Ils devraient peut-être aller voir Omar, suggéra le chef de bureau.

— Omar ? demanda Elinborg.

— C'était le chef de cabinet ici pendant la majeure partie de la guerre froide, précisa le chef de bureau. Même s'il est très âgé, il est encore en pleine forme, ajouta-t-il en se frappant la tête de son index. Il continue de venir aux fêtes annuelles du ministère, c'est le plus charmant des hommes. Il connaissait tous ces gars des ambassades. Il pourrait peut-être vous être utile.

Sigurdur Oli nota le nom sur son calepin.

— Cela dit, parler d'ambassades, c'est peut-être un abus de langage, nota le chef de cabinet. Certains de ces pays n'avaient que des délégations en Islande à cette époque-là, des délégations commerciales ou des comptoirs, si vous voulez.

Ils firent le point avec Erlendur durant la pause de midi. Erlendur avait passé la matinée à rechercher le paysan qui avait attendu l'homme à la Falcon et avait déclaré à la police que ce dernier n'était pas venu au rendez-vous. Son nom figurait dans les rapports de police. Erlendur découvrit que les anciennes terres de la ferme étaient en partie devenues des terrains constructibles de la ville de Mosfellsbaer. L'homme avait cessé son exploitation en 1980. Il était aujourd'hui domicilié dans une maison de retraite de Reykjavik.

Erlendur s'était adjoint les services d'un policier de la Scientifique qui était venu avec son matériel au garage où était entreposée la Falcon. Il avait aspiré chaque grain de poussière du plancher de la voiture et recherché d'éventuelles traces de sang.

– Tu ne fais que t'amuser, observa Sigurdur Oli en mordant un gros morceau de son sandwich. Il mâcha vigoureusement sa bouchée ; visiblement, il n'avait pas encore dit son dernier mot. Qu'est-ce que tu essaies de trouver ? demanda-t-il. Quelles sont tes intentions dans cette enquête ? Tu prévois de la reprendre à zéro ? Tu crois peut-être qu'on a rien d'autre à faire que d'aller farfouiller dans ces vieilles histoires de disparitions ? On pourrait s'occuper de millions d'autres choses.

Erlendur scruta longuement Sigurdur Oli.

– Une jeune femme, commença-t-il, debout devant la crémerie où elle travaille, attend l'homme qu'elle aime. Il n'arrive pas. Ils sont sur le point de se marier. Ils viennent de s'installer confortablement. L'avenir s'annonce radieux, comme on dit. Tout indique qu'ils vont couler des jours heureux ensemble jusqu'à la fin de leur vie.

Sigurdur Oli et Elinborg demeuraient silencieux.

– Rien dans leur vie n'indique qu'il y a un problème, continua Erlendur. Rien n'indique que cet homme va mal. Il a prévu de passer la prendre une fois son travail fini. C'est ce qu'il fait toujours quand il est en ville. Il quitte son boulot pour aller à un rendez-vous auquel il n'arrive jamais, et disparaît pour l'éternité. Certains éléments tendent à indiquer qu'il serait parti en province en prenant un car. D'autres qu'il aurait mis fin à ses jours. Ce serait l'explication la plus évidente à cette disparition, beaucoup d'Islandais étant fortement dépressifs bien que la plupart d'entre eux parviennent à le dissimuler convenablement. Et puis, il reste évidemment la possibilité que quelqu'un lui ait réglé son compte.

– Il ne s'agit pas tout bêtement d'un suicide ? demanda Elinborg.

– Nous n'avons rien dans les registres officiels sur la disparition d'un dénommé Leopold à cette époque-là, observa

Erlendur. On dirait qu'il a menti à cette femme. Niels, qui s'occupait de l'enquête, ne s'est pas intéressé à cette disparition. Il pensait même que c'était un homme qui trompait sa femme quand il venait à Reykjavik, mais qu'à part ça, il habitait en province. À moins que ce ne soit simplement un suicide.

— C'est-à-dire qu'il aurait eu une famille en province et que la femme de Reykjavik était juste sa maîtresse? interrogea Elinborg. Ce n'est pas une conclusion un peu hâtive simplement parce que sa voiture a été abandonnée devant la gare routière?

— Tu sous-entends qu'il serait reparti chez lui, pourquoi pas à Vopnafjördur, et qu'il aurait arrêté de venir tirer son coup à Reykjavik? demanda Sigurdur Oli.

— Tirer son coup à Reykjavik! s'écria Elinborg. Comment cette pauvre Bergthora fait-elle donc pour vivre avec toi?!

— Ce n'est pas plus idiot que les autres hypothèses, observa Erlendur.

— On peut être bigame, en Islande, sans être inquiété? demanda Sigurdur Oli.

— Non, répondit Elinborg, catégorique. Nous ne sommes pas assez nombreux.

— Aux États-Unis, on lance des avis de recherche pour ce genre de types, observa Sigurdur Oli. Il y a des programmes télévisés qui parlent justement de ce genre de disparitions, de criminels et aussi de polygames. Certains assassinent tout bonnement leur famille, puis ils en fondent une autre.

— Évidemment, c'est plus facile de se planquer aux États-Unis, nota Elinborg.

— C'est fort possible, convint Erlendur. Mais c'est assez simple de mener une double vie sur une courte période bien que nous ne soyons pas très nombreux en Islande, non? Cet homme-là passait beaucoup de temps en province, parfois des semaines entières. Il a rencontré une femme à Reykjavik, peut-être qu'il est tombé amoureux d'elle ou peut-être que ce n'était qu'une aventure passagère. Une fois que leur relation commence à devenir sérieuse, il décide d'y mettre un point final.

— Jolie petite histoire d'amour en ville, ironisa Sigurdur Oli.

– Tu crois que cette femme de la crémerie a envisagé cette possibilité ? s'enquit Erlendur, pensif.

– Un avis de recherche n'avait pas été lancé pour ce Leopold ? s'informa Sigurdur Oli.

Erlendur avait vérifié ce détail. Il avait trouvé dans un journal de l'époque un bref avis mentionnant la disparition de l'homme, où on demandait à ceux qui l'auraient aperçu de contacter la police. On y décrivait sa tenue vestimentaire en précisant sa taille et sa couleur de cheveux.

– Ça n'a rien donné, répondit Erlendur. Il n'y avait aucune photo de lui. Niels m'a dit qu'ils avaient caché à la femme le fait qu'ils n'avaient trouvé aucun document sur lui dans les registres officiels.

– Quoi ? Ils ne le lui ont pas dit ? s'étonna Elinborg.

– Évidemment, après tout, elle était seulement sa petite amie, observa Sigurdur Oli.

– Tu connais Niels, reprit Erlendur. Quand il peut éviter des problèmes, il les évite. Il avait l'impression que cette femme avait été menée en bateau et il se disait que ce n'était pas la peine d'en rajouter. Enfin, je ne sais pas. Il n'est pas spécialement...

Erlendur n'acheva pas sa phrase.

– Peut-être que ce gars s'était trouvé quelqu'un d'autre et qu'il n'a pas osé le lui avouer, nota Elinborg, pensive. Rien de moins courageux qu'un homme qui trompe sa femme.

– Ben voyons, glissa Sigurdur Oli.

– Après tout, il voyageait beaucoup en province, non ? Il vendait des... quoi déjà, des machines agricoles, non ? reprit Elinborg. Il passait son temps à aller de place en place, de village en village... Ce n'est peut-être pas stupide d'imaginer qu'il ait rencontré une autre femme avec laquelle il aurait commencé une nouvelle vie. Et qu'il n'ait pas osé le dire à sa petite copine de Reykjavik.

– Et qu'il soit resté caché tout ce temps ? glissa Sigurdur Oli.

– Évidemment, les choses étaient très différentes en Islande aux alentours de 1970. Il fallait toute une journée pour aller en voiture à Akureyri et la route qui fait le tour de l'île n'était pas encore achevée. Les transports étaient nettement moins bons, les villages de province bien plus isolés.

— En résumé, tu veux dire qu'à cette époque, il y avait toutes sortes de trous mortels où personne ne mettait jamais les pieds, commenta Sigurdur Oli.

— J'ai entendu quelque part, dit Elinborg, l'histoire d'une femme qui avait un gentil fiancé. Tout allait pour le mieux jusqu'au jour où il lui a téléphoné pour lui dire qu'il voulait mettre fin à leur relation. Elle l'avait cuisiné et il lui avait avoué qu'il allait en épouser une autre bientôt. Elle a dû se contenter de ça. Comme je viens de le dire : les hommes n'ont aucune limite quand il s'agit d'être lamentables.

— Mais, dans ce cas, pourquoi ce Leopold serait allé à Reykjavik sous un faux nom ? demanda Erlendur. S'il n'a pas osé raconter à cette femme qu'il en avait rencontré une autre en province et commencé une nouvelle vie avec elle ? Pourquoi ce jeu de cache-cache ?

— Qu'est-ce qu'on sait de ce genre de type ? répondit Elinborg, à bout d'arguments.

Il y eut un silence.

— Et le cadavre du lac ? demanda Erlendur.

— Je crois que l'homme que nous recherchons est étranger, répondit Elinborg. L'idée d'un Islandais attaché à un appareil d'écoute russe me semble complètement absurde. Je n'arrive pas m'imaginer qu'un truc pareil ait pu se passer ici.

— La guerre froide, nota Sigurdur Oli. Drôle d'époque.

— Oui, drôle d'époque, convint Erlendur.

— Cette guerre froide se résumait à une peur de la fin du monde, observa Elinborg. J'ai l'impression d'avoir toujours vécu avec cette peur. On n'arrivait jamais à la chasser de notre esprit. La fin du monde planait constamment au-dessus de nos têtes. Voilà la seule guerre froide que je connaisse.

— Exactement, une simple défaillance technique et bada-boum ! confirma Sigurdur Oli.

— Ce genre de peur doit bien se manifester d'une manière ou d'une autre, remarqua Erlendur. À travers nos actes, dans notre façon d'être.

– Tu veux dire à travers un suicide, comme celui de l'homme à la Falcon? demanda Elinborg.

– Si tant est qu'il n'avait pas un mariage heureux à Hvammstangi, conclut Sigurdur Oli. Il chiffonna l'emballage en papier du sandwich qu'il jeta par terre, juste à côté de la poubelle.

Après le départ de Sigurdur Oli et d'Elinborg, le téléphone sonna dans le bureau d'Erlendur. Au bout du fil, un homme qu'il ne reconnaissait pas.

– Erlendur? demanda une voix, sombre et menaçante.

– Oui, lui-même. Qui est à l'appareil? demanda Erlendur.

– Laissez ma femme tranquille, déclara la voix.

– Votre femme?

Ces paroles désarçonnèrent totalement Erlendur. Il ne lui venait pas à l'esprit que l'homme parlait de Valgerdur.

– C'est bien compris? demanda la voix. Je sais ce que vous manigancez et j'exige que vous arrêtiez.

– Elle décide elle-même de ses actes, répondit Erlendur quand il comprit qu'il s'agissait du mari de Valgerdur. Il se rappela ce qu'elle lui avait raconté à propos des infidélités de cet homme et se souvint que, quand il avait fait sa connaissance, elle avait d'abord eu l'intention de se servir de lui pour se venger de son époux.

– J'exige que vous la laissiez tranquille, tonna la voix d'un ton encore plus menaçant.

– Ah, la ferme! Mon vieux! répondit Erlendur en raccrochant.

15

Omar, l'ancien chef de cabinet au ministère, octogénaire imposant et complètement chauve, avait le geste vif, un visage large assorti d'un grand menton. Il se réjouissait visiblement de recevoir de la visite. Devant Erlendur et Elinborg, il se répandit en regrets d'avoir dû quitter son poste à l'âge de soixante-dix ans, alors qu'il était encore en pleine forme et doté d'une capacité de travail intacte. Il habitait un grand appartement du quartier de Kringlumyri. Il précisa qu'il l'avait échangé contre son pavillon lorsque sa femme était décédée.

Quelques semaines s'étaient écoulées depuis que l'hydrologue de la Compagnie de distribution d'énergie avait découvert les ossements. Le mois de juin était arrivé, inhabituellement chaud et ensoleillé. En ville, l'atmosphère s'était détendue après l'engourdissement hivernal. Les gens étaient plus légèrement vêtus et, d'une certaine manière, plus joyeux. Les cafés avaient disposé des tables et des chaises sur les trottoirs, comme c'est la coutume ailleurs, on s'asseyait au soleil pour boire de la bière. Sigurdur Oli s'étant accordé des vacances, il organisait des barbecues à la moindre occasion. Il invita Erlendur et Elinborg à l'un d'eux. Erlendur renâclait. Il n'avait pas de nouvelles d'Eva Lind mais pensait qu'elle avait quitté son centre de cure. Il supposait que c'était elle qui y avait mis fin. Sindri Snaer, quant à lui, ne donnait pas signe de vie.

Omar était très loquace, surtout quand le sujet de la discussion portait sur lui-même, et Erlendur coupa immédiatement court à sa logorrhée.

— Comme je vous l'ai dit au téléphone... commença Erlendur.

— Oui, c'est vrai, j'ai vu tout ça aux informations, cette histoire de squelette retrouvé à Kleifarvatn. Vous croyez qu'il s'agit d'un meurtre et…

— Exact, coupa Erlendur. En revanche, ce qu'ils n'ont pas dit aux informations, que personne ne sait et que vous ne devez divulguer sous aucun prétexte, c'est qu'un appareil d'écoute russe datant des années 60 était attaché à ce squelette. Les auteurs du crime se sont efforcés de dissimuler son origine, mais il vient indubitablement d'Union soviétique.

Omar les regardait tour à tour. Ils virent sa curiosité s'éveiller au fur et à mesure qu'il digérait ces informations. Il semblait adopter subitement une position plus réservée, convoquant sur son visage son ancienne expression de haut fonctionnaire.

— En quoi puis-je vous être utile dans cette affaire? demanda-t-il.

— Les questions que nous nous posons reviennent toutes à savoir si l'espionnage a, dans une mesure ou une autre, existé en Islande dans ces années-là et quelles sont les probabilités qu'il s'agisse d'un Islandais ou d'un employé d'une ambassade étrangère.

— Vous vous êtes penchés sur les disparitions datant de cette époque? demanda Omar.

— Oui, répondit Elinborg, et elles ne semblent avoir aucun rapport avec des appareils d'écoute russes.

— Je ne crois pas que les Islandais aient véritablement pratiqué le renseignement, expliqua Omar au terme d'une longue réflexion. Erlendur et Elinborg eurent l'impression qu'il choisissait ses mots avec soin. Nous connaissons des cas où on a tenté de les y inciter, que ce soit des pays situés de l'autre côté du Rideau de Fer ou des membres de l'OTAN. En outre, nous savons que, d'une manière ou d'une autre, l'espionnage existait dans les pays voisins.

— Dans les autres pays nordiques, par exemple? demanda Erlendur.

— Oui, confirma Omar. Mais il y a évidemment un hic dans tout ça. Si des Islandais ont été espions pour l'un ou l'autre camp, nous ne savons pas quel résultat ils ont obtenu. Parce qu'aucun agent islandais n'a jamais été démasqué.

— Le fait que cet appareil russe ait été retrouvé là-bas avec le squelette peut avoir une autre explication? demanda Elinborg.

— Évidemment, confirma Omar. Ce n'est pas obligatoirement lié à de l'espionnage, cependant il y a certainement un fond de vérité dans votre déduction. Il n'est en effet pas improbable qu'une découverte aussi inhabituelle que celle de ce squelette ait un rapport quelconque avec les ambassades des anciens pays de l'Est.

— Et un espion de ce genre aurait-il pu venir de... disons, du ministère des Affaires étrangères? conjectura Erlendur.

— À ma connaissance, aucun employé de notre ministère n'a disparu, répondit Omar avec un sourire.

— Je veux dire, où les Russes étaient-ils les plus susceptibles de placer les espions qu'ils avaient sous leur coupe?

— Je dirais au sein de n'importe quel rouage de l'appareil gouvernemental, répondit Omar. Le cercle des hauts fonctionnaires est très réduit dans notre pays et ces gens se connaissent bien, ils ont très peu de secrets les uns envers les autres. Les échanges avec l'armée américaine chargée de la sécurité de notre pays passaient principalement par nos services, il aurait donc été très avantageux pour eux d'avoir un de leurs pions chez nous. Toutefois, je me dis qu'il suffisait amplement à ces espions étrangers ou aux diplomates en poste de lire la presse islandaise et, évidemment, c'est ce qu'ils faisaient. Tout s'y trouvait écrit noir sur blanc. Dans une société démocratique comme la nôtre où tout est sujet à débat, il est difficile de cacher des choses.

— En outre, il y avait les cocktails, remarqua Erlendur.

— C'est vrai, il ne faut pas les négliger. Les ambassades se montraient très habiles sur la composition des listes d'invités. Le pays n'est pas très peuplé, tout le monde se connaît, tout le monde est parent, et ils se servaient aussi de ça.

— Vous n'avez jamais eu l'impression qu'il y avait des fuites dans votre ministère? demanda Erlendur.

— Pas autant que je sache, répondit Omar. Et si l'espionnage avait existé en Islande, nous le saurions certainement aujourd'hui, maintenant que le système soviétique s'est effondré et que la police politique a été démantelée sous la forme qu'elle avait autrefois dans les pays de l'Est. Les anciens agents qui se sont empressés de publier leurs biographies ne mentionnent jamais l'Islande. Les archives de ces pays ont été ouvertes pour la majeure partie et les gens ont pu récupérer les dossiers qu'ils ont trouvés sur leur compte. La surveillance des personnes était pratiquée à un degré inconcevable dans l'ancien bloc communiste et tous ces renseignements ont été détruits avant la chute du Mur. Passés au broyeur.

— Certains espions ont été démasqués dans les pays occidentaux après la chute du Mur, observa Elinborg.

— Absolument, confirma Omar. J'imagine bien que tout l'univers de l'espionnage s'en est trouvé sacrément bouleversé.

— Mais toutes les archives n'ont pas été ouvertes, reprit Erlendur. Certaines données sont encore à l'abri, conservées en lieu sûr.

— Oui, évidemment, il y a toujours des secrets d'État dans ces pays, tout comme dans le nôtre. Cela dit, je ne suis pas spécialiste du renseignement, que ce soit à l'étranger ou en Islande. Je suppose que je n'en sais pas beaucoup plus que vous sur la question. J'ai toujours trouvé plutôt risible de parler d'espionnage en Islande. Ça semble tellement loin de nous.

— Vous vous rappelez quand les hommes-grenouilles ont découvert des appareils dans le lac de Kleifarvatn ? demanda Erlendur. C'était assez loin de l'endroit où on a trouvé le squelette, mais la présence de ces appareils établit clairement un lien.

— Oui, je m'en souviens, répondit Omar. Les Russes ont évidemment tout nié en bloc, immédiatement imités par les autres ambassades des pays de l'Est présentes à Reykjavik. Ils ont prétendu ne rien savoir de ces appareils et on a fini par conclure qu'ils avaient simplement jeté ces postes de radio et ce matériel de transmission obsolètes dans le lac, si je me souviens bien. Ça ne valait pas le coup de renvoyer ça au pays par la valise diplomatique ; il était exclu de les mettre à la décharge publique, par conséquent...

— Ils ont essayé de les cacher dans le lac.

— Disons simplement que je m'imagine ça comme ça, comme je vous l'ai dit, je ne suis pas spécialiste. Ces appareils prouvaient qu'ils pratiquaient l'espionnage en Islande. Cela ne faisait aucun doute. Mais en réalité, ça n'avait rien d'un scoop.

Il y eut un silence. Erlendur balaya le salon du regard. Celui-ci débordait de souvenirs venus des quatre coins du monde et accumulés au long de toute une vie de travail au ministère. Le couple avait voyagé jusque dans les endroits les plus reculés de la terre. Il y avait une statue de Bouddha, des photos d'Omar prises sur la Grande Muraille de Chine et au Cap Canaveral avec la navette spatiale en arrière-plan. Erlendur remarqua également des photos où on le voyait en compagnie de figures politiques islandaises de diverses époques.

Omar se racla la gorge. Il semblait s'être accordé un délai de réflexion avant de décider s'il devait les aider un peu ou les laisser faire voile tout seuls. Dès l'instant où ils avaient mentionné cet appareil russe, ils avaient senti une certaine réserve dans son comportement et eu l'impression qu'il choisissait soigneusement ses mots.

— C'est… enfin, je ne sais pas, ce ne serait peut-être pas idiot d'aller soumettre ça à Bob, déclara-t-il enfin sur un ton hésitant.

— Bob? répéta Elinborg.

— Robert Christie. Bob. C'était le chef de la sécurité à l'ambassade des États-Unis durant les années 60 et 70, un homme d'honneur exceptionnel. On se connaissait bien, on a gardé contact. Je lui rends visite chaque fois que je vais en Amérique. Il habite à Washington, il est à la retraite depuis longtemps, tout comme moi. C'est un type très sympathique avec une mémoire infaillible.

— En quoi pourrait-il nous être utile? demanda Erlendur.

— Les ambassades se surveillaient mutuellement, répondit Omar. Il m'a quand même confié ça. Dans quelle mesure, je ne sais pas, et je ne pense pas que les Islandais y aient pris part. Mais les diplomates, qu'ils viennent des pays de l'OTAN ou du bloc de l'Est, avaient tous des espions sous le coude. Il m'a expliqué ça à la fin de la guerre froide ; du reste, l'histoire nous l'a également montré, bien sûr. Une des tâches des ambassades consistait à enregistrer les changements de personnel au sein des représentations du camp adverse. Ils savaient précisément qui arrivait en Islande et qui en repartait, ils connaissaient leur nom, leur situation économique et familiale. Ils déployaient une énergie phénoménale à rassembler ces renseignements.

– À quelles fins ? glissa Elinborg.

– Certains de ces diplomates étaient des espions notoires, reprit Omar. Ils venaient ici, restaient un petit moment, puis repartaient. Ils occupaient des postes plus ou moins élevés dans la hiérarchie et si un homme de haut grade était envoyé, il était possible de s'imaginer qu'il se passait quelque chose d'important. Vous vous souvenez de ces informations qui faisaient sans cesse état des expulsions de diplomates ? Ça se produisait aussi ici et, de façon régulière, dans les pays voisins. Les Américains ont expulsé quelques Russes de leur territoire, pour espionnage. Les Russes ont nié les accusations et répondu immédiatement en expulsant quelques Américains de chez eux. Ça se passait comme ça partout. Tout le monde connaissait les règles du jeu. Tout le monde savait tout sur tout le monde. Ils surveillaient mutuellement leurs déplacements. Ils tenaient une comptabilité très précise des gens qui arrivaient et repartaient des ambassades.

Omar marqua une pause.

– Un soin particulier était apporté au recrutement de nouveaux agents, continua-t-il, au recrutement de nouveaux espions.

– Vous voulez dire à la formation de diplomates aux techniques d'espionnage ? demanda Erlendur.

– Non, au recrutement de nouveaux espions dans les rangs ennemis, corrigea Omar avec un sourire. Il s'agissait d'inciter le personnel des ambassades du camp adverse à espionner pour eux. Ils essayaient évidemment de convaincre des gens qui se trouvaient en haut et en bas de l'échelle de rassembler des renseignements, et les employés des ambassades étaient particulièrement recherchés.

– Et ? dit Erlendur.

– Bob pourrait vous aider avec tout ça.

– Tout ça, quoi ? s'impatienta Elinborg.

– En ce qui concerne les personnels d'ambassade, répondit Omar.

– Je ne comprends pas ce que... reprit Elinborg.

– Vous voulez dire qu'il serait au courant si un événement bizarre ou inhabituel était survenu dans toute cette organisation ? suggéra Erlendur.

– Il ne pourra sûrement pas vous dévoiler tous les détails. Il ne raconte ça à personne. Ni à moi ni à vous, je suppose. Je lui ai posé assez souvent des questions là-dessus, mais il s'est toujours contenté d'en rire et de s'en amuser. Mais il se peut qu'il vous parle d'événements anodins qui auraient suscité un intérêt superficiel parce qu'ils s'expliquaient difficilement, des événements étranges.

Erlendur et Elinborg dévisageaient Omar sans comprendre un traître mot de ce qu'il racontait.

– Par exemple, il pourrait vous parler de quelqu'un qui serait venu en Islande et n'en serait jamais reparti, continua Omar. Bob serait à même de vous dire ce genre de chose.

– Vous pensez à cet appareil d'écoute russe, n'est-ce pas ? observa Erlendur.

Omar hocha la tête.

– Et vous ? reprit Erlendur. De votre côté, vous avez bien dû vous renseigner sur ceux qui venaient travailler aux ambassades, histoire de voir à quel genre de personnes vous aviez affaire ?

– Oui, c'est vrai. Nous étions toujours informés des changements dans la répartition des tâches, des nouvelles recrues et de ce genre de chose. Mais nous n'avions pas la possibilité, ni la capacité, ni même la volonté de surveiller les ambassades autant qu'elles le faisaient elles-mêmes.

– C'est-à-dire que si, par exemple, quelqu'un avait été envoyé ici, à Reykjavik, pour travailler à l'une des ambassades du bloc communiste, reprit Erlendur, et qu'il y était resté un certain temps sans que celle des États-Unis le voie quitter le pays, alors Bob l'aurait su ?

– Exactement, répondit Omar. Je crois que Bob pourrait vous donner des réponses sur ce genre de questions.

Marion Briem traîna son ballon d'oxygène jusqu'au salon après avoir ouvert la porte à Erlendur. Il la suivit en se demandant s'il connaîtrait un destin semblable dans sa vieillesse, s'il errerait telle une âme en peine dans son appartement, délaissé de tous et livré à ses démons, en tirant derrière lui un ballon d'oxygène. À sa connaissance, Marion n'avait ni frère ni sœur, et ses amis n'étaient pas légion. Il savait seulement que cette pitoyable loque au ballon d'oxygène n'avait jamais regretté de ne pas avoir fondé de famille.

— Pour quoi faire ? lui avait demandé Marion, dans le temps. Ça n'apporte qu'ennuis et souffrances.

La conversation portait sur la famille d'Erlendur, chose exceptionnelle car Erlendur ne parlait jamais de lui. Marion lui avait posé des questions sur ses enfants et cherché à savoir s'il avait gardé contact avec eux. Il y avait maintenant des années de cela.

— Tu en as deux, non ? avait demandé Marion.

Assis dans son bureau, Erlendur rédigeait un rapport concernant une escroquerie sur laquelle il enquêtait lorsque Marion était tout à coup entrée en se mettant à lui poser des questions sur sa famille. L'escroquerie impliquait deux sœurs qui avaient spolié leur mère en la condamnant à la pauvreté. Voilà pourquoi Marion avait alors affirmé que la famille, ça n'apportait qu'ennuis et souffrances.

— Oui, j'en ai deux, avait répondu Erlendur. On pourrait s'occuper un peu de cette affaire ? Je crois que…

— Et à quand remonte la dernière fois que tu les as vus ? avait demandé Marion.

— Je crois que ça ne te concerne pas franch…

— C'est exact, ça ne me regarde pas, mais toi, tu es concerné, à moins que… ? Le fait que tu aies deux enfants ne te concerne peut-être pas ?

Le souvenir disparut de son esprit lorsque Erlendur s'assit face à Marion, enfoncée dans son vieux fauteuil. C'était pour ça qu'Erlendur ne supportait pas son ancien supérieur. Il supposait que cela expliquait aussi le nombre réduit de ses visiteurs. Marion n'attirait pas les amis autour d'elle, bien au contraire. Et même Erlendur qui passait de temps en temps la voir n'était pas un véritable ami.

Marion regarda Erlendur en portant son masque à oxygène à son visage. Un long moment s'écoula ainsi, sans qu'aucune parole ne soit prononcée. Enfin, Marion retira le masque. Erlendur toussota.

— Comment tu te sens ? demanda-t-il.

— Extrêmement fatiguée, répondit Marion. Je m'assoupis constamment. C'est peut-être l'oxygène.

— Probablement beaucoup trop sain pour toi, observa Erlendur.

— Qu'est-ce que tu fiches à venir tout le temps traîner ici ? demanda Marion d'une voix faiblarde.

— J'en sais rien, répondit Erlendur. Alors, il était comment, ce western ?

— Tu devrais le regarder. Il parle d'obstination. Ça avance du côté de Kleifarvatn ?

— Ça suit son cours.

— Et l'homme à la Falcon, tu l'as retrouvé ?

Erlendur secoua la tête en précisant que la voiture l'avait été par contre. L'actuel propriétaire était une veuve qui, ne connaissant pas grand-chose aux Falcon, désirait la vendre. Il expliqua à Marion que l'homme en question, ce Leopold, apparaissait et disparaissait à son gré et que même sa petite amie ne savait presque rien sur lui. On n'avait aucune photo de lui ; on ne le trouvait nulle part dans les registres officiels. On aurait dit qu'il n'avait jamais existé, comme s'il n'était que le fruit de l'imagination de cette femme employée à la crémerie.

— Pourquoi es-tu à la recherche de cet homme ? demanda Marion.

— Je ne sais pas, répondit Erlendur. Il y a pas mal de gens qui m'ont posé la question. Je n'en ai aucune idée. À cause d'une femme qui travaillait autrefois dans une crémerie. À cause d'un enjoliveur qui manquait à l'une des roues. À cause d'une voiture neuve qui a été abandonnée devant la gare routière. Il y a quelque chose qui cloche, dans tout ça.

Marion ferma les yeux en s'enfonçant plus profondément dans son fauteuil.

— On a le même nom, observa Marion d'une voix si faible qu'Erlendur l'entendait à peine.

— Hein? fit-il en se penchant. Qu'est-ce que tu racontes?

— John Wayne et moi, on porte le même nom.

— Qu'est-ce que c'est, ces histoires? s'étonna Erlendur.

— Ce ne sont pas des histoires. Tu ne trouves pas ça étrange? John Wayne.

Erlendur allait lui répondre, mais il remarqua que Marion s'endormait. Il prit le boîtier de la cassette et lut le titre: *The Searchers*. Un film sur l'obstination, pensa-t-il.

Il regarda Marion puis, à nouveau, l'étui où l'on voyait John Wayne à cheval et armé d'un fusil. Il jeta un œil à la télévision installée dans un coin du salon, inséra la cassette dans le magnétoscope, alluma le poste et alla se rasseoir sur le canapé pour visionner *The Searchers* pendant que Marion dormait d'un profond sommeil.

16

Sigurdur Oli allait franchir la porte de son bureau quand le téléphone sonna. Il hésita. Il avait surtout envie de claquer cette porte derrière lui. Finalement, il poussa un soupir et décrocha.

— Je ne vous dérange pas ? demanda l'homme au téléphone.

— En fait, répondit Sigurdur Oli, je rentrais chez moi. Par conséquent...

— Excusez-moi, dit l'homme.

— Arrêtez de vous excusez à tout bout de champ et, surtout, arrêtez de m'appeler. Je ne peux rien pour vous.

— Je n'ai pas beaucoup de gens à qui parler, plaida l'homme.

— Et je ne me compte pas parmi eux. Je ne suis qu'un flic qu'on a envoyé sur les lieux de l'accident. Rien de plus. Je n'ai rien d'une planche de salut. Allez plutôt voir votre pasteur.

— Vous pensez que c'est ma faute ? demanda l'homme. Si je n'avais pas appelé...

Ils avaient discuté en long et en large de cette question. Ni l'un ni l'autre n'avait foi en un Dieu qui tirerait les ficelles d'un incompréhensible Grand Dessein tout en exigeant des sacrifices comme celui de la femme et de la fille de cet homme. Ni l'un ni l'autre ne croyait au destin. Aucun ne pensait que toute chose était écrite d'avance sans que nul ne puisse y changer quoi que ce soit. Tous deux croyaient à de simples hasards. Tous deux réalistes, ils convenaient que si l'homme n'avait pas appelé et retardé sa femme, elle ne se serait pas trouvée à ce carrefour au moment où le conducteur ivre de la jeep avait grillé le feu rouge. Mais Sigurdur Oli ne mettait pas l'accident sur le dos de l'époux et trouvait son raisonnement bancal.

– Vous n'êtes pas responsable de l'accident, martela Sigurdur Oli. Vous le savez, arrêtez de vous torturer avec ça. Ce n'est pas vous qui allez faire de la prison pour homicide involontaire, mais l'imbécile qui conduisait la jeep.

– Ça ne change rien, répondit l'homme.

– Qu'en dit votre psychologue?

– Il ne me parle que de cachets et d'effets secondaires. Si je commence tel traitement, je me mettrai à grossir. Si j'en suis un autre, ça me coupera l'appétit. Si j'en prends un troisième, je passerai mon temps à vomir.

– Je peux vous raconter une histoire? proposa Sigurdur Oli. Un groupe de gens effectue un voyage à Thorsmörk une fois par an depuis vingt-cinq ans. C'est un des membres du groupe qui a eu cette idée, il y a longtemps. Un jour, un accident mortel se produit. Un des compagnons de voyage perd la vie lors d'une de ces excursions à Thorsmörk. Est-ce la faute de celui qui a eu l'idée au début? Évidemment que non! Jusqu'où irez-vous avec vos suppositions? Un hasard est un hasard. Et nul n'y peut quoi que ce soit.

L'homme ne lui répondit rien.

– Vous comprenez ce que je veux dire? demanda Sigurdur.

– Je vois bien ce que vous voulez dire, mais ça ne m'avance pas du tout.

– Oui, bon, il faut que j'y aille, conclut Sigurdur Oli.

– Merci beaucoup, dit l'homme. Puis il raccrocha.

Erlendur était assis à lire dans son fauteuil. Il se trouvait en compagnie d'un groupe de voyageurs en bas de la montagne Oshlid au début du XXᵉ siècle, à la lueur d'une petite lampe-tempête. Le groupe se composait de sept personnes qui passaient à pied en contrebas de l'à-pic de Steinofaerugil en revenant d'Isafjördur. D'un côté, il y avait la pente abrupte et lourde de neige et, de l'autre, la mer glaciale. Ils marchaient serrés les uns contre les autres pour profiter de la clarté de l'unique lampe-tempête qu'ils avaient emportée avec eux. Certains avaient assisté à une représentation de *Lénardur le Préfet*. C'était en plein hiver et, en passant sous l'à-pic de Steinofaerugil, quelqu'un avait remarqué la présence d'une bosse sur le manteau neigeux en surplomb, comme si un rocher avait dévalé la pente. Ils s'étaient dit que cela pouvait être le signe d'une instabilité dans le massif enneigé. Ils s'étaient arrêtés et, à ce moment-là, une avalanche était venue s'abattre sur eux et les projeter dans l'océan. Il n'y eut qu'un seul survivant, gravement blessé. On ne retrouva aucune trace des autres, excepté un baluchon que l'un d'eux avait emporté et la lampe-tempête destinée à éclairer leur route.

Le téléphone retentit. Erlendur leva les yeux de son livre. Il envisagea d'attendre que le téléphone se fatigue de sonner, mais cela pouvait être Valgerdur, voire Eva Lind, même s'il aurait été surpris que cette dernière l'appelle.

— Tu dormais ? demanda Sigurdur Oli lorsqu'il décrocha enfin.

— Qu'est-ce que tu me veux ? s'agaça Erlendur.

— Tu vas inviter cette femme à notre barbecue, demain ? C'est Bergthora qui me pose la question. Elle veut savoir combien de personnes elle doit prévoir.

— De quelle femme tu parles ? demanda Erlendur.

— Celle que tu as rencontrée à Noël, précisa Sigurdur Oli. Tu la vois toujours, non ?

— Qu'est-ce que ça peut te faire ? rétorqua Erlendur. Et c'est quoi, cette histoire de barbecue ? À quel moment je t'ai promis de venir ?

Quelqu'un frappa à la porte ; Erlendur jeta un œil en direction du couloir. Sigurdur Oli commença à arguer qu'Erlendur avait promis de venir à ce barbecue et que ce serait Elinborg qui cuisinerait quand Erlendur lui raccrocha finalement au nez pour aller à la porte. Valgerdur sourit furtivement lorsqu'il ouvrit. Elle lui demanda si elle pouvait entrer. Il hésita un instant avant de lui répondre que oui, évidemment. Elle alla jusqu'au salon où elle s'assit sur le canapé tout usé. Il lui proposa un café, mais elle refusa.

— Je l'ai quitté, annonça-t-elle.

Erlendur s'installa dans le fauteuil en face d'elle et se rappela sa conversation téléphonique avec le mari de Valgerdur, lorsqu'il avait exigé qu'il laisse sa femme en paix. Elle lui lança un regard et lut de l'inquiétude sur son visage.

– Il y a longtemps que j'aurais dû partir, reprit-elle. Tu avais raison. Il y a longtemps que j'aurais dû régler tout ça.

– Mais pourquoi maintenant? demanda Erlendur.

– Il m'a dit qu'il t'avait téléphoné, répondit Valgerdur. Je refuse de te voir mêlé à nos affaires. Je ne veux pas qu'il t'appelle. Cette histoire est entre lui et moi, tu n'as rien à voir là-dedans.

Erlendur sourit. Il se souvint qu'il avait une bouteille de chartreuse verte dans le placard, il alla la chercher en même temps que deux verres à liqueur. Il remplit les verres et lui en tendit un.

– Je ne veux pas dire que tu ne comptes pas, mais, bon, tu me comprends, continua-t-elle. Ils avalèrent une gorgée de liqueur. Nous n'avons fait que discuter, toi et moi. Il ne peut pas en dire autant de son côté.

– Mais tu n'as pas décidé de le quitter avant, observa Erlendur.

– C'est difficile, au bout de toutes ces années. Il y a nos deux fils, et puis… Enfin, c'est tout simplement très difficile.

Erlendur ne disait rien.

– Ce soir j'ai compris qu'il n'y avait plus rien entre lui et moi, continua Valgerdur. Et, tout à coup, j'ai pris conscience de mon désir que tout ça soit complètement terminé. Je vais parler à mes deux fils. Il faut qu'ils sachent exactement ce qui se passe, qu'ils sachent pourquoi je le quitte. J'irai les voir demain. Jusqu'à présent, j'ai voulu leur épargner tout ça. Ils l'admirent énormément.

– Pour ma part, je lui ai tout de suite raccroché au nez, l'informa Erlendur.

– Je sais, il m'a dit ça. Tout à coup, j'ai vu clairement dans son petit jeu. Il n'a plus la moindre emprise sur mes faits et gestes ni sur mes envies. Absolument plus aucun pouvoir sur moi. Et je me demande pour qui il se prend.

Valgerdur avait été jusqu'alors réticente à parler de son mari. Elle s'était contentée de dire qu'il la trompait depuis deux ans avec l'une des infirmières de l'hôpital et qu'il avait déjà eu plusieurs maîtresses auparavant. Il était médecin à l'Hôpital National où elle exerçait aussi et, en pensant à

Valgerdur, Erlendur s'était parfois demandé ce qu'elle pouvait bien ressentir à travailler dans un lieu où tout le monde, à une époque, sauf elle, savait que son mari courait les jupons.

— Et ton travail? demanda-t-il.

— Je me débrouillerai, ça ira, répondit-elle.

— Tu veux dormir ici cette nuit?

— Non, répondit Valgerdur, je viens d'avoir ma sœur au téléphone. Je vais rester chez elle pour l'instant. Elle m'a soutenue dans ma décision.

— Quand tu dis que je n'ai rien à voir dans tout ça…?

— Ce n'est pas pour toi que je m'en vais mais pour moi-même, expliqua Valgerdur. Je ne veux plus qu'il décide de mes actes, de mes pensées ni de mes désirs. Vous avez raison, toi et ma sœur, quand vous dites qu'il y a longtemps que j'aurais dû le quitter. Dès le moment où j'ai découvert qu'il me trompait.

Elle fit une pause et regarda Erlendur.

— Tout à l'heure, il m'a soutenu que c'était moi qui l'y avais poussé, reprit-elle, parce que je n'étais pas assez… pas assez… enfin, parce que je n'étais pas assez portée sur le sexe.

— Ils disent tous ça, observa Erlendur. C'est la première chose qui leur vient à la bouche. Tu ne devrais pas écouter ce genre de balivernes.

— Il ne manque pas d'air de m'accuser, renchérit Valgerdur.

— Qu'est-ce que tu veux qu'il te dise d'autre? Il essaie de justifier sa conduite à ses propres yeux.

Ils se turent et terminèrent leur verre de liqueur.

— Tu es… commença-t-elle sans achever sa phrase. Je ne sais pas ce que tu es, reprit-elle, ou plutôt, qui tu es. Je n'en ai pas la moindre idée.

— Moi non plus, convint Erlendur.

Valgerdur lui décocha un sourire.

— Tu viendrais à un barbecue avec moi, demain? proposa tout à coup Erlendur. Mes amis organisent une petite soirée. Elinborg vient de publier un livre de recettes, tu en as peut-être entendu parler. Elle va nous faire des grillades. Elle cuisine divinement, ajouta Erlendur en regardant son bureau sur lequel était posé un paquet de boulettes de viande à réchauffer au micro-ondes.

– Je ne veux rien précipiter, répondit-elle.

– Moi non plus, convint-il.

Les assiettes s'entrechoquaient dans le réfectoire de la maison de retraite tandis que Erlendur avançait dans le couloir menant à la chambre de l'ancien paysan. Le personnel débarrassait les tables après le petit-déjeuner et faisait le ménage dans les chambres. La plupart d'entre elles étaient ouvertes et le soleil entrait par les fenêtres. La porte de celle qu'occupait le paysan était, en revanche, fermée. Erlendur frappa.

– Fichez-moi la paix, entendit-il lancer de l'intérieur d'une voix forte et éraillée. Putain de boucan qu'il y a tout le temps là-dedans!

Erlendur actionna la poignée, la porte s'ouvrit et il s'avança. Il ne savait pas grand-chose du pensionnaire. Seulement qu'il s'appelait Haraldur et qu'il avait quitté sa ferme depuis une vingtaine d'années. À cette époque-là, il avait déjà cessé de l'exploiter. Son dernier domicile, avant la maison de retraite, était un appartement du quartier des Hlidar. Erlendur avait obtenu ces renseignements auprès d'un employé de l'établissement qui lui avait confié que Haraldur avait un caractère buté et rudement teigneux. Dernièrement, il avait frappé un des pensionnaires à coups de canne; il se montrait en général ignoble avec le personnel et bien peu parvenaient à le supporter.

– Qui êtes-vous? demanda Haraldur en découvrant Erlendur dans l'embrasure. Il avait quatre-vingt-quatre ans, les cheveux blancs, ses grandes mains étaient usées par le travail. Il était assis au bord de son lit, le dos voûté et la tête complètement enfoncée dans ses épaules. Une barbe en broussaille lui dissimulait la moitié du visage. Une odeur désagréable planait dans la chambre et Erlendur se demanda si ce Haraldur prisait du tabac.

Erlendur se présenta en expliquant qu'il était de la police. Haraldur sembla intéressé car il se redressa sur son lit pour dévisager Erlendur.

– Qu'est-ce qu'elle me veut, la police? demanda-t-il. C'est parce que j'ai un peu taquiné Thordur l'autre jour, au réfectoire?

– Pourquoi avez-vous frappé Thordur? demanda Erlendur, par simple curiosité.

– Thordur est un crétin, répondit Haraldur. Je n'ai aucun commentaire à vous faire. Sortez d'ici et refermez après vous! Ces gens passent leur temps à vous zieuter toute la journée. Ils fourrent toujours leur nez dans les affaires des autres.

– Je ne suis pas venu ici pour vous parler de Thordur, répondit Erlendur en entrant avant de refermer la porte derrière lui.

– Dites donc! Vous n'avez qu'à prendre vos aises, c'est hors de question! Qu'est-ce que ça veut dire? Sortez d'ici! Sortez d'ici et foutez-moi la paix!

Le vieil homme se redressa, étira son cou aussi haut que possible entre ses épaules et lança un regard menaçant à Erlendur qui, faisant comme si de rien n'était, vint s'asseoir en face de lui sur le lit inoccupé d'à côté. Erlendur imagina qu'il était inutile de proposer à quiconque de partager la chambre de l'irascible Haraldur. Il y avait très peu d'effets personnels. Sur la table de nuit, deux recueils usés des poèmes d'Einar Benediktsson, lus et relus.

– Vous ne vous sentez peut-être pas bien ici? demanda Erlendur.

– Moi? Qu'est-ce que ça peut vous foutre? Qu'est-ce que vous me voulez? Vous êtes qui? Pourquoi vous ne décampez pas d'ici comme je vous le dis?

– Votre nom a été mentionné lors d'une vieille enquête sur une disparition, précisa Erlendur. Il commença à lui parler du représentant en machines agricoles et engins de terrassement qui avait une Ford Falcon noire. Haraldur l'écouta en silence et sans l'interrompre. Erlendur ne savait pas si le vieil homme se rappelait ce qu'il avait déclaré à la police à l'époque. Il lui rappela que les enquêteurs lui avaient demandé s'il avait vu le représentant à la ferme et qu'il avait nié mordicus l'avoir rencontré.

– Vous vous en souvenez? demanda Erlendur.

Haraldur ne lui répondit pas. Erlendur répéta la question.

– Pfft, souffla Haraldur. Il a jamais pointé son nez, ce foutu bonhomme. Ça fait plus de trente ans. J'ai complètement oublié tout ça.

– Pourtant, vous vous rappelez qu'il n'est jamais venu, non ?

– Oui, c'est quoi ces conneries, je viens de vous le dire, non ? Allez, décampez ! J'aime pas que des gens viennent dans ma chambre !

– Vous éleviez des moutons ? demanda Erlendur.

– Des moutons ? Quand j'exploitais la ferme ? Oui, j'avais quelques brebis, des chevaux et aussi dix vaches. Ça vous avance bien de le savoir, hein ?

– Vous avez tiré un bon prix de vos terres, poursuivit Erlendur, si bien situées, aux abords de la ville…

– Vous êtes des impôts ? vociféra Haraldur. Il baissa les yeux à terre. Lever la tête exigeait de lui un effort considérable, voûté comme il l'était par la vieillesse et le travail.

– Non, de la police, répéta Erlendur.

– Ils en tirent nettement plus maintenant, cette bande de brigands, répondit Haraldur. Maintenant que la ville commence à s'étendre sur la colline, ou presque. C'étaient des sacrés profiteurs, ceux qui m'ont piqué ma terre. Des saloperies de sangsues ! Et vous, dégagez d'ici ! lança-t-il en haussant le ton, menaçant. Allez donc interroger ces ordures d'usuriers !

– Quels usuriers ? demanda Erlendur.

– Ces profiteurs, ceux qui m'ont piqué mes terres pour des crottes de moineau !

– Qu'aviez-vous l'intention de lui acheter, à ce représentant ?

– Acheter ? À ce gars-là ? Un tracteur. J'avais besoin d'un bon tracteur. Je suis allé à Reykjavik en voir quelques-uns et il y en avait qui me plaisaient bien. C'est là-bas que j'ai rencontré ce type. Je lui ai donné mon numéro de téléphone. Ensuite, il n'a pas arrêté de m'emmerder. Tous pareils, ces vendeurs ! Quand ils sentent qu'on est intéressé, ils nous lâchent plus. Je lui ai dit que j'en discuterais avec lui s'il daignait venir jusque chez moi. Il disait qu'il me montrerait des prospectus. Moi, je l'ai attendu comme un imbécile et il n'est jamais venu. Plus tard, un clown dans votre genre m'a téléphoné pour me demander si j'avais vu ce bonhomme. Je n'en sais pas plus, maintenant, dégagez.

– Il possédait une Ford Falcon toute neuve, s'entêta Erlendur, l'homme qui voulait vous vendre un tracteur.

— Je ne vois pas de quoi vous parlez.

— Ce qui est intéressant, c'est que cette voiture existe encore, elle est même en vente, au cas où quelqu'un voudrait l'acheter, continua Erlendur. À cette époque-là, quand elle a été retrouvée, il lui manquait un enjoliveur. Vous sauriez par hasard ce que cet enjoliveur est devenu ? Vous avez une idée ?

— Qu'est-ce que vous dégoisez, mon gars ? rétorqua Haraldur en levant la tête pour regarder Erlendur droit dans les yeux. Je ne sais rien de cet homme. Et qu'est-ce que vous allez me parler de cette bagnole ? En quoi elle me regarde ?

— Disons que j'espère qu'elle pourra nous aider dans notre enquête, répondit Erlendur. Il se trouve qu'une voiture peut conserver des indices sur du long terme. C'est-à-dire que si, par exemple, cet homme est venu à votre ferme, qu'il a fait quelques pas devant la maison, qu'il est entré chez vous, il a peut-être ramené des fragments sous les semelles de ses chaussures et ces fragments se trouvent maintenant dans cette voiture. Même après toutes ces années. Il peut s'agir de n'importe quoi. Un grain de sable suffit s'il correspond à ceux qui se trouvent devant votre ferme. Vous comprenez ce que je vous dis ?

Le vieil homme baissait les yeux à terre sans lui répondre.

— Votre ferme est toujours debout ? demanda Erlendur.

— Oh, bouclez-la ! aboya le vieil homme.

Erlendur balaya la chambre du regard. Il ne savait pas grand-chose de l'homme assis face à lui au bord du lit si ce n'est qu'il était antipathique, grossier et qu'une odeur déplaisante planait dans sa chambre. Il lisait peut-être Einar Benediktsson mais Erlendur se fit la réflexion qu'au fil de son existence il n'avait sans doute pas souvent transformé l'ombre en lumière du jour.

— Vous viviez seul dans cette ferme ?

— Je vous dis de dégager d'ici !

— Vous aviez une femme de ménage ?

— On était deux, mon frère et moi. Joi* est mort. Maintenant, foutez-moi la paix !

---

* Se prononce "Yoé". Diminutif de Johann.

— Joi? Erlendur ne se souvenait pas d'avoir vu un autre nom que celui de Harald dans les rapports de police. Qui c'était? demanda-t-il.

— Mon frère, répondit Haraldur. Il est mort il y a vingt ans. Allez, sortez! Pour l'amour de Dieu, sortez d'ici et foutez-moi la paix!

17

Il ouvrit la boîte où se trouvaient les lettres pour les sortir les unes après les autres. Il en parcourut certaines du regard avant de les mettre de côté et en déplia d'autres afin de les lire lentement. Il ne les avait pas lues depuis des années. C'étaient des lettres de la maison, de ses parents, de sa sœur, de ses camarades des jeunesses communistes qui voulaient savoir comment se passait la vie à Leipzig. Il se souvenait de celles qu'il leur avait écrites en retour et où il décrivait la ville, la reconstruction, tout cela sur un ton plein d'optimisme. Il parlait de l'entente qui régnait parmi la population et de la fraternité socialiste en usant de ce discours désincarné, fossilisé, rempli de clichés. Jamais il ne mentionnait les doutes qui commençaient à agiter son esprit. Jamais il ne parlait de Hannes.

Il plongea plus profond dans le paquet. Il y avait là celle de Rut et, juste en dessous, le message que lui avait envoyé Hannes.

Et puis, là, tout au fond de la boîte, se trouvaient celles des parents d'Ilona.

Son esprit avait été surtout occupé par Ilona durant les premières semaines et les premiers mois qu'ils avaient passés ensemble. Ne possédant pas grand-chose, il vivait chichement, mais comme il voulait lui faire plaisir, il trouvait divers petits présents à lui offrir. Un jour, alors que son anniversaire approchait, il avait reçu d'Islande un colis contenant, entre autres, un petit recueil des poèmes de Jonas Hallgrimsson en édition de poche. Il lui avait donné le livre en lui expliquant qu'il avait été composé par l'auteur des plus belles paroles jamais écrites en langue islandaise. Elle lui avait répondu qu'elle avait hâte qu'il lui enseigne l'islandais afin de pouvoir lire les poèmes et s'était excusée de ne rien avoir pour lui. Il lui avait souri en secouant la tête. Il ne l'avait pas prévenue que c'était son anniversaire.

– Moi, ça me suffit de t'avoir, avait-il répondu.

– Tiens, tiens, avait-elle dit.

– Quoi donc?

– Petit cochon!

Elle avait reposé le livre, l'avait poussé pour l'allonger sur le lit où il était assis avant de se mettre à califourchon sur lui. Elle l'avait embrassé longuement et passionnément. Aucun de ses anniversaires n'avait été aussi joyeux, au bout du compte.

Il se lia de plus en plus d'amitié avec Emil au cours de cet hiver, ils passaient beaucoup de temps ensemble. Il appréciait beaucoup Emil dont le socialisme se radicalisait au fur et à mesure que le séjour à Leipzig s'écoulait et qu'ils acquéraient une meilleure connaissance de la société. Emil ne désarmait pas, en dépit des discussions critiques qui agitaient le groupe des Islandais concernant la surveillance des individus, la pénurie des produits de consommation courante, l'obligation d'assister aux réunions des FDJ et autres désagréments de ce genre. Emil balayait tout cela d'un revers de la main. Il considérait l'objectif à long terme, à la lumière duquel les difficultés momentanées n'avaient guère de poids. Emil et lui s'entendaient bien, ils se soutenaient mutuellement.

– Mais pourquoi ils ne produisent pas plus de denrées de première nécessité? s'était un jour insurgé Karl alors qu'ils étaient à table dans le nouveau réfectoire et qu'ils discutaient du gouvernement d'Ulbricht. Les gens peuvent facilement faire la comparaison entre la situation ici et celle en Allemagne de l'Ouest où les produits de consommation abondent et où on trouve de tout partout. Pourquoi est-ce que les Allemands de l'Est devraient mettre à ce point l'accent sur la reconstruction industrielle alors qu'il y a pénurie de produits alimentaires? La seule chose qui ne manque pas, c'est le charbon, et encore, il est de mauvaise qualité.

– L'économie de plan finira par donner des résultats, avait répondu Emil. La reconstruction en est encore à ses débuts, en plus ils ne profitent pas du flot de dollars venus d'Amérique. Tout cela prend du temps. La seule chose qui compte, c'est que le parti socialiste unifié soit sur la bonne voie.

D'autres couples à part lui et Ilona se formèrent à Leipzig. Karl et Hrafnhildur rencontrèrent des Allemands tout à fait charmants qui s'intégrèrent bien au groupe. On vit Karl de plus en plus souvent en compagnie d'une petite étudiante aux yeux noirs originaire de Leipzig qui s'appelait Ulrika. La mère de la jeune fille était une marâtre qui n'appréciait pas franchement cette relation et tous se tordirent de rire en écoutant Karl décrire leurs rapports très difficiles. Karl disait qu'ils avaient envisagé de vivre ensemble, voire de se marier. Ils s'entendaient bien, étant tous les deux dotés d'un caractère insouciant et joyeux. Elle disait vouloir venir en Islande, et peut-être même s'y installer. De son côté, Hrafnhildur avait rencontré un étudiant en chimie plutôt timide et effacé. Originaire d'un petit village des alentours de Leipzig, il leur fournissait parfois de la gnôle. Le mois de février était arrivé. Il voyait Ilona tous les jours. Ils n'abordaient plus guère la politique, mais tous les autres sujets de conversation ne posaient aucun problème et ils ne manquaient pas. Il lui parla du pays des têtes de mouton calcinées et elle, de sa famille. Elle avait deux frères aînés qui la laissaient mener sa barque toute seule. Ses parents étaient tous les deux médecins. Elle étudiait la littérature et la langue allemande. Friedrich Hölderlin était un de ses poètes préférés. Elle lisait beaucoup et l'interrogeait souvent sur la littérature islandaise. Cet intérêt pour les livres les rapprochait.

Lothar fréquentait de plus en plus assidûment le groupe, qui le trouvait amusant avec son islandais un peu trop mécanique et ses questions incessantes sur tout ce qui se rapportait à l'Islande. Tomas s'entendait bien avec lui. Tous les deux communistes radicaux, ils pouvaient discuter de politique sans se disputer. Lothar pratiquait son islandais avec Tomas qui lui répondait en allemand. Lothar venait de Berlin qu'il décrivait comme une ville sublime. Il disait avoir perdu son père pendant la guerre ; quant à sa mère, elle habitait toujours là-bas. Lothar incita Tomas à l'y accompagner un de ces jours, le voyage en train n'était pas très long. Cela dit, l'Allemand ne se montrait pas très loquace sur lui-même. Tomas attribuait cela aux difficultés qu'il avait connues pendant la guerre, alors qu'il n'était encore qu'un petit garçon. Il leur posait de plus en plus de questions sur l'Islande à laquelle il semblait porter un intérêt inextinguible. Il se renseignait sur l'association des étudiants, les conflits politiques, les dirigeants des partis, le monde du travail, les conditions de vie de la population, l'armée américaine basée sur la lande de Midnesheidi. Tomas expliqua à Lothar que les Islandais s'étaient énormément enrichis pendant la guerre. Reykjavik s'était développée, le pays était passé d'une société de paysans pauvres à une société citadine et moderne quasiment en un clin d'œil.

Il lui arrivait de discuter avec Hannes à l'université. En général, ils se croisaient à la bibliothèque, à la cafétéria ou dans le bâtiment principal. Ils devinrent plutôt bons amis, malgré le pessimisme de Hannes. Il tenta d'amener celui-ci à réviser son point de vue, mais se vit bien peu payé de sa peine en retour. L'intérêt de Hannes pour ces choses s'était évanoui. Il ne pensait qu'à lui-même, obsédé par l'idée de terminer ses études pour pouvoir rentrer en Islande.

Un jour, Tomas vint s'asseoir à côté de lui à la cafétéria. Il neigeait. Sa famille lui avait envoyé un manteau bien chaud pour Noël. Il avait parlé du froid qui régnait à Leipzig dans l'une de ses lettres. Hannes lui demanda d'où venait ce manteau sur un ton où il crut déceler une trace d'envie.

Il ne savait pas que ce serait la dernière fois qu'ils discuteraient ensemble à Leipzig.

— Quelles nouvelles d'Ilona ? demanda Hannes.

— Tu connais Ilona ? s'étonna-t-il.

— Pas du tout, répondit Hannes en balayant la cafétéria du regard pour s'assurer que personne ne les écoutait. Tout ce que je sais, c'est qu'elle est hongroise. Et que c'est ta petite amie. Je me trompe ? Vous êtes bien ensemble, non ?

Il avala une gorgée de son café léger sans répondre. Hannes avait un ton bizarre. Plus dur et plus distant que d'habitude.

— Elle te parle parfois des événements de Hongrie ? demanda Hannes.

— De temps en temps. On essaie d'éviter le sujet de…

– Tu sais ce qui est en train de se passer là-bas, hein ? interrompit Hannes. Les Soviétiques se préparent à intervenir militairement. C'est d'ailleurs étonnant qu'ils ne l'aient pas déjà fait. Ils n'ont pas le choix. S'ils laissent passer ça en Hongrie, alors les autres pays d'Europe de l'Est ne vont pas tarder à s'engager dans la même voie et il y aura un soulèvement général contre le pouvoir soviétique. Elle ne te parle jamais de ça ?

– On discute de la Hongrie, oui, répondit-il, mais on n'est simplement pas d'accord.

– Non, évidemment, tu sais mieux ce qui se passe là-bas qu'elle, qui est hongroise.

– Je n'ai pas dit ça.

– Non, d'ailleurs, de manière générale, qu'est-ce que tu dis ? rétorqua Hannes. Tu as sérieusement réfléchi à tout ça ? Maintenant que tu n'es plus ébloui par la nouveauté ?

– Qu'est-ce qui t'est arrivé, Hannes ? Pourquoi tant de colère ? Qu'est-ce qui s'est passé après ton arrivée ici ? Toi, sur qui reposaient les espoirs de tous les camarades au pays.

– Tous les espoirs ! ricana Hannes. Je suppose que ce n'est plus le cas, ironisa-t-il.

Il y eut un silence.

– J'ai simplement percé à jour toutes ces conneries, déclara Hannes à voix basse. Tout ce ramassis de mensonges. On nous a abreuvés de discours sur le paradis prolétaire, l'égalité et la fraternité jusqu'à ce qu'on finisse par entonner l'Internationale comme des boîtes à musique remontées à bloc. Un concert de louanges dénué de toute critique. En Islande, on assiste à des réunions de lutte. Ici, on n'a droit qu'à des glorifications. Où est-ce que tu vois des débats ? C'est "Vive le Parti" et basta ! Tu as déjà discuté avec les gens qui vivent ici ? Tu sais ce qu'ils en pensent ? Tu as déjà parlé à une personne honnête dans cette ville ? Est-ce qu'ils voulaient Walter Ulbricht et le parti communiste ? Ils sont d'accord avec le système du parti unique et de l'économie planifiée ? Ils ont voulu qu'on limite la liberté d'expression, qu'on censure la presse et qu'on interdise les partis politiques ? Ils ont demandé à ce qu'on leur tire dessus pendant les émeutes de 1953 ? En Islande, on peut s'engueuler avec nos adversaires, on peut publier des articles dans les journaux. Ici, c'est interdit. Il n'y a qu'une seule ligne qui vaille, celle du Parti, point! Et ils osent appeler ça des élections quand ils rassemblent les gens comme des moutons pour leur faire élire l'unique parti autorisé dans le pays! Les gens d'ici considèrent ça comme une mascarade. Ils savent parfaitement que ça n'a rien de démocratique! (Hannes se tut. La colère bouillonnait en lui.) Les gens n'osent pas dire ce qu'ils pensent parce que tout le monde ici est sous surveillance. Toute cette putain de société. Tout ce que tu dis peut te revenir à la gueule: te voilà convoqué, arrêté et viré de l'université. Parles-en un peu aux gens d'ici. Les lignes téléphoniques sont placées sous écoute. On espionne la population!

Il y eut un silence.

Il savait bien qu'il y avait du vrai dans les propos de Hannes et d'Ilona. Il pensait que le Parti aurait mieux fait de se montrer sous son vrai jour en reconnaissant que, pour l'instant, il n'y avait de place ni pour des élections libres, ni pour la liberté d'expression. Cela viendrait plus tard, une fois que l'objectif de l'économie socialiste serait atteint. Ils s'étaient parfois moqués de la manière dont les Allemands approuvaient toutes les propositions lors des meetings alors qu'en privé ils exprimaient une opinion tout autre, diamétralement opposée aux résolutions prises. La population n'osait se risquer ni à l'honnêteté ni à la franchise, elle osait à peine exprimer une opinion personnelle, craignant que celle-ci soit interprétée comme allant à l'encontre de la ligne du Parti et par peur de se voir sanctionnée.

– Tomas, ces gens-là sont dangereux, reprit Hannes au bout d'un long silence. Et ils ne plaisantent pas.

– Pourquoi est-ce que vous n'avez que cette liberté d'opinion à la bouche, toi et Ilona? demanda-t-il, furieux. Regarde un peu les persécutions que subissent les communistes aux USA. Qu'est-ce que tu dis de la société de surveillance qui sévit là-bas? Tu n'as pas lu ce truc sur ces pauvres types qui ont dénoncé leurs collègues à la commission des activités anti-américaines? Là-bas, le parti communiste est interdit. Il n'y a qu'une seule opinion autorisée là-bas aussi, et c'est celle des grands capitalistes, des impérialistes, des marchands d'armes. Ils refusent toutes les autres. Absolument toutes. (Tomas se leva.) Tu es ici en tant qu'hôte du peuple de ce pays! lança-t-il, hors de lui. C'est lui qui te paie tes études et tu devrais avoir honte de parler comme ça. Tu devrais avoir honte! Et tu ferais mieux de rentrer au pays!

Il sortit comme une flèche de la cafétéria.

— Tomas! cria Hannes dans son dos, mais il ne lui répondit pas.

Il traversa d'un pas pressé le couloir de la cafétéria où il tomba sur Lothar qui lui demanda pourquoi il était si énervé. Il lança un regard en arrière vers la cafétéria. Ce n'est rien, répondit-il et ils quittèrent tous les deux le bâtiment. Lothar proposa de lui offrir une bière; il se laissa convaincre. Ils s'installèrent chez Baum, à côté de l'église Saint-Thomas, et il expliqua à Lothar la raison de sa querelle avec Hannes et la façon dont ce dernier avait, pour des raisons sans fondement, complètement tourné le dos au socialisme qu'il critiquait désormais violemment. Il lui expliqua qu'il ne supportait pas le double jeu de Hannes qui critiquait l'organisation socialiste, mais avait tout de même l'intention d'en profiter en terminant ses études grâce à elle.

— C'est quelque chose que je ne comprends pas, dit-il à Lothar. Je ne comprends pas comment il peut à ce point profiter de la situation. Je serais incapable d'une chose pareille, observa-t-il, jamais.

Tomas rencontra Ilona dans la soirée et lui raconta la dispute. Il mentionna le fait que Hannes parlait parfois d'elle comme s'il la connaissait, mais elle se contenta de secouer la tête. Elle n'avait jamais entendu son nom et ne lui avait jamais parlé non plus.

— Tu es d'accord avec lui? demanda-t-il, hésitant.

— Oui, répondit-elle au bout d'un long silence. Je suis d'accord avec lui. Et je ne suis pas la seule. Nous sommes très très nombreux. Des gens de mon âge à Budapest. Des jeunes ici, à Leipzig.

— Pourquoi est-ce qu'ils ne réagissent pas?

— Nous sommes en train de réagir à Budapest, répondit-elle. Mais il y a des résistances considérables. Terrifiantes. Et beaucoup de peur. Partout, il y a la peur de ce qui pourrait arriver.

– À cause de l'armée?

– La Hongrie fait partie des prises de guerre de l'Union soviétique. Ils ne la lâcheront pas sans se battre. Si nous parvenons à échapper à leur emprise, on ne sait pas du tout les conséquences que ça aura dans les autres pays d'Europe de l'Est. C'est la grande question. Celle de la réaction en chaîne.

Deux jours plus tard, sans autre forme de procès, Hannes fut exclu de l'université puis expulsé du pays.

Tomas entendit dire qu'un agent de police avait été placé en faction devant sa chambre et qu'ensuite, il avait été accompagné jusqu'à l'aéroport, escorté par deux agents de la police politique. Il croyait savoir qu'aucune équivalence pour ses diplômes ne lui serait délivrée par une autre université. C'était comme si Hannes n'avait jamais fréquenté l'université de Leipzig. Son nom avait été rayé de toutes les listes.

Il n'en crut pas ses oreilles quand Emil se précipita vers lui pour lui annoncer la nouvelle. Emil ne savait pas grand-chose. Il avait croisé Karl et Hrafnhildur qui lui avaient parlé de l'agent en faction en précisant que tout le monde savait que Hannes avait été reconduit à l'aéroport. Emil avait dû lui répéter tout cela à trois reprises. On avait traité leur compatriote comme s'il s'était livré à quelque chose d'horrible. Comme s'il n'avait été qu'un vulgaire criminel. On ne parla que de ça à la résidence au cours de la soirée. Personne ne savait exactement ce qui s'était passé.

Le lendemain, trois jours après leur dispute à la cafétéria, il reçut un message. C'est le compagnon de chambre de Hannes qui se chargea de lui apporter. Le message se trouvait à l'intérieur d'une enveloppe sur laquelle il n'y avait que son prénom : Tomas. Il ouvrit l'enveloppe et s'assit sur le lit. Il lut rapidement les quelques lignes.

Tu m'as demandé ce qui s'était passé à Leipzig. Ce qui m'était arrivé. C'est très simple. Ils m'ont demandé à plusieurs reprises d'épier mes amis, de leur raconter ce que vous disiez sur le socialisme, sur l'Allemagne de l'Est, sur Ulbricht, de les informer des stations de radio que vous écoutiez. Pas seulement vous mais tous ceux que je rencontrais. J'ai refusé d'être leur mouchard. Je leur ai dit que je n'avais pas l'intention d'espionner mes amis. Ils pensaient parvenir à me convaincre. Dans le cas contraire, ils m'ont menacé de me mettre à la porte de l'université. J'ai continué à refuser et ils m'ont fichu la paix. Jusqu'à maintenant. Pourquoi est-ce que toi, tu n'as pas pu me laisser tranquille?

Hannes

Il lut le message et le relut encore, incrédule. Un frisson d'effroi lui descendit le long du dos et, l'espace d'un instant, il eut l'impression qu'il allait s'évanouir.

Pourquoi est-ce que toi, tu n'as pas pu me laisser tranquille?

Hannes le rendait responsable de son expulsion. Hannes croyait qu'il était allé voir les autorités de l'université pour les informer de ses opinions, de son opposition au communisme. S'il l'avait laissé tranquille, ça ne se serait pas produit. Il regardait fixement la lettre. C'était un malentendu. Qu'est-ce que Hannes voulait dire? Il n'avait rien raconté aux autorités de l'université, seulement à Ilona et à Lothar. Puis, plus tard dans la soirée, il avait juste exprimé son étonnement face aux conceptions de Hannes auprès d'Emil, de Karl et de Hrafnhildur dans la cuisine de la résidence. Il n'y avait rien de nouveau dans tout ça. Ils étaient d'accord avec lui. Ils trouvaient, au mieux, que Hannes allait un peu loin dans ce revirement et, au pire, qu'il était irrécupérable.

L'exclusion de Hannes à la suite de leur dispute devait relever du hasard; Hannes avait sans doute tort d'établir un lien entre les deux événements. Ce n'était pas possible qu'il croie sérieusement que c'était sa faute à lui s'il ne pouvait pas achever ses études. Il n'avait rien fait de mal. Il n'avait raconté ça à personne, excepté à ses amis. Ce n'était pas la preuve de sa paranoïa? Est-ce que Hannes pensait vraiment cela?

Emil se trouvait dans la chambre et Tomas lui montra la lettre. Emil jura et tempêta. Il éprouvait une violente antipathie à l'égard de Hannes ainsi que de tout ce qu'il représentait. Il n'hésitait pas à la laisser s'exprimer librement.

— Il est cinglé, observa Emil. Ne fais pas attention à ce qu'il raconte.

— Pourquoi est-ce qu'il me dit des choses comme ça?

— Tomas, répondit Emil. Oublie ça. Il essaie de trouver un bouc émissaire pour les erreurs qu'il a commises lui-même. Il y a longtemps qu'il aurait dû partir d'ici.

Tomas se leva d'un bond, attrapa son manteau qu'il enfila en traversant à toutes jambes le couloir menant vers la sortie. Il courut jusque chez Ilona et frappa à la porte. La logeuse d'Ilona vint lui ouvrir puis l'accompagna jusqu'à la chambre. Ilona ajustait son bonnet, elle avait déjà mis son manteau et ses chaussures. Elle s'apprêtait à sortir. Visiblement surprise de le voir, elle comprit immédiatement qu'il était bouleversé.

— Qu'est-ce qui se passe? demanda-t-elle en s'approchant de lui.

Il referma la porte de la chambre.

— Hannes croit que je suis impliqué dans son renvoi de l'université et dans son expulsion vers l'Islande. Comme si j'étais allé le dénoncer.

— Qu'est-ce que tu racontes?

— Il prétend que c'est ma faute s'il a été renvoyé!

— À qui tu as parlé, demanda Ilona, je veux dire, après ta dispute avec Hannes?

— Eh bien, juste à toi et aux autres. Ilona, qu'est-ce que tu voulais dire, l'autre jour, quand tu me parlais des jeunes de Leipzig? De ces jeunes qui étaient d'accord avec Hannes? Qui sont ces gens? Comment est-ce que tu les connais?

— Tu n'en as parlé à personne d'autre? Tu es certain?

— Non, à part Lothar. Qu'est-ce que tu sais de ces jeunes de Leipzig, Ilona?

— Tu as parlé à Lothar des opinions de Hannes?

— Oui, qu'est-ce que tu veux dire? Il sait tout sur Hannes.

Ilona le regardait, pensive.

— Tu veux bien me dire ce qui se passe ici? demanda-t-il.

— On ne sait pas vraiment qui est Lothar, répondit Ilona. Tu crois que quelqu'un t'a suivi jusqu'ici?

— Que quelqu'un m'a suivi? Comment ça? Qui sont ces gens qui ne savent pas vraiment qui est Lothar?

Ilona le dévisageait, il n'avait jamais vu une expression aussi grave sur son visage, elle semblait presque terrorisée. Il n'avait aucune idée de ce qui arrivait. Tout ce qu'il savait, c'est qu'il éprouvait un énorme malaise à cause de Hannes. Parce que Hannes pensait qu'il était responsable de ce qui lui était arrivé. Alors qu'il n'avait rien fait. Absolument rien.

— Tu connais le système. C'est dangereux d'en dire trop.

— D'en dire trop! Je ne suis plus un gamin, je sais qu'on est sous surveillance.

— Oui, je sais bien.

— Je n'en ai parlé qu'à mes amis. Ce n'est quand même pas interdit. Et ce sont mes amis. Ilona, qu'est-ce qui se passe?

— Tu es bien certain que personne ne t'a suivi?

— Non, personne ne m'a suivi, répondit-il. Qu'est-ce que tu sous-entends? Pourquoi est-ce que quelqu'un m'aurait suivi? De quoi est-ce que tu parles, au juste? Il s'accorda un moment de réflexion: en fait, je suis incapable de dire si j'ai été suivi ou non. Je ne me suis pas préoccupé de ça. Pourquoi est-ce que quelqu'un me suivrait? Qui veux-tu qui me suive?

— Je n'en sais rien, dit-elle. Viens, on va sortir par la porte de service.

— Pour aller où? demanda-t-il.

— Viens, répondit-elle simplement.

Ilona lui prit la main pour lui faire traverser une petite cuisine où sa vieille logeuse était assise à tricoter. Elle leva les yeux, leur adressa un sourire qu'ils lui rendirent avant de lui dire au revoir. Ils sortirent dans une arrière-cour sombre, sautèrent par-dessus une grille et arrivèrent dans une ruelle étroite. Il ne comprenait rien à tout ça. Qu'est-ce qu'il faisait donc à courir derrière Ilona au cœur de la nuit en lançant des regards par-dessus son épaule pour vérifier que personne n'était à leurs trousses?

Elle évitait les endroits fréquentés, s'arrêtait de temps à autre, se tenait droite comme un I, à l'affût d'éventuels bruits de pas. Puis elle reprenait sa route et il l'imitait. Au bout d'une longue et épuisante marche, ils parvinrent dans un quartier d'immeubles neufs ou en cours de construction dans un endroit peu fréquenté, à une bonne distance du centre-ville.

Certains bâtiments n'avaient encore ni portes ni fenêtres alors que d'autres étaient déjà occupés. Ils entrèrent dans l'un de ceux qui étaient partiellement habités et descendirent l'escalier qui menait au sous-sol. Là, Ilona frappa à une porte. De l'autre côté, on distinguait des voix qui se turent brusquement. La porte s'ouvrit. Une dizaine de personnes étaient rassemblées dans un petit appartement. Elles les examinèrent alors qu'ils étaient encore dans l'embrasure en regardant Tomas d'un air inquisiteur. Ilona entra et salua l'assemblée avant de leur présenter son invité.

— C'est un ami de Hannes, déclara-t-elle. Ils le regardèrent avec un hochement de tête.

Un ami de Hannes, pensa-t-il, muet de surprise. Comment diable connaissaient-ils Hannes ? Il ne savait plus quoi penser. Une femme se détacha du groupe ; elle lui tendit la main pour le saluer.

— Tu sais ce qui est arrivé ? questionna-t-elle. Tu sais pourquoi il a été viré ?

Il secoua la tête.

— Je n'en ai aucune idée, répondit-il. Il balaya le groupe du regard. Qui vous êtes ? demanda-t-il. Comment vous connaissez Hannes ?

— Vous avez été suivis ? demanda la femme à Ilona.

— Non, répondit Ilona. Tomas ne comprend rien à ce qui se passe ici… je voulais qu'il l'entende de votre bouche.

— Nous savons qu'ils surveillaient Hannes depuis qu'il a refusé de collaborer avec eux, expliqua la femme. Ils guettaient simplement l'occasion. Ils attendaient que la bonne occasion se présente pour le flanquer à la porte de l'université.

— Ils voulaient qu'il fasse quoi pour eux ?

— Ils appellent ça des services rendus au peuple et au parti communiste.

Un homme s'avança vers lui.

— Il se tenait toujours sur ses gardes, précisa-t-il. Il s'appliquait à ne rien dire pouvant lui être source d'ennuis.

— Parlez-lui de Lothar, suggéra Ilona. La tension était un peu retombée, certains s'étaient rassis à leur place. Lothar est le tuteur de Tomas, précisa Ilona.

— Personne ne vous a suivis ? s'enquit de nouveau un du groupe en lançant un regard inquiet à Ilona.

— Personne, répondit-elle. Je vous l'ai déjà dit. J'y ai veillé.

— Qu'est-ce qui se passe avec Lothar ? demanda-t-il, incapable de croire ce qu'il voyait et entendait. Il parcourut le petit appartement du regard, il dévisagea ces gens qui le fixaient, curieux et terrifiés. Il comprit qu'il se trouvait dans une réunion de cellule, au sens contraire. Cela n'avait rien à voir avec les réunions des jeunesses socialistes en Islande. Cette réunion-là n'était pas destinée à lutter en faveur du socialisme ; c'était un rassemblement secret d'opposants au Parti. S'il avait bien compris, ces gens se voyaient en secret parce qu'ils craignaient des représailles pour activités nuisibles à la société.

Ils lui parlèrent de Lothar. Ce dernier n'était pas né à Berlin. Originaire de Bonn, il avait fait ses études à Moscou où, entre autres, il avait appris l'islandais. Son rôle était d'inciter des étudiants à entrer au parti communiste. Il se liait surtout d'amitié avec des étrangers qui venaient étudier dans des villes comme Leipzig avant de repartir dans leur pays d'origine où ils pourraient peut-être se montrer utiles. C'était Lothar qui avait tenté d'obtenir la collaboration de Hannes ; il était sans doute également impliqué dans son expulsion.

— Pourquoi tu ne m'as pas dit que tu connaissais Hannes ? demanda-t-il à Ilona, désorienté.

— Nous ne parlons jamais de ça, répondit Ilona. À personne. Il ne te l'a pas dit non plus, que je sache. Sinon, tu aurais tout raconté à Lothar.

— À Lothar ? dit-il.

— Tu lui as parlé de Hannes, lui reprocha Ilona.

— Mais je ne savais pas…

— Nous devons être attentifs à ce que nous disons, constamment. Tu n'as certainement pas aidé Hannes en racontant ça à Lothar.

— Ilona, je ne savais pas pour Lothar.

— Ce n'est pas forcément lui, répondit Ilona. Ça peut être n'importe qui. On ne le sait jamais. On ne découvre jamais qui c'est. C'est comme ça que le système fonctionne, comme ça qu'ils parviennent à leurs fins.

Il fixait Ilona du regard. Il savait qu'elle avait raison. Lothar s'était servi de lui, de sa colère. Hannes ne se trompait pas dans son message. Il avait raconté à quelqu'un une chose qu'il n'aurait jamais dû dire. Personne ne l'avait prévenu. Personne ne lui avait expliqué que c'était un secret. Pourtant, il savait aussi au fond de lui que personne n'aurait dû avoir besoin de le lui dire. Il se sentait mal. Sa mauvaise conscience le submergeait. Il connaissait parfaitement le fonctionnement du système. Il savait tout de la surveillance mutuelle. Il s'était laissé emporter et aveugler par la colère. Sa puérilité les avait aidés à se débarrasser de Hannes.

— Hannes avait arrêté de nous fréquenter, nous, les Islandais, observa-t-il.

— Exact, répondit Ilona.

— Parce qu'il… Il n'acheva pas sa phrase. Ilona hocha la tête. Qu'est-ce que vous faites ici ? demanda-t-il. Qu'est-ce que vous faites exactement ici ? Ilona ?

Elle regarda les autres dans l'attente de leur réaction. L'un de ceux qui avaient pris la parole auparavant lui donna son assentiment d'un signe de tête et elle expliqua à Tomas que c'étaient eux qui avaient pris contact avec elle. Ilona montra du doigt la jeune femme qui avait serré la main de Tomas : celle-ci étudiait l'allemand avec elle à l'université. Quand elles s'étaient rencontrées, elle lui avait posé des tas de questions sur les événements en Hongrie, la résistance contre le parti communiste dans ce pays, la peur de l'Union soviétique. La jeune femme s'était montrée prudente avec Ilona les premiers temps afin de voir quelles étaient ses opinions et ses positions puis, une fois persuadée qu'Ilona était favorable à la révolte en Hongrie, elle lui avait demandé de l'accompagner pour rencontrer ses camarades. Le groupe se retrouvait clandestinement. La surveillance des individus s'était considérablement accrue et on pressait de plus en plus les gens d'informer la police politique s'ils étaient témoins de comportements ou de propos nuisibles à la société. La chose avait un lien direct avec la révolte de 1953, mais c'était aussi une réaction à la situation qui régnait en Hongrie. Ilona avait connu Hannes lors de sa première réunion avec les jeunes de Leipzig. Ceux-ci voulaient savoir ce qui se passait au juste en Hongrie et s'il était possible d'organiser une résistance comparable en Allemagne de l'Est.

— Pourquoi Hannes faisait partie de ce groupe ? demanda Tomas. C'était quoi, sa place, là-dedans ?

— Il avait subi un véritable lavage de cerveau, tout comme toi, observa Ilona. Vous devez avoir de sacrés dirigeants en Islande. Elle regarda dans la direction de l'homme qui avait déjà pris la parole. Martin et Hannes étaient amis à l'école d'ingénieurs, précisa-t-elle. Ça a pris du temps à Martin pour amener Hannes à comprendre ce que nous ne cessons de répéter. Mais nous avions confiance en lui et cette confiance n'a jamais eu aucune raison d'être démentie.

— Puisque vous savez tout cela sur Lothar, pourquoi ne pas tenter d'y remédier ? demanda-t-il.

— Nous ne pouvons que l'éviter, ce qui est difficile, étant donné que ses instructions sont d'être ami avec tout le monde, répondit l'un des jeunes hommes du groupe. Ce que nous pouvons faire, s'il se montre trop pressant, c'est l'induire en erreur. Les gens ne se rendent pas compte de ce qu'il est. Il dit ce qu'ils ont envie d'entendre ; il abonde dans leur sens. Mais il esst fourbe. Et il est dangereux.

— Mais, au fait, remarqua Tomas en regardant Ilona, puisque vous savez qui est Lothar, Hannes le sait, lui aussi, non ?

— Oui, Hannes le savait parfaitement, confirma Ilona.

— Dans ce cas, pourquoi est-ce qu'il ne m'a rien dit ? Pourquoi il ne m'a pas prévenu de me méfier de lui ? Pourquoi est-ce qu'il ne m'a rien dit ?

Ilona s'approcha de lui.

— Il n'avait pas confiance en toi. Il avait du mal à te cerner.

— Il me disait qu'il voulait être tranquille.

— C'est vrai, c'est ce qu'il voulait. Il refusait d'espionner qui que ce soit, ni nous ni ses compatriotes.

— Il m'a rappelé quand je l'ai quitté. Il voulait me dire quelque chose d'autre, mais il... enfin, j'étais hors de moi, je me suis précipité dehors. Droit dans les bras de Lothar.

Il lança un regard à Ilona.

— Ce n'était pas dû au hasard, n'est-ce pas ?

— J'en doute, répondit Ilona. Mais ça serait arrivé tôt ou tard. Ils tenaient Hannes sacrément à l'œil.

— Il y a d'autres gars comme Lothar à l'université? demanda-t-il.

— Oui, répondit Ilona. On ne les connaît pas tous. On n'est au courant que pour certains d'entre eux.

— Lothar est ton tuteur, fit remarquer un homme qui avait écouté la discussion en silence, assis sur sa chaise.

— En effet.

— Où est-ce que tu veux en venir? demanda Ilona à l'homme.

— Les tuteurs sont chargés de surveiller les étrangers, précisa l'homme en se levant. Ils doivent tout rapporter sur eux. Nous savons que Lothar est également chargé de s'assurer leur collaboration.

— Dis ce que tu as à dire, commanda Ilona en s'avançant vers l'homme.

— Pourquoi nous devrions avoir confiance en ton ami?

— J'ai confiance en lui, répondit Ilona. C'est suffisant.

— Comment vous savez que Lothar est dangereux? demanda Tomas. Qui vous a dit ça?

— C'est notre affaire, répondit l'homme.

— Il a raison, reprit Tomas en regardant l'homme qui avait mis en doute sa sincérité. Pourquoi vous devriez me faire confiance?

— Nous avons confiance en Ilona, répondit quelqu'un.

Ilona eut un sourire gêné.

— Hannes m'avait bien dit que tu finirais par te rallier à nous, observa-t-elle.

Il regarda la feuille de papier jauni et lut le message de Hannes. Le soir approchait. Le couple allait bientôt passer devant sa fenêtre. Il pensa à cette soirée dans l'appartement en sous-sol à Leipzig et à la façon dont sa vie s'en était trouvée transformée. Il pensa à Ilona, à Hannes et à Lothar. Il pensa à ces gens terrorisés, terrés dans le sous-sol.

Ce sont les enfants de ces gens-là qui se sont retranchés dans l'église Saint-Nicolas avant d'envahir les rues de Leipzig lorsque les choses ont fini par éclater, des dizaines d'années plus tard.

18

Valgerdur n'accompagna pas Erlendur au barbecue chez Sigurdur Oli et nul ne parla d'elle. Elinborg fit griller de sublimes côtes d'agneau marinées dans une sauce de son cru avec des écorces de citron. Auparavant, ils avaient dégusté un plat à base de crevettes, préparé par Bergthora. C'était Elinborg qui l'avait terminé, avec tous ses compliments. Le dessert consistait en une mousse confectionnée également par Elinborg; Erlendur n'en avait pas saisi la composition, mais elle était délicieuse. Il n'avait jamais eu l'intention de se rendre à ce barbecue mais il s'était laissé convaincre par les sollicitations répétées de Sigurdur Oli et de Bergthora. C'était toutefois nettement mieux que le cocktail organisé à la sortie du livre d'Elinborg. Bergthora était tellement contente de le recevoir qu'elle l'avait même autorisé à fumer dans la salle à manger. Le visage de Sigurdur Oli se décomposa quand il la vit lui apporter un cendrier. Erlendur le regarda et se contenta de sourire en se disant qu'il avait eu la monnaie de sa pièce.

Ils ne parlèrent travail qu'une seule fois. Sigurdur Oli se demandait pourquoi l'appareil russe était endommagé avant son immersion dans le lac avec le cadavre. Erlendur leur avait communiqué les conclusions de la Scientifique. Ils se trouvaient tous les trois sur une petite terrasse. Elinborg s'occupait de préparer le barbecue.

— Quel indice ça nous donne? demanda-t-elle.

— Je n'en sais rien, répondit Erlendur. Je ne sais pas si le fait qu'il ait été inutilisable ou pas change quoi que ce soit à l'affaire. Je ne vois aucune différence. Un appareil d'écoute reste un appareil d'écoute. Les Russes restent les Russes.

— Oui, je suppose, convint Sigurdur Oli. Peut-être qu'il a été détruit pendant une bagarre, qu'il s'est fracassé par terre.

– Possible, répondit Erlendur. Il leva les yeux vers le soleil. Il ne savait pas vraiment ce qu'il faisait là, sur cette terrasse. C'était la première fois qu'il venait chez Bergthora et Sigurdur Oli même si les deux hommes travaillaient ensemble depuis longtemps. Il ne s'étonna pas de constater que tout y était parfaitement en ordre, que les meubles étaient choisis avec goût et s'accordaient aux objets d'art ainsi qu'aux revêtements de sol. On ne voyait nulle part le moindre grain de poussière. Pas de livres non plus.

Erlendur reprit du poil de la bête en apprenant que Teddi, le mari d'Elinborg, s'y connaissait en Ford Falcon. Teddi était un mécanicien grassouillet qui éprouvait pour sa femme la reconnaissance du ventre, comme tous ses proches. Son père avait eu à une époque une Falcon qu'il appréciait énormément. Teddi expliqua à Erlendur que cette voiture avait une conduite très confortable. Elle était équipée d'une simple banquette à l'avant, d'un large volant ivoire et d'une boîte à vitesses automatique. C'était une berline petit modèle par rapport aux autres américaines des années 60, en général atteintes de gigantisme.

– Elle ne supportait pas très bien l'ancien réseau routier islandais, observa Teddi en taxant une cigarette à Erlendur. Elle était peut-être un peu trop fragile de conception pour la conduite ici. On a eu un sacré problème le jour où un des essieux nous a lâchés alors qu'on était en voyage en province. Il a fallu que mon père la fasse remorquer en ville par un camion. Ce n'étaient pas des voitures très puissantes, mais elles étaient sympas pour une famille pas trop nombreuse.

– Les enjoliveurs avaient quelque chose de particulier ? demanda Erlendur en offrant du feu à Teddi.

– Les enjoliveurs des américaines étaient toujours assez chics. Ça valait aussi pour la Falcon. Mais bon, ils ne cassaient pas non plus des briques. En revanche, la Chevrolet…

Une famille pas trop nombreuse, se dit Erlendur, alors que la voix de Teddi se perdait dans ses pensées. Le représentant avait donc acheté cette sympathique petite voiture pour la famille qu'il prévoyait de fonder avec la femme de la crémerie. Elle représentait l'avenir. Au moment de sa disparition, il manquait un enjoliveur à l'une des roues de son véhicule. Avec Sigurdur Oli et Elinborg, Erlendur avait réfléchi à la façon dont les enjoliveurs étaient susceptibles de se détacher des roues. Il avait peut-être pris un virage trop serré ou heurté le bord d'un trottoir. Ou l'enjoliveur avait peut-être simplement été volé devant la gare routière.

– ... et puis, il y a eu la crise du pétrole dans les années 70, alors on a fabriqué des moteurs plus sobres, continuait Teddi comme si de rien n'était en avalant quelques gorgées de bière.

Erlendur hocha la tête d'un air absent avant d'écraser sa cigarette. Il vit Sigurdur Oli ouvrir une fenêtre pour aérer. Erlendur essayait de réduire sa consommation, mais elle dépassait toujours ses prévisions. Il se disait qu'il ferait mieux d'arrêter de s'en inquiéter : jusqu'ici, cela ne lui avait pas servi à grand-chose. Il pensa à Eva Lind qui n'avait donné aucune nouvelle depuis qu'elle avait quitté sa cure. Elle ne se souciait pas beaucoup de sa santé à elle. Il parcourut du regard la petite terrasse devant la maison mitoyenne de Sigurdur Oli et de Bergthora en s'attardant sur Elinborg qui s'affairait devant le barbecue. Il avait l'impression qu'elle fredonnait une chanson. Il jeta un œil vers la cuisine où il vit Sigurdur Oli embrasser Bergthora sur la nuque en passant à côté d'elle. Il lança un regard de côté à Teddi qui dégustait sa bière. C'était peut-être ça, la joie de vivre. C'était peut-être aussi simple que ces moments où le soleil illuminait les belles journées d'été.

Au lieu de rentrer chez lui, plus tard dans la soirée, il sortit de la ville, dépassa la colline de Grafarholt pour rouler en direction de Mosfellsbaer. Il suivit un chemin menant à une jolie ferme avant d'obliquer en direction de la mer jusqu'aux terres du paysan Haraldur et de son frère Johann. Il avait obtenu des indications limitées auprès de Haraldur qui s'était montré aussi peu coopératif que possible. Il avait refusé de dire à Erlendur si les anciens bâtiments de la ferme étaient encore debout et prétendu ne rien savoir à ce sujet. Il avait précisé que son frère Johann avait été emporté par une crise cardiaque, qu'il était mort sur le coup. Tout le monde n'a pas la chance de Joi, avait-il ajouté.

Les bâtiments existaient toujours. Les anciennes terres agricoles s'étaient un peu partout couvertes de chalets d'été. À en juger par la taille des arbres autour, certains avaient été construits depuis un bon moment. D'autres étaient plus récents. Erlendur distinguait un terrain de golf, un peu plus loin. Bien que la soirée fût avancée, il vit quelques malheureux taper dans des balles devant eux avant de les suivre d'un pas tranquille dans la douceur estivale.

La ferme n'était plus que ruine. Elle consistait en une maison d'habitation et en des bâtiments agricoles, situés en contrebas. L'ensemble était couvert de tôle ondulée qui avait autrefois été peinte en jaune mais dont la couleur s'était pratiquement effacée. Des plaques de tôle rouillée s'accrochaient encore à la maison, d'autres avaient cédé au vent et gisaient à terre. La majeure partie de la toiture avait été emportée vers la mer, pensa Erlendur. Toutes les fenêtres étaient cassées, la porte d'entrée avait disparu. Non loin de là, on voyait les restes d'un petit hangar à outils, accolé à l'étable et à la grange.

Il se tenait immobile devant la ferme en ruine. Elle ressemblait presque à la maison de son enfance.

Il pénétra dans l'habitation et tomba sur une petite entrée prolongée d'un étroit couloir. Sur la droite, il y avait la cuisine et la buanderie; sur la gauche, une petite remise. Dans la cuisine se trouvait encore une antique cuisinière Rafha à trois plaques et un petit four, complètement rongée par la rouille. Le couloir menait à deux chambres et un salon. Les lattes du parquet craquaient dans la paix du soir. Il ne savait pas ce qu'il cherchait ici. Il ne savait pas ce qui l'avait poussé à venir traîner là.

Il descendit vers les bâtiments agricoles. Il balaya du regard les stalles dans l'étable et l'intérieur de la grange au sol de terre battue. Arrivé à l'angle, il vit qu'on distinguait encore la forme d'un ancien tas de fumier à l'arrière de l'étable. Une porte pendouillait à l'entrée du hangar à outils et lorsqu'il la toucha pour l'ouvrir, elle se détacha de ses gonds, tomba à terre où elle se fracassa avec un profond soupir. Dans le hangar, il y avait des rangements avec de petites niches destinées à accueillir des tiroirs remplis d'écrous et de vis au-dessus desquelles des clous avaient été plantés dans les murs pour accrocher les outils. Tout cela avait disparu. Les frères avaient sans doute emporté tout ce qui était utile en déménageant à Reykjavik. Un établi cassé était appuyé, bancal, contre un mur. L'attelage d'un tracteur gisait à terre, posé sur un improbable tas de ferraille. Dans un coin, la roue arrière et sans pneu d'un tracteur.

Erlendur fit quelques pas dans le hangar à outils. L'homme à la Falcon, était-il venu ici ? se demanda-t-il. Ou bien avait-il pris un car pour la province ? S'il était venu là, qu'avait-il eu en tête ? La journée était bien avancée quand il avait quitté Reykjavik. Il savait qu'il n'avait pas beaucoup de temps devant lui. Elle l'attendrait devant la crémerie et il serait en retard. Il devait quand même éviter de faire preuve de trop de précipitation avec ces deux frères. Ils étaient intéressés par l'achat d'un tracteur. Il n'en fallait pas beaucoup pour conclure la vente. Il ne voulait toutefois pas leur forcer la main. S'il se montrait trop impatient de signer le contrat, il courait le risque de voir la vente capoter. Pourtant, il était pressé. Il voulait en terminer avec cette affaire.

S'il était venu ici, pour quelle raison les deux frères n'en avaient-ils rien dit ? Pourquoi auraient-ils menti ? Ils n'avaient aucun intérêt à le faire. Ils ne connaissaient absolument pas cet homme. Et pourquoi cet enjoliveur avait-il disparu ? S'était-il détaché ? Avait-il été volé devant la gare routière ? Avait-il été volé devant le bureau de cet homme tandis qu'il était occupé à travailler ? Avait-il été volé ici même ?

Si c'était bien l'homme retrouvé dans le lac avec le crâne fracassé, comment était-il arrivé là-bas ? Comment expliquer la présence de cet appareil attaché à son corps ? Le fait qu'il ait vendu des tracteurs et machines agricoles fabriqués dans les anciens pays de l'Est avait-il une importance quelconque ? Fallait-il établir un lien ?

Le portable d'Erlendur sonna dans la poche de son imperméable.

— Oui, répondit-il d'un ton un peu brusque en décrochant.

— Tu vas me laisser tranquille, dit une voix qu'il connaissait bien. Une voix qu'il reconnaissait sans peine, surtout quand elle était dans cet état.

– D'accord, c'est ce que je vais faire, répondit-il.

– Je l'exige, reprit la voix. J'exige que tu me foutes la paix à partir de maintenant. Arrête de t'occuper de mes putains d'aff…

Il éteignit le téléphone. Mais il était plus difficile d'imposer silence à cette voix qui résonnait à l'intérieur de sa tête, complètement droguée, menaçante et détestable. Il savait qu'elle devait se terrer dans un taudis quelconque avec un minable quelconque qui s'appelait peut-être Eddi et qui avait presque le double de son âge. Il essayait de ne pas trop penser à la vie qu'elle menait. Il avait à de nombreuses reprises tenté tout ce qui était en son pouvoir pour lui venir en aide. Il ne voyait pas ce qu'il pouvait faire de plus. Il n'avait aucune solution face à sa junkie de fille. Autrefois, il aurait essayé de la retrouver. Il se serait lancé à sa recherche. Autrefois, il se serait persuadé que quand elle lui disait: "Fiche-moi la paix", elle voulait dire: "Viens à mon secours." Plus maintenant. Il ne voulait plus de tout ça. Il avait envie de lui répondre: c'est terminé, débrouille-toi toute seule.

Elle était venue s'installer chez lui à Noël dernier. À ce moment-là, elle avait déjà repris la drogue après la brève pause due à sa fausse couche et à son séjour à l'hôpital. Dès le début de l'année, il avait senti une certaine fébrilité chez elle et elle s'était mise à disparaître de nouveau, pour des laps de temps plus ou moins longs. Il la suivait, la ramenait à la maison, mais dès le lendemain matin elle avait encore disparu. Cela continua jusqu'à ce qu'il arrête de la suivre, qu'il cesse de se comporter comme si ce qu'il entreprenait changeait quoi que ce soit. C'était sa vie à elle. Si elle choisissait de la mener ainsi, c'était son affaire. Il ne pouvait rien faire de plus. Il n'avait aucune nouvelle d'elle depuis plus de deux mois, lorsque Sigurdur Oli avait reçu le coup de marteau sur l'épaule.

Debout devant la ferme, il regardait les vestiges d'une vie qui n'était plus. Il songea à l'homme à la Falcon. À cette femme qui l'attendait toujours. Il songea à sa fille et à son fils. En contemplant le soleil du soir, il songea à son frère qui avait disparu. À quoi son frère avait-il pensé au cœur de la tempête?

Au froid qui le tenaillait?

Au plaisir qu'il aurait à rentrer à la maison dans la douce chaleur?

Le lendemain matin, Erlendur retourna voir la femme qui attendait toujours l'homme à la Falcon. C'était samedi, elle ne travaillait pas. Il l'avait prévenue de son arrivée et elle lui avait préparé un café, bien qu'il lui ait expressément demandé de ne rien prévoir de spécial pour l'accueillir. Ils s'installèrent dans le salon, comme la fois précédente. Elle s'appelait Asta.

— Évidemment, vous êtes de service tous les week-ends, observa-t-elle en ajoutant qu'elle-même travaillait dans les cuisines de l'Hôpital National de Fossvogur.

— Oui, on a souvent du pain sur la planche, répondit-il en prenant garde de rester dans le vague. Il aurait parfaitement pu s'accorder un congé ce week-end-là, mais cette histoire de Falcon avait piqué sa curiosité et il ressentait le besoin étrange d'en connaître le fin mot. Il ne savait pas pourquoi. Peut-être à cause de cette femme, assise face à lui, qui avait passé son existence dans des emplois mal payés, vivait toujours seule et dont l'expression lasse sur le visage indiquait que le bonheur était passé à côté d'elle sans venir frapper à sa porte. Elle s'imaginait sans doute que l'homme qu'elle avait autrefois tant aimé finirait par lui revenir, comme il le faisait dans le passé, qu'il l'embrasserait, qu'il lui raconterait sa journée au travail en lui demandant comment elle allait.

— Quand nous sommes venus vous voir, la dernière fois, vous nous avez dit que l'existence d'une autre femme vous paraissait exclue, commença-t-il prudemment.

Il avait hésité avant de venir chez elle. Il voulait se garder de détruire les souvenirs qu'elle conservait de cet homme. Il ne voulait pas saccager le peu qu'elle possédait. Il avait déjà plusieurs fois été témoin de ce genre de chose. Un jour qu'ils s'étaient rendus au domicile d'un voyou, l'épouse abasourdie les avait dévisagés. Elle n'en croyait pas ses yeux. Les enfants étaient rassemblés derrière elle, tout s'écroulait autour d'elle. "Mon mari! Il vendrait de la drogue? Vous êtes givrés ou quoi?"

– Pourquoi cette question? demanda la femme dans son fauteuil. Vous en sauriez plus que moi? Vous avez découvert quelque chose? Vous avez de nouveaux éléments?

– Non, rien du tout, répondit Erlendur. Il grimaça en percevant le fébrilité dans le ton de sa voix. Il lui raconta sa visite à Haraldur ainsi que la façon dont il avait retrouvé la Falcon qui existait encore et se trouvait dans un garage à Kopavogur. Il lui rapporta aussi sa visite à la ferme aujourd'hui abandonnée, non loin de Mosfellsbaer. Mais la disparition du compagnon d'Asta demeurait toujours aussi énigmatique.

– Vous nous avez dit que vous n'aviez aucune photo de lui ni de vous deux, reprit-il.

– En effet, c'est exact, convint Asta. On se connaissait depuis très peu de temps.

– Par conséquent, aucune photo de lui n'a jamais été montrée à la télévision ou publiée dans la presse quand l'avis de recherche a été lancé?

– Non, mais le signalement était précis. Les policiers m'ont dit qu'ils se serviraient de la photo d'identité de son permis de conduire. Ils m'ont expliqué qu'ils conservaient toujours un double de la photo du titulaire du permis, mais finalement ils ne l'ont pas trouvé. Comme s'il ne leur en avait pas donné ou bien que la police l'avait perdu.

– Vous avez vu son permis de conduire?

– Son permis de conduire? Non, pas que je m'en souvienne. Mais, dites-moi, pourquoi cette question à propos d'une autre femme?

Le ton d'Asta s'était fait plus dur, plus inflexible. Erlendur hésitait encore avant d'ouvrir la porte d'un monde qui, aux yeux de cette femme, devait être un véritable enfer. Il allait peut-être un peu trop vite en besogne. Divers éléments demandaient à être examinés avec plus d'attention. Il valait peut-être mieux qu'il attende.

– Il y a beaucoup d'hommes qui ont quitté leur femme sans même un au-revoir et qui ont entamé une nouvelle vie, précisa-t-il.

– Une nouvelle vie? répéta-t-elle comme si le concept même échappait totalement à son entendement.

– Oui, confirma-t-il. Ça arrive même ici, en Islande. Les gens croient que tout le monde se connaît, mais c'est loin d'être le cas. Il existe beaucoup de villages et de petites villes où il n'y a pas beaucoup de passage, sauf peut-être en plein été et, parfois, même pas. Dans le temps, ces endroits étaient encore plus isolés que maintenant, certains connaissaient même un isolement extrême. Les transports étaient de mauvaise qualité. La route circulaire n'existait pas encore.

– Je ne comprends pas, dit-elle. Je ne vois pas où vous voulez en venir.

– Je voulais juste savoir si vous aviez envisagé cette éventualité.

– Laquelle ?

– Celle qu'il soit monté dans un car pour rentrer chez lui, risqua Erlendur.

Il l'observa pendant qu'elle s'efforçait de saisir l'incompréhensible.

– De quoi est-ce que vous parlez ? soupira-t-elle. Chez lui ? Où ça, chez lui ? Qu'est-ce que vous voulez dire ?

Erlendur comprit qu'il était allé trop loin. En dépit de toutes les années écoulées depuis que cet homme avait disparu de sa vie, la blessure n'était toujours pas cicatrisée, elle était encore fraîche, béante. Il regrettait sa précipitation. Il n'aurait pas dû revenir la voir aussi vite. Sans autre élément en sa possession que son obsession concernant cette voiture abandonnée en face de la gare routière.

– C'est juste une des possibilités, nota Erlendur afin d'essayer de minimiser l'effet de ses propos. L'Islande est probablement trop petite et pas assez peuplée pour qu'une chose comme ça se produise, débita-t-il. C'était juste une idée, en réalité dénuée de tout fondement.

Erlendur avait beaucoup réfléchi à ce qui avait pu se passer si l'homme ne s'était pas suicidé. Il avait fait une insomnie quand l'idée de l'existence d'une autre femme avait commencé à s'enraciner dans son esprit. Au début, la théorie était très simple : lors de ses déplacements en province, le représentant avait fait la connaissance de gens de toutes sortes et de tous milieux : des paysans, des hôteliers, des villageois, des pêcheurs, des femmes. On pouvait imaginer qu'il avait rencontré une femme au cours de l'un de ces déplacements et qu'au fil du temps il l'avait choisie, elle, au détriment de sa petite amie de Reykjavik à laquelle il n'avait pas eu le courage d'avouer la chose.

Plus Erlendur réfléchissait à cette histoire, plus il pensait que l'homme devait avoir une raison bien valable de s'arranger pour disparaître, si tant est que cela ait été à cause d'une autre femme. Il songea à ces mots qui lui avaient traversé l'esprit lorsqu'il était allé voir la ferme en ruine de Mosfellssveit, qui lui rappelait sa maison dans les fjords de l'Est.

La maison, le chez-soi.

Ils en avaient discuté au bureau. Et si on inversait le problème ? Disons que la femme assise en face de lui n'ait été que la petite amie que ce Leopold avait en ville, mais qu'il avait par ailleurs une famille qui l'attendait en province. Et s'il avait simplement décidé de se sortir du pétrin dans lequel il s'était fourré en rentrant tout bêtement à la maison ?

Il exposa cette idée à Asta dans les grandes lignes et vit peu à peu son visage s'assombrir.

— Il ne s'était mis dans aucun pétrin, observa-t-elle. Ce que vous racontez n'est qu'un tas d'âneries. Comment pouvez-vous avoir de telles idées ? Me dire de telles choses sur lui !

— Son prénom n'est pas très courant, reprit Erlendur. Il y a très peu de gens qui s'appellent Leopold en Islande. Vous n'aviez même pas son numéro de Sécurité sociale ou plutôt ce qu'on appelait à l'époque le numéro nominatif. Vous aviez très peu d'objets personnels à lui.

Erlendur marqua une pause. Il se rappela que Niels n'avait pas expliqué à Asta que divers éléments indiquaient que ce Leopold utilisait un faux nom. Qu'il l'avait trompée en se faisant passer pour quelqu'un d'autre. Niels n'avait pas parlé de ces soupçons à Asta car il avait eu pitié d'elle. Erlendur comprenait maintenant pourquoi.

— Peut-être qu'il n'utilisait pas son vrai nom, reprit-il. Ça vous a effleuré l'esprit ? Il n'y a aucune trace de lui dans les registres officiels sous ce nom. On ne l'a retrouvé dans aucun document.

– Quelqu'un de la police m'a téléphoné, répondit la femme, furieuse. Plus tard, beaucoup plus tard. Elle s'appelait Briem ou quelque chose comme ça. Elle m'a parlé de vos drôles d'idées selon lesquelles Leopold aurait été quelqu'un d'autre que celui qu'il prétendait être. Elle m'a dit que j'aurais dû en être informée dès le début de ces soupçons. Je connais vos idées bizarres et elles sont ridicules ! Leopold n'aurait jamais vécu sous un faux nom. Jamais !

Erlendur continua de garder le silence.

– Vous essayez de me dire qu'il aurait pu avoir une famille auprès de laquelle il serait retourné ? Que je n'étais rien d'autre que sa maîtresse ? Franchement, qu'est-ce que c'est ces conneries ?!

– Qu'est-ce que vous savez de cet homme ? demanda Erlendur. Qu'est-ce que vous savez réellement de lui ? Vous en savez tant que ça ?

– Vous êtes prié de ne pas me parler ainsi, rétorqua-t-elle. Vous êtes prié de ne pas dire de telles imbécillités en ma présence ! Vous pouvez garder vos opinions pour vous. Ça ne m'intéresse absolument pas !

Asta se tut et fixa Erlendur du regard.

– Je ne suis pas... commença Erlendur, mais Asta lui coupa la parole.

– Vous suggérez qu'il serait vivant ? C'est bien ce que vous sous-entendez ? Qu'il serait en vie ? Et qu'il habiterait en province ?

– Non, répondit Erlendur. Je n'ai pas dit ça. Je voulais seulement examiner cette éventualité avec vous. Tout ce que je viens de vous dire n'est qu'un ensemble de suppositions. Il n'y a pas nécessairement quoi que ce soit de vrai là-dedans, d'ailleurs il n'y a rien qui permet de l'affirmer. Je voulais juste savoir si vous vous souveniez de quelque chose dans son comportement qui aurait tendu à indiquer que ça aurait pu être le cas. C'est tout. Je n'affirme rien du tout, d'ailleurs je n'ai aucune certitude.

– Vous racontez n'importe quoi, s'écria-t-elle. Comme s'il s'était simplement amusé avec moi. Dire que je dois écouter ces sornettes !

Pendant qu'Erlendur essayait de la convaincre, une étrange pensée lui traversa l'esprit. Désormais, après ce qu'il avait dit à cette femme et qu'il lui était impossible de retirer, cela serait une consolation pour elle de savoir que Leopold était mort plutôt que de découvrir qu'il était vivant. Cette dernière éventualité serait à l'origine d'un chagrin incommensurable. Il lança un regard à la femme ; il avait l'impression qu'elle avait la même pensée.

– Leopold est mort, annonça-t-elle. Ça ne sert à rien de me dire autre chose. Ça ne sert à rien de soutenir quoi que ce soit d'autre. Pour moi, il est mort. Il y a de ça des années. Il y a de ça toute une vie.

Il y eut un silence.

– Mais que savez-vous de cet homme ? s'entêta Erlendur au bout de quelques instants. En réalité ?

Elle le regarda comme si elle se retenait de lui demander d'arrêter et de partir.

– Vous êtes sérieux quand vous dites qu'il s'appelait peut-être autrement et qu'il n'utilisait pas son vrai nom ? demanda-t-elle.

– Rien de tout ce que je viens de vous dire n'est certain, répéta Erlendur. Le plus probable c'est, hélas, qu'il a mis fin à ses jours pour une raison quelconque.

– Que sait-on des gens ? remarqua-t-elle tout à coup. Il était taciturne et ne parlait pas beaucoup de lui-même. Il y en a qui sont très égocentriques. Je ne sais pas ce qui est mieux. Il m'a dit beaucoup de jolies choses que personne ne m'avait dites avant lui. Je n'ai pas été élevée dans ce genre de famille, ces familles où on se dit de jolies choses.

– Vous n'avez jamais tenté de repartir à zéro ? Rencontrer quelqu'un d'autre ? Vous marier, fonder une famille ?

– J'avais plus de trente ans quand on s'est connus. Je croyais que j'allais finir vieille fille. Il allait bientôt être trop tard pour moi. Ce n'était pas parce que je l'avais décidé, mais parce que c'était comme ça, c'est tout. Ensuite, on arrive à un certain âge et on se retrouve tout seul dans un appartement désert. C'est pour ça qu'il était tellement... enfin, il a changé tout ça. Et même s'il ne parlait pas beaucoup et qu'il était souvent absent, c'était quand même l'homme de ma vie.

Elle lança un regard à Erlendur.

– On était ensemble et, après sa disparition, je l'ai attendu des années. D'ailleurs, je suppose que c'est toujours le cas. À quel moment on cesse d'attendre ? Il y a une règle dans ce domaine ?

– Non, répondit Erlendur, il n'y en a pas.

– Je ne crois pas, conclut-elle. Erlendur fut envahi d'une douloureuse compassion pour elle en constatant qu'elle était au bord des larmes.

19

Un message de l'ambassade des États-Unis disant que celle-ci détenait des informations susceptibles d'être utiles à la police dans son enquête sur le squelette du lac de Kleifarvatn arriva un beau jour au bureau de Sigurdur Oli. Il atterrit sur son bureau dans le sens strict du terme puisque c'est le chauffeur de l'ambassade qui l'y déposa de sa main gantée, sous pli cacheté, en déclarant qu'il devait attendre une réponse. Grâce à l'aide d'Omar, l'ancien chef de cabinet du ministère des Affaires étrangères, Sigurdur Oli était entré en contact avec Robert Christie à Washington et ce dernier avait décidé de leur apporter son concours une fois informé de l'affaire. Aux dires d'Omar, ce Robert qu'il appelait simplement Bob semblait s'intéresser à tout cela, ils auraient donc assez vite des nouvelles de l'ambassade.

Sigurdur Oli considéra le chauffeur avec ses gants de cuir noir. Il portait un costume noir ainsi qu'une casquette brodée de fil doré et avait franchement l'air d'un demeuré dans cet accoutrement. Sigurdur lut le message en hochant la tête. Il l'informa qu'il se rendrait à l'ambassade à deux heures le jour même, accompagné d'une collègue du nom d'Elinborg. Le chauffeur lui répondit par un sourire. Sigurdur Oli crut qu'il allait porter la main à sa casquette pour lui adresser un salut militaire, mais non.

Elinborg croisa le chauffeur à la porte du bureau, ils faillirent se rentrer dedans. Il lui présenta ses excuses et elle le suivit du regard le long du couloir.

— C'était quoi, ça? demanda-t-elle.

— L'ambassade des États-Unis, répondit Sigurdur Oli.

Ils arrivèrent à l'ambassade à deux heures précises. Deux gardes islandais postés devant le bâtiment les regardèrent s'approcher d'un air soupçonneux. Ils firent part des raisons de leur visite. La porte s'ouvrit et on les fit entrer. Deux autres vigiles, cette fois américains, les accueillirent dès qu'ils furent dans le hall. Elinborg pensait qu'ils allaient les fouiller lorsqu'un homme apparut en leur souhaitant bienvenue. Il leur donna une poignée de main, précisa qu'il s'appelait Christopher Melville puis il leur demanda de le suivre. Il les félicita d'être arrivés *right on time*. Leur conversation se déroulait en anglais.

Sigurdur Oli et Elinborg le suivirent à l'étage, longèrent un couloir et parvinrent à une porte que Melville ouvrit. On pouvait y lire l'inscription : Chef de la Sécurité. Un homme âgé d'une soixantaine d'années les attendait dans la pièce. Il avait le crâne rasé, mais était en civil. Il déclina son rang et son identité : Patrick Quinn. Melville ayant quitté la pièce, ils allèrent s'asseoir dans le salon du spacieux bureau de Quinn. Il déclara qu'il avait discuté avec le ministère de la Défense : il allait de soi qu'ils viendraient en aide à la police islandaise s'ils le pouvaient.

Quinn et les deux policiers échangèrent quelques mots à propos du temps à Reykjavik et de l'été : bon ou mauvais ?

Quinn précisa qu'il était en poste là depuis 1973, année de la visite de Nixon en Islande à l'occasion de la rencontre organisée entre lui et Georges Pompidou, le président français à Kjarvalsstadir. Il avoua qu'il se plaisait bien en Islande en dépit de l'obscurité et du froid de l'hiver, époque à laquelle il s'efforçait de partir en vacances en Floride, avait-il précisé avec un sourire.

— D'ailleurs, je viens du Dakota du Nord, j'ai l'habitude d'hivers aussi rigoureux que les vôtres. En revanche, les étés chauds me manquent.

Sigurdur Oli lui retourna son sourire. Il trouvait qu'ils avaient assez palabré même s'il aurait bien voulu raconter à Quinn qu'il avait étudié la criminologie aux États-Unis pendant trois ans et qu'il était tombé amoureux du pays tout autant que de son peuple.

— Vous avez étudié aux États-Unis, n'est-ce pas ? demanda Quinn en le regardant avec un sourire. La criminologie, pendant trois ans, c'est ça ?

Le sourire de Sigurdur Oli se figea sur son visage.

– J'ai cru comprendre que vous aimiez beaucoup notre pays, ajouta Quinn. Nous n'avons jamais trop d'amis, d'ailleurs ces derniers temps ont été plutôt difficiles.

– Vous… vous avez un dossier me concernant ici? demanda d'un ton hésitant Sigurdur Oli abasourdi.

– Un dossier? répondit Quinn en éclatant de rire. J'ai simplement appelé Bara à la Fondation Fulbright.

– Bara, ah oui, je comprends, répondit Sigurdur Oli qui connaissait bien la directrice de cette fondation.

– Vous avez obtenu une bourse, non?

– Exact, répondit Sigurdur Oli, confus. J'ai cru, l'espace d'un instant, que…

Il secoua la tête face à sa propre bêtise.

– J'ai aussi ici votre dossier de la CIA, poursuivit Quinn en allongeant le bras vers une chemise posée sur la table.

Le sourire de Sigurdur Oli se figea à nouveau. Quinn agita en l'air la chemise vide avant de se mettre à rire.

– Dites donc, il est drôlement coincé, votre collègue, lança-t-il à Elinborg, assise souriante à côté de Sigurdur Oli.

– Qui est ce Bob? demanda-t-elle.

– Robert Christie était titulaire du poste que j'occupe actuellement à l'ambassade, commença Quinn. Mais le travail n'est plus du tout le même. C'était le chef de la Sécurité pendant la guerre froide. Pour ma part, je m'occupe de la Sécurité dans un monde totalement transformé, maintenant que le terrorisme est la plus grave menace qui pèse sur les États-Unis et, en fait, comme on l'a vu, sur l'ensemble du monde.

Il regarda Sigurdur Oli qui n'était pas encore remis de la petite plaisanterie.

– Excusez-moi, dit-il, je ne voulais pas vous mettre mal à l'aise.

– Non, non, pas de problème, répondit Sigurdur Oli. Une petite blague n'a jamais fait de mal à personne.

– Bob et moi, nous sommes bons amis, continua Quinn. Il m'a demandé de vous aider à propos de la découverte de ce squelette à… comment ça s'appelle déjà, Klayffarvadn?

– Klei-far-vatn, corrigea Elinborg.

— C'est ça, acquiesça Quinn. Aucune des disparitions enregistrées par vos services ne peut expliquer cette découverte, c'est ça?

— Non, rien ne semble correspondre à l'homme de Kleifarvatn.

— Seules deux des quarante-quatre disparitions signalées au cours des cinquante dernières années ont donné lieu à des enquêtes criminelles, précisa Sigurdur Oli. La nature de cette affaire nous pousse à examiner cette piste.

— Oui, convint Quinn, on m'a dit qu'il était attaché à un appareil de transmission de fabrication russe. Nous serions ravis de l'examiner pour vous. Si vous avez des difficultés à identifier le modèle, l'année et ses applications éventuelles. Cela va de soi.

— Je crois que la Scientifique collabore avec les Télécoms dans ce domaine, dit Sigurdur Oli avec un sourire. Il est possible qu'ils vous contactent.

— En tout cas, il s'agit d'une disparition et rien ne prouve que ce soit un Islandais, observa Quinn en chaussant ses lunettes de lecture. Il prit sur la table une chemise noire dont il se mit à feuilleter le contenu. Comme vous le savez peut-être, le personnel des ambassades était extrêmement surveillé, à l'époque. Les cocos nous surveillaient, on surveillait les cocos. C'était comme ça, personne ne trouvait ça bizarre ou anormal.

— Vous le faites peut-être encore aujourd'hui? risqua Sigurdur Oli.

— Cela ne vous regarde pas, rétorqua Quinn qui avait subitement perdu son sourire. Nous sommes allés fouiller dans nos archives. Bob se souvenait bien de tout ça. Tout le monde avait trouvé cela bizarre sur le moment, mais personne n'a jamais compris ce qui s'était passé. Ce qui est arrivé, d'après nos sources, j'en ai parlé longuement avec Bob, c'est qu'un agent est-allemand est venu en Islande à une époque et que nous n'avons jamais noté qu'il était reparti.

Les deux policiers lui opposaient un regard inexpressif.

— Vous souhaitez peut-être que je vous répète cela, proposa Quinn. Un employé de l'ambassade d'Allemagne de l'Est est venu ici, mais il n'est jamais reparti. D'après nos rapports, lesquels sont plutôt fiables, soit il se trouve encore en Islande et il fait tout autre chose que de travailler à l'ambassade, soit il a été éliminé, son corps dissimulé ou même expédié à l'étranger.

– Donc, c'est en Islande que vous avez perdu sa trace ? interrogea Elinborg.

– C'est le seul cas de ce genre à notre connaissance, précisa Quinn. C'est-à-dire, en Islande, ajouta-t-il. L'homme espionnait pour le compte de l'Allemagne de l'Est. Il était connu de nos services en tant que tel. Aucune de nos ambassades disséminées dans le monde ne l'a vu après sa visite en Islande. Nous avons prévenu toutes nos ambassades et il n'a refait surface nulle part. Nous avons mené une enquête pour savoir s'il était rentré en Allemagne de l'Est. La terre semblait l'avoir englouti. La terre islandaise.

Elinborg et Sigurdur Oli méditaient ses paroles.

– C'est possible qu'il soit passé à l'ennemi, c'est-à-dire, chez vous, les Britanniques ou les Français ? demanda Sigurdur Oli qui essayait de se remettre en mémoire les films ou les romans d'espionnage qu'il avait vus ou lus. Ce qui expliquerait qu'il se soit caché ? ajouta-t-il, pas très sûr de ce qu'il avançait exactement, n'étant pas grand amateur d'histoires de ce genre.

– C'est exclu, répondit Quinn. Nous l'aurions su.

– Et s'il avait quitté le pays sous une fausse identité ? suggéra Elinborg, s'avançant en terre tout aussi inconnue que Sigurdur Oli.

– On connaissait la plupart de leurs identités, observa Quinn. Nous avions un dispositif de surveillance très efficace au sein de leurs ambassades. Nous sommes convaincus qu'il n'a pas quitté le pays.

– Et par un autre moyen que ceux auxquels vous avez pensé ? Par bateau ? conjectura Sigurdur Oli.

– Nous avons aussi examiné cette possibilité, répondit Quinn. Et sans me lancer dans des explications qui dévoileraient tout de la façon dont nous travaillions alors et dont nous continuons à travailler, je pourrais vous prouver que cet homme n'est réapparu nulle part en Allemagne de l'Est, son pays d'origine, ni en Union soviétique, ni dans aucun des autres pays d'Europe de l'Est ou de l'Ouest. Il s'est totalement évaporé.

– Qu'est-ce qu'il lui est arrivé, à votre avis ? Ou plutôt, qu'avez-vous pensé, à l'époque ?

– Qu'ils l'avaient tué puis enterré dans le parc de l'ambassade, répondit Quinn sans même pâlir. Qu'ils avaient assassiné leur propre agent. Et on découvre maintenant qu'ils l'ont immergé dans le lac de Kleifarvatn en le lestant avec un de leurs appareils d'écoute. Je ne sais pas pourquoi. Il est tout à fait clair qu'il ne travaillait pas pour nous, ni pour aucun des pays membres de l'OTAN. Il n'était pas dans le contre-espionnage. Si ça avait été le cas, alors il cachait tellement bien son jeu que personne n'en avait connaissance à part lui.

Quinn feuilleta les documents et leur raconta que l'homme était venu une première fois en Islande au début des années 60 pour travailler quelques mois à l'ambassade. Puis, il avait quitté le pays à l'automne 1962 avant d'y revenir pour un bref séjour, deux ans plus tard. Ensuite, il s'était rendu en Norvège, en Allemagne de l'Est, avait passé un hiver à Moscou et, enfin, il avait travaillé à l'ambassade argentine de la RDA en tant que conseiller commercial, titre qui servait de couverture à la majorité des espions, nota Quinn en esquissant un sourire. Aux nôtres aussi, d'ailleurs. Il a passé quelque temps à l'ambassade de Reykjavik en 1967 avant de retourner en Allemagne d'où il a rejoint Moscou. Il est revenu en Islande en 1968, au printemps. L'automne suivant, il avait disparu.

– À l'automne 1968, vous dites ? glissa Elinborg.

– C'est à ce moment-là que nous nous sommes aperçus qu'il n'était plus à l'ambassade. Après enquête dans tous nos réseaux, on s'est aperçu qu'il n'était nulle part. Évidemment, les Allemands de l'Est ne disposaient pas d'une véritable ambassade à Reykjavik, plutôt d'une délégation commerciale comme on appelait ça, mais cela reste un point de détail.

– Que savez-vous sur cet homme ? demanda Sigurdur Oli. Il avait des amis en Islande ? Ou des ennemis dans son pays natal ? Il a fait des conneries, à votre connaissance ?

– Non, comme je viens de vous le dire, nous ne connaissons pas les détails. Et, évidemment, nous ne savons pas tout. Nous soupçonnons que quelque chose lui est arrivé ici, en Islande, en 1968, mais nous ne savons pas quoi. Il pourrait tout autant avoir cessé de servir son pays et s'être arrangé pour disparaître. Il savait comment s'y prendre, pour disparaître et se fondre dans la masse. Vous pouvez donner à ces informations l'interprétation que vous voulez. C'est tout ce que nous savons.

Il hésita.

– Peut-être qu'il a échappé à notre attention, reprit-il. Peut-être qu'il existe une explication logique à tout ça. De notre côté, on n'a rien de plus. Maintenant, je voudrais que vous me disiez quelque chose. C'est Bob qui m'a demandé ça. Comment est-ce qu'il a été tué? L'homme du lac.

Elinborg et Sigurdur Oli échangèrent un regard.

– Il a reçu un coup qui lui a fait un trou dans le crâne juste à côté de la tempe, expliqua Sigurdur Oli.

– Un coup à la tête? répéta Quinn.

– Il a pu aussi tomber, mais dans ce cas ça devait être une grosse chute, précisa Elinborg.

– Donc, il ne s'agissait pas d'une exécution pure et simple par une balle dans la nuque, par exemple?

– Une exécution? s'étonna Elinborg. Nous sommes islandais. La dernière exécution en date s'est passée à la hache.

– Oui, évidemment, répondit Quinn. Je ne dis pas que c'est un Islandais qui l'a tué.

– Est-ce que ce mode opératoire constitue un indice à vos yeux? demanda Sigurdur Oli. Si c'est bien cet espion qui a été retrouvé à Kleifarvatn.

– Non, aucun, répondit Quinn. Cet homme travaillait dans le renseignement, profession dont l'exercice comporte certains risques.

Il se leva. L'entrevue semblait toucher à sa fin. Quinn reposa la chemise sur la table et se tut. Sigurdur Oli lança un regard à Elinborg.

– Nous vous remercions, déclara-t-il. Nous espérons que cela ne vous a pas trop dérangé. Ç'a été un véritable plaisir de vous rencontrer.

Il essayait de trouver d'autres mots de remerciement, mais il était à court.

— Vous n'avez aucun dossier sur moi ici? demanda Elinborg sur un ton enjoué lorsqu'ils se levèrent.

— Malheureusement, pas plus que sur lui, répondit Quinn en adressant un regard en coin et un sourire à Sigurdur Oli.

Ils le remercièrent de nouveau avant de sortir dans le couloir. Christopher Melville gravit l'escalier à leur rencontre pour les raccompagner.

— Encore une petite chose, dit Quinn.

— Quoi donc? s'enquit Sigurdur Oli.

— C'est le genre de détail qui s'oublie facilement, ajouta Quinn.

— Ce sont les détails qui font toute la différence, observa Sigurdur Oli en prenant un air professionnel, en bon diplômé d'une université américaine.

— Eh bien, je pensais que vous auriez envie de connaître son nom, déclara calmement Quinn. Le nom de cet agent disparu.

— Son nom? reprit Sigurdur Oli. Je croyais que vous nous l'aviez dit.

— Oui, enfin… non, je ne pense pas l'avoir fait.

Quinn esquissa un sourire.

— Alors, comment il s'appelait?

— Il s'appelait Lothar, répondit Quinn.

— Lothar, répéta Elinborg.

— Oui, confirma Quinn en jetant un œil sur le papier qu'il tenait à la main. Il s'appelait Lothar Weiser, il était né à Bonn. Autre détail amusant, il parlait l'islandais aussi bien que sa langue maternelle.

20

Plus tard dans la journée, ils demandèrent audience à l'ambassade d'Allemagne en exposant le motif de leur requête afin que le personnel puisse prendre des dispositions pour réunir des informations sur Lothar Weiser. Il fut décidé qu'une entrevue serait arrangée plus tard dans la semaine. Ils rapportèrent à Erlendur leur conversation avec Quinn et discutèrent de l'éventualité que l'homme retrouvé dans le lac soit un espion est-allemand. Certains éléments leur semblaient aller dans ce sens, en particulier la présence de cet appareil fabriqué en Russie et l'endroit de la découverte du squelette. Ils étaient d'accord sur le fait que ce meurtre portait une marque de fabrique étrangère. Ils s'étaient rarement, voire jamais, trouvés en présence d'un tel mode opératoire. C'était un meurtre affreux, soit, mais tous le sont. L'important était qu'il semblait avoir été prémédité, exécuté dans les règles de l'art, et que ses auteurs soient parvenus à le dissimuler pendant toutes ces années. Les meurtres typiquement islandais n'étaient en général pas commis de cette façon. Ils relevaient plus du hasard, étaient plus maladroits, plus répugnants, et leurs auteurs laissaient presque toujours des indices derrière eux.

— Il est peut-être tout simplement tombé sur la tête, ce gars-là, observa Elinborg.

— Personne ne tombe sur la tête en s'attachant à un appareil d'espionnage avant d'aller se jeter dans le Kleifarvatn, ironisa Erlendur.

— Tu en es où avec la Falcon ? demanda Elinborg.

— Nulle part, répondit Erlendur, à part que je suis allé enquiquiner la femme de ce Leopold qui ne comprend pas un seul mot de ce que je lui raconte.

Erlendur leur avait déjà parlé des deux frères de Mosfellssveit et de sa théorie un peu fumeuse selon laquelle l'homme à la Falcon serait encore en vie et demeurerait en province. Ils avaient déjà discuté de cette possibilité et lui avaient réservé le même accueil que la femme de Leopold, ils trouvaient qu'ils avaient trop peu d'éléments en sa faveur. "Nettement trop éloignée de la réalité islandaise", avait observé Sigurdur Oli, soutenu par Elinborg qui avait renchéri : "Ça passerait encore dans une grande métropole."

— C'est tout de même étrange qu'on ne trouve pas trace de lui dans aucun fichier, observa Sigurdur Oli.

— C'est bien le problème, convint Erlendur. Ce Leopold, nous savons du moins qu'il se faisait appeler comme ça, est absolument insaisissable. Niels, qui a suivi cette affaire à l'époque, n'a jamais mené d'enquête approfondie sur son passé. Il n'y a pas eu d'enquête criminelle.

— Pas plus que dans la plupart de ces affaires de disparition, glissa Elinborg.

— Très peu de gens portent ce prénom, que ce soit aujourd'hui ou à l'époque, il doit être possible de les retrouver. J'ai examiné ça rapidement. Sa femme affirme qu'il avait longtemps vécu à l'étranger. Il est même possible qu'il y soit né. On n'en sait rien.

— Qu'est-ce qui te dit qu'il s'appelait vraiment Leopold ? demanda Sigurdur Oli. C'est un drôle de nom, pour un Islandais, non ?

— En tout cas, c'est celui qu'il utilisait, répondit Erlendur. C'est bien possible qu'il en ait pris un autre ailleurs. En fait, c'est très probable. On ne sait rien de lui, à part qu'il a tout à coup fait son apparition dans la peau d'un représentant de machines agricoles et d'engins de terrassement et du petit ami d'une femme esseulée qui, dans un sens, a fait les frais de tout ça. Elle ne sait presque rien sur lui, mais elle le pleure encore aujourd'hui. De notre côté, c'est le néant. Il n'y a pas de certificat de naissance, rien sur son cursus scolaire. Tout ce qu'on sait, c'est qu'il voyageait beaucoup, qu'il a vécu à l'étranger où il est peut-être né. Et il avait passé tellement de temps hors d'Islande qu'il parlait l'islandais avec une légère pointe d'accent.

– Pour autant qu'il ne se soit pas simplement suicidé, s'entêta Elinborg. Je trouve que ta théorie sur la double vie de ce Leopold ne se fonde sur rien d'autre que sur tes propres élucubrations.

– Je sais, convint Erlendur. Il y a une forte probabilité qu'il ait mis fin à ses jours et que le mystère n'aille pas plus loin que ça.

– Je te trouve sacrément gonflé d'être allé voir cette femme pour lui raconter tes bêtises, reprocha Elinborg. Maintenant elle croit qu'il est encore vivant.

– Elle soupçonne quelque chose de ce genre depuis le début, plaida Erlendur. En son for intérieur, elle soupçonne qu'il l'a tout simplement quittée.

Ils se turent. La journée était bien avancée. Elinborg regarda la pendule. Elle expérimentait une nouvelle sorte de marinade sur des blancs de poulet. Sigurdur Oli avait promis à Bergthora d'aller faire un tour à Thingvellir. Ils avaient prévu d'y passer cette soirée estivale et de rester dormir à l'hôtel. C'était un temps idéal pour un mois de juin : chaud, ensoleillé, tout odorant de plantes et de fleurs.

– Tu fais quoi ce soir ? demanda Sigurdur Oli à Erlendur.

– Rien, répondit Erlendur.

– Tu veux venir avec nous à Thingvellir ? proposa-t-il en dissimulant difficilement quelle réponse il attendait. Erlendur sourit. Les attentions que lui témoignait le couple lui tapaient parfois sur les nerfs. Parfois, comme en ce moment, elles se résumaient à de la simple politesse.

– J'attends des invités, répondit Erlendur.

– Comment va Eva Lind ? demanda Sigurdur Oli en se frottant l'épaule.

– Je n'ai guère de nouvelles, répondit Erlendur. Tout ce que je sais, c'est qu'elle a quitté sa cure et qu'ensuite elle ne m'a quasiment pas contacté.

– Dis donc, qu'est-ce que tu disais à propos de ce Leopold ? interrompit Elinborg. Il parlait avec un accent ? C'est bien ce que tu as dit ?

– Oui, confirma Erlendur. Sa femme a précisé qu'il avait une pointe d'accent étranger. À quoi tu penses ?

– Ce Lothar avait sûrement lui aussi un petit accent, observa Sigurdur Oli.

– Qu'est-ce que tu veux dire? interrogea Erlendur.

– Rien, c'est juste que le type de l'ambassade américaine nous a raconté que cet Allemand, ce Lothar, parlait couramment l'islandais. Il devait quand même avoir un petit accent.

– C'est évidemment un point dont nous devons tenir compte, observa Erlendur.

– L'hypothèse que Leopold et Lothar ne fassent qu'un seul homme? demanda Elinborg.

– Oui, confirma Erlendur. Ça me semble logique d'envisager cette éventualité. En tout cas, leurs disparitions à tous les deux datent de 1968.

– Et ce Lothar aurait pris le nom de Leopold? observa Sigurdur Oli. Pourquoi diable?

– Je n'en sais rien, répondit Erlendur. Je n'ai aucune idée sur la façon dont tout ça s'imbrique. Absolument aucune.

Il y eut un silence.

– Mais, dans ce cas, il y a un problème avec l'engin soviétique.

– Ah bon? s'étonna Elinborg.

– Le dernier endroit où Leopold était censé se rendre était la ferme de Haraldur. Où voulez-vous que ce Haraldur ait dégoté un appareil d'écoute russe pour l'immerger dans le lac de Kleifarvatn? Ça peut se comprendre si Lothar était impliqué: c'était un espion, il s'est produit un événement qui a entraîné son immersion dans le lac. Mais pour ce qui est de Haraldur et de Leopold, c'est une tout autre histoire.

– Haraldur nie catégoriquement l'avoir vu dans sa ferme, précisa Sigurdur Oli. Qu'il se soit appelé Leopold ou Lothar.

– C'est bien là le problème, reprit Erlendur.

– Comment ça? demanda Elinborg.

– Je crois qu'il nous ment.

Erlendur dut passer dans trois vidéoclubs avant de trouver le western et d'aller rendre visite à Marion Briem. Il l'avait un jour entendue dire qu'elle aimait beaucoup ce film parce qu'il y était question d'un homme qui se battait seul contre une menace imminente alors que la société, y compris ses meilleurs amis, lui tournaient le dos.

Il frappa à la porte sans obtenir de réponse. Marion s'attendait à sa visite puisque Erlendur l'avait prévenue par téléphone. Il tourna donc la poignée de la porte, qui n'était pas fermée à clef, et se permit d'entrer. Il n'avait pas l'intention de s'attarder, juste de déposer la cassette. Il attendait la visite de Valgerdur dans la soirée. Cette dernière avait maintenant emménagé chez sa sœur.

— Tu es déjà là? s'exclama Marion qui s'était assoupie sur le canapé. Je t'ai entendu frapper à la porte. Je me sens tellement fatiguée. En fait, j'ai passé toute la journée à dormir. Tu veux bien m'approcher le ballon?

Erlendur appuya le ballon d'oxygène contre le canapé et, tout à coup, en voyant Marion tendre le bras vers le masque, il songea à un cas terrible de décès dû à la solitude, enfoui au fond de sa mémoire.

La police avait été appelée dans un immeuble du quartier de Thingholt. Erlendur y avait accompagné Marion. Il n'y avait que quelques mois qu'il travaillait à la Criminelle. Quelqu'un était décédé chez lui, la mort était considérée comme accidentelle. Une vieille femme bien en chair était assise sans vie dans son fauteuil devant la télé depuis deux semaines. La pestilence qui régnait dans l'appartement avait presque fait défaillir Erlendur. Un voisin avait été alerté par l'odeur. Il n'avait pas vu la vieille dame depuis longtemps et, au bout d'un moment, il avait remarqué qu'il entendait tout le temps l'écho de sa télévision à travers les cloisons de son appartement. La femme s'était étouffée. Une assiette de petit salé et de rutabagas à la vapeur était posée sur la table à côté d'elle. Les couverts étaient tombés par terre devant le fauteuil. Un gros morceau de viande était coincé dans sa gorge. Elle n'était pas arrivée à se lever du fauteuil profond. Son visage était d'un bleu noirâtre. On découvrit qu'elle n'avait aucune famille pour s'occuper d'elle. Personne ne lui rendait jamais visite. Personne ne s'était inquiété de son absence.

— On finit tous par mourir, avait commenté Marion en regardant le cadavre, mais je ne voudrais pas finir comme ça.

— Pauvre femme, avait observé Erlendur en mettant sa main devant le nez et la bouche.

— Oui, pauvre femme, avait renchéri Marion. C'est pour ça que tu es entré dans la police ? Pour voir ce genre de spectacle ?

— Non.

— Alors, pourquoi ? Pourquoi est-ce que tu t'embêtes avec ça ?

— Assieds-toi, entendit-il Marion, l'arrachant à ses pensées. Ne reste pas planté là comme un benêt.

Il revint à la réalité et s'assit dans le fauteuil en face de Marion.

— Erlendur, tu n'es pas obligé de venir me voir.

— Je sais, répondit Erlendur. Je t'ai apporté un autre western. Celui avec Gary Cooper.

— Tu l'as vu ?

— Oui, répondit Erlendur, il y a longtemps.

— Pourquoi tu as l'air si déprimé, à quoi tu pensais ? demanda Marion.

— On finit tous par mourir, répondit Erlendur, mais je ne voudrais pas finir comme ça.

— Oui, dit Marion après un bref silence. Je me souviens bien de cette bonne femme dans son fauteuil. Et maintenant, en me regardant, tu penses la même chose.

Erlendur haussa les épaules.

— Tu n'as jamais répondu à ma question, observa Marion. Même aujourd'hui, tu ne m'as toujours pas répondu.

— Je ne sais absolument pas pourquoi je suis entré dans la police, c'était juste un travail, un travail tranquille dans un bureau.

— Non, il y avait une autre raison, corrigea Marion, ce n'était pas seulement parce que c'était un travail tranquille dans un bureau.

— Tu n'as pas de famille ? demanda Erlendur pour changer de conversation. Il ne savait pas trop comment dire les choses. Personne qui pourrait s'occuper de tout ça une fois que… une fois que tout sera terminé.

— Non, répondit Marion.

– Comment tu veux qu'on fasse? demanda Erlendur. On va devoir aborder la question à un moment ou à un autre, non? Concernant les détails pratiques? Te connaissant, tu as évidemment déjà réglé tout ça.

– Serais-tu impatient? demanda Marion.

– Non, absolument pas, répondit Erlendur.

– J'ai consulté un homme de loi, un jeunot, qui va s'occuper de mes affaires, je te remercie. Toi, tu pourrais peut-être veiller aux détails pratiques. À la crémation.

– La crémation?

– Je ne veux pas pourrir au fond d'un cercueil, précisa Marion. Je préfère être incinérée. Sans cérémonie, sans chichis.

– Et les cendres?

– Tu sais de quoi il parle en réalité? interrogea Marion, visiblement désireuse d'éluder la question. Ce western avec Gary Cooper? Il parle de la chasse aux communistes dans l'Amérique des années 50. Des types arrivent en ville, ils veulent s'en prendre à Cooper. Ses amis lui tournent le dos, il finit par se retrouver seul et sans défense. *High Noon*. Les meilleurs westerns sont nettement plus que de simples westerns.

– Oui, tu me l'as déjà dit.

Il était tard, mais le jour ne déclinait toujours pas. Erlendur regarda par la fenêtre. La nuit ne tomberait pas. Elle lui manquait toujours en été, cette obscurité. Il regrettait le noir glacial de la nuit, la profondeur de l'hiver.

– Pourquoi tu aimes tant les westerns? demanda Erlendur. Il ne put s'empêcher de poser la question. Il n'y avait pas long-temps qu'il connaissait sa passion des westerns. En réalité, il ne savait pas grand-chose d'elle et, maintenant qu'il y réfléchissait, assis dans ce salon, il se disait qu'il n'avait que très rarement abordé des sujets personnels avec elle.

– Le paysage, répondit Marion. Les chevaux, l'immensité.

Le silence s'abattit dans la pièce. Erlendur eut l'impression que Marion allait s'assoupir.

– La dernière fois que je suis venu te voir, je t'ai parlé d'un Leopold, le propriétaire de la Falcon, le gars qui a disparu devant la gare routière, rappela-t-il. Tu ne m'avais pas dit que tu avais téléphoné à sa petite amie pour l'informer qu'il n'y avait personne de ce nom dans les registres.

— Est-ce que ça change quoi que ce soit? Si ma mémoire est bonne, ce crétin de Niels ne voulait pas lui communiquer cette information. Je n'avais jamais vu une idée aussi saugrenue.

— Et que t'a-t-elle répondu en apprenant la nouvelle?

Marion remonta en esprit dans le temps. Erlendur savait sa mémoire infaillible en dépit de son âge avancé et des divers maux qui l'affligeaient.

— Évidemment, elle n'a pas sauté de joie. C'est Niels qui suivait cette affaire, je ne voulais pas trop m'en mêler.

— Tu lui as laissé un espoir qu'il soit encore en vie?

— Non, ça aurait été déplacé. Franchement de mauvais goût. J'espère que tu n'y penses pas.

— Non, répondit Erlendur, absolument pas.

— Et que tu ne vas lui en parler!

— Non, rassura Erlendur, ce serait effectivement de mauvais goût.

Eva Lind l'appela chez lui. Il était repassé au bureau puis s'était arrêté pour acheter à manger. Il avait mis le plat cuisiné à réchauffer au micro-ondes qui avait bipé au moment où la sonnerie du téléphone avait retenti. Eva était nettement plus calme cette fois-là. Elle refusa de lui dévoiler où elle se trouvait, mais lui expliqua que pendant sa cure elle avait rencontré un homme qui l'hébergeait pour l'instant. Elle lui dit de ne pas s'inquiéter pour elle. Elle avait croisé Sindri Snaer dans un bar du centre-ville. Il était en train de chercher du travail.

— Alors, il va venir habiter à Reykjavik? demanda Erlendur.

— Oui, il veut revenir s'installer ici. Ça te gêne?

— Qu'il s'installe ici?

— Non, de le voir plus souvent.

— Non, ça ne me dérange pas. Je trouve ça plutôt bien qu'il vienne habiter ici. Eva, arrête donc de toujours imaginer le pire sur moi. C'est qui, cet homme qui t'héberge?

— Personne, répondit Eva Lind. Et sache que je n'imagine pas toujours le pire sur ton compte.

— Vous vous droguez ensemble?

– Si on se drogue?

– Je l'entends, Eva. À ta façon de parler. Je ne te fais pas la leçon. Je n'en ai plus le courage. Tu peux faire ce que tu veux, mais ne me mens pas. Je ne veux pas que tu mentes.

– Je ne suis pas du tout… qu'est-ce que tu sais de ma façon de parler? Il faut toujours que tu…

Elle lui raccrocha au nez.

Valgerdur ne vint pas le voir, contrairement à ce qui était prévu. Elle l'appela dès qu'il eut raccroché pour lui dire qu'elle avait pris du retard au travail et qu'elle rentrait tout juste chez sa sœur.

– Mais tout va bien, sinon? demanda Erlendur.

– Oui, répondit-elle. À plus tard.

Il alla sortir le plat cuisiné du micro-ondes: des boulettes de viande accompagnées de sauce brune et de purée de pommes de terre. Il pensa à Eva, à Valgerdur et aussi à Elinborg. Il balança le plat à la poubelle sans même l'ouvrir puis alluma une cigarette.

Le téléphone retentit pour la troisième fois de la soirée. Il le regarda en espérant que la sonnerie se fatigue pour être enfin tranquille, mais comme elle insistait, il décrocha. C'était un collègue de la Scientifique.

– C'est à propos de la Falcon, déclara-t-il.

– Oui, qu'est-ce qu'il y a? Tu as trouvé quelque chose?

– Juste de la poussière, des graviers et un peu de terre, répondit-il. On a analysé tout ça et on a trouvé des éléments qui pourraient provenir de fumier, de bouse de vache ou un truc de ce genre, d'une étable ou d'une bergerie. Pas la moindre trace de sang, nulle part.

– De la bouse de vache?

– Oui, on a trouvé toutes sortes de sables et de saletés comme dans n'importe quelle voiture, mais il y avait aussi des traces de bouse de vache. Le gars habitait pourtant à Reykjavik, non?

– Oui, confirma Erlendur, mais il allait souvent en province.

– Ça ne veut peut-être rien dire du tout, tu sais bien, observa le collègue. Après toutes ces années et les propriétaires successifs.

– Merci beaucoup, conclut Erlendur.

Une fois qu'ils eurent pris congé l'un de l'autre, une idée traversa l'esprit d'Erlendur. Il regarda sa montre. Il était plus de dix heures. Personne n'était encore couché, pensa-t-il, indécis. En tout cas, pas en plein été. Cependant, il hésitait encore. Il finit par se décider.

— Oui, répondit Asta, l'ancienne petite amie de Leopold. Erlendur grimaça. Il comprit immédiatement qu'elle n'avait pas l'habitude de recevoir des appels aussi tard dans la soirée, même l'été. Il déclina son identité et elle lui demanda, stupéfaite, ce qu'il lui voulait et pour quelle raison cela ne pouvait pas attendre.

— Évidemment, ça peut attendre, reconnut Erlendur, mais je viens d'apprendre qu'il y avait des traces de bouse de vache sur le plancher de la voiture. J'ai fait prélever des échantillons. Leopold et vous, vous aviez cette voiture depuis combien de temps?

— Pas très longtemps, juste quelques semaines. Je croyais vous l'avoir dit.

— Il s'est rendu en province avec?

— En province?

La femme s'accorda un moment de réflexion.

— Non, répondit-elle ensuite, je ne crois pas. Il ne l'avait pas depuis longtemps. Je me rappelle aussi qu'il m'avait dit qu'il n'osait pas la conduire sur les routes de campagne parce qu'elles étaient trop mauvaises. Il ne voulait s'en servir qu'en ville, en tout cas, au début.

— J'ai une autre question, ajouta Erlendur, et excusez-moi de vous déranger à une heure si avancée, c'est que cette histoire... enfin, je sais que la voiture était à votre nom. Vous vous souvenez de la façon dont vous l'avez réglée? C'est Leopold qui a pris un emprunt? C'est vous qui l'avez payée? Il avait de l'argent d'avance? Vous vous en souvenez?

Il y eut un nouveau silence au bout du fil, le temps que la femme revisite le passé afin de se rappeler le genre de détail que bien peu de gens gardent en mémoire.

— Je n'en ai pas payé la plus petite partie, déclara-t-elle finalement. Je m'en souviens très bien. Je crois qu'il avait presque tout l'argent nécessaire. Il avait mis de côté à l'époque où il était en mer, à ce qu'il m'avait dit. Pourquoi vous voulez savoir ça? Pourquoi vous m'appelez aussi tard pour me poser cette question? Il y a du nouveau?

– Vous savez pourquoi il voulait que le véhicule soit à votre nom?

– Non.

– Et vous n'avez pas trouvé ça bizarre?

– Bizarre?

– Le fait qu'il ne veuille pas que la voiture soit à son nom. C'était comme ça, en général. Les hommes s'occupaient d'acheter les voitures et elles étaient enregistrées sous leur nom. Je crois que les exceptions étaient très rares.

– Là, je n'en sais rien du tout, répondit Asta.

– Il a pu faire ça pour brouiller les pistes, observa Erlendur. S'il lui avait fallu enregistrer la voiture sous son nom, il aurait dû produire des pièces justifiant son identité et on ne les aurait peut-être pas trouvées.

Il y eut un nouveau silence à l'autre bout du fil.

– Il ne se cachait absolument pas, répondit la femme.

– Non, peut-être que non, concéda Erlendur. Mais il avait peut-être aussi un autre nom. Un autre nom que Leopold. Vous n'avez pas envie de savoir qui il était? Qui il était réellement?

– Je sais très bien qui il était, répondit la femme et Erlendur entendit au son de sa voix qu'elle allait éclater en sanglots.

– Oui, évidemment, convint Erlendur. Veuillez m'excuser du dérangement. Je n'avais pas vu qu'il était si tard. Je vous contacterai si j'ai du nouveau.

– Je sais parfaitement qui il était, répéta la femme.

– Évidemment, conclut Erlendur, évidemment que vous le savez.

21

Les éléments provenant de la bouse de vache n'aidèrent en rien. La voiture avait eu plusieurs propriétaires avant de finir à la casse; n'importe lequel d'entre eux aurait pu marcher dans de la bouse et en ramener à l'intérieur. Trente ans plus tôt, Reykjavik était encore une ville campagnarde, le propriétaire du véhicule n'aurait même pas eu besoin de franchir les limites de l'agglomération pour tomber sur du bétail. Erlendur se souvenait d'un jour où, ayant franchi une clôture, des moutons s'étaient en moins de deux retrouvés sur le boulevard Haaleitisbraut. À l'époque, il était à la circulation et il avait fait partie des hommes chargés de les rattraper.

Cependant, il était encore possible que Haraldur, qui vociférait toujours toutes griffes dehors à la maison de retraite, finisse par laisser échapper un détail. Son humeur ne s'était en rien adoucie depuis la dernière fois qu'Erlendur était allé le voir. Il était en train d'avaler son repas de midi, consistant en une sorte de bouillie liquide agrémentée d'un morceau de saucisse de foie tendre. Il avait déposé son dentier sur la table de nuit le temps de manger. Erlendur s'efforça de ne pas laisser son regard s'attarder sur les dents. Il lui suffisait amplement d'entendre l'homme déglutir et de voir le filet de bouillie lui couler au coin de la bouche. Haraldur mâchouillait la bouillie et le morceau de saucisse qui l'accompagnait avec délectation.

— On sait que l'homme à la Falcon est venu à votre ferme, commença Erlendur après que les borborygmes eurent pris fin et que Haraldur se fut essuyé la bouche. Comme la fois précédente, il s'était mis en boule en voyant Erlendur, auquel il avait dit de décamper. Mais Erlendur s'était contenté de sourire et de s'asseoir.

– Vous ne pouvez donc pas me foutre la paix? avait grommelé Haraldur en lançant un regard avide sur sa bouillie qu'il ne voulait pas commencer avec Erlendur sur le dos.

– Mangez votre bouillie, lui avait répondu Erlendur. J'attendrai.

Haraldur lui renvoya un regard mauvais, mais ne tarda pas à rendre les armes. Erlendur baissa les yeux en le voyant retirer son dentier.

– Quelles preuves avez-vous? demanda Haraldur. Vous n'avez pas la moindre preuve parce qu'il n'est jamais venu chez nous. Il n'existe pas des lois contre ce genre de harcèlement? Vous avez le droit de venir déranger les gens comme ça, à n'importe quelle heure?

– On sait maintenant qu'il est bien venu chez vous, répéta Erlendur.

– Peuh, n'importe quoi. Et comment vous auriez su ça?

– Nous avons examiné sa voiture plus attentivement, reprit Erlendur. En réalité, il n'avait pas le moindre élément, mais il trouvait que ça valait le coup de cuisiner le bonhomme en lui laissant croire le contraire. À l'époque, nous n'avons pas examiné le véhicule avec suffisamment de soin. Et, depuis, les techniques d'investigation de la police scientifique ont connu une véritable révolution.

Il s'efforçait d'utiliser de grands mots. La tête de Haraldur pendouillait comme l'autre fois, les yeux rivés à terre.

– C'est ce qui nous a permis de découvrir de nouveaux indices, poursuivit Erlendur. À l'époque, cette affaire n'a donné lieu à aucune enquête criminelle. On n'en mène généralement pas sur les disparitions parce que en Islande, on ne voit rien d'étonnant à ce que des gens disparaissent. Peut-être à cause du climat capricieux. Peut-être par paresse. Peut-être qu'il nous suffit de savoir que le taux de suicide est vertigineux.

– Je ne vois pas du tout de quoi vous parlez, répondit Haraldur.

– Il s'appelait Leopold, vous vous en souvenez? Il était représentant et vous lui aviez laissé entendre que vous étiez intéressé par l'achat d'un tracteur. Vous étiez le dernier client qu'il devait passer voir ce jour-là. Je crois d'ailleurs que c'est ce qu'il a fait.

— On doit bien avoir des droits, rétorqua Haraldur, vous ne pouvez quand même pas entrer ici comme bon vous semble.

— Je crois que Leopold est venu chez vous, répéta Erlendur sans répondre à Haraldur.

— Foutaises !

— Il est venu vous voir, vous et votre frère, et il est arrivé quelque chose. Je ne sais pas quoi. Il a vu quelque chose qu'il n'aurait pas dû voir. Vous vous êtes disputés avec lui à propos d'une chose qu'il a dite. Peut-être qu'il s'est montré trop pressant. Il voulait conclure la vente ce jour-là.

— Je ne sais pas de quoi vous parlez, répéta Haraldur. Il ne s'est jamais pointé chez nous. Il m'avait dit qu'il viendrait mais, finalement, il ne l'a pas fait.

— Combien de temps vous pensez qu'il vous reste à vivre ? demanda Erlendur.

— Le diable m'emporte si j'en sais quelque chose. Et si vous aviez des preuves, il y a belle lurette que vous me les auriez crachées. Mais vous n'avez rien. Vous n'avez rien parce qu'il n'est jamais venu chez nous.

— Vous ne voulez pas juste me raconter ce qui s'est passé ? suggéra Erlendur. Il ne vous reste sûrement plus bien longtemps devant vous. Ça soulagerait votre conscience. Ce n'est pas parce qu'il est venu chez vous que vous l'avez tué. Je n'ai jamais dit ça. Il peut très bien être reparti avant de disparaître.

Haraldur leva la tête et le fixa sous ses épais sourcils.

— Foutez-moi le camp, répondit-il. Je ne veux plus jamais vous revoir ici.

— Vous aviez bien des vaches, dans cette ferme où vous viviez avec votre frère, non ?

— Dégagez !

— Je suis allé là-bas, j'ai vu l'étable et le tas de fumier qui se trouve derrière. Vous m'avez dit que vous aviez dix vaches.

— Où est-ce que vous voulez en venir ? demanda Haraldur. On était des paysans. Vous allez peut-être m'envoyer au trou pour ça ?

Erlendur se leva. Haraldur lui tapait sur les nerfs même s'il savait que cela n'aurait pas dû être le cas. Il aurait dû sortir, continuer son enquête sans se laisser agacer au risque de perdre son sang-froid. Haraldur n'était qu'un vieillard aigri et méchant. Cependant, Erlendur ne se laissa pas troubler trop longtemps par ces considérations.

— Nous avons trouvé de la bouse de vache dans le véhicule, dit-il. Voilà pourquoi j'ai pensé à vos vaches. À Skjalda la Noiraude et Huppa l'Efflanquée, enfin, quel que soit le nom qu'elles portaient. Et je ne crois pas que la bouse soit arrivée là sous les semelles de cet homme même s'il est évidemment possible qu'il ait marché dedans avant de repartir en voiture. Ce que je crois, en revanche, c'est que quelqu'un d'autre est à l'origine de la présence de cette bouse dans la voiture. Quelqu'un qui s'en serait pris à lui. Qui l'aurait attaqué et qui, ensuite, serait monté dans le véhicule chaussé des bottes qu'il mettait à l'étable avant de descendre à la gare routière.

— Foutez-moi la paix! Je ne sais rien sur cette histoire de bouse de vache.

— Vous êtes sûr?

— Oui, dégagez et laissez-moi tranquille!

Erlendur baissa le regard sur Haraldur.

— Il y a juste une faille à ma théorie, poursuivit-il.

— Peuh, laissa échapper Haraldur.

— C'est le problème de la gare routière.

— Qu'est-ce qu'elle a, la gare routière?

— Il y a deux choses qui ne concordent pas.

— Je me fiche complètement de ce que vous racontez. Allez, sortez d'ici!

— Elle est trop parfaite.

— Peuh.

— Et vous, vous êtes trop bête.

L'entreprise où travaillait Leopold lors de sa disparition existait toujours. C'était maintenant l'un des trois départements d'un grand importateur de voitures. L'ancien propriétaire avait cessé de la diriger depuis des années. Son fils avait expliqué à Erlendur qu'il avait lutté pour la maintenir en état mais que, voyant la cause perdue, il avait fini par la céder, à bout de forces. Le fils s'occupait des achats et dirigeait le département des machines agricoles et engins de terrassement. La restructuration datait d'une bonne décennie. Quelques rares employés l'avaient suivi, mais aucun d'entre eux ne travaillait plus pour l'entreprise aujourd'hui. Erlendur obtint le nom de l'ex-propriétaire ainsi que celui d'un vendeur qui avait fait une longue carrière dans l'entreprise et y avait travaillé en même temps que Leopold.

En revenant à son bureau, Erlendur consulta l'annuaire et appela le vendeur. Personne ne décrocha. Il appela l'ancien propriétaire. Même chose de ce côté-là.

Erlendur décrocha à nouveau le combiné. Par la fenêtre, il regarda l'été qui avait envahi les rues de Reykjavik. Il ne savait pas pourquoi il s'entêtait avec cette histoire d'homme à la Falcon. Celui-ci s'était probablement suicidé. Seuls d'infimes indices indiquaient le contraire. Mais il en était maintenant aux dernières extrémités : il avait décroché le combiné, s'apprêtait à solliciter l'autorisation de fouiller les anciennes terres des deux frères afin d'en exhumer le cadavre avec le concours de cinquante policiers et sauveteurs, avec tout le bruit que les médias feraient autour de l'affaire.

Et puis, peut-être que le vendeur en question était ce Lothar qui reposait au fond du lac de Kleifarvatn. Peut-être les deux ne faisaient-ils qu'un seul homme.

Il éloigna lentement le téléphone. L'intérêt qu'il portait à la résolution des disparitions confinait-il à l'aveuglement ? Il savait au fond de lui que le plus raisonnable serait de coller le dossier concernant Leopold au fond d'un tiroir pour l'y laisser moisir comme ceux des autres disparitions qui n'avaient jamais été résolues.

Le téléphone retentit sur le bureau d'Erlendur pendant qu'il était plongé dans ces considérations. C'était Patrick Quinn, de l'ambassade des États-Unis. Ils échangèrent quelques formules de politesse jusqu'à ce que le diplomate se décide à en venir au fait.

— Vos hommes ont obtenu de nous les renseignements que nous pensions être autorisés à leur dévoiler lorsqu'ils sont venus nous voir, déclara Quinn. Nous avons maintenant l'autorisation d'aller un peu plus loin dans cette affaire.

— Il est difficile de dire qu'il s'agit de mes hommes, répondit Erlendur en pensant à Sigurdur Oli et à Elinborg.

— *Yes*, peu importe, répondit Quinn. Je crois savoir que c'est vous qui dirigez l'enquête sur les ossements de Kleifarvatn. Ils n'ont pas semblé tout à fait convaincus par ce que nous leur avons appris sur la disparition de Lothar Weiser. Nous disposions d'informations selon lesquelles il était venu en Islande sans en être reparti, mais la façon dont nous les leur avons présentées était peut-être, disons, peu convaincante. J'ai contacté le ministère à Washington et nous avons obtenu l'autorisation d'aller un peu plus loin. On nous a communiqué le nom d'une personne de nationalité tchèque qui pourra probablement vous confirmer la disparition de Weiser. Il s'appelle Miroslav. Je vais voir ce que je peux faire de ce côté.

— Dites-moi, glissa Erlendur, vous auriez par hasard une photo de Lothar Weiser que vous pourriez nous prêter ?

— Je ne sais pas, répondit Quinn. Je vais voir, ça peut prendre un peu de temps.

— Merci beaucoup.

— Mais ne vous attendez pas à des miracles, observa Quinn. Sur ce, ils prirent congé.

Erlendur tenta à nouveau de contacter l'ancien vendeur. Il allait raccrocher lorsque ce dernier répondit. L'homme, malentendant, crut qu'Erlendur travaillait aux services sociaux et se plaignit abondamment des repas qui lui étaient livrés le midi. Les plats arrivaient toujours froids.

— Et ce n'est pas tout, poursuivit-il.

Erlendur crut qu'il allait lui débiter tout un discours sur le rôle des personnes du troisième âge à Reykjavik.

— Je suis de la police, répéta-t-il, haut et clair. Je voulais vous poser des questions sur un représentant qui a travaillé avec vous dans le temps à l'entreprise d'engins de terrassement. Il a disparu un jour et personne n'a eu de ses nouvelles depuis.

— Vous voulez parler de Leopold ? s'enquit l'homme. Pourquoi me poser des questions sur lui maintenant ? Est-ce que vous l'auriez retrouvé ?

— Non, répondit Erlendur. Il n'a pas été retrouvé. Vous vous souvenez de lui ?

— Eh bien, un peu, répondit l'homme. Sûrement plus que de la plupart de mes anciens collègues, étant donné ce qui est arrivé. Étant donné sa disparition. Ce n'est pas lui qui a abandonné une voiture toute neuve quelque part ?

— Devant la gare routière, précisa Erlendur. C'était quel genre d'homme ?

— Comment ? Que dites-vous ?

Erlendur s'était mis debout. Il répéta la question en hurlant presque dans le combiné.

— Eh bien, c'est un peu difficile à dire. C'était un gars plutôt secret qui ne parlait pas beaucoup de lui. Il avait travaillé en mer et je crois bien qu'il était né à l'étranger. En tout cas, il avait un léger accent. En plus, il avait le teint assez mat, enfin, il n'était quand même pas noir, mais pas non plus d'une pâleur aussi cadavérique que nous, les Islandais. C'était un type très sympathique. C'est triste, la façon dont tout ça s'est passé.

— Il faisait des tournées en province, observa Erlendur.

— Un peu, oui ! D'ailleurs, c'était notre cas à tous. On allait de ferme en ferme avec nos prospectus et on essayait de vendre nos machines aux paysans. C'était peut-être bien le plus assidu dans ce domaine. Il emmenait du Brennivin avec lui, vous voyez, histoire de briser la glace. D'ailleurs, on le faisait presque tous. Ça facilitait la signature des contrats.

— Vous aviez chacun des territoires particuliers, je veux dire, vous aviez divisé le pays en secteurs attribués à chacun d'entre vous ?

— Non, pas plus que ça. Les paysans les plus riches se trouvent naturellement dans le sud et dans le nord et on s'efforçait de se les répartir. Cela dit, cette saleté d'Association agricole avait tout le monde dans sa poche.

— Leopold avait un secteur de prédilection ? Un secteur dans lequel il allait plus particulièrement ?

Il y eut un silence. Erlendur comprit que le vieux vendeur essayait de se remémorer des détails sur Leopold qu'il avait depuis longtemps oubliés.

– Maintenant que vous le dites, déclara-t-il finalement. Leopold allait très souvent dans la partie sud, les fjords de l'Est. On peut dire que c'était son secteur préféré. Il allait aussi dans tout l'Ouest et ses fjords. Et puis aussi dans la péninsule de Reykjanes. En fait, il allait partout.

– C'était un bon vendeur ?

– Non, ça, je ne peux pas dire. Parfois, il partait pendant des semaines voire des mois sans que le résultat soit très concluant, mais vous feriez mieux d'interroger le vieux Benedikt, le patron. Il en sait peut-être plus. Leopold n'est pas resté longtemps chez nous et je crois me souvenir que ç'a été plutôt problématique de lui trouver une place.

– De lui trouver une place ?

– Oui, c'est tout juste s'il n'a pas fallu mettre quelqu'un à la porte. Benedikt était intransigeant sur la question, il tenait à l'employer alors qu'il n'était pas du tout satisfait de lui. Ça, je n'ai jamais compris. Voyez plutôt ça avec lui. Parlez-en donc à Benedikt.

Sigurdur Oli éteignit la télévision. Il avait regardé le résumé des matchs de foot disputés en Islande, diffusé tard dans la soirée. Bergthora était à son club de couture. Il crut que c'était elle qui l'appelait lorsque le téléphone retentit. Il n'en était rien.

– Excusez-moi de vous téléphoner constamment comme ça, dit la voix dans le combiné.

Sigurdur Oli hésita un instant puis il raccrocha. Le téléphone se remit immédiatement à sonner. Sigurdur Oli le fixa du regard.

– Et merde, fit-il en décrochant.

– Ne raccrochez pas, supplia l'homme. J'avais juste envie de discuter un peu avec vous. J'ai l'impression que je peux parler avec vous. Depuis que vous êtes venu chez moi m'annoncer la nouvelle.

– Je suis… sérieusement, je ne peux pas être votre planche de salut. Vous allez trop loin. J'exige que vous arrêtiez ça. Je ne peux vous être d'aucun secours. Il faut que vous l'acceptiez. Essayez de le comprendre. Maintenant, au revoir.

— Je sais qu'il ne s'agissait que d'un hasard, reprit l'homme. Seulement, c'est moi qui l'ai provoqué.

— Personne ne provoque les hasards, répondit Sigurdur. Voilà pourquoi ce sont des hasards. Ils commencent le jour où on naît.

— Si je n'avais pas retardé ma femme, elle et ma fille seraient rentrées à la maison.

— Vous êtes complètement à côté de la plaque et vous le savez. Vous ne pouvez pas vous le reprocher. Vous ne le pouvez simplement pas. C'est impossible de se reprocher une chose de ce genre.

— Et pourquoi pas? Les hasards ne viennent pas de nulle part. Ils sont le fruit de conditions que nous créons. Comme moi ce jour-là.

— C'est tellement tiré par les cheveux que je n'ai même pas envie d'en discuter.

— Pourquoi?

— Parce que, si on laisse cela nous commander, comment est-ce qu'on prendrait des décisions? Votre femme est partie au supermarché à ce moment-là et vous n'avez joué aucun rôle dans cette décision. Il s'agirait donc d'un suicide? Eh bien, non! C'était un imbécile complètement soûl au volant de sa jeep. Rien d'autre.

— C'est moi qui ai été à l'origine de la coïncidence en téléphonant.

— On pourrait en parler indéfiniment, si vous continuez dans ce registre, répondit Sigurdur Oli. Et si on allait faire un petit tour en dehors de la ville? Et si on allait au cinéma? Si on se retrouvait dans un café? Personne n'oserait proposer quoi que ce soit, par peur qu'il se produise quelque chose? Vous êtes à côté de la plaque!

— C'est bien le problème, convint l'homme.

— Quoi donc?

— Comment je dois faire?

Sigurdur Oli entendit Bergthora franchir la porte.

– Il faut que je coupe court à tout ça, conclut-il, c'est n'importe quoi.

– Oui, moi aussi, convint l'homme. Il faut que je coupe court à tout ça.

Sur ce, il raccrocha.

22

Il suivait assidûment les informations diffusées par la presse écrite, la télé ou la radio et constatait que celles concernant la découverte du squelette prenaient de moins en moins d'importance au fil du temps jusqu'à ce qu'on n'en parle pratiquement plus. Parfois, un bref communiqué précisait qu'il n'y avait rien de nouveau du côté de l'enquête en citant un certain Sigurdur Oli, policier à la Criminelle. Il savait que le fait qu'on n'en dise plus un mot dans les médias ne signifiait rien. L'enquête devait battre son plein et, si elle était bien menée, quelqu'un finirait par venir frapper à sa porte. Peut-être bientôt. Peut-être Sigurdur Oli. Peut-être aussi ne découvriraient-ils jamais ce qui était arrivé. Il sourit intérieurement. Il n'avait plus la certitude que c'était bien là ce qu'il voulait. Parfois, il lui semblait n'avoir pas eu d'existence, pas eu de vie, excepté celle dominée par sa peur de voir le passé ressurgir.

Dans le temps, il avait parfois ressenti un besoin impérieux, un besoin difficilement contrôlable, de raconter ce qui s'était passé, d'aller se livrer à la police pour dévoiler la vérité. Il avait toujours résisté. Il était parvenu à se calmer et, avec le temps, ce besoin s'était estompé au bénéfice d'une sorte de distance froide quand il repensait à ce qui était arrivé. Il ne regrettait rien. Il ne souhaitait pas qu'il en soit allé différemment.

À chaque fois qu'il songeait au passé, le visage d'Ilona la première fois qu'il l'avait vue se présentait à son esprit. Ce jour où elle était venue s'asseoir à côté de lui dans cette cuisine où, après qu'il lui avait commenté *Fin de voyage* de Jonas Hallgrimsson, elle l'avait embrassé. Quand il restait ainsi, assis solitaire avec ses pensées, disparaissant au creux de tout ce qu'il avait eu de plus cher, il pouvait presque sentir à nouveau la douceur de ce baiser sur ses lèvres.

Il alla s'asseoir dans le fauteuil à côté de la fenêtre et repensa à ce jour où son univers s'était écroulé.

Il n'était pas rentré en Islande l'été suivant, mais avait travaillé un moment dans une mine de charbon avant de voyager en Allemagne de l'Est avec Ilona. Ils avaient eu l'intention de se rendre en Hongrie, mais il n'avait pas obtenu de laissez-passer. On lui avait dit qu'il était de plus en plus difficile d'obtenir ce genre de document pour ceux qui n'étaient pas originaires du pays demandé. Il avait également entendu qu'on limitait maintenant considérablement les déplacements des gens vers l'Allemagne de l'Ouest.

Ils prirent des trains et des autocars, se déplaçant la plupart du temps à pied et profitant pleinement de ce voyage qu'ils faisaient tous les deux. Parfois, ils dormaient à la belle étoile, parfois dans de petites auberges, dans des écoles, dans des gares de chemin de fer ou dans des gares routières. Il arrivait qu'ils travaillent quelques jours dans les fermes qu'ils rencontraient sur leur chemin. L'endroit où ils firent leur plus longue halte fut l'exploitation d'un éleveur de moutons qui avait trouvé épatant de voir un Islandais venir frapper à sa porte. Il lui avait posé une foule de questions sur ce pays loin au nord et surtout sur le glacier de Snaefellsjökull. Il avait lu *Voyage au centre de la Terre*, le roman d'aventures de Jules Verne. Ils restèrent chez lui pendant deux semaines et apprécièrent de travailler dans sa ferme. Ils apprirent beaucoup de choses sur l'élevage des moutons puis quittèrent l'éleveur et sa famille avec un sac à dos rempli de victuailles et de chaleureux au-revoir.

Elle lui parla de la maison de son enfance à Budapest et de ses parents médecins. Dans les lettres qu'elle leur avait envoyées, elle les avait informés de l'existence de Tomas. Quels étaient leurs projets? avait demandé sa mère dans l'une de ses

---

* Le titre islandais du roman est *Leyndardómar Snæfellsjökuls*, autrement dit, Les Mystères du glacier du Snæfell. Le lieu est en effet mentionné par Jules Verne qui y fait entrer l'expédition du professeur Lidenbrock à la recherche du centre de la Terre.

réponses. Elle était leur seule fille. Ilona demanda à ses parents de ne pas s'inquiéter pour elle mais sans beaucoup d'effet. Vous comptez vous marier? Et les études? Et l'avenir?

C'était un ensemble de questions auxquelles ils avaient également réfléchi, ensemble et chacun de leur côté, mais elles n'avaient rien d'urgent. Tout ce qui leur importait, c'était d'être tous les deux, maintenant. L'avenir demeurait une terre inexplorée et mystérieuse. La seule chose dont ils étaient convaincus, c'était qu'ils s'y rendraient ensemble.

Parfois, le soir, elle lui parlait de ses amis, elle disait qu'ils l'accueilleraient à bras ouverts, elle lui racontait qu'ils restaient assis des heures durant dans les bars et dans les cafés à discuter des réformes nécessaires, qui étaient en préparation. Il regardait Ilona et la voyait s'enflammer quand elle parlait d'une Hongrie libre. Elle dissertait sur une liberté qu'il avait toujours connue et dont il avait joui toute sa vie comme si cela avait été une sorte d'idéal, lointain et hors d'atteinte. Tout ce qu'Ilona et ses amis demandaient, c'était une chose qu'il avait lui-même toujours eue et qui lui semblait aller tellement de soi qu'il ne s'était jamais vraiment interrogé à ce sujet. Elle évoquait ses amis qui avaient été arrêtés et emprisonnés pour des durées plus ou moins longues et aussi des gens dont on lui avait dit qu'ils avaient disparu et dont plus personne n'avait de nouvelles. Il ressentait la peur dans la voix, mais il percevait aussi l'ivresse que lui procurait la conviction profonde pour laquelle elle voulait se battre coûte que coûte. Il la sentait animée de cette tension, de cette impatience, caractéristiques des moments où de grands événements sont en gestation.

Il avait beaucoup réfléchi durant les semaines où ils avaient voyagé ensemble au cours de l'été. Il était désormais persuadé que le socialisme tel qu'il l'avait touché du doigt à Leipzig reposait sur un mensonge. Il comprenait de mieux en mieux ce qu'avait ressenti Hannes. Il avait, comme lui, pris conscience que la vérité n'était pas unique, univoque et socialiste, mais qu'au contraire, il n'existait aucune vérité simple et unique. Cela compliqua infiniment l'image qu'il se faisait du monde car il devait maintenant répondre à des questions nouvelles et pressantes. La première et la plus importante consistait à savoir comment il comptait réagir maintenant qu'il se trouvait dans la même position que Hannes. Devait-il poursuivre ses études à Leipzig ? Devait-il rentrer chez lui dès qu'il aurait terminé ? Les conditions de ses études étaient radicalement modifiées. Qu'allait-il dire à sa famille ? Il avait eu des nouvelles d'Islande et il avait ainsi appris que Hannes, autrefois chef du mouvement de la jeunesse, avait écrit dans les journaux, parlé en public de son séjour en Allemagne de l'Est et critiqué la politique des communistes. Cela avait déclenché une immense colère et bien des tempêtes dans les rangs des socialistes islandais. La cause s'en était trouvée considérablement affaiblie, surtout à la lumière de ce qui se passait en Hongrie.

Il savait qu'il resterait socialiste et qu'il en serait toujours ainsi, mais le socialisme qu'il avait connu à Leipzig n'avait rien à voir avec ce qu'il voulait.

Et Ilona ? Il ne voulait rien entreprendre sans elle. Tout ce qu'ils accompliraient désormais, ce serait ensemble.

Ils avaient abordé toutes ces questions au cours des derniers jours de leur voyage et étaient parvenus à la même conclusion. Elle poursuivrait ses études et ses activités à Leipzig, se rendrait aux réunions clandestines, diffuserait des informations et parlerait de l'évolution de la situation en Hongrie. Il continuerait d'assister aux cours en agissant comme si de rien n'était. Il se rappelait le discours réprobateur qu'il avait tenu à Hannes quand il l'avait accusé d'abuser de l'hospitalité du parti communiste est-allemand. Il s'apprêtait à commettre le même abus, ce qu'il avait beaucoup de difficultés à justifier à ses propres yeux.

Il ne se sentait pas à l'aise. Il n'avait jamais été confronté à un tel casse-tête, avant, sa vie était nettement plus simple, nettement moins incertaine. Il pensait à ses amis en Islande. Qu'allait-il leur dire ? Il avait perdu pied dans le tumulte du monde. Tout ce en quoi il avait cru avec tant de conviction était pour lui désormais à la fois nouveau et étranger. Il savait qu'il continuerait à vivre selon les principes socialistes d'égalité, de répartition plus juste des richesses, mais le socialisme tel qu'il le voyait appliqué en Allemagne de l'Est ne méritait plus qu'on croie en lui ou qu'on se batte pour lui. Cette révolution dans son mode de pensée n'en était qu'à son début. Il allait lui falloir du temps avant d'en prendre la pleine mesure et de pouvoir proposer une nouvelle analyse du monde; en attendant, il devait se garder de toute décision trop radicale.

À leur retour à Leipzig, il quitta la vieille villa pour emménager dans la chambre d'Ilona. Ils dormaient ensemble sur la paillasse pour une personne. La vieille dame qui louait la chambre s'était montrée réticente au début. Elle tenait à préserver les convenances, en bonne catholique; elle finit toutefois par céder. Elle lui raconta qu'elle avait perdu son mari et ses deux fils pendant le siège de Stalingrad. Elle lui montra des photos d'eux et ils devinrent bons amis. Il lui rendait de menus services dans l'appartement, réparait des objets, achetait des ustensiles pour la cuisine et des produits alimentaires; il lui arrivait même de cuisiner. Ses amis de la résidence universitaire lui rendaient parfois visite, pourtant il avait l'impression de s'éloigner d'eux et, de leur côté, ils le sentaient plus réservé; il se montrait moins loquace que dans le passé.

Emil, dont il était le plus proche, lui en toucha un mot un jour où il était venu s'asseoir à côté de lui à la bibliothèque.

— Il y a quelque chose qui ne va pas? demanda Emil en reniflant à cause de son rhume. L'automne était maussade et gris, il faisait froid à la résidence universitaire.

— Quelque chose qui ne va pas? répéta-t-il. Non, non, tout va bien.

— C'est juste que, commença Emil, enfin… on a l'impression que tu nous évites, c'est faux, n'est-ce pas?

Il regarda Emil.

— Bien sûr que c'est faux, le rassura-t-il. Il y a eu tellement de changements dans ma vie dernièrement. Il y a Ilona et puis, tu sais… enfin, des tas de choses ont changé.

— Oui, je sais bien, confirma Emil d'un air inquiet. Évidemment, Ilona et puis tout le reste. Tu sais quelque chose sur cette fille?

— Je sais tout d'elle, répondit-il en riant. Tout va très bien, Emil, ne t'inquiète donc pas comme ça.

— Lothar parlait d'elle, l'autre jour.

— Lothar ? Il est rentré ?

Il n'avait pas dit à ses amis ce que lui avaient raconté les compagnons d'Ilona sur Lothar Weiser et sur le rôle qu'il avait joué dans l'exclusion de Hannes. Lothar n'était pas à l'université à la rentrée de l'automne et c'était la première fois qu'il entendait reparler de lui. Il avait fermement décidé de l'éviter, d'éviter tout ce qui le touchait, d'éviter de lui adresser la parole ou de discuter de lui.

— Il était avec nous avant-hier soir dans la cuisine, précisa Emil, il avait apporté de grosses côtes de porc. Il a toujours largement de quoi manger.

— Et qu'est-ce qu'il a dit à propos d'Ilona ? Pourquoi est-ce qu'il a parlé d'elle ?

Il s'efforçait de dissimuler son affolement sans vraiment y parvenir. Bouleversé, il gardait le regard rivé sur Emil.

— Eh bien, simplement qu'elle était hongroise et que c'était tous des faux jetons, répondit Emil. Quelque chose comme ça. Tout le monde ne parle que de ce qui est en train de se passer en Hongrie, mais personne ne semble vraiment savoir de quoi il retourne. Tu as peut-être des informations par le biais d'Ilona ? Qu'est-ce qui se passe là-bas au juste ?

— Je ne sais pas grand-chose. Tout ce que je sais, c'est que les gens parlent de réformes. Qu'est-ce que Lothar a dit exactement sur Ilona ? Il l'a traitée de faux jeton ? Pourquoi est-ce qu'il a dit ça ? Qu'est-ce qu'il voulait dire ?

Emil perçut son trouble, il s'efforça de se rappeler les mots précis qu'avait employés Lothar.

— Il a dit qu'il ne savait pas trop si on pouvait se fier à elle, dit enfin Emil d'un ton hésitant. Il doutait qu'elle soit une véritable socialiste, il a affirmé qu'elle avait une mauvaise influence sur son entourage, qu'elle médisait sur les gens, même sur nous qui la connaissons, et même sur toi. Qu'elle disait du mal de nous, même devant lui.

— Pourquoi il raconte ça ? Qu'est-ce qu'il sait sur Ilona ? Ils ne se connaissent pas du tout. Elle ne lui a jamais adressé la parole.

— Je n'en sais rien, répondit Emil. Mais c'est qu'un tas de bêtises, pas vrai ?

Il restait silencieux, plongé dans ses pensées.

— Tomas? répéta Emil. Il raconte que des conneries, non?

— Évidemment que c'est n'importe quoi, confirma-t-il. Il ne connaît absolument pas Ilona. Elle n'a jamais dit quoi que ce soit sur vous. C'est un tas de mensonges. Lothar est un…

Il était sur le point de confier à Emil ce qu'on lui avait raconté sur Lothar quand il se rendit brusquement compte qu'il ne pouvait prendre le risque. Il comprit qu'il ne pouvait pas se fier à Emil, à son ami. Il n'avait aucune raison de ne pas lui faire confiance et brusquement, voilà que sa vie se résumait à déterminer ceux à qui il pouvait se fier et ceux à qui il ne le pouvait pas. Ceux à qui il pouvait dire ce qu'il avait sur le cœur et ceux à qui il ne le pouvait pas. Non parce qu'ils étaient pleins de traîtrise et de fourberie ou qu'ils allaient lui faire des coups par derrière, mais simplement parce qu'ils risquaient un jour de parler imprudemment à quelqu'un, comme lui-même l'avait fait à propos de Hannes. Cela s'appliquait à Emil, à Hrafnhildur et à Karl, ses amis de la résidence universitaire. Sur le moment, il leur avait raconté en détail ce dont il avait été témoin dans l'appartement en sous-sol avec les camarades d'Ilona, expliqué la manière dont Ilona et Hannes avaient fait connaissance, exposé combien cela était palpitant et même dangereux. Désormais, il ne pouvait plus se le permettre.

Il devait surtout se méfier de Lothar. Il essayait de comprendre pourquoi ce dernier avait tenu ce genre de propos sur Ilona en présence de ses amis. Il essayait de se rappeler s'il avait entendu l'Allemand s'exprimer de la même manière concernant Hannes. Il ne s'en souvenait pas. Peut-être fallait-il y lire un message pour lui et Ilona. Ils ne savaient pas grand-chose sur Lothar. Ils ignoraient pour qui il travaillait précisément. Ilona supposait, c'était ses amis qui le lui avaient dit, qu'il travaillait pour la police politique. Peut-être que c'était la méthode employée par celle-ci? Critiquer les membres des groupuscules pour semer la zizanie.

— Tomas? (Emil tenta de capter son attention.) Qu'est-ce que tu allais me dire sur Lothar?

— Excuse-moi, répondit-il, je réfléchissais.

— Tu allais me dire quelque chose sur Lothar, répéta Emil.

— Non, répondit-il, rien du tout.

— Et pour toi et Ilona ? demanda Emil.

— Comment ça, pour nous ? rétorqua-t-il.

— Vous allez rester ensemble ? demanda Emil, hésitant.

— Qu'est-ce que tu veux dire ? Bien sûr que oui. Pourquoi tu me demandes ça ?

— Je voulais juste te dire de faire attention, répondit Emil.

— Qu'est-ce que tu sous-entends ?

— Rien, c'est juste qu'après le renvoi de Hannes, on ne sait pas trop à quoi s'attendre.

Il raconta à Ilona sa discussion avec Emil en essayant de minimiser le plus possible les choses. Elle eut immédiatement l'air inquiet et le harcela de questions sur ce qu'Emil avait dit. Ils tentèrent de comprendre les manigances de Lothar. Il avait visiblement entrepris de salir son image auprès des autres étudiants et de ceux qui la fréquentaient le plus, les amis de Tomas. Ce n'était peut-être qu'un début. Lothar la tenait peut-être particulièrement à l'œil. Était-il au courant de leurs réunions ? Ils résolurent de se montrer discrets au cours des semaines à venir.

— Ils nous renverront simplement chez nous, observa-t-elle en s'efforçant de sourire. Qu'est-ce qu'ils peuvent faire d'autre ? Nous suivrons le même chemin que Hannes. Ça n'ira jamais plus loin.

— Non, renchérit-il, rassurant, ça ne sera jamais plus grave.

— Ils pourraient m'arrêter pour activités subversives contre le régime, dit-elle cependant. Propagande anticommuniste. Complot contre le Parti socialiste unifié. Ils ne manquent pas de vocabulaire dans ce domaine.

— Tu ne pourrais pas faire une pause ? Arrêter un moment ? Voir ce qu'il en est ?

Elle le dévisagea.

— Comment ça ? rétorqua-t-elle. C'est hors de question que je laisse ce crétin de Lothar me dicter ma conduite.

— Ilona, enfin !

— Je dis ce que je pense, répondit-elle. Toujours. J'explique à tous ceux que ça intéresse ce qui se passe en Hongrie et la nature des réformes demandées par la population. C'est ce que j'ai toujours fait. Tu le sais bien. Et je n'ai aucune envie de renoncer.

Ils se turent tous les deux, soucieux.

– Qu'est-ce qu'ils peuvent te faire de pire ?

– Te renvoyer dans ton pays.

– Me renvoyer dans mon pays.

Ils se regardèrent.

– On doit être sur nos gardes, conclut-il. Il faut que tu fasses attention, promets-le-moi.

Les semaines passèrent, puis des mois. Sans renoncer à ses activités, Ilona prit plus de précautions que jamais. Il assistait aux cours, s'inquiétant constamment pour elle et lui répétant de redoubler de prudence. Et puis, un jour, il rencontra Lothar. Il ne l'avait pas croisé depuis longtemps et, en pensant aux conséquences de leur dernière entrevue, il se fit la réflexion que cette rencontre n'était pas fortuite. Il sortait d'un cours et allait quitter l'université pour retrouver Ilona à côté de l'église Saint-Thomas lorsque Lothar apparut à l'angle d'un couloir, ils tombèrent nez à nez. Lothar lui fit un sourire puis le salua chaleureusement. Il ne répondit pas et s'apprêtait à passer son chemin quand Lothar l'attrapa par le bras.

– Tu ne me dis pas bonjour ? s'étonna-t-il.

Il se libéra, poursuivit sa route et, tandis qu'il descendait l'escalier, il sentit que Lothar l'attrapait à nouveau par le bras.

– Il faut qu'on ait une petite discussion tous les deux, déclara Lothar quand il se retourna.

– On a rien à discuter.

Lothar lui fit de nouveau un sourire mais, ses yeux, eux, ne souriaient pas.

– Bien au contraire, on a des milliers de choses à se dire.

– Fiche-moi la paix, répondit Tomas en continuant de descendre les marches jusqu'à l'étage de la cafétéria. Il ne jeta pas un regard en arrière, espérant que Lothar le laisserait tranquille, mais son souhait ne fut pas exaucé. Lothar l'arrêta à nouveau. Il ne voulait pas attirer l'attention.

– Enfin, qu'est-ce que ça signifie ? lança Tomas, furieux. Je n'ai rien à te dire. Essaie de te mettre ça dans la tête. Et fiche-moi la paix !

Il tenta d'éviter Lothar, mais ce dernier lui barra la route.

– Qu'est-ce qu'il y a ? demanda Lothar.

Il garda le silence en le fixant droit dans les yeux.

– Quoi ? insista Lothar.

– Rien, répondit-il, je veux juste que tu me laisses tranquille.

– Explique-moi pourquoi tu refuses de me parler. Je croyais qu'on était amis.

– Non, on n'est pas amis, rétorqua-t-il. Hannes, lui, était mon ami.

– Hannes ?

– Oui, Hannes !

– C'est à cause de Hannes ? demanda Lothar. C'est à cause de lui que tu te conduis comme ça ?

– Laisse-moi tranquille, répéta-t-il.

– Qu'est-ce que j'ai à voir avec Hannes ?

– Tu…

Il s'interrompit soudain. En effet, qu'est-ce que son tuteur avait à voir avec Hannes ? Il ne l'avait pas croisé une seule fois depuis l'exclusion de ce dernier. Lothar avait totalement disparu. Entre-temps, il avait entendu Ilona et ses compagnons le décrire comme quelqu'un qui dénonçait les gens à la police politique, un traître, un informateur, un homme qui essayait d'amener les autres à dénoncer leurs amis, à rapporter ce qu'ils avaient dit, ce qu'ils pensaient. Lothar ne se doutait pas de ses soupçons. Et voilà qu'il lui avait presque tout dit et dévoilé ce qu'Ilona lui avait raconté à son sujet. Tout à coup, il comprit que s'il y avait bien une chose dont il devait se garder, c'était de donner des leçons à Lothar, de lui laisser entendre qu'il savait quelque chose sur lui. Il mesura le chemin qu'il lui restait à parcourir afin de saisir pleinement les règles du jeu qu'il commençait à pratiquer, pas seulement avec Lothar, mais aussi avec ses compatriotes et, finalement, tous ceux qu'il pouvait rencontrer, à l'exception d'Ilona.

– Je… quoi ? s'entêta Lothar.

– Rien du tout, répondit-il.

– Hannes n'avait plus sa place ici, observa Lothar. Il n'avait plus aucune raison de rester. Tu l'as reconnu toi-même. C'est

215

ce que tu m'as dit. Tu es venu me voir et on en a discuté tous les deux. On est allés dans ce bar et tu m'as expliqué comme tu le trouvais indigne. Hannes et toi, vous n'étiez pas des amis.

— Non, c'est vrai, convint-il avec un goût amer dans la bouche. On n'était pas amis.

Il s'était senti obligé de dire ça. Il ne comprenait pas vraiment qui il essayait de protéger de la sorte. Il ne savait plus exactement où il en était. Pourquoi n'avouait-il pas sans ambages le fond de sa pensée, comme il l'avait toujours fait? Il se trouvait pris dans un jeu de cache-cache auquel il n'entendait pas grand-chose et dans lequel il essayait d'avancer à l'aveuglette. Peut-être, finalement, n'était-il pas plus courageux que ça. Peut-être qu'il n'était qu'une lavette. Il pensa à Ilona. Elle aurait su quoi répondre à Lothar.

— Je n'ai jamais dit qu'il fallait le chasser de l'université, ajouta-t-il, reprenant courage.

— Il me semble me souvenir qu'au contraire tu as tenu des propos qui allaient exactement dans ce sens, observa Lothar.

— C'est faux, répondit-il en haussant le ton. Tu mens.

Lothar sourit.

— Calme-toi, conseilla-t-il.

— Alors, fiche-moi la paix.

Il s'apprêtait à s'en aller, mais Lothar l'en empêcha. Il prit un air plus menaçant et lui serra le bras avec plus d'insistance en l'attirant à lui pour lui murmurer à l'oreille:

— Il faut qu'on ait une discussion tous les deux.

— On n'a rien à se dire, lança-t-il en essayant de se libérer de Lothar qui ne lâchait pas prise.

— Il faut qu'on parle un peu de ta chère petite Ilona, déclara Lothar.

Il sentit son visage s'enflammer subitement. Ses muscles se détendirent. Lothar le remarqua, notant que son bras abandonnait instantanément toute résistance.

— De quoi est-ce que tu parles? demanda-t-il en s'efforçant de rester impassible.

— Je ne crois pas qu'elle soit une fréquentation très recommandable pour toi, précisa Lothar, et là je te parle en tant que camarade et tuteur. J'espère que tu m'excuseras de me mêler de ça.

– De quoi est-ce que tu parles? répéta-t-il. Une fréquentation peu recommandable? Tu n'as pas à te mêler de…

– Je crois qu'elle fréquente des gens qui n'ont rien à voir avec nous deux, interrompit Lothar. Je crains qu'elle ne t'entraîne sur une mauvaise pente.

Il dévisagea Lothar, interloqué.

– De quoi est-ce que tu parles? répéta-t-il de nouveau, sans trouver ce qu'il pouvait dire d'autre. Rien ne lui venait à l'esprit. Tout ce qu'il avait en tête, c'était Ilona.

– Nous savons qu'elle organise des réunions, observa Lothar. Nous connaissons l'identité de ceux qui y assistent. Nous savons que tu y es allé. Nous savons qu'elle distribue des tracts.

Il n'en croyait pas ses oreilles.

– Laisse-nous te venir en aide, proposa Lothar.

Il fixait Lothar qui le regardait dans les yeux d'un air grave. Lothar avait cessé tout simulacre. Son sourire plein de fausseté s'était évanoui. Il ne distinguait plus qu'une dureté inflexible sur son visage.

– Nous? Qui ça, nous? De quoi tu parles?

– Viens avec moi, commanda Lothar. Je vais te montrer un petit truc.

– Je ne viendrai pas avec toi, répondit-il. Rien ne m'oblige à te suivre!

– Tu ne le regretteras pas, poursuivit Lothar tout aussi tranquillement. Je suis en train d'essayer de t'aider. Essaie de le comprendre. Laisse-moi te montrer quelque chose. Comme ça, tu comprendras mieux de quoi je parle.

– Qu'est-ce que tu veux me montrer? demanda-t-il.

– Suis-moi, répondit Lothar en le poussant presque pour le faire avancer devant lui. J'essaie simplement de t'aider. Fais-moi confiance.

Il voulait résister mais, poussé par la peur autant que par la curiosité, il céda. Si Lothar avait effectivement une chose à lui montrer, il valait mieux qu'il la voie plutôt que de lui tourner le dos. Ils quittèrent l'université, prirent la direction du centre-ville, traversèrent la place Karl Marx et longèrent la rue

Berfaetta. Il ne tarda pas à comprendre qu'ils se dirigeaient vers le bâtiment situé au coin de la rue Dittrichring, au numéro 24. Il savait que c'était le quartier général de la police politique. Il ralentit le pas avant de s'arrêter en voyant que Lothar allait gravir les marches pour entrer dans le bâtiment.

— Qu'est-ce qu'on fabrique là ? demanda-t-il.

— Suis-moi, commanda Lothar. Nous avons à te parler. Ne te complique pas les choses.

— Que je ne me complique pas les choses ? Il est hors de question que j'entre là-dedans.

— Soit tu viens maintenant, soit ils viendront te chercher, répondit Lothar. Il vaut mieux opter pour la première solution.

Il demeura immobile, comme cloué sur place. Il aurait plus que tout voulu s'enfuir en courant. Que lui voulait la police politique ? Il n'avait rien fait. Il balaya les alentours du regard. Quelqu'un risquait-il de le voir entrer ici ?

— Comment ça ? s'enquit-il à voix basse, tenaillé par la peur.

— Viens, enjoignit Lothar en ouvrant la porte.

Il gravit l'escalier d'un pas hésitant et le suivit à l'intérieur de l'immeuble. Ils pénétrèrent dans une petite entrée avec un escalier en pierre grise et d'épaisses plaques de marbre rouge sur les murs. Une fois parvenu sur le palier, on découvrait, à gauche, la porte d'une pièce destinée à l'accueil du public. Il sentit immédiatement une odeur de lino et de murs sales, une odeur de cigarettes, de sueur et de peur. Lothar fit un hochement de tête à l'adresse de l'employé de l'accueil et ouvrit une porte donnant sur un long couloir. Des portes peintes en vert se trouvaient des deux côtés. Au milieu du couloir, il y avait un renfoncement ouvrant sur une petite salle à côté de laquelle on voyait une mince porte en fer. Lothar entra dans la pièce où un homme à l'air fatigué, âgé d'une quarantaine d'années, était assis derrière un bureau. Il leva les yeux et fit un signe de tête à Lothar.

— Eh bien, il en a fallu du temps ! lança-t-il à Lothar sans accorder à Tomas la moindre attention.

L'homme fumait des cigarettes qui empestaient. Il avait les doigts jaunis et son cendrier débordait de minuscules mégots.

Il portait une grosse moustache dont les poils juste au-dessus de la lèvre avaient été brûlés par les cigarettes. Ses cheveux bruns commençaient à grisonner légèrement sur les tempes. Il ouvrit un des tiroirs de son bureau et en tira une chemise. Elle contenait quelques feuilles tapées à la machine et des photos en noir et blanc. L'homme sortit les photos de la chemise, les examina brièvement avant de les balancer sur le bureau à son attention.

— C'est vous, n'est-ce pas? demanda-t-il.

Il prit les photos. Il lui fallut un petit moment avant de comprendre ce qu'elles représentaient. Elles avaient été prises le soir, d'une certaine distance et on y distinguait des gens sortant d'un immeuble. Au-dessus de la porte, un lampadaire éclairait le groupe. Il scruta le cliché avec plus d'attention et y repéra tout à coup Ilona, un des hommes qui avaient assisté à la réunion dans l'appartement en sous-sol, une autre femme de la réunion et enfin lui-même. Il passa les photos en revue. Certaines étaient des agrandissements de visages, le sien et celui d'Ilona.

L'homme à l'épaisse moustache s'était allumé une cigarette et renversé sur son siège. Lothar s'était quant à lui installé sur un fauteuil dans un coin du bureau. Sur l'un des murs étaient accrochés un grand plan de la ville de Leipzig ainsi qu'un portrait d'Ulbricht. Adossées contre un autre mur, trois imposantes armoires en acier.

Il se tourna vers Lothar en essayant de cacher le tremblement de ses mains.

— C'est quoi, ça? demanda-t-il.

— C'est plutôt toi qui devrais nous l'expliquer, observa Lothar.

— Qui a pris ces photos?

— Tu trouves vraiment que c'est important? demanda Lothar.

— Vous m'espionnez?

Lothar et l'homme à la moustache calcinée échangèrent un regard et Lothar se mit à rire.

— Qu'est-ce que tu veux? demanda-t-il à Lothar. Pourquoi est-ce que vous prenez ces photos?

– Tu sais quel genre de fréquentation sont ces gens ? demanda Lothar.

– Je ne les connais pas, répondit-il sans mentir. À part Ilona, évidemment. Pourquoi est-ce que vous prenez ces photos ?

– Non, évidemment que tu ne les connais pas, reprit Lothar, excepté la belle et douce Ilona. Elle, tu la connais. Tu la connais mieux que la plupart des gens. Tu la connais même mieux que Hannes, ton ami.

Il ne voyait pas où Lothar voulait en venir. Il regarda l'homme à l'épaisse moustache. Il regarda vers le couloir où il voyait cette porte en fer. Elle était munie d'un judas. Il se demanda s'il y avait quelqu'un à l'intérieur. S'ils avaient placé quelqu'un en détention. Il voulait sortir de ce bureau à n'importe quel prix. Il se sentait comme une bête traquée cherchant désespérément une échappatoire, quelle qu'elle soit.

– Vous voulez que j'arrête d'assister à ces réunions ? demanda-t-il d'un ton hésitant. Ça ne pose pas de problème. Je n'y suis pas allé bien souvent.

Il ne quittait pas des yeux la porte en fer. La peur qu'il éprouvait en ce moment était plus forte que tout. Il commençait déjà à reculer, promettant de faire amende honorable même s'il ne savait pas vraiment ce qu'il avait fait de mal ni ce qu'il pouvait faire pour leur plaire. Il était prêt à tout pour quitter ce bureau.

– Que vous arrêtiez ? rétorqua l'homme à la moustache. Absolument pas. Personne ne vous demande d'arrêter. Bien au contraire. Nous serions ravis que vous vous rendiez à d'autres réunions de ce genre. Elles doivent être extrêmement intéressantes. À quoi servent-elles ?

– À rien, répondit-il. Il lui était difficile de donner le change. Ils devaient le lire sur son visage. À rien du tout. Nous discutons de pédagogie. De musique, de livres, ce genre de chose.

L'homme à la moustache eut un rictus. Il devait reconnaître les signes de la peur. La terreur du jeune homme lui apparaissait à coup sûr évidente, palpable. D'ailleurs, il avait toujours été un piètre menteur.

– Qu'est-ce que tu disais sur Hannes? demanda-t-il, hésitant, à Lothar. Que je connais Ilona mieux que lui? De quoi est-ce que tu parles?

– Tu n'étais pas au courant? répondit Lothar en feignant l'étonnement. Ils étaient ensemble, comme toi et Ilona maintenant. Avant ton arrivée. Elle ne te l'a pas dit?

Il fixa Lothar, interloqué.

– Pourquoi elle ne t'a rien dit, à ton avis? reprit Lothar sur le même ton d'étonnement feint. Elle sait comment s'y prendre avec vous, les Islandais. Tu sais ce que je crois? Je crois que Hannes n'a simplement pas été capable de l'aider.

– De l'aider?

– Elle veut se marier avec l'un de vous pour partir en Islande, précisa Lothar. Ça n'a pas marché avec Hannes. Ça prendra peut-être avec toi. Elle veut quitter la Hongrie depuis longtemps. Elle ne t'en a jamais parlé? Elle a fait de gros sacrifices pour s'en aller.

– Asseyez-vous donc, suggéra l'homme à la moustache en allumant une autre cigarette.

– Je n'ai pas le temps, répondit-il en prenant son courage à deux mains. Il faut que j'y aille. Merci de m'avoir raconté tout ça. Lothar, on en reparle plus tard.

Il prit la direction de la porte, d'un pas mal assuré. L'homme à la moustache lança un regard à Lothar qui haussa les épaules.

– Assieds-toi, connard! hurla l'homme en se levant de son fauteuil.

Il s'arrêta à la porte comme s'il avait reçu un coup et fit volte-face.

– Nous ne tolérerons aucune activité subversive contre notre régime! hurla l'homme à la moustache. Et surtout pas de la part de saloperies d'étrangers comme toi qui viennent étudier ici sous de faux prétextes. Assieds-toi, connard! Ferme cette porte et viens t'asseoir!

Il ferma la porte, s'avança dans la pièce et prit place sur une chaise en face du bureau.

– Et voilà, tu l'as mis en colère, observa Lothar en secouant la tête.

Il aurait voulu pouvoir rentrer chez lui en Islande et oublier tout cela. Il enviait Hannes qui s'était échappé de ce cauchemar. C'était la première chose qui lui était venue à l'esprit quand ils l'avaient finalement laissé partir. Ils lui avaient interdit de quitter le territoire. Il devait leur apporter son passeport le jour même. Ensuite, il avait pensé à Ilona. Il savait qu'il ne pourrait jamais l'abandonner et s'y refusait encore plus une fois sa frayeur passée. Jamais il n'abandonnerait Ilona. Ils s'étaient servis d'elle pour le faire chanter. S'il ne faisait pas ce qu'ils voulaient, il risquait de lui arriver quelque chose. Ils ne l'avaient pas dit de façon directe mais la menace était claire. S'il racontait à Ilona leur entretien, elle courrait un risque. Ils n'avaient pas précisé lequel. Ils avaient laissé planer la menace pour qu'il imagine le pire.

Ils l'avaient certainement depuis longtemps dans le collimateur. Ils savaient exactement ce qu'ils voulaient et ce qu'ils attendaient de lui. Cela ne ressemblait absolument pas à des décisions prises à la va-vite. Ils avaient sans doute l'intention de faire de lui leur mouchard au sein de l'association des étudiants. Il devait leur communiquer des rapports, surveiller les activités nuisibles à la société, leur parler de ses camarades. Il savait qu'il serait désormais lui-même sous surveillance car ils le lui avaient clairement indiqué. Ce qui les intéressait le plus, c'étaient les activités d'Ilona et de ses compagnons, que ce soit à Leipzig ou ailleurs en Allemagne. Ils voulaient savoir ce qui se passait dans les réunions. Qui étaient les instigateurs. Quelles idées y circulaient. S'il existait des liens avec la Hongrie ou d'autres pays d'Europe de l'Est. Quelle était l'ampleur du mouvement. Qu'est-ce qu'on disait sur Ulbricht et sur le parti communiste. Ils poursuivirent leur énumération, mais il y avait longtemps qu'il ne les écoutait plus. Il avait les oreilles qui bourdonnaient.

— Et si je refuse ? demanda-t-il en islandais.

— Parlez allemand ! commanda l'homme à la moustache, hors de lui.

— Tu ne refuseras pas, répondit Lothar.

L'homme lui exposa ce qui arriverait s'il refusait. Il ne serait pas expulsé du pays. Il ne s'en tirerait pas aussi facilement que

Hannes. Il n'avait pas la moindre valeur à leurs yeux. Il ne valait pas plus qu'une merde dans la rue. S'il ne faisait pas ce qu'ils lui demandaient, il perdrait Ilona.

— Mais si je viens tout vous rapporter ici, alors je la perdrai de toute manière.

— Pas étant donné les dispositions que nous avons prises, observa l'homme à l'épaisse moustache en éteignant une nouvelle cigarette.

Pas étant donné les dispositions que nous avons prises.

La phrase l'accompagna à sa sortie du quartier général de la police politique et lui trotta dans la tête tout au long du chemin jusqu'à chez lui.

Pas étant donné les dispositions que nous avons prises.

Il regarda fixement Lothar. Ils avaient donc pris des dispositions concernant Ilona. D'ores et déjà. Il ne restait plus qu'à les mettre en application. S'il refusait de se plier à leurs exigences.

— Qui es-tu exactement? lança-t-il à Lothar en se levant, chancelant, de sa chaise.

— Assis! hurla l'homme à la moustache en se levant également.

Lothar le regarda en esquissant un léger sourire.

— Comment un être humain peut agir ainsi?

Lothar resta silencieux.

— Et si je raconte tout à Ilona?

— Il ne vaudrait mieux pas, conseilla Lothar. Raconte-moi plutôt comment elle a réussi à te détourner du droit chemin. D'après nos sources, il n'y avait pas plus radical que toi. Qu'est-ce qui s'est passé? Comment est-elle parvenue à te faire dévier?

Il s'approcha de Lothar. Il rassembla son courage pour lui cracher ce qu'il avait à lui dire. L'homme à la moustache était passé devant son bureau et se tenait derrière lui.

— Ce n'est pas elle qui m'a détourné du droit chemin, répondit-il en islandais. C'est toi. C'est tout ce que tu représentes qui m'en a détourné. Ton mépris de l'être humain, ta haine, ta soif de pouvoir. C'est l'ensemble de ce que tu es qui m'a détourné.

— C'est très simple, répondit Lothar. Soit tu es socialiste, soit tu ne l'es pas.

— Non, corrigea-t-il, tu n'as pas compris, Lothar. Soit tu es humain, soit tu ne l'es pas!

Il rentra chez lui d'un pas vif en pensant à Ilona. Il fallait qu'il lui dise ce qui s'était passé, peu importe ce qu'ils avaient exigé de lui ou les dispositions qu'ils avaient prises. Il fallait qu'elle quitte la ville. Peut-être pouvaient-ils partir tous les deux en Islande? Il perçut à quel point l'Islande était infiniment éloignée. Peut-être pouvait-elle s'échapper en rentrant en Hongrie? Peut-être même en allant en Allemagne de l'Ouest. À Berlin-Ouest. La surveillance n'était pas si implacable. Il pouvait leur raconter tout ce qu'ils voulaient pour les éloigner d'Ilona pendant qu'elle préparait sa fuite. Il fallait qu'elle réussisse à quitter le pays.

C'était quoi, cette histoire avec Hannes? Qu'avait raconté Lothar à propos de Hannes et d'Ilona? Ils avaient été ensemble autrefois? Ilona ne lui avait jamais rien dit là-dessus. Seulement qu'ils étaient amis et qu'ils s'étaient rencontrés dans ces réunions. Était-il possible que Lothar cherche à lui embrouiller les idées avec ça? À moins qu'Ilona ne se serve de lui pour s'en aller?

Il s'était mis à courir. Les gens défilaient à toute vitesse sans qu'il leur accorde la moindre attention. Il passa de rue en rue, complètement imperméable à la réalité, l'esprit agité en pensant à Ilona, à lui-même, à Lothar, à la police politique, à la porte en fer avec le judas et à l'homme à l'épaisse moustache. On aurait pour lui aucune pitié. Il le savait. Islandais ou pas. Cela ne changeait rien pour ces gens-là. Les Islandais ne pouvaient-ils pas disparaître comme n'importe qui? Ils voulaient qu'il devienne leur espion. Qu'il leur fasse des rapports sur le déroulement des réunions avec Ilona. Qu'il leur fasse des rapports sur ce qu'il entendait dans les couloirs de l'université, parmi les Islandais de la résidence universitaire ou les autres étudiants étrangers. Ils savaient qu'ils avaient prise sur lui. S'il refusait, il ne s'en tirerait pas aussi facilement que Hannes.

Ils tenaient Ilona.

Il était au bord des larmes quand il arriva enfin chez lui. Il serra Ilona dans ses bras sans un mot. Elle s'était inquiétée. Elle lui expliqua qu'elle l'avait attendu longtemps à côté de l'église Saint-Thomas mais que, ne le voyant pas, elle était rentrée à la maison. Il lui raconta tout ce qui s'était passé même s'ils le lui avaient formellement interdit. Ilona l'écouta en silence puis se mit à l'interroger sur les points de détail. Il lui répondit avec le plus de précision possible. Sa première question concernait ses amis originaires de Leipzig. Étaient-ils tous identifiables sur les photos? Il lui répondit que la police était au courant pour chacun d'eux, il en était convaincu.

— Dieu tout-puissant, soupira-t-elle. Il faut qu'on les avertisse. Comment est-ce qu'ils ont découvert ça? Ils ont dû nous suivre. Quelqu'un nous a dénoncés. Quelqu'un qui connaissait l'existence de ces réunions. Mais qui? Qui a parlé? Nous avons pris toutes les précautions. Personne n'était au courant.

— Je ne sais pas, répondit-il.

— Il faut que je les contacte, déclara-t-elle en arpentant le sol de leur petite chambre. Elle se posta à la fenêtre qui donnait sur la rue pour jeter un œil au-dehors. Ils sont en train de nous surveiller? demanda-t-elle. En ce moment?

— Je n'en sais rien, répondit-il.

— Mon Dieu, soupira à nouveau Ilona.

— Ils m'ont dit que Hannes et toi, vous étiez ensemble avant, glissa-t-il. C'est Lothar qui m'a raconté ça.

— C'est un mensonge, répondit-elle. Tout ce qu'ils disent n'est que mensonge. Tu devrais le savoir. Ils sont en train de s'amuser avec toi, de s'amuser avec nous. On doit trouver quoi faire. Il faut que j'avertisse tout le monde.

— Ils m'ont dit que tu étais avec nous pour t'en aller d'ici et pour partir en Islande.

— Évidemment qu'ils racontent ça, Tomas. Qu'est-ce que tu veux qu'ils disent d'autre? Arrête donc avec ces bêtises.

— Je ne devais rien te dire de tout ça, il faut qu'on soit très prudents, répondit-il, persuadé qu'elle avait raison. Tout ce qu'ils disaient n'était que mensonge. Absolument tout. Tu es en danger, précisa-t-il. Ils m'ont averti. On n'a pas le droit à l'erreur.

Ils échangèrent un regard désespéré.

— Dans quoi on s'est mis? soupira-t-il.

— Je ne sais pas, répondit-elle en le serrant dans ses bras, ce qui l'apaisa un peu. Ils ne veulent pas d'une deuxième Hongrie. Voilà dans quoi on s'est mis.

Trois jours plus tard, Ilona disparut.

Karl se trouvait chez elle quand ils étaient venus l'arrêter. Il courut à l'université lui annoncer la nouvelle, bouleversé. Karl était passé chez Ilona pour prendre un livre qu'elle devait lui prêter. Tout à coup, des policiers étaient apparus à la porte. Il avait été plaqué contre un mur, la chambre mise sens dessus dessous. Ilona avait été emmenée.

Karl n'avait pas fini de lui raconter qu'il était déjà parti en courant. Ils avaient pris tant de précautions. Ilona avait transmis le message à ses amis, ensuite ils avaient prévu de disparaître de Leipzig. Elle voulait rentrer en Hongrie et rester dans sa famille, quant à lui, il rentrerait en Islande puis viendrait la retrouver plus tard à Budapest. Les études n'avaient plus aucune importance. Seule Ilona comptait.

Ses poumons allaient exploser quand il arriva à la maison. La porte était ouverte, il s'engouffra dans l'appartement puis dans la chambre. Tout était retourné. Des livres, des journaux, du linge de lit gisaient à terre. Le bureau avait été renversé, le lit mis sur le côté. Ils n'avaient rien épargné. Certains objets étaient cassés. Il buta sur la machine à écrire qui se trouvait par terre.

Il se précipita au quartier général de la police politique. Arrivé là, il se rendit compte qu'il ne savait pas le nom de l'homme à la moustache et ils ne le comprirent pas, à l'accueil. Il demanda à aller dans le couloir pour le trouver lui-même, mais l'employé se contenta de secouer la tête. Il se jeta contre la porte donnant sur le couloir, mais elle était verrouillée. Il appela Lothar. L'employé était passé devant le comptoir et avait fait venir de l'aide. Trois hommes apparurent et l'éloignèrent de la porte. Celle-ci s'ouvrit violemment l'instant d'après, laissant passer l'homme à la moustache.

— Qu'est-ce que vous lui avez fait ?! lui hurla-t-il. Laissez-moi la voir ! Il appelait en direction du couloir : Ilona ! Ilona !

L'homme à la moustache claqua la porte derrière lui et aboya des ordres aux hommes qui l'emmenèrent à l'extérieur. Il tambourina à la porte en appelant Ilona, mais ce fut en vain. Il était fou de douleur. Ils avaient arrêté Ilona et il était convaincu qu'ils la détenaient là, dans ce bâtiment. Il fallait qu'il la voie, il fallait qu'il lui vienne en aide, la fasse sortir. Il aurait fait n'importe quoi. Il était dans le désespoir le plus total.

Il se souvint qu'il avait croisé Lothar à l'université plus tôt dans la matinée. Il se remit à courir. Il vit un tramway qui passait devant l'université et bondit à bord. Il sauta du tramway en marche et trouva Lothar assis seul à sa table à la cafétéria. Il n'y avait pas grand-monde. Il alla s'asseoir en face de Lothar, en sueur et hors d'haleine, le visage empourpré par la course, l'inquiétude et la douleur.

— Il y a un problème ? s'enquit Lothar.

— Je ferai tout ce que vous voulez, si vous la relâchez, déclara-t-il de but en blanc.

Lothar le scruta longuement, observant sa souffrance avec un détachement digne d'un philosophe.

— Qui ça, elle ? demanda-t-il ensuite.

— Ilona, tu sais parfaitement de qui je parle. Je ferai tout ce que vous voulez si vous la relâchez.

— Je ne vois absolument pas de quoi tu parles, observa Lothar.

— Vous avez arrêté Ilona ce midi.

— Nous ? s'étonna Lothar. Comment ça, nous ?

— La police politique, répondit-il. Ilona a été arrêtée ce matin. Karl était chez elle quand ils sont venus. Tu veux bien leur parler ? Leur dire que je ferai tout ce qu'ils veulent s'ils la relâchent ?

— Je crains que tu n'aies plus aucun intérêt à leurs yeux, observa Lothar.

— Tu peux m'aider ? supplia-t-il. Tu peux leur parler ?

— Si elle a été arrêtée, alors je ne peux plus rien faire. C'est trop tard. Malheureusement.

— Et moi, qu'est-ce que je peux faire ? demanda-t-il, prêt à éclater en sanglots. Dis-moi ce que je peux faire.

Lothar le contempla un long moment.

— Rentre chez toi à Poechestrasse, conseilla-t-il. Rentre chez toi et prie pour que tout aille bien.

— Mais quel genre d'homme tu es ? tonna-t-il, sentant la colère l'envahir. Quel genre d'ordure est-ce que tu es ? Qu'est-ce qui te pousse à te conduire comme… comme un monstre ? Hein, quoi ? D'où est-ce que te viennent cette incroyable soif de pouvoir et ce mépris du genre humain ? Cette méchanceté ?

Lothar balaya du regard les rares personnes à se trouver dans la cafétéria. Puis, il afficha un sourire.

— Les gens qui jouent avec le feu courent le risque de se brûler mais ils sont toujours aussi surpris quand ça se produit. Toujours aussi innocents et étonnés de se brûler.

Lothar se leva et se pencha vers lui.

— Rentre chez toi, conclut-il. Prie pour que tout aille bien. Je vais leur parler, mais je ne peux rien te promettre.

Sur ce, Lothar s'éloigna d'un pas lent et posé, comme si rien de tout cela ne l'atteignait. Il resta assis à la cafétéria, le visage enfoui entre ses mains. Il songea à Ilona et s'efforça de se convaincre que ce n'était pas si grave. Peut-être qu'ils l'avaient seulement emmenée pour l'interroger et qu'elle serait bientôt libérée. Peut-être qu'ils essayaient seulement de l'effrayer comme ils l'avaient effrayé, lui, quelques jours plus tôt. Ils se servaient de la peur des gens. S'en nourrissaient. Peut-être qu'elle était déjà rentrée à la maison. Il se leva et sortit de la cafétéria.

Quand il quitta l'université, il lui sembla étrange en regardant autour de lui de constater que rien n'avait changé. Les gens se comportaient comme si rien n'était arrivé. Ils marchaient d'un pas pressé sur les trottoirs ou restaient debout à discuter. Son monde à lui venait de s'écrouler et pourtant rien n'avait changé. Comme si tout allait pour le mieux. Il allait retourner chez lui l'attendre. Peut-être qu'elle était déjà rentrée. Peut-être qu'elle rentrerait un peu plus tard. Il faudrait bien qu'elle rentre. Pour quel motif la retiendraient-ils ? Parce qu'elle avait rencontré des gens ? Parce qu'elle leur avait parlé ?

Il était fou de douleur et se hâta de rentrer chez lui. Il ne savait plus où il en était. Cela faisait peu de temps que, blottie contre lui, elle lui avait appris qu'elle avait eu confirmation de ce qu'elle soupçonnait depuis quelque temps. Elle le lui avait murmuré à l'oreille. Cela devait dater de la fin de l'été.

Il était resté comme paralysé à fixer le plafond, ne sachant comment réagir. Ensuite, il l'avait serrée fort contre lui en lui disant qu'il voulait rester toute sa vie avec elle.

— Avec nous deux, avait-elle murmuré.

— Oui, avec vous deux, lui avait-il répondu en posant sa tête sur son ventre.

Il revint à lui en sentant une douleur dans sa main droite. Souvent, quand il repensait à ce qui était arrivé en Allemagne de l'Est, il serrait les poings jusqu'à ce que ses mains lui fassent mal. Il laissa ses muscles se détendre, alla s'asseoir dans un fauteuil en se demandant comme toujours s'il aurait pu empêcher ce qui s'était passé. S'il aurait pu agir autrement, faire quelque chose qui aurait modifié le cours des événements. Mais il n'était jamais parvenu à aucune conclusion.

Il se leva avec raideur de son fauteuil pour se diriger vers la porte de la cave. Il ouvrit la porte, alluma l'ampoule de l'escalier et descendit les marches en pierre avec prudence. Des dizaines d'années de passage les avaient polies ; elles étaient glissantes. Il entra dans la vaste cave et alluma la lumière. Des objets hétéroclites s'y étaient accumulés au fil du temps, comme bien souvent. Il répugnait à jeter quoi que ce soit. Cependant, aucun désordre n'était visible car il avait l'habitude de tout ranger ; chaque chose avait sa place, il prenait soin de tout ce qu'il entreposait, de tout ce qu'il utilisait.

Une table de travail était accolée à l'un des murs. Il lui arrivait de faire de la sculpture. Il confectionnait de petits objets en bois avant de les peindre. C'était son unique passe-temps. Prendre un morceau de bois cubique pour en faire quelque chose de vivant et de beau. Certains des animaux qu'il avait fabriqués, ceux dont il était le plus satisfait, décoraient son appartement à l'étage. Plus ils étaient de taille réduite, plus il prenait plaisir à les peaufiner. Il avait par exemple réussi à sculpter un chien de race islandaise guère plus gros qu'un dé à coudre, avec une queue en panache et des oreilles dressées.

Il se pencha vers la table de travail pour ouvrir la boîte qu'il y entreposait. Il caressa le canon du pistolet puis le sortit du carton. Le contact de l'acier était toujours aussi froid. Parfois, ses souvenirs le conduisaient jusqu'à la cave où il allait manipuler l'arme ou simplement s'assurer qu'elle était toujours bien à sa place.

Il n'éprouvait aucun regret de ce qui s'était passé bien des années plus tard. Longtemps après son retour d'Allemagne de l'Est.

Longtemps après la disparition d'Ilona.

Jamais il ne regretterait.

23

Le docteur Elsa Müller, l'ambassadrice d'Allemagne à Reykjavik, les reçut personnellement dans son bureau aux alentours de midi. C'était une belle femme qui avait dépassé la soixantaine et fit immédiatement les yeux doux à Sigurdur Oli. Erlendur n'eut pas l'honneur de susciter autant d'intérêt de sa part, vêtu de son gilet en laine brune sous sa veste usée. Elle leur déclara être historienne de formation, ce qui expliquait son titre de docteur. Elle avait préparé à leur intention des petits gâteaux allemands et du café. Ils allèrent s'asseoir dans le salon et Sigurdur Oli accepta du café. Il ne voulait pas se montrer impoli. Erlendur déclina l'offre. Il aurait de loin préféré fumer une cigarette, mais il n'osait pas le demander.

Ils échangèrent quelques formules de politesse. Les deux policiers présentèrent leurs excuses pour le dérangement causé à l'ambassade d'Allemagne, mais elle leur dit qu'il était tout à fait naturel d'essayer d'assister les autorités islandaises. La requête de la police criminelle de Reykjavik concernant le dénommé Lothar Weiser avait emprunté le circuit classique, leur déclara Elsa, ou disons plutôt, déclara-t-elle à Sigurdur Oli puisque c'était presque exclusivement à lui qu'elle parlait. La discussion se déroulait en anglais. Elle confirma qu'un ressortissant allemand de ce nom avait travaillé comme conseiller auprès de la délégation commerciale est-allemande dans les années 60. Il s'était révélé particulièrement dur d'obtenir des renseignements sur cet homme car il était apparu qu'à cette époque, il travaillait en réalité pour le compte des services secrets de son pays et qu'il entretenait des rapports avec les services secrets basés à Moscou. Elle leur expliqua qu'une grande partie des archives de la Stasi, la police politique est-allemande, avait été détruite juste après la chute du Mur de

Berlin et que les quelques informations dont ils disposaient provenaient principalement des services secrets ouest-allemands.

– Il a disparu en Islande sans laisser de trace au cours de l'année 1968, précisa Mme Müller. Personne ne sait ce qu'il est devenu. Le plus probable c'est qu'à l'époque on ait considéré qu'il avait commis un impair et qu'on l'ait…

Mme Müller s'interrompit et haussa les épaules.

– Liquidé, compléta Erlendur.

– C'est une possibilité mais, pour l'instant, nous n'en avons pas la confirmation. Il est aussi possible qu'il se soit suicidé et qu'on l'ait renvoyé au pays par la valise diplomatique.

Elle adressa un sourire à Sigurdur Oli comme pour bien souligner qu'il s'agissait d'un trait d'humour.

– Je sais que l'hypothèse prête à rire de votre point de vue et qu'elle vous semble tirée par les cheveux mais, diplomatiquement parlant, l'Islande est un des pires endroits au monde. Le climat est une horreur. Avec ce froid et cette obscurité éternellement battus par les vents. Il n'y avait rien de pire que de muter les gens ici.

– Donc, il aurait été nommé ici par mesure disciplinaire ? observa Sigurdur Oli.

– Nous pensons qu'il travaillait pour le compte de la police politique à Leipzig. Dans sa jeunesse. Elle feuilleta les documents qui se trouvaient sur la table basse en face d'elle. Durant les années 1953 à 1957, ou peut-être 1958, il avait pour tâche de recruter les étudiants étrangers et de les amener à travailler pour lui ou à devenir des indics ; la plupart, voire la totalité de ces étudiants étaient des communistes invités par l'État est-allemand. On ne peut pas précisément parler d'espionnage. Il s'agissait plutôt de surveiller les activités des étudiants.

– Des indics ? demanda Sigurdur Oli.

– Oui, enfin, je ne sais pas comment vous préférez appeler ça, répondit Mme Müller. Ils surveillaient leurs camarades. Lothar Weiser était réputé pour exceller en la matière, pour obtenir la collaboration des jeunes. Il leur proposait de l'argent, voire de bons résultats aux examens. L'atmosphère était tendue à cette époque-là, à cause de tout ce qui se passait en Hongrie. Les jeunes se tenaient au courant des événements là-bas. Quant à la police politique, elle se tenait bien informée des activités de la jeunesse. Weiser s'était infiltré dans ses rangs. Et il n'était pas le seul. Il y avait des gens comme Lothar Weiser dans toutes les universités est-allemandes et celles des pays communistes en général. Ils tenaient à surveiller leurs ressortissants, à savoir ce qu'ils pensaient. L'influence d'étudiants étrangers pouvait se révéler dangereuse même si la plupart d'entre eux suivaient honnêtement leurs études, tout autant que la ligne socialiste, d'ailleurs.

Erlendur se rappela avoir entendu que Lothar parlait l'islandais.

– Il y avait des étudiants islandais à Leipzig? demanda-t-il.

– Là, je n'en sais strictement rien, répondit Mme Müller. Mais vous devriez le découvrir sans difficulté.

– Revenons à Lothar, reprit Sigurdur Oli. Qu'a-t-il fait après son séjour à Leipzig?

– J'imagine que cet univers vous est totalement étranger, commença Mme Müller. Les services secrets et l'espionnage. Vous ne connaissez tout cela que par ouï-dire, non, ici, dans le nord?

– Oui, probablement, convint Erlendur avec un sourire. Je ne me souviens pas que nous ayons eu un seul agent secret digne de ce nom.

– Weiser est devenu un espion des services secrets est-allemands. À cette époque-là, il ne travaillait plus pour la police politique. Il a beaucoup voyagé et travaillé dans des ambassades un peu partout dans le monde. Il a notamment été envoyé ici. Il éprouvait un grand intérêt pour l'Islande, qui se manifestait par le fait qu'il avait appris l'islandais dans sa jeunesse. Il était très doué en langue. Ici comme ailleurs, sa mission consistait à obtenir la collaboration de la population locale. Il faisait donc le même genre de travail qu'à l'université de Leipzig. Il pouvait offrir de l'argent quand la conviction faisait défaut.

– Il avait des Islandais sous sa coupe? demanda Sigurdur Oli.

– Rien ne dit qu'il soit parvenu à ses fins ici, répondit Mme Müller.

— Et ceux qui travaillaient avec lui à l'ambassade de Reykjavik ? s'enquit Erlendur. Il y en a qui sont encore en vie ?

— Nous avons la liste des employés basés ici à cette époque, mais nous ne sommes pas arrivés à en retrouver un vivant, susceptible d'avoir connu Weiser et de savoir ce qu'il est devenu. Tout ce que nous savons pour l'instant, c'est que son histoire semble prendre fin en Islande. Nous ignorons de quelle manière. On dirait qu'il s'est évaporé d'un coup. Certes, les anciens dossiers des services secrets ne sont pas très fiables. Il y manque beaucoup d'éléments, tout comme dans ceux de la Stasi. Quand ces derniers, principalement ceux liés à la surveillance des personnes, ont été rendus publics après la réunification des deux Allemagnes, beaucoup d'entre eux ont été perdus. La police politique est-allemande a évidemment été dissoute. À dire vrai, nous n'avons pas encore d'informations satisfaisantes sur Weiser mais nous allons continuer à chercher.

Il y eut un silence. Sigurdur Oli goûta un petit gâteau. Erlendur avait toujours envie d'une cigarette. Il ne voyait pas trace de cendrier et il était probablement exclu qu'il s'en allume une.

— Il y a dans tout ça un élément particulièrement intéressant, reprit Mme Müller, puisqu'il est question de Leipzig. Les habitants de cette ville sont très fiers du fait que c'est là-bas qu'a réellement débuté le mouvement de révolte qui a conduit à la démission de Honecker et à la chute du Mur. L'opposition au régime communiste à Leipzig était très importante. Le quartier général de la révolte se trouvait à l'église Saint-Nicolas, aux abords du centre-ville. La population s'y était rassemblée pour protester et pour prier, et puis, un soir, les occupants de l'église sont sortis dans les rues pour aller envahir les locaux de la Stasi, pas très loin de là. À Leipzig, cet événement est considéré comme le début de l'évolution qui a conduit à la chute du Mur.

— Je vois, observa Erlendur.

— Ce serait tout de même bizarre qu'un espion allemand ait disparu en Islande, reprit Sigurdur Oli. Disons que ça semble plutôt…

- Rocambolesque ? suggéra Mme Müller en lui adressant un sourire. L'appartenance de Weiser aux services secrets offrait un avantage certain à son assassin, si tant est qu'il ait été assassiné. On le voit à la réaction de la délégation commerciale est-allemande à l'époque, je précise qu'ils ne disposaient pas d'une véritable ambassade en Islande. Ils n'ont pas bougé le petit doigt. Leur réaction est typiquement celle de quand on cherche à étouffer un scandale diplomatique. Personne ne dit rien. C'est comme si Weiser n'avait jamais existé. Nous n'avons pas trouvé la moindre trace d'enquête sur sa disparition.

Elle regarda les deux hommes tour à tour.

– D'ailleurs, la police islandaise n'en a pas été informée, précisa Erlendur. Nous avons vérifié.

– Ça ne tendrait pas à dire que c'était un problème interne ? observa Sigurdur Oli. Et qu'il aurait été tué par un de ses collègues ?

– C'est une possibilité, répondit Mme Müller. Mais nous ne savons pas encore grand-chose sur Weiser et sur ce qu'il a pu devenir.

– Il y a de grandes chances que son assassin soit mort, observa Sigurdur Oli. Ça fait tellement longtemps. Si Lothar Weiser a effectivement été assassiné.

– Vous pensez que c'est l'homme du lac ? demanda Mme Müller.

– On n'en sait rien, répondit Sigurdur Oli.

La police n'avait pas communiqué à l'ambassade d'informations détaillées sur la découverte du squelette. Il interrogea Erlendur du regard et ce dernier lui répondit d'un hochement de tête.

– Le squelette que nous avons retrouvé, précisa Sigurdur Oli, était lesté par un appareil d'écoute de fabrication russe datant des années 60.

– Je vois, répondit Mme Müller, pensive. Un appareil de fabrication russe ? Et alors ? Quelle interprétation proposez-vous ?

– Plusieurs possibilités sont envisageables, répondit Sigurdur Oli.

— Serait-il possible que cet appareil provienne de l'ambassade d'Allemagne de l'Est ou de cette délégation commerciale, comme vous dites? interrogea Erlendur.

— Évidemment, c'est possible, répondit Mme Müller. Les pays du Pacte de Varsovie collaboraient très étroitement, dans le domaine de l'espionnage aussi.

— Lors de la réunification, reprit Erlendur, lorsque les deux ambassades ont aussi été réunies ici, avez-vous découvert ce genre d'appareil chez les Allemands de l'Est?

— Les ambassades en Islande n'ont pas fusionné, celle d'Allemagne de l'Est a été dissoute en un temps record. Mais je vais vérifier en ce qui concerne ces appareils.

— Quelle conclusion vous tireriez du fait que le squelette a été retrouvé avec cet appareil d'espionnage? demanda Sigurdur Oli.

— Je n'ai aucune suggestion à vous faire, répondit Mme Müller. Ce n'est pas mon rôle de formuler des hypothèses.

— Non, c'est exact, convint Sigurdur Oli. Mais tout ce que nous avons, ce sont justement des hypothèses, par conséquent...

Ni Erlendur ni Mme Müller ne prirent la peine de terminer sa phrase et il y eut un blanc dans la discussion. Erlendur plongea sa main dans la poche de sa veste et serra son paquet de cigarettes. Il n'osa pas le sortir.

— Et vous, vous avez fait quelle bêtise? demanda-t-il.

— Quelle bêtise? s'étonna Mme Müller.

— Pourquoi on vous a exilée dans cet affreux pays? Cet horrible bout du monde?

Mme Elsa Müller fit un sourire dans lequel Erlendur décela une certaine dose de perfidie.

— Vous trouvez cette question appropriée? rétorqua-t-elle. Je suis l'ambassadrice d'Allemagne en Islande.

Erlendur haussa les épaules.

— Excusez-moi, reprit-il, mais vous nous avez laissé entendre qu'une affectation en Islande relevait en quelque sorte de la punition. Enfin, évidemment, je me mêle de ce qui ne me regarde pas.

Un silence pesant plana dans la pièce. Sigurdur Oli y mit fin par un toussotement puis remercia l'ambassadrice de l'aide précieuse qu'elle leur avait apportée. Mme Müller déclara froidement qu'elle les contacterait si de nouveaux éléments concernant Lothar Weiser susceptibles de leur être utiles apparaissaient. Ils crurent comprendre au ton de sa voix qu'elle n'allait pas vraiment se précipiter sur le téléphone.

En sortant de l'ambassade, ils se demandèrent s'il était possible que des étudiants islandais présents à Leipzig aient connu ce Lothar Weiser. Sigurdur Oli promit de vérifier ça.

— Tu y as peut-être quand même été un peu fort avec elle, non ? demanda-t-il à Erlendur.

— Bah, ce blabla sur l'Islande comme le pire endroit au bout du monde me tape franchement sur les nerfs, répondit Erlendur en allumant sa cigarette si longtemps désirée.

24

Quand Erlendur quitta son bureau pour rentrer chez lui dans la soirée, Sindri Snaer l'attendait dans son appartement. Il s'était endormi sur le canapé, mais se réveilla à l'arrivée de son père. Il se leva.

— Où est-ce que tu étais fourré? demanda Erlendur.

— Ben... répondit simplement Sindri Snaer.

— Tu as mangé quelque chose?

— Non, mais ça va.

Erlendur sortit du pain de seigle, du pâté de mouton et du beurre puis mit le café en route. Sindri disait ne pas avoir faim, pourtant Erlendur nota qu'il dévorait le pain et le pâté. Il plaça sur la table du fromage que Sindri ne tarda pas non plus à engloutir.

— Tu as des nouvelles d'Eva Lind? demanda Erlendur devant le café une fois son fils un peu rassasié.

— Oui, j'ai discuté avec elle, répondit Sindri.

— Elle va bien? demanda Erlendur.

— Mouais, disons ça, répondit Sindri en sortant son paquet de cigarettes, immédiatement imité par Erlendur. Sindri alluma la cigarette de son père avec un briquet bon marché. J'ai l'impression que ça fait un bon moment qu'Eva Lind ne va pas très bien, reprit-il.

Ils se taisaient et fumaient devant leur café noir.

— Pourquoi il fait si sombre chez toi? demanda Sindri en lançant un regard vers le salon où les épais rideaux empêchaient le soleil vespéral de pénétrer.

— Il y a trop de lumière, répondit Erlendur. Le soir et la nuit*, ajouta-t-il au bout de quelques instants. Il s'arrêta là

---

* L'action du roman se passe en été, période où il ne fait jamais réellement nuit. On continue cependant à parler de nuit dans le langage courant bien qu'il fasse clair comme en plein jour.

sans prendre la peine d'expliquer à Sindri qu'il préférait de loin les nuits noires de jais et interminables de l'hiver à cet éternel soleil et à la clarté qui en émanait vingt-quatre heures sur vingt-quatre. Lui-même ne savait pas quelle en était la cause. Il ne savait pas pour quelle raison il se sentait mieux dans l'obscurité hivernale que dans la clarté estivale.

— Tu l'as trouvée où? demanda Erlendur. Elle était où?

— Elle avait laissé des messages sur mon portable. Je l'ai rappelée. On a toujours gardé le contact tous les deux, même quand j'étais en province. On s'est toujours très bien entendus.

Il marqua une pause et fixa son père du regard.

— Eva est une fille bien, observa-t-il.

— Oui, convint Erlendur.

— Sérieusement, reprit Sindri. Si seulement tu l'avais connue à l'époque où…

— Tu n'as pas besoin de me le dire, rétorqua Erlendur sans mesurer la rudesse de son ton. Je le sais parfaitement.

Sindri se tut et continua à scruter son père. Ensuite, il éteignit sa cigarette. Erlendur l'imita puis Sindri se leva.

— Merci pour le café, lança-t-il.

— Tu t'en vas déjà? s'étonna Erlendur en le suivant. Tu vas où?

Sindri ne lui répondit pas. Il attrapa sa veste en jean usée sur le fauteuil et l'enfila. Erlendur observait ses mouvements. Il n'avait pas envie que Sindri le quitte en mauvais termes.

— Je ne voulais pas… commença-t-il. C'est juste que… Eva est plutôt… Enfin, je sais bien que vous êtes très proches tous les deux.

— Qui es-tu pour savoir quoi que ce soit à propos d'Eva? explosa Sindri. Qu'est-ce qui te permet de t'imaginer que tu sais quoi que ce soit sur elle?

— N'essaie pas d'en faire une sainte, rétorqua Erlendur. Elle ne le mérite pas et, d'ailleurs, ça ne lui plairait pas.

— Ce n'est pas du tout mon intention, répondit Sindri, mais toi, tu n'as aucune raison de t'imaginer que tu connais Eva. Et je te l'interdis. D'abord, comment tu sais ce qu'elle mérite ou pas?

— Je sais que ce n'est qu'une foutue junkie, lança Erlendur. Il y a autre chose à savoir? Elle ne fait rien pour se tirer d'affaire. Tu sais qu'elle a perdu son enfant. Les médecins m'ont dit que c'était un moindre mal étant donné la quantité de drogue qu'elle avait ingurgitée pendant sa grossesse. Alors, ne monte pas sur tes grands chevaux pour défendre ta sœur. Cette idiote est encore retombée là-dedans et j'en ai assez de me battre contre toutes ces conneries.

Sindri avait ouvert la porte, il était presque sorti de l'appartement. Il s'attarda et lança un regard à Erlendur par-dessus son épaule. Il se retourna, revint dans l'appartement en refermant la porte. Il s'avança droit vers son père.

— Monter sur mes grands chevaux pour défendre ma sœur? répéta-t-il.

— Tout ce que je dis, c'est qu'il faut que tu sois un peu réaliste, répondit Erlendur. Tant qu'elle ne veut rien faire pour s'aider elle-même, on ne peut pas grand-chose de notre côté.

— Je me souviens bien d'Eva à l'époque où elle ne se droguait pas, nota Sindri. Et toi, tu t'en souviens?

Il était presque collé à son père; Erlendur voyait la colère dans ses gestes, sur son visage, dans ses yeux.

— Tu te souviens d'Eva à l'époque où elle ne se droguait pas? répéta Sindri.

— Non, répondit Erlendur. Je n'en ai aucun souvenir et tu le sais parfaitement.

— Oui, je suis bien placé pour le savoir, souligna Sindri.

— Ne commence pas à me donner des leçons vaseuses, répondit Erlendur. Elle l'a assez fait de son côté.

— Des leçons vaseuses? On n'est peut-être rien d'autre que de la vase? s'emporta Sindri.

— Dieu tout-puissant! soupira Erlendur. Arrête ça! Je n'ai aucune envie de me disputer avec toi. Pas plus que je n'ai envie de me disputer avec elle ou à son sujet.

— Tu ne sais rien du tout, hein? reprit Sindri. J'ai vu Eva avant-hier. Elle est avec un type qui s'appelle Eddi et qui doit avoir dix ou quinze ans de plus qu'elle. Il était complètement stone. Il m'a presque attaqué avec un couteau parce qu'il croyait que j'étais un encaisseur. Il pensait que je venais récupérer du fric. Ils vendent tous les deux, elle et lui, mais ils consomment aussi, alors il manque du fric et des gars leur tombent sur le dos. Ils en ont plus d'un à leurs trousses. Tu connais peut-être cet Eddi parce que tu es flic. Eva ne voulait pas me dire où elle était parce qu'elle avait une putain de trouille. Ils se terrent dans un trou, pas loin du centre-ville. Eddi lui fournit sa drogue et elle l'aime. Je n'ai jamais vu d'amour plus authentique. Tu piges? C'est son dealer. Elle était sale… non, elle était répugnante. Et tu sais ce qu'elle m'a demandé?

Erlendur secoua la tête.

– Elle m'a demandé si je t'avais vu, dit Sindri. Tu ne trouves pas ça étrange? La seule chose qui lui importait, c'était de savoir si je t'avais vu. À ton avis, pour quelle raison? Pourquoi est-ce qu'elle s'inquiète de ça? Plongée dans tout ce malheur et dans toute cette souffrance? À ton avis, pour quelle raison?

– Je n'en sais rien, répondit Erlendur, il y a longtemps que j'ai renoncé à comprendre Eva.

Il aurait pu lui dire qu'Eva et lui avaient traversé ensemble des joies et des peines, que bien que leurs rapports soient difficiles, fragiles et non dénués de conflits, ils entretenaient malgré tout une relation. Il arrivait même qu'elle soit très bonne, très agréable. Il pensa au Noël précédent: elle avait été tellement déprimée après sa fausse couche qu'il craignait qu'elle ne fasse une bêtise. Elle avait passé les fêtes de fin d'année chez lui, ils avaient beaucoup discuté de l'enfant, de la culpabilité qui la torturait à propos de la façon dont les choses s'étaient passées. Et puis, un matin, elle avait disparu.

Sindri le fixait du regard.

– Elle s'inquiétait de savoir comment tu allais, répondit Sindri. Comment tu allais, *toi*!

Erlendur ne disait rien.

– Si tu l'avais connue avant, reprit Sindri, avant qu'elle tombe dans la drogue, si tu l'avais connue telle que je l'ai connue, moi, alors ça t'aurait donné un sacré choc. Il y avait longtemps que je ne l'avais pas croisée et quand je l'ai vue, là, comment elle était, eh bien… j'avais envie de…

– Je crois que j'ai fait tout ce que j'ai pu pour l'aider, observa Erlendur. Mais les possibilités dans ce domaine sont limitées. Et puis, quand on a l'impression qu'il n'y a aucune bonne volonté de l'autre côté, alors...

Ses paroles se tarirent.

— Elle était rousse, reprit Sindri. Quand on était gamins. Elle avait une épaisse chevelure rousse. Maman disait qu'elle avait dû hériter ça de ta famille.

— Oui, je me rappelle ses cheveux roux, répondit Erlendur.

— À douze ans, elle les a fait couper et teindre en noir, poursuivit Sindri. Elle les a toujours gardés noirs depuis.

— Pourquoi est-ce qu'elle a fait ça ?

— Elle et maman ne s'entendaient pas très bien, répondit Sindri. Maman ne s'est jamais comportée avec Eva comme avec moi. Peut-être parce qu'elle était l'aînée et qu'elle te ressemblait trop. Peut-être aussi parce que Eva était toujours en mouvement. Elle était hyperactive. Rousse et hyperactive. Elle s'engueulait avec ses profs. Maman l'avait changée d'école mais c'était encore pire. Les autres gamins se moquaient d'elle parce qu'elle était nouvelle et elle faisait tout et n'importe quoi pour attirer l'attention. Elle chahutait les autres à l'école pour s'intégrer au groupe. Maman a été convoquée à l'école des millions de fois à cause d'elle.

Sindri alluma une cigarette.

— Elle a toujours refusé de croire ce que maman racontait sur toi. En tout cas, elle affirmait qu'elle n'en croyait pas un mot. Elles se disputaient sans arrêt, Eva avait le génie pour t'utiliser afin d'agacer maman. Elle lui disait que ce n'était pas étonnant si tu l'avais quittée. Que personne ne pouvait vivre avec elle. Elle prenait ton parti.

Sindri balaya les lieux du regard, sa cigarette à la main. Erlendur lui indiqua le cendrier sur la table du salon. Sindri aspira une bouffée en s'asseyant à la table. Il se calma, la tension entre le père et le fils se relâcha. Il lui raconta comment Eva avait inventé des histoires sur lui quand elle était devenue assez grande pour poser des questions pertinentes sur son père.

Les deux enfants ressentaient l'inimitié que leur mère nourrissait à l'encontre d'Erlendur, mais Eva refusait de croire ce qu'elle disait et s'inventait des images différentes de son père au gré des situations. Ces images n'avaient rien à voir avec celle que leur dépeignait leur mère. Eva avait fugué deux fois, à neuf et onze ans, pour aller à la recherche de son père. Elle mentait à ses amies et leur racontait que son vrai père n'était aucun de ces types de passage avec lesquels vivait sa mère, mais qu'il passait tout son temps à l'étranger. À chaque fois qu'il rentrait en Islande, il la couvrait de cadeaux magnifiques. Elle ne pouvait pas les leur montrer car il refusait qu'elle aille crâner avec ça. À d'autres, elle racontait qu'il avait une maison immense où elle allait parfois dormir et où elle avait tout ce qu'elle voulait car il était immensément riche.

En grandissant et en mûrissant, les histoires sur son père gagnèrent en réalisme. Leur mère leur annonça un jour qu'autant qu'elle sache, il travaillait toujours dans la police. Malgré toutes les difficultés rencontrées à l'école ou chez elle, quand elle s'était mise à fumer et à goûter au hasch, à boire de la bière à treize-quatorze ans, Eva Lind savait toujours que son père se trouvait quelque part en ville. Le temps passant, elle n'était plus certaine d'avoir envie de le retrouver.

Peut-être, avait-elle un jour confié à Sindri Snaer, peut-être qu'il vaut mieux que je le garde à l'intérieur de ma tête. Elle pensait qu'il la décevrait probablement, comme tout le reste.

— Et, évidemment, je n'y ai pas manqué, nota Erlendur.

Il s'était assis dans son fauteuil. Sindri sortit de nouveau son paquet de cigarettes.

— Il faut dire qu'elle n'était pas non plus très engageante, avec toute cette quincaillerie sur le visage, observa Erlendur. Elle retombe toujours dans les mêmes travers. Elle n'a jamais d'argent, elle s'entiche de types qui revendent ou qui distribuent de la drogue, elle traîne avec eux, peu importe la façon dont ils la traitent, il faut toujours qu'elle reste avec eux.

— Je vais essayer de lui parler, promit Sindri. Mais je crois surtout qu'elle attend que tu viennes la sauver. J'ai l'impression qu'elle est au bout du rouleau. Elle a souvent été mal en point, mais là, je ne l'avais jamais vue comme ça.

— Pourquoi est-ce qu'elle s'est fait couper les cheveux à douze ans ? demanda Erlendur.

— Un gars l'avait attrapée et lui avait caressé les cheveux en lui faisant des propositions, expliqua Sindri.

Il avait répondu ça du tac au tac, comme s'il lui suffisait de plonger dans sa mémoire, qui contenait une kyrielle d'événements semblables.

Sindri balaya du regard la bibliothèque. Il n'y avait pratiquement que des livres dans l'appartement.

Erlendur n'avait aucune réaction, ses yeux demeuraient d'une froideur de marbre.

— Eva m'a raconté que tu passais tout ton temps plongé dans des histoires de disparitions, observa Sindri.

— Exact, répondit Erlendur.

— À cause de ton frère ?

— Peut-être. Probablement.

— Eva m'a dit une fois que la disparition qui avait marqué sa vie à elle, c'était la tienne.

— Oui, acquiesça Erlendur. Ce n'est pas parce que les gens disparaissent qu'ils meurent nécessairement, observa-t-il et, subitement, l'image d'une Ford Falcon noire abandonnée devant la gare routière de Reykjavik avec un enjoliveur manquant se présenta à son esprit.

Sindri ne voulut pas passer la nuit chez son père. Erlendur lui proposa le canapé mais Sindri refusa et ils se dirent au revoir. Erlendur resta longtemps assis dans son fauteuil après le départ de son fils en repensant à son frère et à Eva Lind, aux rares souvenirs qu'il avait d'elle petite. Elle n'avait que deux ans au moment du divorce. Ce que Sindri avait raconté de l'enfance d'Eva Lind avait touché une corde sensible chez Erlendur qui voyait maintenant les rapports conflictuels qu'il entretenait avec sa fille sous un jour nouveau, un jour plus triste.

Quand il s'endormit, un peu après minuit, il pensait toujours à son frère, à Eva, à Sindri et à lui-même. Il fit un rêve étrange. Ils faisaient une promenade en voiture, lui et ses deux enfants. Ceux-ci étaient assis sur la banquette arrière, il était au volant. Il ne savait pas où ils se trouvaient. Il régnait aux alentours une clarté aveuglante qui l'empêchait de distinguer le paysage. Cependant, il avait l'impression que la voiture avançait. Il devait la conduire avec une prudence accrue, ne voyant rien au-dehors. Il jeta un œil dans le rétroviseur pour regarder les deux enfants sans parvenir à distinguer les traits de leurs visages. Il avait l'impression que ça pouvait être Eva Lind et Sindri, mais leurs visages étaient brouillés, comme occultés par un écran de brume. Il se fit la réflexion qu'il ne pouvait s'agir d'autres enfants que les siens. Eva Lind ne devait pas avoir plus de quatre ans. Il constata qu'elle et Sindri se tenaient par la main.

À la radio, la voix ensorcelante d'une femme chantait :

Je sais que tu viendras me voir ce soir…

Brusquement, il vit un camion gigantesque arriver droit vers lui. Il tenta de klaxonner et de freiner à fond, mais cela n'eut aucun effet. Il jeta un œil dans le rétroviseur et constata, à son immense soulagement, que les enfants avaient disparu. Il se concentra à nouveau sur la route. Il s'approchait du camion à une vitesse folle. L'accident était inévitable.

C'était trop tard ; il ressentit alors une étrange présence à ses côtés. Il regarda le siège du passager où il vit Eva Lind qui lui renvoyait son regard en souriant. Elle n'était plus une petite fille mais une adulte à l'apparence terrifiante, vêtue de sa doudoune bleue dégoûtante avec des saletés collées dans les cheveux, des cernes sous les yeux, un visage émacié et des lèvres peintes en noir. Elle se mit à lui sourire plus largement et il constata qu'il lui manquait des dents.

Il avait envie de lui dire quelque chose mais ne parvenait pas à articuler. Il avait envie de lui hurler de se jeter hors du véhicule, mais quelque chose le retenait. Une sorte de calme chez Eva Lind. Une résignation totale, un calme absolu. Elle le quitta des yeux pour regarder le camion avant de se mettre à rire.

L'instant avant le choc, Erlendur se réveilla en sursaut et cria le prénom de sa fille. Il lui fallut un certain temps pour reprendre ses esprits puis il reposa sa tête sur l'oreiller et un chant étrangement mélancolique vint se blottir contre lui pour l'accompagner au creux d'un sommeil sans rêve.

Je sais que tu viendras me voir ce soir…

25

Niels ne se souvenait pas très bien de Johann, le frère d'Harald, et ne comprenait pas pourquoi Erlendur s'agaçait que son nom n'ait pas été mentionné dans les rapports concernant la disparition. Niels discutait au téléphone quand Erlendur vint le déranger dans son bureau. Il parlait avec sa fille qui se trouvait aux États-Unis où elle faisait des études de médecine ou, plus précisément, une spécialisation en pédiatrie, déclara fièrement Niels après avoir raccroché, comme s'il n'avait jamais raconté ça à personne auparavant. La réalité était qu'il n'avait pratiquement que cela à la bouche. Quant à Erlendur, il s'en moquait éperdument. Niels approchait de l'âge de la retraite, il se consacrait désormais principalement à de menus forfaits, des vols de voitures, des effractions, en criant sur tous les toits qu'il valait mieux laisser tomber et ne pas porter plainte, car ce n'était qu'une perte de temps. S'ils retrouvaient les coupables, ils dresseraient un procès-verbal qui n'aurait guère d'effet. Les auteurs seraient relâchés tout de suite après avoir été interrogés, l'affaire ne passerait jamais en jugement et si, par hasard, on les jugeait au bout de multiples récidives, la condamnation serait ridicule et constituerait un affront à ceux qui les avaient traînés en justice.

— De quoi tu te souviens sur ce Johann ? demanda Erlendur. Tu l'as rencontré ? Tu es allé à la ferme de Mosfellssveit ?

— Tu n'es pas censé enquêter sur cet appareil russe ? interrogea Niels en sortant une pince de la poche de son gilet pour se tailler les ongles. Il regarda l'heure. La pause de midi approchait, longue et paisible.

— Oui, répondit Erlendur, il y a largement de quoi faire.

Niels cessa de se couper les ongles et le dévisagea. Il y avait dans la remarque d'Erlendur un ton qui lui déplaisait.

— Ce Johann, ou Joi, comme l'appelait son frère, était un peu bizarre, répondit Niels. C'était un handicapé mental ou, comme on avait le droit de le dire avant, un simple d'esprit. Avant que les brigades de la langue n'entreprennent de lisser les aspérités avec tous ces mots polis.

— C'était quoi exactement, son handicap ? demanda Erlendur qui était de l'avis de Niels concernant la langue. On l'avait totalement dénaturée à force de ne pas vouloir froisser tel ou tel groupe de gens.

— C'était un débile, un demeuré, répondit Niels sans cesser de se couper les ongles. Je suis monté deux fois là-haut pour interroger les deux frères. C'était l'aîné qui parlait. Ce Johann ne disait pas grand-chose. Ils étaient très différents. L'un n'avait que la peau sur les os et le visage tout tanné alors que l'autre était un peu plus gros avec un visage d'enfant doux comme un agneau.

— Je n'arrive pas à me faire une image de ce Johann, s'entêta Erlendur. Qu'est-ce que tu entends par "demeuré" ?

— Erlendur, je ne me souviens pas très bien de tout ça. Disons qu'il était toujours pendu aux basques de son frère comme un gamin et qu'il passait son temps à demander qui on était. Il arrivait à peine à parler, il bredouillait quelques phrases. C'est le genre de gars qu'on voit paysan dans une vallée isolée avec des mitaines et un bonnet bêtement enfoncé sur la tête.

— Et Harald est arrivé à te persuader que Leopold n'était jamais venu à leur ferme ?

— Il n'a pas eu besoin de me persuader, répondit Niels. On a retrouvé sa voiture devant la gare routière. Rien n'indiquait qu'il s'était rendu chez ces frères. On avait aucun élément allant dans ce sens. Pas plus que toi, d'ailleurs.

— Tu ne penses pas que les frères auraient pu emmener la voiture à la gare routière ?

— Rien ne l'indiquait, répondit Niels. Tu sais ce qu'il en est de ces disparitions. Tu aurais fait exactement la même chose que nous avec les renseignements qu'on avait.

— J'ai retrouvé la Falcon, déclara Erlendur. Je sais que les années ont passé et que la voiture a évidemment roulé par monts et par vaux, mais on a retrouvé quelque chose qui pourrait être de la bouse de vache. Je me dis que si tu avais eu le courage de mener cette enquête correctement, il aurait été possible de retrouver cet homme et d'apaiser la femme qui a passé son temps à l'attendre depuis.

— C'est quoi, ces conneries ? s'écria Niels en levant les yeux de son coupe-ongle. Comment ce genre de bêtises peut te venir à l'idée ? Quand bien même tu y trouverais de la merde de vache, trente ans plus tard. Tu serais pas un peu con ?

— Tu aurais pu trouver quelque chose d'utile à l'époque, observa Erlendur.

— Toi et tes fichues disparitions, rétorqua Niels. D'ailleurs, pourquoi est-ce que tu t'entêtes avec ça au juste ? Qui t'a chargé de cette affaire ? Pour commencer, est-ce que c'est une affaire ? Qui l'a décrété ? Pourquoi est-ce que tu vas rouvrir un dossier classé depuis trente ans auquel personne ne comprenait rien en essayant d'en tirer matière à monter une enquête ? Tu as donné espoir à cette femme ? Tu essaies de lui faire croire que toi, tu pourrais le retrouver ?

— Non, répondit Erlendur.

— T'es qu'un cinglé, tonna Niels. Je l'ai toujours dit. Depuis ton arrivée ici. Je l'ai dit à Marion. Je ne comprends pas ce qu'elle a bien pu voir en toi.

— J'ai l'intention de lancer des recherches pour le retrouver là-haut, dans la colline, déclara Erlendur.

— Des recherches dans la colline ? s'écria Niels, sidéré. Tu es malade ou quoi ? Où ça ? Où est-ce que tu vas lancer ces recherches ?

— Aux abords de la ferme, précisa Erlendur d'un ton tout aussi calme. Il y a des fossés là-bas et des rigoles qui descendent de la colline jusqu'à la mer. Je vais voir si on ne trouve rien.

— Tu fondes cette hypothèse sur quoi ? observa Niels. Tu as obtenu des aveux ? De nouveaux éléments ? Rien. À part de la merde dans un vieux tacot !!

Erlendur se leva.

— Je voulais juste te prévenir que si tu t'y opposais, si tu la fermais pas, dans ce cas je me verrai contraint de souligner combien la première enquête a été bâclée parce qu'elle comporte plus de trous que…

– Fais comme tu veux, interrompit Niels en lui lançant un regard haineux. Ridiculise-toi si ça t'amuse. Tu n'auras jamais l'autorisation de lancer ces recherches !

Erlendur ouvrit la porte pour sortir dans le couloir.

– Attention à ne pas te couper les doigts, conclut-il en refermant derrière lui.

Erlendur organisa une brève réunion avec Sigurdur Oli et Elinborg concernant l'affaire de Kleifarvatn. La recherche d'informations supplémentaires sur Lothar Weiser s'avérait lente et complexe. Toutes les requêtes transitaient par l'ambassade d'Allemagne, dont Erlendur était parvenu à vexer le principal membre, et il ne leur restait guère d'autres pistes. Ils envoyèrent une demande à Interpol, histoire de faire quelque chose, et la réponse immédiate que leur renvoya la police internationale stipulait que Lothar n'avait jamais eu affaire à elle. À l'ambassade américaine, Quinn s'efforçait d'amener un employé de l'ambassade de Tchécoslovaquie de l'époque à accepter de parler à la police islandaise. Erlendur n'avait aucune idée de ce que cela donnerait. Lothar ne semblait pas avoir entretenu de rapports avec des Islandais. Les recherches effectuées parmi les anciens membres des ministères ne menèrent nulle part. Les listes d'invités aux cocktails de l'ambassade d'Allemagne de l'Est étaient perdues depuis longtemps. Ils n'avaient aucune idée de la manière de procéder pour savoir si Lothar avec fréquenté des Islandais. Personne ne semblait se souvenir de cet homme.

Sigurdur Oli avait sollicité l'aide de l'ambassade d'Allemagne et du ministère de l'Éducation afin qu'ils lui procurent une liste des étudiants islandais ayant séjourné en Allemagne de l'Est. Ne sachant pas trop quelle période cibler, il commença par demander la liste de tous ceux qui étaient allés étudier là-bas entre la fin de la Seconde Guerre mondiale et 1970.

Entre-temps, Erlendur eut tout le loisir de se plonger dans l'affaire qui le passionnait, l'homme à la Falcon. Il savait mieux que personne qu'il n'avait à sa disposition que d'infimes éléments lui permettant de lancer des recherches de grande envergure pour retrouver les restes de l'homme sur les terres des deux frères, à Mosfellssveit.

Il décida de passer voir Marion, qui semblait reprendre un peu du poil de la bête. Son ballon d'oxygène se trouvait toujours à portée de main, mais la malade avait l'air mieux. Elle lui parla de nouveaux médicaments qui avaient de meilleurs résultats avant de maudire les médecins qui ne connaissaient rien à rien. Erlendur eut l'impression de retrouver Briem dans son ancienne version.

— Qu'est-ce que tu viens toujours traîner ici ? demanda Marion en s'asseyant dans son fauteuil. Tu n'as rien d'autre à faire ?

— Exactement, répondit Erlendur. Comment tu vas ?

— Ce n'est pas facile de mourir, répondit Marion. J'ai bien cru que j'allais y passer, cette nuit. C'est étrange. Évidemment, ce genre de chose finit par arriver à force de rester allongée sans rien faire d'autre qu'attendre la mort. En tout cas, j'étais certaine que tout était terminé.

Marion avala une gorgée d'eau du bout de ses lèvres sèches.

— Et qu'est-ce qui s'est passé ? demanda Erlendur.

— Je suppose que c'est ce qu'on appelle quitter son corps, répondit Marion. Tu sais bien que je ne crois pas à ce genre de bêtise. En fait, ce n'étaient que des hallucinations dans mon demi-sommeil. Probablement engendrées par ces nouveaux médicaments. En tout cas, je me suis retrouvée à planer là-haut et à regarder la pauvre loque que je suis, expliqua Marion en levant les yeux vers le plafond. La pensée que j'étais en train de partir ne me dérangeait pas du tout, au fond. Et puis, finalement, je n'étais absolument pas en train de mourir. C'était juste un drôle de rêve. On m'a examinée ce matin et le médecin m'a dit que j'étais mieux. Mes analyses de sang sont meilleures que depuis des semaines. Par contre, il ne m'a laissé aucun espoir sur la suite des événements.

— Ces médecins, qu'est-ce qu'ils en savent ? observa Erlendur.

— Qu'est-ce que tu me veux exactement ? C'est encore l'homme à la Falcon ? Pourquoi tu t'entêtes sur cette histoire ?

– Tu te souviens si le paysan qu'il devait aller voir à Mosfellssveit avait un frère? demanda Erlendur en désespoir de cause. Il ne voulait pas fatiguer Marion mais il la savait friande de tout ce qui était étrange et mystérieux. Il savait qu'elle gardait en mémoire les plus incroyables détails, qu'elle n'avait aucune difficulté à exhumer en dépit de son âge avancé et de sa pénible maladie.

Marion ferma les yeux pour réfléchir.

– Ce fainéant de Niels disait que le frère était un peu bizarre.

– Il m'a dit qu'il était débile, mais je ne vois pas vraiment ce qu'il veut dire par là.

– C'était un simple d'esprit, si je me souviens bien. Il était grand, fort et imposant, mais, dans sa tête, il était comme un enfant. Je crois que c'est tout juste s'il était capable de parler. Il bredouillait un charabia incompréhensible.

– Marion, pourquoi est-ce que cette enquête n'a pas été un peu plus fouillée? demanda Erlendur. Pourquoi on l'a laissée en suspens? Il aurait été possible de la pousser nettement plus loin.

– Qu'est-ce qui te fait dire ça?

– Il aurait fallu procéder à des recherches sur les terres des deux frères. On a pris pour argent comptant qu'il n'y était jamais venu. Aucun doute, aucune réserve n'a jamais été faite. Tout était clair et net, alors on a décidé que ce gars avait mis fin à ses jours ou qu'il était parti en province et qu'il finirait par revenir en ville quand bon lui semblerait. Le problème, c'est qu'il n'est jamais revenu et je ne suis pas certain qu'il s'est suicidé.

– Tu crois que les frères l'ont assassiné?

– J'ai envie de vérifier. Le simple d'esprit est mort, mais son frère aîné vit ici, dans une maison de retraite à Reykjavik. Vu la manière dont il se comporte, je pense qu'il est capable de s'en prendre à quelqu'un pour le mobile le plus anodin.

– Et quel serait le mobile en question? demanda Marion. Tu sais que tu n'en as aucun. L'homme devait leur vendre un tracteur. Ils n'avaient aucune raison de le tuer.

– Je sais, convint Erlendur. S'ils l'ont tué, c'est parce que quelque chose est arrivé là-haut, quand l'homme est venu les voir. Les événements se sont enchaînés, peut-être par le plus grand des hasards, et ont conduit à la mort de cet homme.

— Erlendur, s'impatienta Marion, tu sais parfaitement que ce sont des élucubrations. Arrête ces idioties.

— Je suis tout à fait conscient que je n'ai aucun mobile, aucun cadavre, que pas mal d'années ont passé, mais il y a dans tout ça un truc qui ne colle pas et j'ai envie de savoir quoi.

— Il y a toujours quelque chose qui ne colle pas, Erlendur. Tu ne peux pas lisser toutes les aspérités. La vie est plus complexe que ça, tu es mieux placé que personne pour le savoir. Où tu veux que ce paysan soit allé chercher un appareil d'écoute russe pour lester le corps avant de l'immerger dans le lac de Kleifarvatn ?

— Oui, je sais bien, mais il pourrait aussi s'agir d'une autre affaire, sans aucun rapport avec celle du lac.

Marion lança à Erlendur un regard inquisiteur. Que des enquêteurs se passionnent pour des affaires qu'ils traitaient au point d'en être entièrement obnubilés n'avait rien de nouveau. C'était souvent arrivé à Marion et elle savait qu'Erlendur prenait très à cœur les enquêtes les plus importantes. Il avait une sensibilité particulière qui, bien qu'elle lui fût utile, relevait aussi parfois de la malédiction.

— Tu me parlais de John Wayne, l'autre jour, reprit Erlendur. Quand nous avons regardé le western.

— Alors, tu as vérifié ? demanda Marion.

Erlendur hocha la tête. Il avait posé la question à Sigurdur Oli qui en connaissait un rayon sur les États-Unis et sur les célébrités.

— Il s'appelait aussi Marion, non ? observa Erlendur. Vous avez le même prénom.

— C'est bizarre, tu ne trouves pas ? observa Marion. Parce qu'enfin, je suis comme je suis.

26

L'ancien marchand d'engins de terrassement, Benedikt Jonsson, vint accueillir Erlendur et l'invita à entrer. La visite d'Erlendur à son domicile avait été repoussée. Benedikt était en visite chez sa fille qui habitait dans la banlieue de Copenhague. Il venait de rentrer et, à l'entendre, il aurait apprécié de séjourner plus longtemps au Danemark où il disait se plaire énormément.

Erlendur hocha la tête aux moments appropriés, pendant que Benedikt vantait les mérites du Danemark. C'était un veuf qui semblait mener une existence confortable. Il était assez petit, avait des doigts courts et grassouillets, un visage rond au teint rougeaud, dénué de toute trace de méchanceté. Il vivait seul dans une petite maison coquette. Erlendur avait remarqué la présence d'un modèle récent de 4×4 Benz devant le garage. Il s'était fait la réflexion que l'ancien directeur avait dû se montrer prévoyant en mettant de l'argent de côté pour ses vieux jours.

– J'étais sûr qu'il faudrait bien un jour que je finisse par répondre à des questions sur ce gars-là, observa Benedikt quand il se décida enfin à en venir au fait, une fois qu'il en eut terminé avec les formules de politesse.

– Oui, je venais vous parler de ce Leopold, répondit Erlendur.

– Toute cette histoire était très mystérieuse. J'étais sûr que quelqu'un finirait par se poser des questions là-dessus. J'aurais probablement mieux fait de vous raconter la vérité à l'époque mais…

– La vérité?

– Oui, confirma Benedikt. Je peux savoir pourquoi vous vous intéressez à cet homme seulement maintenant? Mon fils m'a expliqué que vous lui aviez posé des questions, mais quand je vous ai eu au bout du fil, vous êtes resté plutôt laconique. Pourquoi est-ce qu'il vous intéresse à nouveau ? Je croyais que vous aviez mené cette enquête à l'époque et qu'elle était bouclée. En réalité, je l'espérais.

Erlendur lui parla de la découverte du squelette à Kleifarvatn en lui expliquant que la disparition de Leopold était l'une de celles sur lesquelles la police enquêtait dans cette affaire.

– Vous le connaissiez de façon intime ? demanda Erlendur.

– De façon intime ? Non, je ne dirais pas ça. D'ailleurs, il n'a pas beaucoup vendu pendant la courte période où il a travaillé chez nous. Si ma mémoire est bonne, il se déplaçait énormément en province. Tous mes représentants y allaient beaucoup. Nous vendions des machines agricoles et des engins de terrassement, mais aucun de mes employés ne faisait autant de route que ce Leopold et aucun d'eux n'était aussi piètre vendeur.

– Ce qui signifie qu'il ne vous a pas rapporté beaucoup d'argent ? demanda Erlendur.

– Au début, je ne voulais absolument pas l'employer, nota Benedikt.

– Ah bon ?

– Si, enfin, je veux dire que non. En fait, ils m'ont forcé à l'embaucher. J'ai été obligé de me séparer d'un gars du tonnerre pour lui trouver une place. Notre entreprise n'a jamais été bien importante, vous voyez.

– Attendez une seconde, vous pouvez me répéter ça ? Qui vous a forcé à l'embaucher ?

– Ils m'ont averti que je ne devais en parler à personne, par conséquent… je ne sais pas si je dois en parler. Toutes ces manigances me mettaient sacrément mal à l'aise. Je n'aime pas beaucoup les combines.

– Ça fait des dizaines d'années, observa Erlendur. Je ne vois pas à qui ça pourrait nuire.

– Non, je suppose que non. Ils ont menacé de confier la franchise à quelqu'un d'autre. Ils m'ont menacé froidement de me la retirer si je n'embauchais pas ce type. J'avais l'impression d'avoir atterri dans la mafia.

– Qui vous a forcé la main pour employer ce Leopold?

– Le fabricant basé en Allemagne, ou plutôt dans ce qui était à l'époque l'Allemagne de l'Est. Ils avaient de bons tracteurs, nettement moins chers que les Américains. Et aussi des bulldozers et des pelleteuses. On en vendait des quantités, même s'ils n'avaient pas aussi bonne réputation que les Ferguson ou les Caterpillar.

– Et ils pouvaient vous influencer dans le choix de vos employés?

– Ils m'ont menacé, plaida Benedikt. Qu'est-ce que je pouvais faire? Rien du tout. Évidemment, j'ai embauché ce type.

– Est-ce qu'ils vous ont expliqué pourquoi? Pour quelles raisons ils voulaient que vous employiez précisément cet homme-là?

– Non, pas du tout. Ils n'ont donné aucune explication. Je l'ai embauché sans le connaître. Ils m'ont dit que c'était à titre provisoire et, comme je viens de vous le dire, il n'était pas souvent en ville mais passait le plus clair de son temps à voyager.

– À titre provisoire?

– Ils m'ont expliqué qu'il n'aurait pas besoin de travailler longtemps pour moi. Et ils ont posé certaines conditions. Ils ne voulaient pas qu'il figure sur la liste des salariés. Il devait travailler à la commission, je devais le payer au noir. C'était plutôt difficile. Mon comptable me faisait tout le temps des remarques là-dessus. Par contre, ça n'a jamais mis en jeu de grosses sommes, elles n'étaient pas suffisantes pour lui permettre de vivre. Je suppose qu'il avait d'autres sources de revenus.

– Qu'est-ce que ces gens-là avaient en tête, à votre avis?

– Je n'en ai pas la moindre idée. Ensuite, il a disparu et je n'ai plus jamais entendu parler de ce Leopold, sauf par la police.

– À l'époque de sa disparition, vous n'avez raconté à personne ce que vous êtes en train de me dire?

– Non, à personne. Ils m'avaient menacé. J'employais des gens. Cette entreprise me permettait de vivre, même si elle n'était pas très importante on arrivait malgré tout à en dégager des bénéfices. En plus, les travaux de construction des centrales électriques commençaient. À Burfell et à Sigalda. Ils avaient besoin de ces engins. Nous avons gagné énormément d'argent avec ces chantiers. C'est tombé à cette époque-là. L'entreprise se développait. J'avais franchement d'autres chats à fouetter.

— Et vous avez simplement essayé d'oublier ce détail ?

— Exactement. Je me suis toujours dit que ça ne me regardait pas. Puisque le fabricant voulait que j'embauche ce gars, j'ai cédé mais il ne m'intéressait pas du tout.

— Vous avez une idée sur ce qui aurait pu lui arriver ?

— Non, aucune. Il avait ce rendez-vous à Mosfellssveit. Autant qu'on sache, il n'y est pas allé. Peut-être qu'il l'a juste laissé tomber ou repoussé au lendemain. Ce n'est pas impossible. Peut-être qu'il a dû régler une affaire urgente.

— Vous ne pensez pas que le paysan chez qui il avait rendez-vous aurait pu mentir ?

— Je n'en sais rien.

— Qui vous a contacté pour que vous embauchiez Leopold ? Il l'a fait personnellement ?

— Non, ce n'était pas lui. Un homme de leur ambassade, à Aegisida, est venu me voir. En fait, c'était plutôt une délégation commerciale qu'une ambassade à l'époque. Plus tard, ils se sont énormément développés. En fait, il m'avait déjà rencontré à Leipzig.

— À Leipzig ?

— Oui, on y allait une fois par an pour les foires commerciales. Ils organisaient d'importantes foires-expositions où ils présentaient toutes sortes de produits et d'appareils industriels et on était nombreux à y aller, enfin, ceux qui faisaient du commerce avec les Allemands de l'Est.

— Cet homme qui est venu vous voir, c'était qui ?

— Il ne s'est jamais présenté.

— Le nom de Lothar vous dit quelque chose ? Lothar Weiser, un ressortissant est-allemand.

— Jamais entendu ce nom-là. Lothar ? Non, ça ne me dit rien.

— Vous pouvez me décrire cet homme de l'ambassade qui est venu vous voir ?

— Ça fait un sacré bout de temps. Il était plutôt enveloppé. Très sympathique, enfin je suppose qu'il l'aurait été s'il n'était pas venu me forcer la main pour embaucher ce gars-là.

— Vous ne croyez pas que vous auriez dû communiquer ces renseignements à la police, à l'époque? Vous ne pensez pas que ça aurait pu l'aider?

Benedikt hésita puis haussa les épaules.

— Je me suis efforcé de faire en sorte que cela ne me touche ni moi ni mon entreprise. D'ailleurs, je ne me sentais pas concerné. Cet homme n'avait rien à voir avec moi. Il n'avait finalement rien à voir avec l'entreprise non plus. Et puis, ils m'avaient menacé. Qu'est-ce que je pouvais faire?

— Vous vous souvenez de sa petite amie? De la petite amie de ce Leopold?

— Non, répondit Benedikt d'un air pensif. Non, je ne vois pas. Elle a été...

Il s'interrompit, comme s'il ne savait pas vraiment quoi dire sur cette femme qui avait perdu l'homme qu'elle aimait sans avoir jamais eu aucune réponse sur son sort.

— Exactement, conclut Erlendur. Ça l'a rendue atrocement malheureuse. Et c'est encore le cas aujourd'hui.

Le Tchèque Miroslav vivait dans le sud de la France, c'était un homme âgé à la mémoire infaillible. Il maniait le français, maîtrisait bien l'anglais et accepta de s'entretenir avec Sigurdur Oli au téléphone. C'était Quinn, de l'ambassade américaine de Reykjavik, qui avait mentionné ce Tchèque et, grâce à son intervention, ce dernier avait accepté de leur parler. Dans le temps, Miroslav avait été condamné pour espionnage dans son pays où il avait passé quelques années en prison. Il n'était pas considéré comme un agent de grande envergure ou de quelque importance, étant resté basé en Islande pendant la majeure partie de sa carrière au service des Affaires étrangères. Personnellement, il ne se présentait pas comme un espion. Il expliqua qu'il avait succombé à la tentation quand on lui avait offert de l'argent pour informer un agent de l'ambassade américaine si des événements suspects se produisaient dans son ambassade ou dans l'une de celles des pays qui se trouvaient derrière le Rideau de Fer. Il n'avait jamais rien eu à raconter. Il ne se passait jamais rien en Islande.

L'été était bien avancé. Le squelette du lac de Kleifarvatn était tombé aux oubliettes pendant les vacances. Les médias avaient depuis longtemps cessé d'en parler. À cause de ces mêmes vacances, la demande qu'Erlendur avait déposée afin de lancer des recherches pour retrouver l'homme à la Falcon était restée en suspens.

Sigurdur Oli était parti pour deux semaines avec Bergthora en Espagne d'où il était rentré bronzé et rayonnant. Elinborg avait voyagé en Islande en compagnie de Teddi et passé deux semaines au chalet de vacances que sa sœur possédait dans le Nord. L'intérêt suscité par son livre de recettes n'était pas encore retombé et, lors d'une brève interview publiée dans un magazine chic sous le titre "Les gens et la presse", elle avait confié qu'elle en avait mis un autre au four, enfin un autre livre.

Et puis, un jour, elle était venue murmurer à l'oreille d'Erlendur que Sigurdur Oli et Bergthora avaient enfin réussi.

— Pourquoi est-ce que tu chuchotes? avait demandé Erlendur.

— Enfin, s'était exclamée Elinborg, toute contente. Bergthora vient de m'apprendre la nouvelle, mais c'est encore secret.

— Quoi donc?

— Elle est enceinte! Ils ont eu tellement de mal. Ils ont dû recourir à l'insémination artificielle et ça a enfin marché!

— Donc, Sigurdur Oli va avoir un enfant?

— Oui. Mais il ne faut le dire à personne. Personne ne doit le savoir.

— Pauvre môme, avait soupiré Erlendur. Elinborg l'avait abandonné en pestant tout ce qu'elle savait.

Miroslav s'était montré très désireux de leur venir en aide. La conversation eut lieu dans le bureau de Sigurdur Oli, en présence d'Erlendur et d'Elinborg. Un magnétophone était relié au téléphone. À l'heure précise le jour convenu, Sigurdur Oli décrocha le combiné pour composer le numéro.

Au bout de quelques sonneries, une voix de femme répondit à l'autre bout de la ligne. Sigurdur Oli se présenta en demandant à parler à Miroslav. On le pria de patienter. Il lança un regard à Elinborg et à Erlendur en haussant les épaules comme s'il ne savait pas à quelle sauce il allait être mangé. Finalement, un homme arriva au téléphone et se présenta comme Miroslav. Sigurdur Oli répéta son identité et exposa l'objet de son appel. Miroslav lui répondit tout de suite qu'il était au courant. Il parlait un peu l'islandais, mais préférait que la conversation se déroule en anglais.

— C'est plus facile pour moi, expliqua-t-il.

— Oui, parfait, ehmm, je voulais que vous me parliez de ce membre de la délégation est-allemande à Reykjavik dans les années 60, commença Sigurdur Oli en anglais. Ce Lothar Weiser.

— On m'a dit que vous aviez découvert un cadavre dans un lac et que vous pensiez qu'il s'agirait de lui, observa Miroslav.

— Nous n'en sommes absolument pas certains, corrigea Sigurdur Oli. Ce n'est qu'une possibilité parmi tant d'autres, continua-t-il après un bref silence.

— Vous avez l'habitude de retrouver des cadavres attachés à des appareils d'espionnage russes ? demanda Miroslav en éclatant de rire. Quinn l'avait visiblement bien informé. Enfin, je comprends. Je comprends bien que vous désiriez prendre toutes les précautions et éviter d'en dire trop, surtout par téléphone. Vous me rétribuerez en échange des renseignements que je vous communiquerai ?

— Malheureusement, répondit Sigurdur Oli, nous ne sommes pas habilités à passer ce genre de marché. On nous a dit que vous seriez coopératif.

— Coopératif, exact, convint Miroslav. Mais pas d'argent ? demanda-t-il en islandais.

— Non, pas d'argent, confirma Sigurdur Oli, également en islandais.

Il y eut un silence au téléphone. Les trois collègues échangèrent des regards, serrés comme des sardines dans le bureau de Sigurdur Oli. Un long moment s'écoula avant qu'ils n'entendent à nouveau la voix du Tchèque. Il cria quelque

chose, probablement dans sa langue maternelle et ils entendirent une voix de femme lointaine lui répondre. Les voix
étaient à demi étouffées, comme s'il avait mis sa main devant
le combiné. On entendit d'autres échanges verbaux. Mais ils
n'étaient pas sûrs qu'il s'agissait d'une dispute.

— Lothar Weiser était l'un des espions dont disposaient les
Allemands de l'Est en Islande, annonça Miroslav sans plus de
procès après avoir repris le combiné. Les mots sortaient à toute
vitesse de sa bouche, comme s'il était excédé par la discussion
qui avait précédé. Lothar maîtrisait parfaitement l'islandais, il
l'avait appris à Moscou, vous le saviez?

— Oui, répondit Sigurdur Oli. Que faisait-il ici?

— Lothar n'était pas un membre de la délégation puisqu'il
travaillait en réalité pour les services secrets est-allemands,
précisa Miroslav. Sa spécialité était d'amener les gens à travailler
pour lui en s'attirant leur sympathie. Il était génial dans ce
domaine. Il utilisait toutes sortes de ruses, il excellait dans
l'exploitation des faiblesses des autres. Il faisait chanter les gens
pour qu'ils travaillent pour lui. Il leur tendait des pièges, avait
recours à des prostituées. Tout le monde faisait ça. Il prenait des
photos susceptibles de mettre les gens dans l'embarras. Vous
voyez où je veux en venir? Il débordait d'imagination.

— Il avait... comment dire, des complices en Islande?

— Pas que je sache, mais ça ne signifie pas qu'il n'en ait pas
eu.

Erlendur prit un papier et un crayon sur le bureau; il se mit
à noter quelque chose qui venait de lui traverser l'esprit.

— S'était-il lié d'amitié avec des Islandais dont vous vous
souviendriez? demanda Sigurdur Oli.

— Je ne sais pas grand-chose sur ses relations avec les
Islandais. Je ne le connaissais pas beaucoup.

— Vous pouvez nous décrire ce Lothar avec plus de précision?

— La seule chose qui comptait à ses yeux, c'était lui-même,
annonça Miroslav. Il se fichait éperdument de qui il trahissait
dès lors qu'il en tirait un bénéfice. Il avait beaucoup d'ennemis. Il y en a sûrement plus d'un qui souhaitait sa mort. En
tout cas, c'est ce que j'ai entendu dire.

– Vous connaissez quelqu'un en particulier qui aurait voulu sa mort?

– Non.

– Et cet appareil russe, d'où aurait-il pu provenir?

– De n'importe quelle ambassade des pays communistes à Reykjavik. On se servait tous de matériel fabriqué en Russie. C'étaient eux qui en produisaient le plus et toutes les ambassades utilisaient leurs appareils. Leurs émetteurs, leurs récepteurs, leurs appareils d'écoute ainsi que leurs postes de radio et leurs infâmes postes de télévision russes. Ils nous inondaient avec leur camelote, et on était obligés de l'acheter.

– On pense qu'on a trouvé un appareil d'écoute utilisé pour espionner l'armée américaine basée à l'aéroport de Keflavik.

– En fait, on passait notre temps à ça, répondit Miroslav. On plaçait aussi sur écoute les autres ambassades. Évidemment, l'armée américaine avait des bases disséminées un peu partout en Islande, mais je ne suis pas là pour vous parler de ça. À ce que m'a dit Quinn, vous vouliez simplement avoir des renseignements sur la disparition de ce Lothar à Reykjavik.

Erlendur tendit à Sigurdur Oli le papier sur lequel il avait écrit sa question. Sigurdur Oli la lut à voix haute.

– Vous savez pourquoi Lothar a été envoyé en Islande?

– Pourquoi? reprit Miroslav.

– Nous avons comme l'impression que ce bout du monde ne figurait pas franchement au top 50 des destinations pour diplomates, observa Sigurdur Oli.

– C'était plutôt pas mal pour ceux qui venaient de Tchécoslovaquie, comme moi, répondit Miroslav. Autant que je sache, Lothar n'avait pas fait d'impair susceptible de justifier sa nomination en Islande, si c'est le sens de votre question. Je sais qu'il a été expulsé de Norvège. Les Norvégiens ont découvert qu'il tentait d'obtenir la collaboration d'un haut fonctionnaire de leur ministère des Affaires étrangères.

– Que savez-vous de la disparition de Lothar? demanda Sigurdur Oli.

– La dernière fois que je l'ai vu, c'était à l'accueil de l'ambassade soviétique. Peu avant sa disparition, en 1968.

C'était évidemment une période difficile à cause de ce qui se passait à Prague. Lothar parlait de la révolte de Hongrie en 1956, là, à l'accueil. Je n'ai saisi que quelques bribes de la conversation, mais elles illustrent parfaitement le personnage.

— Et que disait-il? demanda Sigurdur Oli.

— Il parlait de Hongrois qu'il avait rencontrés à Leipzig, précisa Miroslav. Surtout d'une jeune femme qui passait beaucoup de temps en compagnie des Islandais qui étudiaient dans la ville.

— Vous vous souvenez de ce qu'il disait? demanda Sigurdur Oli.

— Il affirmait qu'il savait s'y prendre avec ces opposants, ces rebelles tchécoslovaques. Il fallait tous les arrêter sans exception pour les envoyer au goulag. Il était ivre quand il a dit ça et je ne sais pas pourquoi il en parlait mais, en tout cas, c'était quelque chose de ce genre.

— Et puis, quelque temps plus tard, vous avez appris sa disparition? observa Sigurdur Oli.

— Il a certainement fait des siennes, reprit Miroslav. En tout cas, c'est ce qu'on a pensé. Des rumeurs ont circulé, comme quoi ils lui auraient réglé son sort. Les Allemands de l'Est. Ils l'auraient renvoyé par la valise diplomatique. Ils en étaient tout à fait capables. Le courrier des ambassades n'était pas surveillé. On pouvait faire entrer et sortir tout ce qu'on voulait. Même les choses les plus incroyables.

— À moins qu'ils ne l'aient simplement balancé dans le lac, suggéra Sigurdur Oli.

— Tout ce que je sais, c'est qu'il a disparu et qu'ensuite personne n'a plus jamais entendu parler de lui.

— Vous savez quel genre de faux pas il aurait pu commettre?

— On a pensé qu'il avait retourné sa veste.

— Retourné sa veste?

— Qu'il avait vendu ses services à l'ennemi. Ça se produisait souvent. Voyez mon cas, par exemple. Mais les Allemands étaient plus impitoyables que nous, les Tchèques.

— Vous voulez dire qu'il aurait vendu des renseignements à…

– Vous êtes bien sûr qu'il n'y a pas d'argent à la clef?
s'enquit de nouveau Miroslav, coupant la parole à Sigurdur
Oli. On entendait à nouveau la voix féminine en arrière-plan,
le ton avait monté d'un cran.

– Malheureusement non, confirma Sigurdur Oli.

Ils entendirent Miroslav dire quelque chose, probablement
dans sa langue maternelle. Ensuite, il reprit en anglais :

– Je vous en ai assez dit. Ne rappelez pas ici.

Sur ce, il leur raccrocha au nez. Ils se dévisagèrent. Erlendur
tendit le bras vers le magnétophone pour l'éteindre.

– Quel idiot, reprocha-t-il à Sigurdur Oli. Tu ne pouvais
pas lui raconter un bobard? Lui faire miroiter dix mille
couronnes? N'importe quoi? Tu n'aurais pas pu le garder un
peu au bout de fil?

– Calme-toi, répondit Sigurdur Oli. Il n'aurait rien dit de
plus. Il ne voulait rien nous dire de plus. Vous l'avez entendu
tous les deux.

– Ça nous a avancés? Ça nous apprend qui est dans le lac?
demanda Elinborg.

– Je n'en sais rien, répondit Erlendur. Nous avons un
conseiller commercial est-allemand et un appareil d'écoute
fabriqué en Russie. Ça pourrait coller.

– Ça saute aux yeux, non, observa Elinborg. Lothar et
Leopold sont un seul et même homme, qui a été immergé
dans le lac de Kleifarvatn. Il a commis un impair qui les a
obligés à se débarrasser de lui.

– Et cette femme devant la crémerie? demanda Sigurdur
Oli.

– Elle n'a rien compris au film, rétorqua Elinborg. Tout
ce qu'elle sait de cet homme, c'est qu'il s'est montré gentil
avec elle.

– Elle faisait peut-être partie de sa couverture en Islande,
observa Erlendur.

– Oui, peut-être, convint Elinborg.

– Personnellement, je me dis que le fait que l'appareil n'ait
pas été en état de marche quand on l'a utilisé pour lester le
corps doit avoir une signification. On dirait bien que soit il ne
servait plus, soit quelqu'un l'a volontairement détruit.

– Je me demandais aussi s'il provenait nécessairement d'une ambassade, reprit Elinborg. Il est possible qu'il soit arrivé en Islande par un autre circuit.

– Franchement, qui tu veux qui aille passer en contrebande un appareil d'écoute russe ? rétorqua Sigurdur Oli.

Ils se turent en se disant chacun dans leur coin que la complexité de cette affaire dépassait leur entendement. Ils étaient plus habitués à enquêter sur des affaires criminelles typiquement islandaises n'impliquant ni appareils bizarres, ni conseillers commerciaux qui n'en étaient pas, ni ambassades étrangères, ni guerre froide mais uniquement la réalité islandaise, anodine, quotidienne, pauvre en événements et tellement, tellement loin du tumulte du monde.

– On ne pourrait pas essayer de trouver dans tout ça une dimension islandaise ? proposa Erlendur, relançant la discussion.

– Qu'est-ce que tu dirais des étudiants ? suggéra Elinborg. Pourquoi ne pas essayer de les retrouver ? De vérifier si l'un d'entre eux se souviendrait de ce Lothar ? Il nous reste à explorer cette piste.

Dès le lendemain, Sigurdur Oli avait entre les mains la liste de ceux qui avaient étudié dans les universités est-allemandes entre la fin de la Seconde Guerre mondiale et 1970. Les renseignements lui avaient été communiqués par l'ambassade d'Allemagne et le ministère de l'Éducation. Ils y allèrent lentement, en commençant par les étudiants qui avaient séjourné à Leipzig dans les années 60 et en remontant dans le temps. Rien ne pressait, ils menaient l'enquête parallèlement à des affaires mineures qui atterrissaient sur leur bureau, principalement des effractions et des cambriolages. Ils savaient à quelle époque Lothar avait été inscrit à l'université de Leipzig, durant les années 50, mais il était possible qu'il soit resté dans les parages nettement plus longtemps. Ils entendaient s'acquitter de la tâche correctement. Ils décidèrent de remonter dans le temps en partant du moment où il avait disparu de l'ambassade.

Ils décidèrent de ne pas s'entretenir avec ces gens par téléphone, optant plutôt pour apparaître à leur porte sans prévenir. Erlendur était d'avis que la réaction qu'ils auraient sur le vif face à une visite inopinée de la police était d'une importance capitale. De la même manière qu'une attaque-surprise pouvait déterminer l'issue d'une guerre. Il s'agissait d'être attentif à leur expression quand ils leur expliqueraient la raison de leur présence. Aux premières phrases qu'ils prononceraient.

C'est ainsi qu'un jour de septembre, alors qu'ils étaient remontés jusqu'au milieu des années 50 sur la liste des étudiants islandais, Sigurdur Oli et Elinborg vinrent frapper à la porte d'une femme dénommée Rut Bernhards. D'après les renseignements dont ils disposaient, elle avait arrêté ses études à Leipzig au bout d'un an et demi.

Elle vint elle-même leur ouvrir la porte, totalement sidérée quand elle sut que des policiers désiraient lui parler.

27

Rut Bernhards dévisagea Sigurdur Oli et Elinborg tour à tour sans comprendre comment il était possible que ce soit la police. Sigurdur dut le lui répéter à trois reprises avant qu'elle ne reprenne ses esprits et ne leur demande ce qu'ils lui voulaient. Ce fut Elinborg qui le lui expliqua. La scène se passait aux alentours de dix heures du matin dans l'escalier d'un immeuble qui n'était pas sans rappeler celui où vivait Erlendur, en version toutefois plus sale, la moquette était plus usée et il régnait une forte odeur d'humidité dans les étages.

Rut fut encore plus surprise quand Elinborg eut fini de parler.

— Les étudiants qui étaient à Leipzig ? s'enquit-elle. Qu'est-ce que voulez savoir sur eux ? Pourquoi diable… ?

— On pourrait peut-être entrer chez vous un moment, proposa Elinborg. Ce ne sera pas bien long.

Rut s'accorda un instant de réflexion, encore très dubitative avant de se décider à leur ouvrir la porte. Ils pénétrèrent dans une petite entrée puis ils allèrent jusqu'au séjour. Les chambres se trouvaient à droite, la cuisine était attenante au séjour. Rut les invita à s'asseoir en leur demandant s'ils voulaient du thé ou autre chose et en leur demandant de l'excuser, c'était la première fois qu'elle parlait à des policiers. Ils voyaient à quel point elle était perturbée, debout à la porte de la cuisine. Elinborg pensa qu'elle reprendrait ses esprits en préparant du thé, elle accepta donc son offre, au grand dam de Sigurdur Oli qui n'était pas venu ici pour prendre le thé, ce qu'il montra ostensiblement à Elinborg avec force mimiques. Elle se contenta de lui sourire.

La veille, Sigurdur Oli avait reçu un nouvel appel de l'homme qui avait perdu sa femme et son enfant dans un accident de la route. Bergthora et lui rentraient juste de chez le médecin qui leur avait dit que tout allait pour le mieux concernant la grossesse, le fœtus se développait correctement, ils n'avaient aucune raison de s'inquiéter. Les paroles du médecin n'eurent pourtant guère d'effet. Ils l'avaient déjà entendu tenir ce genre de discours. Ils étaient assis dans la cuisine et discutaient avec réserve de la suite des événements lorsque le téléphone avait retenti.

— Je ne peux pas vous parler pour l'instant, déclara Sigurdur Oli dès qu'il comprit qui était à l'autre bout du fil.

— Je ne voulais pas vous déranger, répondit l'homme, toujours aussi poli. Il était d'humeur égale, conservait le même ton et s'exprimait toujours avec le même calme, ce que Sigurdur Oli mettait sur le compte des tranquillisants.

— Oui? répondit Sigurdur Oli. Alors ne m'appelez plus.

— Je voulais simplement vous remercier, reprit l'homme.

— C'est inutile, je n'ai rien fait, dit Sigurdur Oli. Vous n'avez aucune raison de me remercier.

— Je crois que je suis en train de me remettre petit à petit, poursuivit l'homme.

— C'est une bonne chose, répondit Sigurdur Oli.

Il y eut un silence.

— Elles me manquent affreusement, reprit l'homme.

— Évidemment qu'elles vous manquent, répondit Sigurdur Oli en lançant un regard à Bergthora.

— Je ne vais pas baisser les bras. Je vais me battre. En souvenir d'elles.

— C'est très bien.

— Désolé de vous avoir dérangé. Je ne sais pas pourquoi je vous appelle toujours comme ça. C'est la dernière fois.

— Ce n'est pas grave.

— Il faut que je me reprenne.

Sigurdur Oli s'apprêtait à lui dire au revoir quand l'homme raccrocha subitement.

— Il va mieux? demanda Bergthora.

— Je ne sais pas, répondit Sigurdur Oli. J'espère.

Sigurdur Oli et Elinborg entendirent Rut s'affairer dans la cuisine dont elle ressortit avec des tasses et un sucrier en leur demandant s'ils prendraient du lait. Elinborg lui répéta ce qu'elle lui avait dit sur le pas de la porte. Elle lui expliqua qu'ils cherchaient à retrouver des étudiants islandais ayant séjourné à Leipzig en ajoutant qu'il était possible, seulement possible, avait-elle répété, que l'un d'entre eux ait quelque chose à voir avec une disparition qui s'était produite à Reykjavik avant 1970.

Rut l'écouta sans dire un mot jusqu'à ce que la bouilloire se mette à siffler dans la cuisine. Elle y retourna pour en revenir aussitôt avec le thé ainsi que quelques gâteaux secs qu'elle avait disposés sur une assiette. Elinborg savait qu'elle avait largement soixante-dix ans et elle trouvait qu'elle portait bien son âge. Mince et élancée, elle avait la même taille qu'elle, des cheveux teints en noir, le visage légèrement allongé avec une expression sérieuse soulignée par ses rides, mais un joli sourire dont elle semblait avare.

— Vous pensez que cet homme aurait fait des études à Leipzig? demanda-t-elle.

— Nous n'en avons aucune idée, répondit Sigurdur Oli.

— De quelle disparition s'agit-il? demanda Rut. Je ne me souviens pas avoir vu quoi que ce soit dans la presse qui... Elle prit une expression pensive. Excepté cette histoire au lac de Kleifarvatn, le printemps dernier. Vous me parlez peut-être du squelette retrouvé là-bas?

— C'est exact, confirma Elinborg en lui adressant un sourire.

— Ce squelette aurait un rapport avec Leipzig?

— Ça, on ne le sait pas, répondit Sigurdur Oli.

— Vous devez quand même bien savoir quelque chose puisque vous êtes venus jusqu'ici pour interroger une ancienne étudiante de Leipzig, observa Rut d'un ton ferme.

— Nous avons des indices, précisa Elinborg. Mais ils ne sont pas suffisamment convaincants pour que nous puissions les dévoiler. On espérait juste que vous pourriez peut-être nous aider.

— Comment avez-vous établi ce lien avec Leipzig?

— Il n'est pas dit que cet homme ait un lien quelconque avec cette ville, intervint Sigurdur Oli d'un ton plus cinglant. Vous avez arrêté vos études là-bas au bout d'un an et demi, continua-t-il pour changer de sujet. Vous n'avez donc pas achevé vos études à Leipzig, c'est ça?

Au lieu de lui répondre, elle versa le thé dans les tasses en ajoutant du sucre et du lait dans la sienne. Elle fit tourner une petite cuiller dedans, d'un air absent.

— C'était donc un homme qui se trouvait dans le lac? Vous avez bien dit *l'homme*, tout à l'heure?

— Oui, répondit Sigurdur Oli.

— Je crois savoir que vous êtes enseignante, observa Elinborg.

— Je suis entrée à l'École Normale à mon retour en Islande, répondit Rut. Mon mari était aussi enseignant. On était tous les deux instituteurs. On a divorcé récemment. J'ai arrêté d'enseigner, je suis à la retraite. On n'avait plus besoin de moi. Vous savez, quand on arrête de travailler, on a l'impression qu'on arrête de vivre.

Elle avala une gorgée de thé, imitée par Sigurdur Oli et Elinborg.

— J'ai gardé l'appartement, reprit-elle.

— C'est toujours triste quand... commença Elinborg, mais Rut l'interrompit comme si la compassion d'une femme inconnue, qui plus est en service, lui était au plus haut point indifférente.

— On était tous socialistes, déclara-t-elle en regardant Sigurdur Oli, tous ceux qui étaient à Leipzig.

Elle marqua une pause pendant qu'elle se replongeait dans le passé, quand elle était jeune et qu'elle avait la vie devant elle.

— On avait de grands idéaux, reprit-elle en regardant Elinborg. Je ne sais pas si qui que ce soit en a aujourd'hui. Je veux dire, parmi les jeunes. Des idéaux simples sur une vie meilleure et plus juste. J'ai l'impression que plus personne ne pense à cela aujourd'hui. Aujourd'hui, on ne pense qu'à s'enrichir au maximum. À cette époque, personne ne pensait à s'enrichir ou à posséder quoi que ce soit. Cet esprit mercantile généralisé n'existait pas. Personne ne possédait rien, à part peut-être de grandes idées.

— Bâties sur des mensonges, observa Sigurdur Oli, n'est-ce pas? Pour la majeure partie?

— Je ne sais pas, répondit Rut. Bâties sur des mensonges, vous dites ? Qu'est-ce qu'un mensonge ?

— Non, répondit Sigurdur Oli, étonnamment pressé. Je voulais dire que le communisme a été renversé partout dans le monde sauf dans les pays qui ne respectent pas les droits de l'homme, comme la Chine et Cuba. C'est tout juste si les gens aujourd'hui reconnaissent avoir été communistes. C'est presque une insulte. Ce n'était pas comme ça à l'époque, non ?

Elinborg lui lança un regard scandalisé. Elle ne parvenait pas à croire que Sigurdur Oli était en train de donner des leçons à cette femme. Même si elle aurait dû s'y attendre de sa part. Elle savait qu'il votait pour les conservateurs et l'avait parfois entendu dire des communistes islandais qu'ils feraient mieux de balayer devant leur porte après avoir défendu un système qu'ils savaient fichu, un système qui ne générait rien d'autre que des dictatures et de l'oppression. Comme si les communistes avaient un tas de comptes à régler avec le passé parce qu'ils savaient parfaitement de quoi il retournait à l'époque et qu'ils portaient la responsabilité des mensonges. Peut-être qu'il voyait en Rut une cible plus facile que les autres. Peut-être qu'il était tout simplement à bout de nerfs.

— Vous avez dû arrêter vos études, s'empressa d'ajouter Elinborg afin d'orienter la discussion sur une autre voie.

— Il n'y avait rien de plus merveilleux à nos yeux, reprit Rut en fixant Sigurdur Oli. Et c'est toujours vrai aujourd'hui. Le socialisme dans lequel on croyait à l'époque et dans lequel nous continuons de croire est celui qui a permis de mettre sur pied les mouvements ouvriers, d'assurer aux gens un niveau de vie digne, de permettre l'hospitalisation gratuite s'il vous arrivait quelque chose à vous ou à vos proches, de vous offrir une formation pour que vous puissiez devenir policier, de mettre en place le système de la Sécurité sociale. Mais tout cela n'est rien comparé aux principes socialistes selon lesquels nous vivons tous, vous, elle et moi, plus ou moins, si nous voulons simplement survivre. C'est le socialisme qui fait de nous des êtres humains. Alors, ne vous avisez pas de vous moquer de moi, mon garçon !

– Vous êtes bien certaine que c'est le socialisme qui a mis en place la Sécurité sociale ? rétorqua Sigurdur Oli sans baisser la garde. Il me semble que c'est l'œuvre des conservateurs.

– N'importe quoi, explosa Rut.

– Et les Soviets ? s'entêta Sigurdur Oli. Qu'est-ce que vous dites de ce ramassis de mensonges ?

Rut demeura un instant silencieuse.

– Pourquoi vous vous en prenez à moi comme ça ? demanda-t-elle.

– Je ne m'en prends pas à vous, répondit Sigurdur Oli.

– Il a pu arriver que certains se sentent obligés d'adopter des positions inflexibles, reprit Rut. Peut-être que c'était nécessaire à une certaine époque. Vous êtes incapable de comprendre ça. Ensuite, les temps changent, comme les points de vue et les gens. Rien n'est immuable. Je ne comprends pas votre colère. D'où vous vient-elle ?

Elle dévisageait Sigurdur Oli.

– D'où vous vient cette colère ? insista-t-elle.

– Je ne voulais pas me disputer avec vous, répondit Sigurdur Oli. Ce n'était pas le but de ma visite.

– Vous vous souvenez d'une personne à Leipzig qui s'appelait Lothar ? interrogea Elinborg, mal à l'aise. Elle espérait bien que Sigurdur Oli préparait une excuse avant de s'arranger pour disparaître dans la voiture. Pourtant, il restait rivé à côté d'elle sur le canapé les yeux fixés sur Rut. Il s'appelait Lothar Weiser, ajouta-t-elle.

– Lothar ? reprit Rut. Oui, mais pas beaucoup. Il parlait islandais.

– Tout à fait, confirma Elinborg. Vous vous souvenez de lui ?

– Un tout petit peu. Il lui arrivait de manger avec nous à la résidence universitaire. En fait, je ne l'ai jamais vraiment bien connu. J'avais toujours la nostalgie du pays et… les conditions de vie n'étaient pas très bonnes, le logement était insalubre et… je… enfin, cela ne me convenait pas.

– Non, c'était évidemment difficile de vivre là-bas après la guerre, reconnut Elinborg.

– C'était tout simplement affreux, renchérit Rut. La reconstruction de l'Allemagne de l'Ouest était dix fois plus rapide, d'ailleurs ils bénéficiaient du soutien des puissances occidentales. En Allemagne de l'Est, tout avançait très lentement, voire pas du tout.

— On nous a dit que son rôle consistait aussi à amener les étudiants à collaborer avec lui, reprit Sigurdur Oli. Ou à les surveiller, d'une manière ou d'une autre. Vous le saviez ?

— On était surveillés, répondit Rut. On le savait, tout le monde le savait. Ça s'appelait la surveillance réciproque. Un autre nom pour la surveillance des individus. Si les gens notaient quelque chose allant à l'encontre du socialisme, ils devaient se présenter volontairement pour le rapporter. Évidemment, on ne le faisait pas. Aucun de nous. Je n'ai jamais remarqué que Lothar ait tenté d'obtenir notre collaboration. Tous les étrangers avaient ce qu'on appelait un tuteur auquel ils pouvaient se référer et qui les tenait à l'œil. Lothar était un de ces tuteurs.

— Vous avez gardé contact avec vos anciens camarades de l'université de Leipzig ? demanda Elinborg.

— Non, répondit Rut, ça fait longtemps que je ne les ai pas vus. Nous n'avons aucun contact, du moins à ce que j'en sais. J'ai quitté le Parti à mon retour en Islande. Enfin, je ne l'ai pas réellement quitté, mon intérêt s'est simplement émoussé. Je suppose que c'est ce qu'on appelle se mettre en retrait.

— Nous avons ici une liste d'autres étudiants de Leipzig qui y ont séjourné au même moment que vous : Karl, Hrafnhildur, Emil, Tomas, Hannes…

— Hannes a été renvoyé de Leipzig, observa Rut, coupant la parole à Sigurdur Oli. J'ai entendu dire qu'il avait arrêté d'assister aux conférences, d'aller au défilé du Jour de la Liberté et que, de façon générale, il n'était plus dans l'esprit du groupe. Il fallait qu'on participe à tout ça. Et puis, on travaillait pour le socialisme pendant l'été. Chez des paysans et au charbon. On m'a dit qu'il n'était pas satisfait de ce qu'il y avait vu et entendu. Il voulait terminer ses études. Mais il n'en a pas eu l'occasion. Vous devriez peut-être l'interroger. S'il est encore en vie, je ne sais pas.

Elle les regarda tout à tour.

– C'est peut-être lui que vous avez retrouvé dans le lac? suggéra-t-elle.

– Non, répondit Elinborg, ce n'est pas lui. Nous savons qu'il vit à Selfoss, il dirige un petit hôtel.

– Je me rappelle qu'il a raconté son expérience à Leipzig à son retour en Islande, ils l'ont fustigé pour ça, ceux de la vieille garde du Parti. Ils l'ont traité de traître et de menteur. Les conservateurs l'ont acclamé et porté aux nues comme s'il était le fils prodigue. J'imagine que ça ne lui a fait ni chaud ni froid. Je crois qu'il voulait juste dire la vérité telle qu'il la voyait à présent mais évidemment, il y a un prix à payer. Je l'ai croisé un jour, quelques années plus tard. Il m'a semblé très déprimé, il était devenu taciturne. Peut-être croyait-il que j'étais toujours active au Parti, ce qui n'était pas le cas. Enfin, vous devriez aller le voir. Il se peut qu'il connaisse mieux Lothar que moi. Je suis restée là-bas si peu de temps.

Une fois dans la voiture, Elinborg réprimanda vertement Sigurdur Oli pour avoir mêlé ses opinions politiques à l'enquête policière. Il aurait quand même pu se retenir, il n'avait aucune raison de s'en prendre ainsi aux gens, encore moins à des femmes d'âge respectable qui vivaient seules.

– C'est quoi, ton problème, exactement? lui demanda-t-elle en quittant l'immeuble. C'est la première fois que j'entends des conneries pareilles. Qu'est-ce qui t'a pris? Je te pose la même question qu'elle: d'où te vient toute cette colère?

– Bah, je ne sais pas, répondit Sigurdur Oli. Mon père était ce genre de communiste qui n'a jamais rien compris à rien, déclara-t-il finalement.

C'était la première fois qu'Elinborg l'entendait parler de son père.

Erlendur rentrait chez lui quand le téléphone sonna. Il lui fallut un petit moment pour comprendre qui était ce Benedikt Jonsson qui se trouvait à l'autre bout de la ligne. Il se souvint tout à coup de lui. C'était l'homme qui avait embauché Leopold, à l'époque, comme vendeur dans son entreprise.

– J'espère que je ne vous dérange pas? demanda Benedikt.

– Non, répondit Erlendur. Qu'est-ce qu'il y a?

— Je vous appelle au sujet de cet homme.

— De cet homme?

— Celui de l'ambassade d'Allemagne de l'Est, ou de la délégation commerciale enfin, peu importe, précisa Benedikt. Celui qui m'a demandé d'embaucher Leopold en me prévenant que, si je refusais, l'entreprise en Allemagne prendrait des mesures de rétorsion.

— Oui, répondit Erlendur, le grassouillet, c'est ça? Et alors?

— Il me semble me souvenir, annonça Benedikt, qu'il connaissait un peu l'islandais. Je crois même qu'il le parlait très bien.

28

Les semaines qui suivirent la disparition d'Ilona s'écoulèrent lentement, comme dans un cauchemar incompréhensible. Le souvenir qu'il en gardait était celui d'un effroi continuel.

Partout où il allait, il se heurtait à l'antipathie ou à l'indifférence la plus totale des autorités de Leipzig. Personne ne voulait lui dire ce qu'elle était devenue, où elle avait été emmenée, où on la maintenait en détention, pour quelles raisons elle avait été arrêtée, quelle division de la police suivait son dossier. Il avait essayé d'obtenir l'aide de deux de ses professeurs à l'université, mais ceux-ci lui avaient répondu qu'ils ne pouvaient rien faire. Il s'était adressé au président de l'université pour qu'il prenne l'affaire en main, mais ce dernier avait refusé. Il avait essayé d'obtenir du président de l'association des étudiants, la FDJ, qu'il questionne les autorités, mais l'association l'avait éconduit.

Finalement, il téléphona au ministère des Affaires étrangères en Islande qui lui promit d'essayer d'obtenir des renseignements, mais cela ne servit à rien non plus. Ilona n'était pas une ressortissante islandaise, ils n'étaient pas mariés, l'État islandais n'avait donc aucun intérêt à défendre dans cette histoire ; en outre, il n'existait pas d'accords diplomatiques entre l'Islande et l'Allemagne de l'Est. Ses amis islandais de l'université s'efforcèrent de lui remonter le moral, mais ils étaient aussi démunis que lui. Ils ne comprenaient pas ce qui se passait. Il devait s'agir d'un malentendu. Elle réapparaîtrait un jour ou l'autre et tout s'expliquerait. Les amis d'Ilona et d'autres Hongrois, qui s'employaient tout autant que lui à obtenir des réponses, lui tinrent le même discours. Ils s'efforçaient tous de le rassurer en lui conseillant de garder son sang-froid, tout finirait par s'expliquer.

Il découvrit que d'autres personnes avaient été arrêtées le même jour qu'Ilona. La police politique avait fait une razzia sur le campus, arrêtant entre autres les amis d'Ilona qui assistaient aux réunions. Il savait qu'elle les avait prévenus quand il avait découvert qu'ils étaient surveillés de près ; il savait que la police avait des photos d'eux. Quelques-uns furent libérés le jour même. D'autres restèrent un peu plus entre les mains de la police. D'autres encore étaient toujours incarcérés lorsqu'il fut expulsé du pays. Personne n'avait de nouvelles d'Ilona.

Il prit contact avec les parents de la jeune fille, qui avaient appris son arrestation. Ils lui écrivirent une lettre désespérée où ils lui demandaient s'il savait ce qu'elle était devenue. À ce qu'ils en savaient, elle n'avait pas été renvoyée en Hongrie. Les dernières nouvelles qu'ils avaient d'elle résidaient dans une lettre qu'ils avaient reçue une semaine avant sa disparition. La lettre en question ne contenait rien qui laisse croire qu'elle était en danger. Dans leurs courriers, les parents d'Ilona lui expliquèrent qu'ils avaient tenté d'obtenir des autorités hongroises qu'elles enquêtent sur ce qui était arrivé à leur fille en Allemagne de l'Est mais cela n'avait servi à rien. Les autorités ne faisaient pas grand cas de sa disparition. Étant donné la situation qui régnait en Hongrie, les fonctionnaires ne s'inquiétaient pas beaucoup de savoir qu'un possible opposant au régime en place avait été arrêté. Les parents lui expliquèrent également qu'on leur avait refusé le laissez-passer pour se rendre en Allemagne de l'Est afin qu'ils puissent eux-mêmes enquêter sur la disparition de leur fille. Ils semblaient complètement désemparés.

Il leur répondit qu'il tâchait de trouver des explications de son côté à Leipzig. Il avait envie de leur raconter tout ce qu'il savait, que leur fille s'était livrée à des activités clandestines et subversives contre le parti communiste, contre la FDJ, l'association des étudiants, qui n'était qu'une branche du Parti, contre les conférences obligatoires et contre les limites imposées à la liberté d'expression, à celle de la presse, à la liberté d'association. Qu'elle s'était liée à de jeunes Allemands pour organiser des réunions clandestines. Qu'elle n'aurait pas pu imaginer ce qui allait lui arriver, que lui-même en aurait été encore moins capable. Cependant, il savait qu'il ne pouvait pas leur écrire ce genre de lettre. Tout ce qu'il enverrait serait censuré. Il fallait qu'il se tienne sur ses gardes.

Au lieu de ça, il leur confia qu'il n'aurait de repos qu'une fois qu'il aurait découvert ce qui était arrivé à Ilona et qu'il serait parvenu à la faire libérer.

Il n'assistait plus aux cours. Le jour, il allait d'administration en administration afin de solliciter des entrevues avec des fonctionnaires pour leur demander leur aide et des renseignements. Le temps passant, il le faisait plus par entêtement qu'autre chose car il était de plus en plus évident qu'il n'obtiendrait jamais de réponses. La nuit, il faisait les cent pas dans la petite chambre, tenaillé par l'angoisse. Il dormait à peine, ne somnolant que quelques heures, arpentait la chambre en espérant qu'elle apparaisse, que le cauchemar cesse, qu'ils la relâchent avec un simple avertissement, qu'elle lui revienne et qu'ils puissent à nouveau être ensemble. Il sursautait à chaque bruit provenant de la rue. Si une voiture approchait, il allait à la fenêtre. S'il entendait un craquement quelque part dans la maison, il s'arrêtait pour prêter l'oreille en se disant que peut-être, peut-être, c'était elle. Mais ce n'était jamais elle. Ensuite débutait un nouveau jour où il se sentait affreusement, affreusement seul au monde, désemparé et démuni.

Il finit par prendre son courage à deux mains pour écrire aux parents d'Ilona une nouvelle lettre où il leur annonça qu'elle était enceinte de lui. Il avait l'impression d'entendre leurs hurlements de douleur à chaque touche qu'il enfonçait sur le clavier de la vieille machine à écrire d'Ilona.

Et maintenant, il était assis là, bien des années plus tard, les lettres qu'ils leur avaient envoyées dans les mains. Il les relisait, percevant la colère dans leurs écrits, colère qui s'était ensuite muée en désespoir mêlé d'incompréhension. Plus jamais ils ne revirent leur fille. Plus jamais il ne revit sa bien-aimée.

Ilona avait disparu de leur vie pour toujours.

Il poussa un profond soupir, comme chaque fois qu'il s'autorisait à plonger dans les profondeurs de ses souvenirs les plus douloureux. Le temps passé n'y changeait rien, le regret demeurait aussi lancinant, la perte d'Ilona toujours aussi incompréhensible. Il se gardait désormais d'imaginer ce qu'avait été son destin. Autrefois, il s'était longuement torturé en pensant au sort qu'elle avait subi après son arrestation. Il s'était imaginé les interrogatoires. Il s'était imaginé la cellule à côté du petit bureau du quartier général de la police politique. L'avait-on laissée mariner là? Pendant combien de temps? Avait-elle eu peur? S'était-elle débattue? Avait-elle pleuré? L'avait-on frappée? Combien de temps était-elle restée là-bas ou à l'endroit de sa détention initiale? Et puis, évidemment, il y avait la question la plus importante de toutes : quel avait été son sort?

Pendant des années, il avait retourné ces questions dans sa tête, ne laissant guère de place à autre chose. Il ne s'était jamais marié, n'avait pas eu d'enfants. Il avait essayé de rester le plus longtemps possible à Leipzig où, au lieu d'étudier, il avait défié la police et l'association des étudiants, ce qui avait amené la suppression de sa bourse. Il avait essayé de publier une photo d'Ilona et un article sur son arrestation illégale dans le journal des étudiants et dans d'autres journaux de la ville, mais personne n'avait cédé à ses prières et on avait fini par l'expulser.

Plusieurs possibilités étaient envisageables à en croire ce qu'il avait lu plus tard sur le sort réservé aux opposants de l'ensemble de l'Europe de l'Est à cette époque-là. Il était possible qu'elle soit morte entre les mains des policiers de Leipzig ou de Berlin-Est, où se trouvait le quartier général de la police politique. Ou bien, elle avait peut-être été transférée dans une prison comme le Château de Hoheneck où elle était peut-être morte. C'était la plus importante prison de femmes destinée aux prisonniers politiques. Une autre prison célèbre pour les opposants était celle de Bautzen II, qu'on surnommait la Misère Jaune parce que la pierre des murs qui la composaient était de couleur jaune. C'est là qu'on incarcérait ceux qui s'étaient rendus coupables de "crimes contre l'État". Un grand nombre d'opposants étaient relâchés immédiatement après leur arrestation, qui était alors considérée comme une forme d'avertissement. D'autres étaient libérés après une brève incarcération, sans procès ni jugement. D'autres encore étaient envoyés en prison dont ils ne ressortaient que bien des années plus tard, voire jamais. Les parents d'Ilona ne reçurent aucun papier officiel les informant du décès de leur fille. Ils vécurent des années dans l'espoir d'un retour qui ne se produisit jamais. Peu importèrent les demandes réitérées qu'ils envoyèrent aux autorités hongroises ou est-allemandes, ils n'obtinrent jamais l'ombre d'une confirmation attestant qu'elle était en vie ou du contraire. On aurait dit qu'elle n'avait jamais existé.

Un nombre infime de solutions s'offraient à lui, étranger dans une société qu'il ne connaissait pas bien et comprenait encore moins. Il avait conscience de son impuissance face à ceux qui détenaient le pouvoir, sentait à quel point il était démuni quand il allait s'adresser de bureau en bureau, de chef de police en chef de police, de fonctionnaire en fonctionnaire. Il refusait de baisser les bras. Refusait d'entendre qu'il était possible d'arrêter quelqu'un comme Ilona simplement parce qu'il avait des opinions divergeant de celles des dirigeants.

Il demanda bien des fois à Karl comment s'était passée l'arrestation d'Ilona. Ce dernier était le seul témoin de son arrestation. Il était passé prendre un recueil de poèmes composés par un jeune poète, opposant au régime hongrois, qu'Ilona avait traduit en allemand et qu'elle voulait lui prêter.

— Et ensuite, qu'est-ce qui s'est passé ? avait-il demandé à Karl pour la millième fois, assis en face de lui à la cafétéria de l'université en compagnie d'Emil. Trois jours s'étaient écoulés depuis la disparition d'Ilona, il restait encore un espoir qu'elle soit relâchée. Il s'attendait à ce qu'elle le contacte d'une minute à l'autre, à ce qu'elle surgisse même peut-être tout à coup dans la cafétéria où il était assis. Il jetait constamment des coups d'œil vers la porte. Il était fou d'inquiétude.

— Elle m'a demandé si je voulais du thé, répondit Karl. Je lui ai répondu que oui, alors elle a mis de l'eau à chauffer.

— Vous avez discuté de quoi ?

— Eh bien, de rien, enfin, des livres qu'on lisait.

— Qu'est-ce qu'elle a dit ?

— Rien de spécial. On a parlé de tout et de rien. On n'a pas discuté d'un sujet précis. On ne savait pas qu'elle allait être arrêtée bientôt.

Karl lisait toute sa souffrance sur son visage.

— Ilona était notre amie à tous, reprit-il. Je n'y comprends rien. Je ne comprends pas ce qui arrive.

— Et ensuite ? Qu'est-ce qui s'est passé ensuite ?

— Quelqu'un a frappé à la porte, répondit Karl.

— Qui ?

— À la porte de l'appartement. On était dans sa chambre, enfin, je veux dire dans votre chambre. Ils ont tambouriné à la porte en criant quelque chose qu'on n'a pas compris. Elle est allée voir et ils se sont précipités à l'intérieur dès qu'elle leur a ouvert.

— Ils étaient combien ?

— Cinq, peut-être six, je ne m'en souviens pas exactement, mais c'était dans ces eaux-là. Ils prenaient toute la place dans la chambre. Quelques-uns portaient l'uniforme de police. D'autres étaient en civil. Il y en avait un qui commandait, les autres lui obéissaient. Ils lui ont demandé son nom. Ils avaient une photo d'elle. Peut-être celle du registre des étudiants. Je ne sais pas. Ensuite, ils l'ont emmenée avec eux.

— Ils ont tout mis sens dessus dessous ! protesta-t-il.

— Ils ont pris quelques papiers qu'ils ont trouvés et aussi quelques livres. Je ne sais pas lesquels, répondit Karl.

— Et Ilona, qu'est-ce qu'elle a fait ?

— Elle leur a demandé plusieurs fois ce qu'ils lui voulaient, évidemment. Moi aussi, d'ailleurs. Ils ne lui ont pas répondu, et à moi non plus. Je leur ai demandé qui ils étaient et ce qu'ils voulaient. Ils ne m'ont pas répondu. Ils m'ont complètement ignoré. Ilona a voulu passer un coup de fil, mais ils ont refusé. Ils étaient là pour l'arrêter, rien d'autre.

— Tu ne leur as pas demandé où ils l'emmenaient ? interrogea Emil. Tu n'as rien pu faire ?

— C'était impossible de faire quoi que ce soit, répondit Karl, blessé. Il faut que vous vous mettiez ça dans la tête ! On n'a rien pu faire. Je n'ai rien pu faire ! Ils voulaient l'emmener et c'est ce qu'ils ont fait !

– Elle avait peur ? demanda-t-il.

Karl et Emil lui lancèrent un regard plein de compassion.

– Non, répondit Karl. Elle n'avait pas peur. Elle les a pris de haut. Elle leur a demandé ce qu'ils cherchaient en leur proposant même de les aider. Ensuite, ils l'ont emmenée. Elle m'a demandé de te dire que tout irait bien.

– Qu'est-ce qu'elle a dit ?

– Je devais te rassurer en te disant que tout irait bien, voilà ce qu'elle a dit. Elle m'a demandé de te transmettre ce message. Que tout irait bien.

– Ah bon, elle a dit ça ?

– Ensuite, ils l'ont fait monter dans le véhicule. Ils étaient venus à deux voitures. Je leur ai couru derrière, mais c'était inutile, évidemment. Ils ont disparu au coin de la rue. C'est la dernière image que j'ai d'Ilona.

– Qu'est-ce que ces gens veulent ? soupira-t-il. Qu'est-ce qu'ils lui ont fait ? Pourquoi personne ne veut rien me dire ? Pourquoi on n'a aucune réponse ? Qu'est-ce qu'ils vont lui faire ? Qu'est-ce qu'ils peuvent lui faire ?

Il posa ses coudes sur la table et se prit la tête entre les mains.

– Dieu tout-puissant, soupira-t-il. Qu'est-ce qui s'est donc passé ?

– Peut-être que tout ira bien, glissa Emil pour tenter de le rassurer. Elle est peut-être déjà rentrée chez vous. Ou peut-être qu'elle rentrera demain.

Il lança à Emil un regard angoissé. Karl demeurait silencieux.

– Vous savez que… non, évidemment que vous le savez pas.

– Quoi donc ? demanda Emil. Qu'est-ce qu'on ne sait pas ?

– Elle me l'a annoncé juste avant d'être arrêtée. Personne n'est au courant.

– Au courant de quoi ? insista Emil.

– Elle est enceinte, déclara-t-il. Elle vient de s'en apercevoir. On va avoir un enfant, tous les deux. Tu comprends ? C'est vraiment ignoble !! Cette putain de saloperie de surveillance réciproque de merde de ces ordures ! Qu'est-ce qu'ils sont donc ? Quel genre de gens c'est ? Pour quoi est-ce qu'ils se battent ? Ils croient qu'ils vont créer un monde meilleur en s'espionnant les uns les autres ? Ils croient pouvoir gouverner combien de temps par la peur et la haine ?

— Quoi ? Elle est enceinte ? s'exclama Emil, médusé.

— C'est moi qui aurais dû être à ses côtés, Karl, pas toi, dit-il. Je ne les aurais jamais laissés l'emmener. Jamais.

— Tu es en train de dire que c'est ma faute ? s'offusqua Karl. C'était impossible de faire quoi que ce soit. Je ne pouvais rien faire.

— Non, répondit-il en se cachant le visage dans les mains pour dissimuler ses larmes. Bien sûr que non. Évidemment que ce n'est pas ta faute.

Plus tard, alors qu'il s'apprêtait à partir, ayant été informé de son expulsion de Leipzig et d'Allemagne de l'Est, il était allé voir Lothar une dernière fois. Il l'avait trouvé au bureau des FDJ, à l'université. Il n'avait rien appris de nouveau sur le sort d'Ilona. La frayeur et l'inquiétude qui l'avaient poussé à agir les premiers temps, à la recherche d'Ilona, avaient maintenant laissé place à une tristesse et à un découragement presque insupportables.

Lothar était dans le bureau, occupé à amuser deux jeunes femmes qui riaient à ses paroles. Le groupe se tut lorsqu'il entra. Il demanda à parler à Lothar.

— Qu'est-ce qu'il y a encore ? répondit Lothar sans bouger d'un pouce. Les deux jeunes femmes le regardèrent d'un air grave. Toute trace de joie avait déserté leurs visages. La nouvelle de l'arrestation d'Ilona s'était répandue dans l'université. Elle avait été décrite comme traître à la cause, on avait raconté qu'elle avait été renvoyée chez elle, en Hongrie. Il savait que c'était un mensonge.

— Je voudrais discuter un peu avec toi, ça ne te pose pas de problème ?

— Tu sais parfaitement que je ne peux rien pour toi, répondit Lothar. Je te l'ai déjà dit. Fiche-moi la paix.

Lothar se retourna vers les jeunes femmes dans l'intention de continuer à les divertir.

— Tu as joué un rôle dans l'arrestation d'Ilona ? demanda-t-il en passant à l'islandais.

Lothar lui tournait le dos, sans lui répondre. Les femmes regardaient tour à tour les deux hommes.

– C'est toi qui as fait arrêter Ilona? insista-t-il en haussant le ton. C'est toi qui as dit qu'elle était dangereuse? Qu'il fallait la mettre hors circuit? Qu'elle faisait de la propagande contre le socialisme? Qu'elle organisait des réunions d'opposants? C'est toi, Lothar? Tu as joué ce rôle-là?

Lothar continuait à se comporter comme s'il ne l'entendait pas, lançant une blague aux deux femmes qui firent un sourire idiot. Il s'approcha de Lothar et le tira par le bras.

– Qui tu es? interrogea-t-il calmement. Allez, dis-moi!

Lothar se tourna vers lui en le repoussant violemment. Il s'avança ensuite vers lui, l'attrapa par le revers de sa veste, le plaqua au mur, contre les armoires qui firent entendre un bruit de ferraille.

– Fiche-moi la paix! s'énerva Lothar, les dents serrées.

– Qu'est-ce que tu as fait à Ilona? interrogea-t-il avec le même calme dans la voix sans répondre à la violence de Lothar. Où est-elle? Dis-le-moi.

– Je n'y suis pour rien, cria Lothar. Tu n'as qu'à surveiller tes fréquentations, crétin d'Islandais!

Sur ce, Lothar le projeta à terre avant de quitter le bureau à toute vitesse.

Pendant qu'il faisait route vers l'Islande, il apprit que l'armée soviétique écrasait la révolte de Hongrie.

Il entendit la vieille pendule sonner minuit. Il remit les lettres à leur place.

Il avait assisté à la chute du Mur de Berlin et la réunification de l'Allemagne à la télévision. Il avait regardé ces reportages où l'on voyait les gens escalader le mur, l'abattre à coups de masse ou de marteau, comme pour cogner sur la malveillance qui l'avait érigé.

Une fois la réunification des deux Allemagnes devenue réalité, quand il s'était senti prêt, il s'était rendu dans l'ex-Allemagne de l'Est pour la première fois depuis la fin de ses études. Cette fois, le voyage n'avait duré qu'une demi-journée. Il avait pris l'avion jusqu'à Francfort, puis une correspondance vers Leipzig. À l'aéroport, il était monté dans un taxi pour aller à l'hôtel, non loin du centre-ville et du campus de l'université. Là, il avait dîné seul. Il n'y avait pas grand-monde dans le restaurant, juste deux couples d'âge mûr et quelques hommes d'une cinquantaine d'années. Peut-être des représentants, s'était-il dit. L'un d'eux lui adressa un hochement de tête quand leurs regards se croisèrent.

Dans la soirée, il fit une longue promenade en se rappelant la première fois qu'il avait marché dans les rues de cette ville, la nuit où il était arrivé pour étudier. Il mesura à quel point le monde avait changé. Il traversa le campus. Son ancien internat, la vieille villa, avait été rénové. La bâtisse avait retrouvé son apparence initiale et une grande entreprise étrangère y avait installé son siège. Dans l'obscurité de la nuit, l'ancien bâtiment de l'université où il avait étudié lui semblait plus inquiétant que dans son souvenir. Il continua vers le centre-ville en s'arrêtant à l'église Saint-Nicolas. Il alluma un cierge en souvenir des défunts. Il continua vers l'ancienne place Karl Marx puis, de là, poussa jusqu'à l'église Saint-Thomas où il regarda longuement la statue de Bach devant laquelle Ilona et lui s'étaient si souvent retrouvés.

Une vieille femme s'approcha pour lui proposer des fleurs. Il lui fit un sourire et lui acheta un petit bouquet.

Ensuite, il se rendit là où il avait si souvent séjourné en pensée, que ce soit dans un rêve ou éveillé. Il fut heureux de constater que la maison était toujours debout. Elle avait été en partie rénovée, on voyait de la lumière aux fenêtres. Il n'osa pas jeter un œil à l'intérieur bien qu'il en meure d'envie, mais il avait l'impression qu'une famille y avait emménagé. On distinguait la clarté chancelante d'une télévision sur les murs de l'ancienne salle de séjour d'une vieille dame qui avait perdu toute sa famille pendant la guerre. Évidemment, tout devait être agencé de façon différente à l'intérieur, aujourd'hui. Peut-être l'aîné de la famille occupait-il leur ancienne chambre.

Il déposa un baiser sur le bouquet avant de le placer devant la porte en faisant un signe de croix.

Quelques années plus tôt, il avait pris l'avion pour Budapest pour rencontrer la mère d'Ilona et ses deux frères. Son père était mort à cette époque sans avoir jamais connu le sort de sa fille.

Il avait passé toute une journée assis avec la vieille dame qui lui avait montré des photos d'Ilona depuis son enfance jusqu'à ses années d'étudiante. Les frères, vieillissants tout comme lui, ne lui avaient rien appris quand ils lui avaient dit n'avoir aucune réponse sur le sort d'Ilona en dépit de leurs recherches. Il avait perçu toute leur l'amertume dans leurs paroles et le découragement qui les avait depuis longtemps submergés.

Le lendemain de son arrivée à Leipzig, il se rendit aux anciens quartiers généraux de la police politique. Ils se trouvaient toujours dans le même bâtiment, au numéro 24 de la rue Dittrichring. Les policiers de l'accueil avaient désormais été remplacés par une jeune femme qui lui tendit une plaquette d'information en lui souriant. Maîtrisant encore correctement l'allemand, il lui dit bonjour puis lui expliqua qu'il visitait la ville et qu'il aurait souhaité voir les lieux. D'autres gens qui passaient par là étaient entrés pour la même raison, ils allaient et venaient, passant et repassant par les portes grandes ouvertes sans que quiconque leur fasse la moindre remarque. La jeune femme, qui entendit à son allemand qu'il était étranger, lui demanda de quel pays il venait. Il lui répondit. Elle lui expliqua qu'un musée était en cours d'installation dans les anciens locaux de la Stasi. S'il voulait assister à la conférence qui allait débuter, il était le bienvenu, il pourrait visiter le bâtiment ensuite. Elle le conduisit aux bureaux où des chaises, toutes occupées, avaient été installées. D'autres auditeurs se tenaient debout, le dos appuyé contre le mur. La conférence traitait des incarcérations d'écrivains opposés au régime durant les années 70.

Une fois la conférence terminée, il entra dans le bureau situé dans le renfoncement où Lothar et l'homme à l'épaisse moustache l'avaient harcelé. La cellule juste à côté étant grande ouverte, il y entra. Il se fit la réflexion que, peut-être, Ilona était venue là. Divers graffitis et entailles couvraient tous les murs de la pièce, probablement tracés avec des cuillers, se dit-il.

Il avait déposé une demande officielle afin de pouvoir consulter les dossiers auprès de la Commission des archives de la Stasi, créée après la chute du Mur. L'organisme en question aidait les gens à mener des recherches sur le sort de proches ayant disparu ou à trouver des renseignements sur eux-mêmes relevant de la surveillance réciproque, qui avaient été collectés auprès de leurs voisins, collègues, amis et membres de leur famille. Les journalistes, les chercheurs et ceux qui pensaient être mentionnés dans les dossiers avaient le droit d'en solliciter l'accès, il s'en était occupé depuis l'Islande, par téléphone et par courrier. Il fallait que les demandeurs fournissent des explications précises et circonstanciées sur les raisons nécessitant qu'ils consultent les archives ainsi que sur la nature exacte de ce qu'ils cherchaient. Il savait que des milliers d'énormes sacs de papier brun qui renfermaient des dossiers avaient été passés au broyeur lors des derniers jours du gouvernement est-allemand et qu'un tas de gens travaillaient à les reconstituer. La quantité de ces documents était faramineuse.

Son voyage en Allemagne se solda par un échec. Il ne trouva absolument rien sur Ilona, en dépit de toutes ses recherches. On lui expliqua que les dossiers la concernant avaient certainement été transférés. Elle avait probablement été envoyée dans l'un des camps de travail et de prisonniers de l'ancienne Union soviétique, dans ce cas, il y avait une possibilité qu'il trouve quelque chose sur elle à Moscou. Il était également possible qu'elle soit morte entre les mains de la police de Leipzig ou de Berlin, si elle avait été envoyée là-bas.

Il ne trouva dans les dossiers de la Stasi aucune information sur le traître qui avait livré sa bien-aimée à la police politique.

Et maintenant, il était assis là, à attendre que des policiers viennent lui rendre visite. L'été avait passé, l'automne avançait et rien ne s'était encore produit. Convaincu que la police viendrait frapper à sa porte tôt ou tard, il se demandait parfois comment il réagirait. Ferait-il comme si de rien n'était, nierait-il tout en bloc, feignant de tomber des nues? Ça dépendrait sans doute des éléments que la police aurait en sa possession. Il n'avait aucune idée de ce dont il s'agirait, mais il s'imaginait que si elle parvenait à remonter la piste jusqu'à lui, alors elle serait probablement bien informée.

Il laissa son regard errer dans le vide, se plongeant une fois de plus au cœur de ces années passées à Leipzig.

Les derniers mots de son ultime rencontre avec Lothar étaient restés gravés au fer rouge dans son esprit jusqu'à ce jour, des mots qui le seraient jusqu'à son dernier soupir. Des mots qui disaient tout.

Tu n'as qu'à surveiller tes fréquentations !

29

Erlendur et Elinborg n'annoncèrent pas leur visite. Ils n'en savaient pas beaucoup sur l'homme qu'ils s'apprêtaient à rencontrer, excepté qu'il s'appelait Hannes et qu'il avait autrefois étudié à Leipzig. Il dirigeait un petit hôtel à Selfoss, se consacrant parallèlement à la culture de tomates*. Ils se rendirent directement à son adresse et garèrent leur voiture devant la maison de plain-pied semblable aux autres maisons individuelles de cette petite ville à part que sa façade n'avait pas été peinte depuis longtemps et qu'une dalle de béton avait été ajoutée devant, probablement en prévision d'un garage. Le jardin qui l'entourait était plutôt soigné, il y avait des fleurs, des buissons et une mangeoire à oiseaux.

Dans ce jardin se tenait un homme qui, à leur avis, avait plus de soixante-dix ans et s'acharnait sur une tondeuse à gazon. L'engin refusait de démarrer, l'homme était visiblement excédé à force de tirer sur le câble d'allumage qui rentrait, tel un long serpent, s'enrouler dans sa tanière dès qu'on le relâchait. Il ne remarqua leur présence qu'une fois qu'ils se trouvèrent en face de lui.

— C'est encore une de ces saloperies? demanda Erlendur qui baissa le regard vers la tondeuse tout en inspirant une bouffée de sa cigarette. Il en avait allumé une dès qu'il était sorti de la voiture. Elinborg lui avait interdit de fumer pendant le trajet, qu'il était déjà assez pénible de faire dans le véhicule d'Erlendur.

---

* Ce détail peut sembler étrange à cette latitude, pourtant Selfoss, petite ville du sud de l'Islande, est située dans une zone géothermique où l'on trouve beaucoup de serres qui fournissent nombre de produits maraîchers, dont des tomates.

L'homme leva les yeux pour examiner tour à tour ces deux inconnus qui s'étaient introduits dans son jardin. Il avait une barbe grise, des cheveux gris qui commençaient à se clairsemer, un front haut et intelligent, d'épais sourcils ainsi que des yeux bruns et vifs. Il avait sur le nez de grosses lunettes qui avaient pu être à la mode un quart de siècle plus tôt.

– Qui êtes-vous? s'étonna-t-il.

– Vous êtes bien Hannes? demanda Elinborg.

L'homme acquiesça. N'attendant pas leur visite, il les regarda d'un air inquisiteur.

– Vous venez m'acheter des tomates? demanda-t-il.

– Peut-être bien, répondit Erlendur. Elles sont bonnes? Elinborg que voici est une spécialiste dans ce domaine.

– Vous avez bien fait des études à Leipzig dans les années 50? interrogea Elinborg.

L'homme la dévisagea sans répondre. On aurait dit qu'il ne comprenait pas la question, et encore moins pourquoi on la lui posait. Elinborg la répéta.

– Qu'est-ce qui se passe? demanda l'homme. Qui êtes-vous? Pourquoi vous venez me parler de Leipzig?

– Vous y êtes allé une première fois en 1952, n'est-ce pas? observa Elinborg.

– Tout à fait, répondit l'homme, sidéré. Pourquoi me poser des questions là-dessus?

Elinborg lui expliqua que l'enquête sur la découverte du squelette de Kleifarvatn au printemps dernier avait mené la police sur la trace d'étudiants islandais ayant séjourné en Allemagne de l'Est après la Seconde Guerre mondiale. Ce n'était qu'une piste parmi d'autres dans l'enquête, précisa Elinborg, sans souffler mot de l'appareil russe.

– Je... enfin... je veux dire... bredouilla Hannes. En quoi est-ce ça peut concerner les gens qui, comme moi sont allés étudier en Allemagne?

– Nos investigations ne concernent pas l'Allemagne tout entière, mais seulement Leipzig, pour être plus exact, précisa Erlendur. Nous enquêtons principalement sur un certain Lothar. Est-ce que ce nom vous dit quelque chose? Un Allemand du nom de Lothar Weiser.

Hannes le dévisagea, abasourdi, comme s'il venait de voir un mort-vivant surgir de la terre de son jardin. Il lança un regard à Elinborg avant de scruter à nouveau Erlendur.

— Je ne vais pas vous être d'une grande utilité, répondit-il.

— Ça ne devrait pas être très long, observa Erlendur.

— Malheureusement, reprit Hannes, j'ai oublié tout ça. Et c'était il y a très longtemps.

— Nous serions heureux si… commença Elinborg avant d'être interrompue par Hannes.

— Non! Je serais heureux si vous vouliez bien partir d'ici. Je crains de n'avoir rien à vous dire. Vous n'obtiendrez aucune aide de ma part. Ça fait des années que je n'ai pas parlé de Leipzig, ne croyez pas que j'aie l'intention de commencer aujourd'hui. J'ai fini par oublier tout ça et c'est hors de question que je supporte vos interrogatoires. Vous ne tirerez absolument rien de moi.

Il se remit à s'occuper du câble d'allumage et à tripoter le moteur de la tondeuse. Erlendur et Elinborg échangèrent un regard.

— Qu'est-ce qui vous fait croire ça? s'enquit Erlendur. Vous ne savez pas du tout ce que nous voulons.

— Non, et je ne veux pas le savoir. Laissez-moi tranquille!

— Ce n'est pas un interrogatoire, observa Elinborg. Si vous préférez, on peut vous convoquer au commissariat. Si vous trouvez que c'est mieux.

— Je dois prendre ça comme une menace? rétorqua Hannes en levant les yeux de sa tondeuse.

— Qu'y a-t-il de mal à répondre à quelques questions? lança Erlendur.

— Je n'ai aucune obligation de le faire, je ne veux pas et je ne le ferai pas. Et maintenant, bien le bonjour!

Elinborg s'apprêtait à lui répondre. À en juger par l'expression sur son visage, elle n'avait pas l'intention de prendre des gants, mais avant qu'elle n'ait ouvert la bouche, Erlendur l'attrapa pour la pousser jusqu'à la voiture.

— S'il croit qu'il va s'en tirer en nous servant ce genre de conneries… commença-t-elle dès qu'ils furent assis dans le véhicule. Erlendur lui coupa la parole.

– Je vais essayer de m'en occuper, si ça ne fonctionne pas ce sera tant pis pour lui, observa Erlendur. On l'enverra chercher pour interrogatoire.

Il descendit de la voiture et s'approcha à nouveau de Hannes. Elinborg le suivit du regard. Étant enfin parvenu à démarrer la tondeuse, Hannes s'était mis à tondre. Il s'apprêtait à contourner Erlendur quand celui-ci lui barra la route et éteignit l'engin.

– Je viens de passer deux heures à la mettre en route, protesta Hannes. Non mais! Qu'est-ce que ça signifie?

– On est obligés d'en passer par là, répondit Erlendur d'un ton calme, bien que cela vous déplaise tout autant qu'à moi. Hélas. On peut régler ça maintenant, rapidement, ou bien on sera forcés de revenir et de vous emmener pour vous interroger. Il se peut que, même dans ce cas, vous ne vouliez rien nous dire, alors nous vous enverrons chercher le lendemain, le surlendemain et ainsi de suite, jusqu'à ce que vous deveniez une de nos vieilles connaissances.

– Je ne cède à aucune forme de pression!

– Moi non plus! rétorqua Erlendur.

Ils se tenaient face à face, la tondeuse entre eux. Ni l'un ni l'autre ne semblaient vouloir céder. Elinborg assistait de la voiture à ce combat de coqs. Elle secouait la tête en se disant: les hommes!

– Parfait, dans ce cas-là, à très bientôt à Reykjavik! conclut Erlendur avant de retourner à la voiture en tournant le dos à Hannes qui le suivait des yeux, l'air furieux.

– Ça sera consigné dans vos rapports? cria Hannes dans son dos. Si j'accepte de vous parler?

– Vous avez peur des rapports de police? demanda Erlendur en faisant volte-face.

– Je veux que mon anonymat soit préservé. Je ne veux pas de procès-verbaux me concernant. Je ne veux pas qu'on me surveille.

– Pas de problème, répondit Erlendur, ce n'était pas dans mes intentions.

– Il y a des années que je n'ai pas parlé de tout ça, commença Hannes. J'ai fait de mon mieux pour oublier.

— Oublier quoi ? demanda Erlendur.

— C'était une drôle d'époque, répondit Hannes. Il y a bien longtemps que je n'ai pas entendu le nom de Lothar. En quoi il est lié au squelette retrouvé au lac de Kleifarvatn ?

Erlendur le regarda sans répondre. Un long moment s'écoula jusqu'à ce que Hannes se racle la gorge avant de suggérer qu'Erlendur et sa collègue le suivent à l'intérieur. Erlendur hocha la tête puis fit un signe de la main à Elinborg.

— Ma femme est morte il y a quatre ans, dit Hannes en ouvrant la porte. Il leur expliqua que ses enfants faisaient parfois leur promenade du dimanche en voiture sur la lande. Ils lui rendaient alors visite, amenant avec eux ses petits-enfants. À part ça, il menait une existence paisible, ce qui lui convenait. Ils lui posèrent quelques questions sur ses conditions de vie, lui demandèrent s'il habitait à Selfoss depuis longtemps. Il leur répondit que ça datait d'une vingtaine d'années environ. Avant, il était ingénieur dans un grand cabinet d'ingénierie. Il avait travaillé sur les barrages puis, son intérêt pour le métier s'étant émoussé, il avait quitté Reykjavik pour venir s'installer ici, dans cette petite ville où il se plaisait bien.

Il leur apporta du café dans la salle de séjour. Erlendur l'interrogea sur Leipzig. Hannes s'efforça de leur décrire ce qu'impliquait le fait d'être étudiant là-bas au milieu des années 50. Il ne tarda pas à aborder les sujets de la pénurie, du travail bénévole, du nettoyage des ruines, des défilés du Jour de la Liberté, d'Ulbricht, de l'obligation d'assister à des conférences sur le socialisme, des discussions qui avaient lieu au sein du groupe des étudiants islandais sur le socialisme tel qu'ils le vivaient au quotidien : les activités nuisibles au Parti, l'association étudiante Freie Deutsche Jugend, le pouvoir soviétique, l'économie planifiée, le collectivisme et enfin la surveillance réciproque, destinée à s'assurer que personne n'ouvre trop la bouche et à éradiquer toute forme de critique. Il leur parla de l'amitié qui unissait le groupe des Islandais, des discussions qu'ils avaient sur les idéaux, du socialisme comme seule véritable réponse à l'argent roi.

— Je ne crois pas qu'il soit mort et enterré, observa Hannes, comme si c'était une conclusion personnelle. Je crois même qu'il est encore tout à fait d'actualité, peut-être d'une autre manière que celle que nous imaginions à l'époque. C'est le socialisme qui rend la vie supportable au sein d'un système capitaliste.

— Vous êtes toujours socialiste? interrogea Erlendur.

— Je l'ai toujours été, reprit Hannes. Le socialisme n'a rien à voir avec l'ignominie absolue qu'en ont fait Staline ou les infâmes dictatures qui s'étaient développées en Europe de l'Est.

— Donc, tout le monde ne participait pas à ce chœur de louanges, à cette réalité illusoire? s'enquit Erlendur.

— Je ne sais pas, répondit Hannes. Toujours est-il que ça n'a pas été mon cas quand j'ai vu la façon dont la doctrine socialiste était appliquée en Allemagne de l'Est. En réalité, j'ai été expulsé du pays pour ne pas m'être montré suffisamment obéissant. Pour avoir refusé d'entrer de plain-pied dans le système de surveillance qu'ils dirigeaient et qu'ils affublaient si joliment du qualificatif de réciproque. Ils trouvaient tout à fait naturel que les enfants espionnent leurs parents et qu'ils les dénoncent s'ils venaient à s'éloigner de la ligne du Parti. Ça n'avait rien à voir avec le socialisme. C'était simplement la peur de perdre le pouvoir. Ce qui a évidemment fini par leur arriver.

— Qu'entendez-vous par "entrer de plain-pied dans le système"?

— Ils voulaient que j'espionne mes camarades, les autres Islandais qui étudiaient à l'université. J'ai refusé. À ce moment-là, j'étais déjà réticent à cause de ce que j'avais vu ou entendu là-bas. Je n'assistais plus aux conférences obligatoires. Je critiquais le système. Évidemment, pas en public parce qu'en soi, on n'émettait pas de critiques à voix haute, on discutait plutôt des failles du système dans des petits groupes de gens à qui on faisait confiance. Il y avait deux groupes d'opposants au régime à Leipzig, des jeunes qui se rencontraient clandestinement. J'ai fait leur connaissance. Dites-moi, c'est Lothar que vous avez retrouvé dans le lac de Kleifarvatn?

— Non, répondit Erlendur. Enfin, on ne sait pas qui c'est.

— Ces "ils", vous pouvez préciser qui c'était? glissa Elinborg. Qui c'était, ces gens qui voulaient vous faire espionner vos camarades?

— Tenez, par exemple, Lothar Weiser, répondit Hannes.

— Pourquoi lui ? demanda Elinborg. Vous savez pourquoi ?

— Il était censé faire des études. Mais il ne semblait pas très assidu dans ce domaine, en fait il allait et venait comme bon lui semblait. Il parlait couramment l'islandais. On savait qu'il était là pour le compte du Parti ou de l'association étudiante, ce qui revenait au même. Une de ses fonctions consistait à surveiller les étudiants et à tenter de les amener à collaborer.

— De quelle manière ? continua Elinborg.

— Il y avait plusieurs cas de figure, évidemment, précisa Hannes. Si on apprenait que quelqu'un écoutait des émissions de radio de l'Ouest, on en informait les représentants des FDJ. Si quelqu'un disait qu'il n'avait pas envie d'aller travailler à la reconstruction ou de participer à d'autres travaux bénévoles, on allait le rapporter. Il y avait aussi des cas plus graves, comme par exemple quand quelqu'un se permettait d'avoir des opinions contre le socialisme. Si quelqu'un ne se rendait pas au défilé du Jour de la Liberté, c'était considéré comme un signe de contestation plutôt que comme de la simple paresse. Même chose quand on s'abstenait d'assister aux conférences complètement inutiles qu'ils organisaient sur la grandeur du socialisme. Tout cela était surveillé de très près et Lothar était un de ceux qui s'en occupaient. On était incités à dénoncer nos proches. En fait, ne jamais dénoncer qui que ce soit était considéré comme une preuve de mauvaise volonté.

— C'est possible que Lothar ait demandé à d'autres Islandais de devenir ses informateurs ? demanda Erlendur. C'est envisageable qu'il ait demandé à d'autres que vous d'espionner ses camarades ?

— La question ne se pose même pas, je suis certain qu'il l'a fait, répondit Hannes. Je suis sûr qu'il a essayé avec tout le monde.

— Et ?

— Et rien du tout.

— Il y avait une forme de reconnaissance pour ceux qui se montraient coopératifs ou c'était juste quelque chose que les gens faisaient par conviction ? demanda Elinborg. Quand ils appliquaient la surveillance réciproque ?

– Il y avait plusieurs systèmes de rétribution pour ceux qui acceptaient de se plier aux exigences de ces gens. Parfois, un étudiant médiocre, fidèle à la ligne du Parti et politiquement fiable, obtenait une bourse d'études plus élevée qu'un étudiant excellent qui avait de bien meilleurs résultats mais n'était pas actif d'un point de vue politique. C'est comme ça que le système fonctionnait. Quand un étudiant indésirable était renvoyé de l'université, comme cela a finalement été mon cas, c'était important que ses camarades prennent fait et cause pour les représentants du Parti et montrent leur approbation. Ils pouvaient entrer en grâce en prenant position contre le coupable, comme ça ils attestaient qu'ils avaient bien assimilé ce qu'on appelait la ligne générale à laquelle ils étaient fidèles. Les Freie Deutsche Jugend s'appliquaient à faire régner la discipline. En tant qu'unique association étudiante autorisée, elle était très influente. C'était mal vu de ne pas y adhérer. Et c'était mal vu aussi de ne pas assister à ses conférences.

– Vous avez parlé de groupes d'opposition, observa Erlendur. Que… ?

– Je ne suis pas certain qu'on puisse réellement parler de groupes d'opposition, corrigea Hannes. C'étaient surtout des gamins qui se réunissaient pour écouter des stations de radio occidentales, parler d'Elvis, de Berlin-Ouest où beaucoup étaient allés, et même de la religion, qu'ils respectaient énormément. Et puis, il y avait aussi des groupes d'opposition plus sérieux qui voulaient se battre pour changer la société, pour une véritable République, pour la liberté de la presse et de parole. Ceux-là étaient traités de façon impitoyable.

– Vous dites, à titre d'exemple, que Lothar Weiser vous avait demandé de devenir son informateur. Ça signifie qu'il y avait d'autres gens comme lui ? interrogea Erlendur.

– Oui, bien sûr, répondit Hannes. C'était une société malade de la surveillance, que ce soit à l'université ou dans la vie quotidienne. La population craignait ce système de surveillance. Les partisans de la doctrine l'appliquaient sans scrupules, ceux qui avaient des doutes s'efforçaient de l'esquiver et s'en accommodaient avec une sorte de résignation mais je crois que j'étais loin d'être le seul à considérer cela comme contraire aux principes les plus élémentaires du socialisme.

— Vous connaissez quelqu'un qui aurait pu travailler pour Lothar dans la communauté islandaise ?

— Pourquoi cette question ?

— On a besoin de savoir s'il entretenait des contacts avec des Islandais à l'époque où il travaillait ici comme conseiller commercial, dans les années 60, expliqua Erlendur. C'est juste une vérification. On ne donne pas dans la surveillance des individus, on se contente de rassembler des informations ayant trait à la découverte de ce squelette.

Hannes les dévisagea tour à tour.

— Je ne connais aucun Islandais qui ait adhéré à ce système, sauf peut-être Emil, répondit-il. Je crois qu'il jouait un double jeu. J'en ai parlé à Tomas à l'époque, quand il m'a posé la question. En fait, c'était bien des années plus tard. Il est venu me rendre visite et m'a demandé exactement la même chose que vous.

— Tomas ? dit Erlendur. Il se rappelait avoir vu ce nom sur la liste de ceux qui étaient partis étudier en Allemagne de l'Est. Vous avez gardé contact avec vos anciens camarades de Leipzig ?

— Non, je n'ai jamais eu beaucoup de relations avec eux, répondit Hannes. Mais Tomas et moi, on avait un point commun, on avait été tous les deux expulsés de l'université. Il est rentré en Islande avant la fin de ses études, comme moi. On l'a forcé à quitter Leipzig. Il m'a retrouvé ici à son retour, il m'a parlé de sa petite amie, une jeune Hongroise du nom d'Ilona que je connaissais un peu. Elle n'était pas très disposée à se conformer à la ligne du Parti, c'est le moins qu'on puisse dire. Elle venait d'un milieu très différent. Les choses étaient plus libres à ce niveau en Hongrie à cette époque-là. Les jeunes ne s'embêtaient pas pour dire le fond de leur pensée au pouvoir soviétique qui avait toute l'Europe de l'Est à sa botte.

— Pourquoi il vous a parlé d'elle ? demanda Elinborg.

— C'était un homme brisé quand il est venu me voir, répondit Hannes. Il n'était plus que l'ombre de lui-même. J'avais gardé de lui le souvenir d'un jeune homme suffisant, sûr de lui, plein d'idéaux socialistes. C'était tout ce pour quoi il luttait. Il venait d'une famille où le socialisme était très enraciné.

– Pourquoi vous dites qu'il était brisé?

– Parce qu'elle a disparu, répondit Hannes. Ilona a été arrêtée à Leipzig, il ne l'a plus jamais revue. Ça l'a complètement anéanti. Il m'a dit qu'Ilona était enceinte de lui au moment de sa disparition. Les larmes lui sont montées aux yeux quand il m'a dit ça.

– Il est revenu vous voir plus tard? demanda Erlendur.

– En fait, j'ai trouvé ça un peu bizarre qu'il vienne m'en parler après toutes ces années. Personnellement, j'avais effacé de mon souvenir la plupart de ces choses-là. Mais Tomas, lui, n'avait rien oublié, c'était évident. Il se souvenait de tout. De chaque détail, comme si ça s'était passé la veille.

– Qu'est-ce qu'il voulait exactement? demanda Elinborg.

– Il m'a posé des questions sur Emil, répondit Hannes. Il m'a demandé s'il travaillait pour Lothar. S'ils étaient proches tous les deux. Je ne comprenais pas pourquoi il me posait ces questions, mais je lui ai répondu que j'avais toutes les raisons de croire qu'Emil s'était beaucoup démené pour entrer dans les petits papiers de Lothar.

– Quelles raisons exactement? interrogea Elinborg.

– Emil était un étudiant médiocre. En réalité, il n'avait absolument pas sa place à l'université mais c'était un socialiste exemplaire. Tout ce qu'on racontait allait droit aux oreilles de Lothar et Lothar s'arrangeait pour qu'Emil obtienne une bourse d'études élevée et de bons résultats. Tomas et Emil étaient très bons amis.

– Quelles raisons vous aviez de croire ça exactement? insista Erlendur.

– C'est mon professeur d'ingénierie qui me l'a dit au moment de nos adieux. Après mon renvoi. Il était désolé qu'on ne m'ait pas permis d'achever mes études. Il m'a raconté que tous les professeurs étaient au courant. Les enseignants n'aimaient pas beaucoup les individus du genre d'Emil, mais ils étaient totalement impuissants. Tous n'appréciaient pas non plus les gens comme Lothar. Mon professeur m'a dit qu'Emil devait avoir une grande valeur aux yeux de Lothar parce qu'il n'avait jamais vu un tel paresseux, mais que Lothar transmettait à la direction de l'université l'ordre de ne pas le recaler aux examens. Ça passait par l'intermédiaire des FDJ, mais c'était Lothar qui tirait les ficelles.

Hannes fit une pause.

– Emil était le plus intransigeant de nous tous, reprit-il. C'était un communiste radical, un stalinien convaincu.

– Pourquoi... commença Erlendur alors que Hannes poursuivait, avec un regard absent, revenu à Leipzig en pensée, à cette époque où il était étudiant.

– On était tellement surpris, continua-t-il, les yeux dans le vague. Tout ce système. On s'est familiarisés avec la dictature du Parti, avec la peur et l'oppression. Certains ont essayé d'en informer le Parti à leur retour en Islande mais sans effet. J'ai toujours eu l'impression que la version est-allemande du socialisme n'était qu'une prolongation du nazisme. Certes, les gens vivaient sous la botte soviétique mais j'ai eu très vite le sentiment que le socialisme de là-bas était juste une autre version du nazisme.

30

Hannes se racla la gorge en les regardant l'un après l'autre. Erlendur et Elinborg sentaient tous les deux combien il lui était pénible de parler de ses années d'études à Leipzig. Il ne semblait pas en avoir l'habitude. Erlendur l'avait forcé à s'asseoir avec eux pour cela.

– Vous voulez savoir autre chose ? demanda-t-il.

– Donc, ce Tomas revient vous voir des années après son séjour à Leipzig, vous questionne sur Emil et Lothar, et vous lui dites que vous avez toutes les raisons de croire que les deux étaient de mèche, résuma Erlendur. Emil aurait pris une part active dans ce réseau de surveillance des étudiants.

– C'est exact, confirma Hannes.

– Pourquoi vous a-t-il interrogé sur Emil et, au fait, qui est cet Emil ?

– Il ne m'a pas dit pourquoi, d'ailleurs je ne sais pas grand-chose sur Emil. Aux dernières nouvelles, il vivait à l'étranger. Je crois qu'il y est resté depuis l'époque où nous étions en Allemagne. Il n'est jamais rentré au pays, enfin, je ne pense pas. Il y a quelques années, j'ai croisé un de ceux qui étaient à Leipzig, un certain Karl. Il faisait un voyage à Skaftafell, comme moi, et on s'est mis à discuter du passé. Selon lui, Emil avait décidé de s'installer à l'étranger après ses études. Il ne l'avait jamais revu et n'avait eu aucune nouvelle depuis.

– Et Tomas, vous en savez un peu plus sur lui ? demanda Erlendur.

– Non, en réalité, non. Il faisait des études d'ingénieur à Leipzig, mais il n'a jamais exercé, à ma connaissance. Il a été expulsé de l'université. Je ne le croisais que quand il revenait d'Allemagne pour les vacances, sauf cette fois où il est venu me poser des questions sur Emil.

— Dites-nous en un peu plus là-dessus, pria Elinborg.

— Il n'y a pas grand-chose à en dire. Il est venu me voir et on a discuté du passé.

— Pourquoi il s'intéressait particulièrement à cet Emil? demanda Erlendur.

Hannes les regarda l'un après l'autre.

— Je crois qu'il vaudrait mieux que je prépare un autre café, annonça-t-il en se levant.

Hannes leur raconta qu'à cette époque-là, il habitait dans une maison neuve du quartier des Vogar. Un soir, quelqu'un vint sonner à sa porte. Quand il ouvrit, il vit Tomas, debout sur les marches. C'était l'automne, il faisait mauvais, le vent agitait les arbres dans le jardin et il pleuvait à verse. Hannes mit un peu de temps à reconnaître son visiteur. Il sursauta presque en voyant Tomas face à lui. Il était si surpris qu'il ne songea pas tout de suite à l'inviter à entrer à l'abri de la pluie.

— Excuse-moi de venir te déranger comme ça, dit Tomas.

— Mais non, je t'en prie, répondit Hannes en reprenant ses esprits. Quel temps de chien, hein? Entre, entre.

Tomas retira son manteau, salua la femme de Hannes et leurs enfants accoururent pour examiner le visiteur qui leur adressa un sourire. Hannes avait un petit bureau au sous-sol de la maison, il invita Tomas à le suivre après avoir avalé une tasse de café et suffisamment discuté du temps. Il avait l'impression que Tomas avait quelque chose sur le cœur. Il ne tenait pas en place. Il semblait soucieux, légèrement mal à l'aise d'être venu chez des gens qu'il ne connaissait en réalité pas du tout. Hannes et lui ne s'étaient pas liés d'amitié à Leipzig. La femme de Hannes n'en avait jamais entendu parler.

Ils passèrent un long moment à évoquer ces années passées à Leipzig, assis dans le sous-sol, ils savaient ce qu'étaient devenus certains et l'ignoraient pour d'autres. Hannes sentit Tomas s'avancer à petits pas vers le sujet qui l'intéressait. Il se fit la réflexion qu'ils auraient pu bien s'entendre. Il se souvenait encore de la première fois qu'il l'avait rencontré à la bibliothèque de l'université. Il se rappelait sa timidité polie et l'effet qu'il lui avait fait. C'était l'image même du jeune socialiste qui ne laissait rien venir jeter une ombre sur ses idéaux.

Il avait appris la disparition d'Ilona et il se souvint en silence du moment où, alors qu'il rentrait d'Allemagne, complètement transformé, Tomas lui avait rendu visite pour lui raconter ce qui était arrivé. Il n'avait pu s'empêcher de le plaindre. Dans un mouvement de colère, il avait écrit à Tomas cette lettre où il l'accusait de son renvoi de l'université de Leipzig, mais, une fois rentré en Islande et sa colère retombée, il s'était rendu compte que la faute ne revenait pas à Tomas mais surtout à lui-même pour avoir osé se révolter contre le système. Tomas lui avait parlé de la lettre en disant qu'il n'était jamais parvenu à s'en remettre complètement. Hannes lui avait demandé d'oublier cette lettre. Rédigée sous le coup d'une intense émotion, elle ne contenait pas une once de vérité. Ils s'étaient vite réconciliés. Tomas lui avait dit qu'il avait contacté les dirigeants islandais du Parti à propos d'Ilona et ces derniers lui avaient promis de demander des explications aux autorités est-allemandes. Il avait été durement admonesté pour son renvoi et pour avoir abusé de sa position comme de la confiance qui avait été placée en lui. Il lui avait raconté qu'il n'avait émis aucune protestation et même exprimé tous ses regrets. Il leur avait dit tout ce qu'ils voulaient, son seul objectif était d'aider Ilona. Tout cela n'avait servi à rien.

Tomas lui avait confié qu'il avait entendu dire qu'Ilona et Hannes avait autrefois été ensemble et qu'Ilona voulait se marier à un étranger pour quitter le pays. Hannes lui avait répondu que c'était bien la première fois qu'il entendait ça. Il lui avait expliqué qu'il avait assisté à quelques réunions où il avait croisé Ilona, mais qu'ensuite il avait cessé toute activité politique.

Et voilà que Tomas se retrouvait chez lui. Douze années s'étaient écoulées depuis leur première rencontre. Il avait commencé à parler de Lothar et semblait enfin en venir au fait.

– J'avais envie de te poser des questions sur Emil, dit Tomas. Tu sais qu'on était bons amis en Allemagne.

– Oui, je sais, répondit-il.

— Est-ce qu'Emil aurait... disons, entretenu des relations privilégiées avec Lothar ?

Hannes hocha la tête. Il ne voulait pas dénigrer les gens mais aucune amitié ne le liait à Emil qu'il pensait, du reste, avoir percé à jour. Il raconta à Tomas ce que son professeur lui avait confié sur Lothar et Emil, et lui précisa que cela ne faisait que confirmer ses soupçons. Emil avait pleinement participé à la surveillance réciproque, récoltant ensuite le fruit de sa loyauté envers l'association des étudiants et le Parti.

— Tu as envisagé qu'Emil ait pu jouer un rôle dans ton renvoi ? demanda Tomas.

— C'était impossible à dire. N'importe qui avait pu cafter aux FDJ, plus d'un même. Je t'ai accusé, tu t'en souviens, en t'écrivant cette lettre. Ça devient très compliqué de parler aux gens quand on ne sait pas ce qu'on a le droit de dire ou pas. Mais non, c'est vrai, je n'avais jamais envisagé cette possibilité. Tout ça est fini depuis longtemps. Oublié et enterré.

— Tu savais que Lothar est en Islande ? demanda tout à coup Tomas.

— Lothar ? Ici ? Non, je ne savais pas.

— Il est ici par le biais de l'ambassade est-allemande, comme diplomate ou je ne sais pas quoi. Je l'ai rencontré par hasard, enfin, non, je ne l'ai pas rencontré, juste vu. Il allait vers l'ambassade. Je me promenais le long d'Aegisida, j'habite dans le quartier ouest de Reykjavik, tu sais. Il ne m'a pas remarqué. J'étais à une bonne distance mais, en tout cas, c'était lui, en chair et en os. Une fois, je l'ai accusé d'être responsable de la disparition d'Ilona et il m'a conseillé de surveiller mes fréquentations. Je n'avais pas compris ce qu'il voulait dire. Aujourd'hui, je crois que j'ai saisi.

Il y eut un silence.

Hannes regarda longuement Tomas, mesurant combien son ancien camarade d'études était seul au monde et désemparé. S'il avait pu faire quelque chose pour lui...

— Si je peux t'aider avec... enfin tu sais, si je peux faire quelque chose pour toi...

— C'est vrai que ton professeur t'a dit qu'Emil était de mèche avec Lothar et qu'il en avait tiré des bénéfices ?

— Tout à fait vrai.

- Tu sais ce qu'Emil est devenu ? demanda Tomas.

— Il n'habite pas à l'étranger ? Je crois qu'il n'est pas rentré en Islande à la fin de ses études.

Ils se turent un long moment.

— Cette histoire dont tu m'as parlé sur moi et Ilona, qui te l'a racontée ? demanda Hannes.

— C'était Lothar, répondit Tomas.

Hannes hésitait.

— Je ne sais pas trop si je devrais te dire ça, dit-il finalement, mais j'ai eu vent d'une autre rumeur avant de partir de là-bas. Tu étais dans un tel état en rentrant d'Allemagne que je n'ai pas voulu te raconter des histoires à dormir debout. Elles ne manquent pas. Bref, on m'a dit qu'Emil était à plat ventre devant Ilona avant qu'elle et toi ne commenciez à vous fréquenter.

Tomas le dévisagea.

— Enfin, c'est juste une chose que j'ai entendue, continua Hannes qui vit le visage de Tomas devenir pâle comme un linge. Et rien ne dit qu'il y ait le moindre fond de vérité là-dedans.

— Tu es en train de dire qu'Ilona et lui étaient ensemble avant qu'elle et moi… ?

— Non, je n'ai pas dit ça, mais simplement qu'il essayait de la séduire. Il lui tournait autour, participait au nettoyage des ruines avec elle…

— Emil et Ilona ? soupira Tomas incrédule, comme si l'idée lui semblait inconcevable.

— Il lui tournait autour, c'est tout ce qu'on m'a dit, précisa aussitôt Hannes, regrettant déjà ses paroles. Il se rendait compte qu'il aurait dû garder le silence là-dessus. Il le voyait à l'expression de Tomas.

— Qui t'a raconté ça ? demanda Tomas.

— Je ne m'en souviens pas et ce n'est pas dit qu'il y ait un mot de vrai là-dedans.

— Emil et Ilona ? Elle ne lui a même pas accordé un regard ? interrogea Tomas.

— Pas un seul regard, confirma Hannes. En tout cas, c'est ce que j'ai entendu. Elle ne s'intéressait pas du tout à lui. Emil en était malade.

Il y eut un silence.

— Ilona ne t'en a jamais parlé?

— Non, répondit Tomas. Elle ne m'en a jamais rien dit.

— Ensuite, il est parti, conclut Hannes en regardant Erlendur et Elinborg. Je ne l'ai jamais revu depuis, d'ailleurs je ne sais même pas s'il est encore vivant.

— Si je comprends bien, l'expérience que vous avez vécue à Leipzig était plutôt traumatisante, observa Erlendur.

— Le plus insupportable, c'était cette surveillance qui générait chez les gens une suspicion constante. Cela dit, il y avait aussi beaucoup d'avantages à vivre là-bas. Certes, on ne tombait peut-être pas tous en extase devant les merveilles du socialisme, mais on essayait pour la plupart de s'accommoder des failles. Certains y arrivaient mieux que d'autres. Le système scolaire était exemplaire. Ceux qui allaient à l'université étaient en grande majorité issus de parents paysans ou ouvriers. Y a-t-il un autre endroit où cela est arrivé à un quelconque moment de l'histoire?

— Pourquoi Tomas est venu vous poser ces questions après toutes ces années? demanda Elinborg. Vous croyez qu'il a pu rencontrer Emil à cette époque-là?

— Je n'en sais rien, répondit Hannes. En tout cas, il ne m'en a rien dit.

— Et cette Ilona, reprit Erlendur, on sait ce qu'elle est devenue?

— Je ne pense pas. C'était une époque assez particulière à cause des événements de Hongrie où tout a déraillé par la suite. Ils ne voulaient pas que ça se reproduise dans un autre pays communiste. Il n'y avait aucune place pour la discussion ou pour la critique. Je crois que personne ne sait ce qu'est devenue Ilona. Tomas ne l'a jamais su. En tout cas, je ne pense pas, même si cette affaire ne me concernait pas. En fait, toute cette époque ne me concerne plus. Il y a longtemps que je lui ai tourné le dos et je n'aime pas trop en discuter. C'était une époque terrible. Une époque affreuse.

— Qui vous a parlé de cette histoire entre Emil et Ilona? demanda Elinborg.

– Il s'appelle Karl, répondit Hannes.

– Karl, vous dites ?

– Oui, confirma Hannes.

– Il était aussi à Leipzig ? s'enquit-elle.

Hannes acquiesça d'un signe de la tête.

– Vous connaissez des Islandais susceptibles d'avoir eu accès à des appareils d'espionnage de fabrication russe dans les années 60 ? interrogea Erlendur. Des Islandais qui se seraient amusés à jouer aux espions ?

– Des engins d'espionnage russes ?

– Exact, je ne peux pas vous en dévoiler plus, mais vous auriez une idée à ce sujet ?

– Eh bien, si Lothar a été en poste ici, il est possible que cela ait été son cas, répondit Hannes. Mais je n'arrive pas à croire que... vous seriez... vous ne suggérez quand même pas qu'il aurait pu y avoir un espion islandais ?

– Non, je crois que ce serait carrément étonnant, répondit Erlendur.

– Comme je vous l'ai déjà dit, je ne suis plus franchement dans le coup pour toutes ces choses-là. Je n'ai pratiquement eu aucun contact avec ceux qui ont séjourné à Leipzig. En plus, je ne connais rien aux affaires d'espionnage des Russes.

– Vous n'auriez pas une photo de Lothar Weiser, par hasard ? demanda Erlendur.

– Non, aucune, répondit Hannes. Je n'ai pas conservé beaucoup de souvenirs de cette époque.

– Cet Emil m'a tout l'air d'être assez insaisissable, observa Elinborg.

– C'est vrai. Comme je vous l'ai dit, je crois bien qu'il a passé toute sa vie à l'étranger. En fait, je... oui, la dernière fois que je l'ai croisé... c'était à l'époque où Tomas est venu me rendre cette visite étonnante. J'ai aperçu Emil dans le centre-ville de Reykjavik. Je ne l'avais pas revu depuis Leipzig, je ne l'ai aperçu que de profil mais je suis certain que c'était bien lui. Enfin, je ne saurais vous en dire plus à son sujet.

– Vous ne lui avez donc pas adressé la parole ? s'étonna Elinborg.

– Adressé la parole? Non, je n'ai pas pu. Il est monté dans une voiture, puis il est parti. Je ne l'ai vu que très brièvement, mais c'était lui, j'en suis sûr. Je m'en rappelle très bien parce que j'ai sursauté en le voyant tout à coup ici.

– Vous vous souvenez par hasard quel genre de voiture c'était?

– Quel genre?

– Oui, de la marque, la couleur?

– Elle était noire, répondit Hannes. Mais je n'y connais rien en voiture. Enfin, je me souviens quand même qu'elle était noire.

– C'était peut-être une Ford Falcon? demanda Erlendur.

– Je n'en sais rien.

– C'était une Ford Falcon?

– Je viens de vous le dire, tout ce que je me rappelle, c'est qu'elle était noire.

31

Il posa le stylo sur la table. Il s'était efforcé de se montrer aussi exact, précis et concis que possible dans la description qu'il avait faite des événements survenus à Leipzig et par la suite en Islande. L'histoire couvrait plus de soixante-dix pages rédigées d'une main assurée et avait nécessité plusieurs jours d'écriture, et il n'était pas encore arrivé au point final. Il avait pris une décision qui lui convenait parfaitement. Il se sentait en paix avec lui-même.

Il en était au moment où, marchant le long de la mer, à Aegisida, il avait vu Lothar Weiser se diriger vers une maison. Il l'avait immédiatement reconnu bien qu'il ne l'ait pas vu depuis des années. Lothar avait pris de l'embonpoint avec l'âge, il avançait d'un pas plus lourd et tranquille sans lui accorder la moindre attention. Quant à lui, il s'était arrêté net, complètement abasourdi, pour suivre Lothar du regard. Une fois qu'il se fut remis de sa surprise, sa première réaction fut de s'arranger pour qu'il ne l'aperçoive pas, il avait fait demi-tour avant de reculer discrètement. Il avait regardé Lothar passer le portillon de la maison, le refermer soigneusement derrière lui avant de disparaître à l'arrière de la maison. Il avait pensé que l'Allemand avait emprunté la porte de service. Il avait noté la présence d'un petit écriteau mentionnant qu'il s'agissait du siège de la délégation commerciale de la RDA.

Il était resté immobile, comme paralysé sur le trottoir, à fixer la maison. C'était la pause déjeuner, il s'était offert une promenade par ce beau temps. D'habitude, il en profitait pour rentrer chez lui pendant une heure. Il était employé depuis deux ans dans une société d'assurance, dans le centre-ville, et ce travail lui plaisait bien. L'idée de protéger des familles contre les aléas de la vie le séduisait. Il regarda sa montre et se rendit compte qu'il était en retard.

À l'heure du dîner, il sortit de nouveau se promener, comme il lui arrivait parfois de le faire. Fidèle à ses habitudes, il empruntait généralement les mêmes rues du quartier ouest avant de longer la mer, du côté d'Aegisida. Il s'approcha lentement de la maison, regarda par les fenêtres, s'attendant à y apercevoir Lothar mais il ne vit rien. Seules deux fenêtres étaient éclairées, il n'y voyait pas âme qui vive. Il allait rebrousser chemin quand une Volga noire sortit tout à coup du garage pour s'éloigner le long d'Aegisida.

Il n'avait aucune idée de ce qu'il fabriquait. Il ne savait pas ce qu'il s'attendait à voir ou espérait découvrir. Et même s'il voyait Lothar sortir de la maison, il ne savait pas s'il allait l'interpeller ou simplement le suivre. D'ailleurs, qu'avait-il à lui dire?

Les soirs suivants, il retourna se promener le long d'Aegisida en ralentissant devant la maison. Et puis, un soir, il vit trois hommes en sortir. Deux d'entre eux prirent place dans la Volga noire avant de démarrer. Le troisième leur dit au revoir avant de remonter la rue Hofsvallagata en direction du centre-ville. Il était environ vingt heures. Il décida de le suivre. Lothar remonta sans se presser la rue Tungata avant de tourner à gauche sur Gardastraeti jusqu'à la rue Vesturgata et d'entrer finalement dans le restaurant Naustid.

Il attendit deux heures, le temps que Lothar dîne. C'était l'automne, les soirées s'étaient considérablement rafraîchies, mais il était bien équipé avec son manteau d'hiver, son écharpe et sa casquette à oreillettes. Il se sentait idiot de jouer ainsi aux apprentis espions. Il s'abrita dans la ruelle Fischersund en s'efforçant de ne pas perdre de vue l'entrée du Naustid. Lorsque Lothar sortit enfin, il descendit la rue Vesturgata, marcha jusqu'à l'extrémité de la rue Austurstraeti avant de prendre la direction du quartier de Thingholt. Il s'arrêta aux abords d'une remise située sur la rue Bergstadastraeti, non loin de l'hôtel Holt. La porte de la remise s'ouvrit et quelqu'un y fit entrer Lothar. Il ne vit pas qui.

Se demandant ce que ça cachait, poussé par sa curiosité malgré ses hésitations, il s'approcha du bâtiment. La clarté du lampadaire ne parvenait pas jusqu'à l'endroit, il s'avança précautionneusement dans l'obscurité. Il remarqua un cadenas sur la porte, se hissa jusqu'à une petite fenêtre sur le côté de la remise pour jeter un œil à l'intérieur. Une lampe d'architecte était allumée, fichée sur un établi. À la lumière qu'elle dispensait, il vit les deux hommes.

L'un d'eux se pencha en avant. Il distingua tout à coup son visage, reculant violemment de la fenêtre comme si quelqu'un l'avait frappé au visage.

C'était son ancien ami de l'université de Leipzig, qu'il n'avait pas vu depuis toutes ces années.

Emil.

Il s'éloigna en silence du bâtiment, puis remonta la rue où il attendit longtemps, jusqu'à ce que Lothar en ressorte, accompagné d'Emil. Celui-ci s'évanouit dans l'obscurité qui enveloppait la remise et Lothar reprit la direction du quartier ouest. Il pista l'Allemand jusqu'à son domicile, plongé dans ses pensées, en essayant de comprendre ce qu'il venait de voir. Il ne parvenait pas à imaginer le genre de relation qu'entretenaient Emil et Lothar. Il croyait qu'Emil habitait à l'étranger. À part ça, il n'avait guère de nouvelles de ses anciens camarades de l'université de Leipzig.

Il tourna et retourna la chose dans tous les sens sans parvenir à aucune conclusion. Il résolut finalement de rendre visite à Hannes. Il était déjà allé le voir une fois par le passé pour lui parler d'Ilona, à son retour d'Allemagne de l'Est. Il était possible que Hannes sache quelque chose à propos d'Emil et de Lothar.

Lothar disparut à l'intérieur de la maison d'Aegisida. Il attendit un long moment à bonne distance avant de prendre le chemin du retour pour rentrer chez lui. Brusquement, cette phrase étrange et incompréhensible que lui avait dite l'Allemand lors de leur dernière discussion remonta à la surface de son esprit :

Tu n'as qu'à surveiller tes fréquentations.

Erlendur et Elinborg discutèrent de ce que leur avait raconté Hannes en rentrant de Selfoss. C'était le soir, il n'y avait guère de circulation sur la route traversant la lande de Hellisheidi. Erlendur réfléchissait à la Falcon noire. Il ne devait pas y en avoir tant que ça dans les rues de Reykjavik à cette époque-là. Cependant, comme le lui avait précisé Teddi, le mari d'Elinborg, la Falcon était un modèle très apprécié. Il pensait à ce Tomas dont la petite amie avait disparu en Allemagne de l'Est. Ils devaient aller l'interroger à la première occasion. Il ne saisissait pas encore le lien qui unissait le squelette retrouvé dans le lac et les étudiants envoyés à Leipzig dans les années 60. Il pensait à Eva Lind qui, à son avis, finirait par causer sa propre perte et à Sindri, son fils, qu'il ne connaissait en fait pas du tout. Il méditait sur tout cela en retournant les éléments dans tous les sens sans parvenir à ordonner ses pensées. Elinborg lui lança un regard en biais en lui demandant à quoi il songeait.

— À rien, répondit-il.

— Il y a quand même bien quelque chose, observa Elinborg.

— Non, répéta Erlendur, il n'y a rien du tout.

Elinborg haussa les épaules. Erlendur pensa à Valgerdur. Il n'avait pas de nouvelles d'elle depuis quelques jours. Il savait qu'elle avait besoin de temps. Du reste, de son côté, il n'avait aucune envie de précipiter les choses. Il n'avait aucune idée de ce qu'elle lui trouvait. Pour lui, cela demeurait une énigme. Il ne saisissait pas ce que Valgerdur trouvait d'intéressant à un bonhomme solitaire et neurasthénique, reclus dans un appartement obscur. Il se demandait parfois s'il méritait l'amitié qu'elle lui témoignait.

En revanche, il savait parfaitement ce qui lui plaisait chez Valgerdur. Il l'avait su dès le premier instant. Elle possédait tant de qualités qu'il n'avait pas mais qu'il lui enviait. Elle était son exact opposé dans tous les domaines. Elle était belle, souriante et gaie. Malgré les difficultés qu'elle devait affronter dans son couple et dont Erlendur savait à quel point elles la minaient, elle s'efforçait de ne pas se laisser détruire. Elle voyait toujours le bon côté des choses. Il lui était impossible de nourrir de la haine envers quiconque ou de se laisser totalement abattre. Elle ne laissait rien assombrir sa façon d'envisager l'existence, qui était à la fois douce et généreuse. Pas même son époux dont Erlendur se disait qu'il devait décidément manquer cruellement de jugeote pour aller tromper une femme telle que Valgerdur.

Erlendur savait parfaitement ce qu'il voyait en elle. Sa présence le régénérait.

– Allez, dis-moi à quoi tu penses, insista Elinborg, qui s'ennuyait ferme.

– À rien, s'entêta Erlendur, je ne pense à rien du tout.

Elle secoua la tête. Erlendur avait eu l'air plutôt déprimé pendant tout l'été même s'il avait passé nettement plus de temps que d'habitude en compagnie de ses collègues en dehors du travail. Sigurdur Oli et elle en avaient discuté. Ils avaient conclu que c'était probablement dû au fait qu'Eva Lind ne lui donnait pratiquement plus aucune nouvelle. Ils savaient qu'Erlendur s'inquiétait énormément pour sa fille, qu'il avait essayé de l'aider, mais que cette dernière semblait incapable de se contrôler. C'est une pauvre fille, c'était la rengaine qui revenait dans la bouche de Sigurdur Oli. Elinborg avait tenté deux ou trois fois de parler d'Eva à Erlendur, lui demandant comment elle allait, mais il avait changé de conversation.

Ils roulaient, enveloppés d'un profond silence, jusqu'à ce qu'Erlendur arrête la voiture devant la maison mitoyenne d'Elinborg. Au lieu de descendre du véhicule, elle se tourna vers lui.

– Enfin, qu'est-ce qu'il y a? demanda-t-elle.

Erlendur ne lui répondit pas.

– Et pour la suite de cette affaire? On ne devrait pas aller interroger ce Tomas?

— Si, il faut qu'on aille l'interroger.

— Tu penses à Eva Lind, non ? demanda Elinborg. C'est à cause de ça que tu es si taciturne ?

— Ne t'inquiète pas pour moi, répondit Erlendur. On se voit demain.

Il la regarda monter les marches de sa maison. Une fois qu'elle fut entrée, il redémarra.

Deux heures plus tard, alors qu'Erlendur était chez lui, assis dans son fauteuil à méditer, plongé dans l'obscurité, quelqu'un sonna à l'interphone. Il se leva, demanda qui était là avant d'actionner l'ouverture de la porte du bas. Il alluma la lumière dans son appartement, alla dans l'entrée, ouvrit la porte et attendit. Valgerdur ne tarda pas à apparaître.

— Tu avais peut-être envie d'être tranquille ? demanda-t-elle.

— Non, entre, répondit-il.

Elle se faufila par l'entrebâillement, il la débarrassa de son manteau. Remarquant un livre ouvert sur la table à côté du fauteuil, elle lui demanda ce qu'il était en train de lire. Il lui répondit que c'était une histoire d'avalanche.

— Où tous meurent dans d'affreuses souffrances, nota-t-elle.

Ils avaient souvent parlé de l'intérêt qu'Erlendur portait aux histoires populaires, documents historiques, documentaires et livres traitant de gens qui se perdaient dans la nature ou périssaient dans des tempêtes.

— Pas tous, il y en a quelques-uns qui s'en sortent, répondit-il. Encore heureux.

— C'est pour ça que tu lis ces livres qui parlent de gens qui meurent dans les montagnes ou d'avalanches ?

— Comment ça ? demanda Erlendur.

— Parce qu'il y en a certains qui s'en sortent ?

Erlendur lui sourit.

Elle hocha la tête, lui expliqua qu'elle voulait contacter un avocat pour le divorce et lui demanda s'il en connaissait un. Pour sa part, elle n'avait jamais eu besoin des services d'un avocat. Erlendur lui proposa de se renseigner pour elle auprès du barreau où, dit-il, il y en avait à foison.

— Il te resterait un peu de ce liquide vert ? demanda-t-elle en s'asseyant dans le canapé.

Il hocha la tête, sortit la bouteille de chartreuse et deux verres à liqueur. Il se souvint d'avoir entendu un jour que trente sortes de plantes entraient dans sa composition afin de lui donner le goût recherché. Il vint s'asseoir à côté d'elle pour les lui énumérer.

Elle lui raconta qu'elle avait vu son mari plus tôt dans la journée, qu'il lui avait promis de faire amende honorable pour l'inciter à réintégrer le domicile conjugal. Mais quand elle lui avait dit qu'elle était fermement décidée à le quitter, il s'était mis en colère, avait perdu son sang-froid, avait commencé à hurler en la traitant de tous les noms. Ils étaient au restaurant. Il l'avait couverte de reproches et d'insultes sans se soucier le moins du monde des autres clients qui assistaient à la scène, complètement médusés. Elle avait fini par se lever et quitter les lieux sans lui accorder un seul regard.

Après qu'elle lui eut raconté l'événement marquant de la journée, Erlendur et elle restèrent assis en silence et terminèrent leur liqueur. Elle lui demanda un autre verre.

— Et nous, qu'est-ce qu'on va faire ? demanda-t-elle.

Erlendur sentit l'alcool lui déchirer la gorge quand il avala la chartreuse. Il remplit à nouveau les verres en pensant à son parfum, qu'il avait senti quand elle avait franchi la porte. C'était comme l'odeur d'un été depuis longtemps disparu. L'esprit d'Erlendur s'emplit d'un étrange regret dont les racines remontaient plus loin dans le temps qu'il ne l'imaginait.

— On fera ce qu'on voudra, répondit-il.

— Mais toi, qu'est-ce que tu veux ? Tu t'es montré tellement patient que je me suis même demandée si c'était bien de la patience ou si ce n'était pas tout simplement que tu ne... enfin, que tu ne voulais pas t'embêter avec toutes mes histoires.

Il y eut un silence. La question de Valgerdur resta en suspens. *Qu'est-ce que tu veux ?*

Il vida son verre. Cette question, il se l'était posée dès le jour où il l'avait rencontrée. Il n'avait pas l'impression d'avoir été patient. Il n'avait aucune idée de ce qu'il avait été ou non, mais savait seulement qu'il s'était efforcé de la soutenir. Peut-être ne lui avait-il pas témoigné suffisamment d'intérêt, suffisamment de chaleur humaine. Il ne savait pas.

– Tu préférais ne pas précipiter les choses, répondit-il. Moi non plus, d'ailleurs. Je n'ai pas eu de femme dans ma vie depuis très longtemps.

Il s'interrompit. Il avait envie de lui dire qu'il avait passé le plus clair de son temps enfermé ici avec ses livres et que le fait de la voir là, assise en sa compagnie sur ce canapé lui procurait une joie immense. Qu'elle était tout le contraire de ce dont il avait l'habitude, telle l'odeur d'un été depuis longtemps disparu, mais il ne savait pas comment s'y prendre. Comment pouvait-il lui dire que tout ce qu'il souhaitait depuis le jour où il l'avait rencontrée, c'était être avec elle.

– Je ne voulais pas te repousser, reprit-il, mais tu sais, ce genre de chose demande du temps, surtout avec moi. Et puis, de ton côté... je veux dire, c'est toujours difficile d'affronter un divorce...

Elle remarqua que la discussion le mettait mal à l'aise. À chaque fois que la conversation s'orientait sur eux, il se refermait sur lui-même, sans s'exprimer beaucoup. D'ailleurs, en général, il ne disait pas grand-chose, c'était peut-être la raison pour laquelle elle se sentait si bien en sa présence. Il était dénué de toute affectation, ne faisait jamais semblant. Il n'avait sûrement aucune idée du comportement qu'il devait adopter pour se montrer sous un autre jour. Il était profondément honnête et vrai dans tout ce qu'il disait, dans chacun de ses actes. Elle le percevait clairement et cela lui procurait le sentiment de sécurité qui lui manquait depuis si longtemps. Elle avait trouvé en lui un homme auquel elle savait pouvoir faire confiance.

– Excuse-moi, reprit-elle en lui souriant. Je n'avais pas l'intention d'entamer des pourparlers en vue d'un contrat. Enfin, c'est toujours bien de savoir sur quel pied danser. Tu comprends.

– Parfaitement, convint Erlendur, sentant que la tension entre eux se relâchait un peu.

– Tout ça demande du temps, alors on verra bien, conclut-elle.

– J'ai l'impression que c'est tout à fait raisonnable, répondit-il.

– C'est mieux comme ça, dit-elle en quittant le canapé. Erlendur se leva aussi. Elle lui expliqua qu'elle devait voir ses deux fils, mais Erlendur n'entendit ses paroles que de très loin. Il était occupé à réfléchir. Elle se dirigea vers la porte, il l'aida à enfiler son manteau. Elle le sentit hésitant, pour elle ne savait quelle raison. Elle ouvrit la porte et lui demanda s'il y avait un problème.

Erlendur la dévisagea. Elle s'arrêta à la porte.

– Reste ici avec moi, dit-il.

Valgerdur hésita.

– Tu es sûr ? demanda-t-elle.

– Oui, répondit-il, ne t'en va pas.

Elle resta immobile et le regarda longuement. Il s'approcha d'elle pour l'attirer à l'intérieur, referma la porte avant de la débarrasser de son manteau sans qu'elle proteste.

Ils s'aimèrent doucement, sans précipitation, tendrement. Au début, ils étaient un peu maladroits, mais leur gêne se dissipa. Elle lui confia qu'il était le deuxième avec lequel elle couchait.

Ils restèrent allongés dans le lit. Les yeux fixés au plafond, il lui raconta qu'il se rendait parfois dans les fjords de l'Est, où il avait vécu, enfant, pour passer un peu de temps dans son ancienne maison. Il ne restait plus que des murs nus sous un toit à moitié effondré. Bien peu de choses indiquaient que sa famille avait vécu là. Cependant on y voyait encore les vestiges de leur vie disparue. Des bouts du sol carrelé dont il se souvenait parfaitement. Des placards cassés dans la cuisine. Des fenêtres sur le rebord desquelles de petites mains d'enfants s'étaient appuyées. Il lui confia que cela lui faisait du bien d'aller là-bas, de s'allonger au milieu de ses souvenirs pour retrouver un endroit sur terre empli de calme et de lumière.

Valgerdur pressa sa main dans la sienne.

Il se mit à lui raconter l'histoire d'une jeune fille qui s'était perdue dans la tempête. Elle avait quitté la maison de sa mère sans destination précise. Elle avait traversé des épreuves et, malgré sa santé fragile, souhaitait changer de vie, ce qui était compréhensible puisqu'elle n'y avait jamais trouvé ce qu'elle désirait le plus. Elle avait l'impression que quelque chose manquait à son existence. Elle avait l'impression d'avoir été trompée et trahie. Poussée par un étrange désir d'auto-destruction, elle s'était enfoncée toujours plus loin, jusqu'à toucher le fond. On la retrouva et la ramena chez elle pour la soigner mais dès qu'elle eut repris des forces, elle disparut à nouveau sans prévenir. Elle bravait tous les temps, cherchant parfois refuge chez son père qui essayait de son mieux de lui venir en aide et de la protéger, mais elle ne l'écoutait jamais et reprenait sa route comme si elle n'avait aucune autre carte à jouer que celle de la destruction.

Valgerdur regarda Erlendur.

— Personne ne sait où elle est en ce moment. Elle est toujours en vie car, si elle était décédée, j'aurais été averti. Je vis dans l'attente de cette nouvelle. J'ai, moi aussi, erré dans ces tempêtes à sa recherche, je l'ai retrouvée, ramenée à la maison, j'ai essayé de l'aider, mais aujourd'hui, je doute que quiconque puisse la secourir.

— N'en sois pas si sûr, observa Valgerdur après un long silence.

Le téléphone sonna sur la table de nuit. Erlendur le regarda sans aucune intention de décrocher mais Valgerdur lui fit remarquer qu'un appel à cette heure tardive devait avoir un caractère urgent. Allongeant le bras vers le combiné, il lui répondit que c'était très certainement Sigurdur Oli qui l'appe-lait pour lui raconter des bêtises.

Il mit un peu de temps avant de comprendre que son correspondant n'était autre que Haraldur qui l'appelait depuis la maison de retraite. Il dit qu'il s'était introduit dans l'un des bureaux et souhaitait rencontrer Erlendur.

— Qu'est-ce que vous me voulez? demanda Erlendur.

— Je vais vous raconter ce qui s'est passé, annonça Haraldur.

— Pourquoi? s'étonna Erlendur.

— Vous voulez le savoir, oui ou non? s'agaça Haraldur. Ensuite, plus un mot là-dessus.

— Calmez-vous, répondit Erlendur, je passe vous voir demain, ça ira?

— Alors, venez! répondit Haraldur en lui raccrochant au nez.

33

Il mit les pages qu'il avait remplies dans une grande enveloppe sur laquelle il écrivit quelque chose avant de la poser sur son bureau. Il passa sa main sur l'enveloppe en pensant à l'histoire qu'elle contenait. En proie à une lutte intérieure, il s'était demandé s'il devait raconter ces événements, mais il s'était finalement dit qu'il ne pouvait pas y échapper. Les restes du corps avaient été retrouvés dans le lac de Kleifarvatn. Tôt ou tard, la piste mènerait jusqu'à lui. Il savait que le lien qui l'unissait à l'homme du lac était très ténu et que la police aurait bien du mal à découvrir la vérité sans son aide. Mais il se refusait à mentir. Si la seule trace qu'il laissait de lui était la vérité, alors cela lui suffisait.

Ça lui avait fait du bien de voir Hannes. Il l'avait toujours apprécié, même s'ils n'avaient pas toujours été d'accord. Hannes l'avait bien aidé. Il avait jeté un éclairage nouveau sur la nature des rapports entre Emil et Lothar. Il lui avait appris qu'Emil et Ilona se connaissaient avant son arrivée à Leipzig, même s'il n'avait pas été très clair. Ça expliquait peut-être ce qui s'était produit. Ou ça compliquait peut-être encore les choses. Il ne savait pas encore que croire à ce sujet.

Il arriva à la conclusion qu'il fallait qu'il discute avec Emil. Il fallait qu'il lui pose des questions sur Ilona, sur Lothar et sur toutes les manigances à Leipzig. Il n'était pas sûr qu'Emil ait toutes les réponses mais il devait s'arranger pour lui soutirer ce qu'il savait. Il ne pouvait pas non plus rester à rôder comme ça autour de la remise. Ce n'était pas à son honneur. Il ne voulait pas entrer dans ce jeu de cache-cache.

Quelque chose d'autre motivait ses actes, une chose à laquelle il s'était mis à réfléchir en rentrant de chez Hannes. Il se demandait le rôle qu'il avait joué lui-même dans tout cela, considérant combien il avait été puéril, crédule et innocent à l'époque. Il savait que ça aurait pu se produire de toute façon mais il était aussi possible que ce soit de sa faute à lui. Il fallait qu'il sache la réponse.

C'est pourquoi, quelques jours après avoir suivi Lothar, il se retrouva à nouveau dans la rue Bergstadastraeti à observer le local d'Emil. Il s'était mis en route tout de suite après avoir quitté son travail. Le jour déclinait, l'air était froid. Il sentait que l'hiver approchait.

Il entra dans l'arrière-cour où se trouvait la remise. En s'approchant, il remarqua qu'elle n'était pas fermée à clef, le cadenas était grand ouvert. Il poussa la porte pour jeter un œil. Emil était assis, absorbé, à son établi. Il se faufila à l'intérieur. La remise abritait tout un bric-à-brac qu'il ne parvenait pas à distinguer dans l'obscurité. Seule une ampoule nue pendait au-dessus de l'établi.

Emil ne remarqua sa présence que lorsqu'il fut juste à côté de lui. Sur le dossier de la chaise, il avait accroché sa veste. Tomas constata qu'elle était déchirée, comme après une bagarre. Il entendit Emil marmonner quelque chose d'un ton furieux. Brusquement, Emil sembla sentir une présence. Il leva les yeux de ses cartes routières, tourna lentement la tête et le regarda. Tomas nota qu'Emil mettait du temps à reconnaître celui qui était ainsi venu le voir dans sa remise.

— Tomas, soupira-t-il enfin. C'est toi ?

— Bonjour Emil, répondit-il. La porte était ouverte.

— Qu'est-ce que tu fais ici ? demanda Emil. Qu'est-ce… Il était interloqué. Comment tu as su que…

— J'ai suivi Lothar jusqu'ici, expliqua-t-il. Je l'ai suivi depuis Aegisida.

— Suivi Lothar ? répéta Emil, incrédule. Il se leva sans le quitter des yeux. Qu'est-ce que tu fabriques ici ? répéta-t-il. Pourquoi est-ce que tu as suivi Lothar ? Il jetait des coups d'œil vers la porte comme s'il s'attendait à voir surgir d'autres visiteurs inopinés. Tu es seul ? s'assura Emil.

— Oui, je suis seul.

— Qu'est-ce que tu me veux ?

— Tu te souviens d'Ilona? demanda-t-il. À Leipzig?

— D'Ilona?

— On était ensemble, Ilona et moi.

— Évidemment que je me souviens d'Ilona! Et alors, qu'est-ce qu'elle a?

— Tu peux me dire ce qui lui est arrivé? demanda-t-il. Tu peux me le dire maintenant, après toutes ces années? Tu le sais?

Il s'efforçait de ne pas laisser transparaître trop d'énervement dans sa voix. Mais il lui était impossible de conserver son calme. On pouvait lire dans ses pensées comme dans un livre, on y voyait les années de souffrance causées par la disparition de la femme qu'il aimait.

— De quoi tu parles? demanda Emil.

— D'Ilona.

— Tu penses toujours à Ilona? Même après toutes ces années?

— Est-ce que tu le sais? Est-ce que tu sais ce qu'elle est devenue?

— Non. Je ne vois pas du tout de quoi tu parles. Je n'ai jamais rien su. Quant à toi, tu ne devrais pas être ici. Tu ferais mieux de t'en aller.

Il balaya le local du regard.

— Qu'est-ce que tu fabriques là-dedans? demanda-t-il. C'est quoi, cette remise? Tu es rentré en Islande depuis quand?

— Tu ferais mieux de t'en aller, répéta Emil en lançant un regard inquiet en direction de la porte. Il y a d'autres gens qui savent que je suis ici? D'autres qui sont au courant de ma présence en Islande?

— Est-ce que tu peux me répondre? répéta-t-il. Qu'est-ce qui est arrivé à Ilona?

Emil le regarda puis s'emporta brusquement.

— Dégage de là, je t'ai dit! Sors d'ici tout de suite! Je ne peux pas t'aider avec ces conneries.

Emil le poussa, mais il ne bougea pas.

— Qu'est-ce qu'on t'a donné pour avoir dénoncé Ilona? Qu'est-ce qu'ils t'ont donné à toi, leur héros? De l'argent? Des bons résultats? Ils t'ont offert un bon travail?

— Je ne vois pas du tout de quoi tu parles, répondit Emil qui avait jusqu'alors chuchoté mais qui haussait maintenant le ton.

Il trouvait Emil changé depuis Leipzig. Il était toujours aussi maigre mais avait l'air plus malingre, avec ses cernes noirs sous les yeux, ses doigts jaunis par le tabac et sa voix éraillée. Sa pomme d'Adam montait et descendait le long de son cou quand il parlait, ses cheveux avaient commencé à se clairsemer. Il y avait longtemps qu'il n'avait pas vu Emil. Il avait gardé le souvenir d'un jeune homme. Maintenant, il lui paraissait fatigué et vieilli. Emil avait une barbe de plusieurs jours. Il se fit la réflexion qu'il devait abuser de la boisson.

— C'est de ma faute, c'est ça? demanda-t-il.

— Tu vas arrêter tes conneries! répondit Emil en tentant de le repousser à nouveau. Va-t'en! Et oublie tout ça.

Il l'esquiva.

— C'est moi qui t'ai informé des activités d'Ilona là-bas, hein? C'est moi qui t'ai mis sur la voie. Si je ne t'avais rien dit, elle s'en serait peut-être tirée. Ils n'auraient pas su l'existence de ces réunions. Ils n'auraient pas pris de photos de nous.

— Dégage, je te dis!

— Je suis allé voir Hannes. Il m'a parlé de toi et de Lothar, et de la manière dont les FDJ s'arrangeaient pour que l'université te récompense par de bons résultats. Tu n'as jamais été très bon étudiant, non, Emil? Je ne t'ai jamais vu ouvrir un livre. Qu'est-ce qu'ils t'ont donné pour dénoncer tes camarades? Pour dénoncer tes amis?! Qu'est-ce qu'ils t'ont offert pour les espionner?

— Elle n'a pas réussi à me convaincre d'entrer dans leur secte, mais toi, tu l'as suivie comme un petit chien, lança Emil. Ilona n'était qu'une traîtresse.

— Parce qu'elle t'a trahi, toi? observa-t-il. Parce qu'elle ne voulait pas être avec toi? C'était si douloureux que ça? Le fait qu'elle t'a ignoré t'a blessé à ce point?

Emil soutint son regard.

— En tout cas, je ne vois vraiment pas ce qu'elle te trouvait, rétorqua-t-il tandis qu'un sourire moqueur se dessinait sur ses lèvres. Je ne comprends pas ce qu'elle a vu chez ce jeune et brillant idéaliste qui avait l'intention de transformer l'Islande en État socialiste, mais qui a changé d'avis dès qu'elle l'a laissé lui grimper dessus! Je ne sais vraiment pas ce qu'elle a vu en toi!

— Alors, tu as voulu te venger, continua-t-il. C'est bien ça? Te venger d'elle.

— Vous vous méritiez l'un et l'autre, répondit Emil.

Il fixait Emil, sentant un froid étrange s'emparer de son corps. Il ne reconnaissait pas son ami, se demandait qui Emil était devenu ou plutôt ce qu'il était devenu. Il savait qu'il contemplait le visage de cette même cruauté inflexible à laquelle il s'était heurté pendant ses années d'études. Il savait que son âme aurait dû s'emplir de colère et de haine, qu'il aurait dû bondir sur Emil, mais tout à coup, il comprit qu'il n'en avait aucune envie. Qu'il n'avait pas besoin d'endosser à jamais par sa faute un fardeau d'inquiétudes, de souffrances et de peur. Non parce qu'il ne s'en était jamais pris à quiconque. Non parce qu'il n'avait jamais eu recours à la violence ou été mêlé à des bagarres. Simplement, il méprisait la violence sous toutes ses formes. Il savait que là, maintenant, il aurait dû être envahi d'une colère si forte qu'il aurait dû avoir envie de tuer Emil. Au lieu de s'emplir de cette fureur, son esprit se vida complètement jusqu'à ce qu'il ne ressente plus rien que le froid glacial.

— Et puis, tu as raison, reprit Emil alors qu'ils continuaient à se faire face. C'était bien toi. Tu ne peux faire des reproches qu'à toi-même. C'est toi le premier qui m'as parlé de ses réunions, de ses opinions et de ses idées qui lui dictaient d'aider les gens à s'insurger contre le socialisme. C'était bien toi. Si c'est ça que tu voulais savoir en venant ici, alors je peux te le confirmer. Ce sont d'abord tes propres paroles qui sont à l'origine de l'arrestation d'Ilona. Je ne connaissais pas sa façon de travailler, tu me l'as expliquée. Tu t'en souviens? Ensuite, ils ont commencé à la surveiller. Puis, ils t'ont convoqué en guise d'avertissement. Mais, à ce moment-là, il était déjà trop tard. L'affaire avait été portée plus haut. Elle n'était plus de notre ressort.

Tomas s'en souvenait bien. Il s'était demandé des milliers de fois s'il avait raconté à quelqu'un des choses qu'il n'aurait pas dû. Il avait toujours considéré qu'il pouvait faire confiance à ses compatriotes, que les Islandais n'iraient jamais s'espionner mutuellement. Que la surveillance réciproque ne s'appliquait pas au petit groupe d'amis qu'ils formaient. Que la police de la pensée n'avait rien à faire avec les Islandais. C'était plein de cette certitude qu'il leur avait parlé d'Ilona, de ses amis et de leurs idées.

Il regardait Emil en pensant à ce mépris de l'être humain tout en se demandant comment il était possible de bâtir des sociétés entières sur ce seul fondement.

— J'ai réfléchi à quelque chose, quand tout était fini, reprit-il enfin, comme dans un monologue, comme s'il n'était plus là, comme si plus rien n'avait d'importance. Quand tout était fini et que plus rien ne pouvait être sauvé. Longtemps après mon retour en Islande. Je me suis dit que c'était moi qui t'avais parlé des réunions d'Ilona. Je ne sais pas pourquoi. Je crois même que je vous ai encouragés, toi et les autres, à y assister. Pas de secrets entre nous, les Islandais. On pouvait discuter de tout ça ensemble sans avoir à s'inquiéter. Mais je n'avais pas compté avec quelqu'un de ton espèce.

Il s'accorda une pause.

— On se serrait les coudes, continua-t-il. Quelqu'un a dénoncé Ilona. La communauté universitaire était très importante, il pouvait donc s'agir de n'importe qui. Ce n'est que bien plus tard que j'ai envisagé l'éventualité que le coupable puisse être un des Islandais, un de mes amis.

Il fixa Emil dans les yeux.

— J'ai été un sacré crétin d'imaginer qu'on était amis, conclut-il tristement. On n'était que des gamins. Toi et moi, on avait à peine vingt ans.

Il tourna le dos à Emil dans l'intention de sortir de la remise.

— Ilona n'était qu'une sale petite pute! lança Emil dans son dos.

En entendant ces paroles, son regard tomba sur une pelle posée contre une vieille commode poussiéreuse. Il l'attrapa par le manche, la leva en l'air, décrivit un demi-cercle et hurla à s'en briser la voix en l'abattant de toutes ses forces sur Emil.

Elle le heurta à la tête. Il vit les yeux d'Emil s'éteindre alors que celui-ci s'affaissait lentement à terre.

Il resta à regarder le corps sans vie d'Emil, comme perdu dans un autre monde, jusqu'à ce qu'une phrase depuis longtemps oubliée remonte à la surface de son esprit.

Le mieux, pour les tuer, c'est la pelle.

Une tache noirâtre commença à se former sur le sol. Il comprit qu'il avait asséné un coup mortel à Emil. Ce qui lui était parfaitement indifférent. Il resta immobile à fixer Emil gisant dans la mare de sang qui s'agrandissait. Il observait le processus avec détachement. Il n'était pas venu jusqu'à cette remise dans le but de le tuer. Il n'avait absolument pas prémédité un meurtre. Ça s'était produit tout seul, sans qu'il ait eu le temps de l'envisager.

Il ne savait pas combien de temps il s'était écoulé quand il remarqua que quelqu'un s'était approché de lui. Quelqu'un qui lui parlait. Quelqu'un qui le secouait en lui tapotant doucement les joues et en lui disant des mots qu'il n'entendait pas. Il regarda l'homme sans le reconnaître tout de suite. Il le vit se pencher sur Emil, lui poser un doigt sur la gorge pour tâter son pouls. Il savait qu'Emil était mort. Il avait tué Emil.

L'homme délaissa le cadavre pour se tourner vers lui. Maintenant, il le reconnaissait, même s'il avait pris de l'embonpoint. C'était cet homme-là qu'il avait suivi à travers les rues de Reykjavik. C'était lui qui l'avait conduit jusqu'à Emil.

C'était Lothar.

34

Karl Antonsson était chez lui lorsque Elinborg vint frapper à sa porte. Sa curiosité s'éveilla immédiatement quand elle lui expliqua que la découverte du squelette à Kleifarvatn avait conduit la police à rassembler des informations sur les étudiants islandais présents à Leipzig. Il invita Elinborg à le suivre dans le salon. Il lui avoua que sa femme et lui s'apprêtaient à partir au golf, mais que ça pouvait attendre.

Elinborg avait parlé au téléphone avec Sigurdur Oli plus tôt dans la matinée. Elle lui avait demandé comment se sentait Bergthora. Il lui avait répondu qu'elle était en forme, que tout allait pour le mieux.

— Et ce bonhomme, il a enfin cessé de t'appeler en pleine nuit ? demanda-t-elle.

— Il me donne toujours de ses nouvelles de temps en temps.

— Il n'était pas au bord du suicide ?

— Si, c'est le moins qu'on puisse dire, répondit Sigurdur Oli avant de mettre fin à la conversation car Erlendur l'attendait. Ils partaient voir Haraldur à la maison de retraite à cause de cette recherche stupide sur Leopold dans laquelle Erlendur s'entêtait. La requête qu'il avait déposée afin de procéder à des fouilles sur les anciennes terres des deux frères, à Mosfellsbaer, avait été refusée, à son grand dépit.

Karl habitait un charmant petit immeuble entouré d'un parc bien entretenu dans la rue Reynimelur. Ulrika, sa femme, était allemande, originaire de Leipzig. Elle accueillit Elinborg d'une poignée de main ferme. Le couple portait bien son âge, tous deux étaient en pleine forme. C'était peut-être le golf, pensa Elinborg. Cette visite inattendue les surprenait au plus haut point et ils se regardèrent, abasourdis, quand Elinborg en eut exposé le motif.

— Cette personne retrouvée dans le lac, ça serait quelqu'un qui aurait étudié à Leipzig ? demanda Karl alors qu'Ulrika s'éclipsait pour préparer du café.

— On n'en sait rien, répondit Elinborg. Est-ce que vous ou votre femme, vous vous souviendriez d'un dénommé Lothar, qui se trouvait à Leipzig ?

Karl lança un regard à sa femme qui se tenait dans l'embrasure de la porte de la cuisine.

— Elle demande si on se souvient de Lothar, répéta-t-il.

— De Lothar ? Pourquoi ? s'étonna-t-elle.

— Ils pensent que c'est lui qui était dans le lac, répondit Karl.

— Ce n'est pas tout à fait juste, corrigea Elinborg avec un petit sourire à la femme. On n'en sait rien.

— À l'époque, on l'a payé pour qu'il arrondisse les angles, précisa la femme.

— Qu'il arrondisse les angles ? s'enquit Elinborg.

— Quand Ulrika m'a suivi en Islande, expliqua Karl. Il avait le bras long, ce qui lui a permis de nous aider. Mais il fallait payer. Mes parents ont raclé les fonds de tiroirs, ceux d'Ulrika à Leipzig aussi, évidemment.

— Et Lothar vous a aidés ?

— Énormément, répondit Karl. Certes, on l'a payé pour, on ne peut pas dire qu'il nous a juste rendu un service. D'ailleurs, je crois qu'il en a épaulé bien d'autres à part nous.

— Il suffisait de payer ? s'étonna Elinborg.

Karl et Ulrika échangèrent un regard. Ulrika retourna à la cuisine.

— Il nous a dit qu'il était possible qu'on nous recontacte à l'avenir, enfin, vous comprenez. Mais ça n'a jamais été le cas. De toute façon, de notre côté, il n'en a jamais été question. Absolument jamais. Je ne me suis jamais réinscrit au Parti après mon retour d'Allemagne, je ne suis allé à aucune réunion de cellule ou ce genre de chose. J'ai cessé toute implication politique. Quant à Ulrika, elle ne s'est jamais mêlée de politique, ça la rebutait franchement.

— Vous voulez dire qu'ils voulaient vous employer pour certaines tâches ? demanda Elinborg.

— Ça, je n'en ai aucune idée, répondit Karl. Personne n'a jamais essayé. On n'a jamais revu Lothar. Quand on repense à cette époque-là, on a parfois l'impression de ne pas croire nous-mêmes ce qu'on a vécu. C'était un monde si différent du nôtre.

— Les Islandais appelaient ça l'absurdité, compléta Ulrika, revenue dans le salon. J'ai toujours trouvé que c'était la meilleure description possible.

— Vous avez gardé des relations avec vos anciens camarades de l'université ? demanda Elinborg.

— Très peu, répondit Karl. Enfin, disons qu'on se croise parfois en ville ou dans des anniversaires.

— Il y en avait un qui s'appelait Emil, poursuivit Elinborg. Vous savez quelque chose à son sujet ?

— Je crois bien qu'il n'est jamais revenu, répondit Karl. Il a toujours vécu en Allemagne. Je ne l'ai pas vu depuis... Il est toujours vivant ?

— Je ne sais pas, répondit Elinborg.

— Moi, il ne me plaisait pas beaucoup, glissa Ulrika. Ce type-là n'était pas très intéressant.

— Emil était un grand solitaire. Il ne connaissait pas beaucoup de gens et peu de gens le connaissaient. Certains disaient qu'il était très manipulable. Moi, je ne le connaissais pas vraiment.

— Et vous n'en savez pas plus sur ce Lothar ?

— Non, absolument rien, répondit Karl.

— Vous auriez des photos de cette époque, à Leipzig ? demanda Elinborg. Des photos de Lothar Weiser ou des autres ?

— Non, je n'en ai aucune de Lothar, ni probablement d'Emil. En revanche, j'ai une photo de Tomas en compagnie de sa petite amie. Ilona. Elle était hongroise.

Karl se leva pour aller jusqu'au grand placard du salon. Il en sortit un vieil album qu'il feuilleta avant de trouver la photo qu'il tendit à Elinborg. C'était un cliché en noir et blanc où on voyait un jeune couple main dans la main. Sous le soleil, ils souriaient à l'objectif.

— Elle est prise devant l'église Saint-Thomas, précisa Karl. Quelques mois avant la disparition d'Ilona.

– Oui, j'en ai entendu parler, observa Elinborg.

– J'étais présent quand ils l'ont emmenée, poursuivit Karl. C'était terrifiant. Cette violence et cette méchanceté. Personne n'a su ce qu'elle était devenue, je crois que Tomas ne s'en est jamais remis.

– C'était quelqu'un de très courageux, conclut Ulrika.

– Oui, elle faisait partie d'un groupe d'opposants au régime, précisa Karl. Ce n'était pas franchement bien vu.

Erlendur frappa à la porte de Haraldur, à la maison de retraite. Le petit-déjeuner finissait tout juste, le bruit des assiettes retentissait encore dans le réfectoire. Il était accompagné de Sigurdur Oli. Ils entendirent Haraldur crier quelque chose dans sa chambre et Erlendur ouvrit. Haraldur était assis sur son lit comme la fois précédente, la tête pendante, à fixer le sol du regard. Il se redressa quand les deux policiers entrèrent.

– Qui c'est, avec vous ? dit-il en voyant Sigurdur Oli.

– Il travaille avec moi, répondit Erlendur.

Au lieu de saluer Sigurdur Oli, Haraldur lui lança un regard lui signifiant qu'il avait intérêt à se méfier de lui. Erlendur s'installa sur un fauteuil en face de Haraldur. Sigurdur Oli resta debout, le dos appuyé au mur.

La porte de la chambre s'ouvrit, laissant passer la tête d'un pensionnaire aux cheveux gris.

– Haraldur, dit-il, il y aura les vêpres au numéro 11, ce soir.

L'homme referma immédiatement, sans attendre la réponse.

Erlendur regarda Haraldur en écarquillant les yeux.

– Les vêpres ? observa-t-il. Ça m'étonnerait que vous y alliez !

– Ici, le mot vêpres est synonyme de beuverie, marmonna Haraldur, j'espère que ça ne vous déçoit pas.

Sigurdur Oli sourit dans son coin. Mais il avait l'esprit ailleurs. Ce qu'il avait rapporté à Elinborg plus tôt dans la matinée n'était pas tout à fait exact. Bergthora était allée chez le docteur qui lui avait dit que les chances étaient de cinquante-cinquante. Elle s'était efforcée de paraître optimiste en le lui annonçant, mais il savait qu'elle était au supplice.

— Allez, finissons-en, dit Haraldur. Je ne vous ai peut-être pas dit toute la vérité, d'ailleurs je ne comprends vraiment pas pourquoi vous emmerdez les gens comme ça. Enfin, ce... je voulais...

Erlendur perçut une hésitation étrange chez Haraldur quand le vieil homme leva la tête pour le regarder en face.

— Joi a manqué d'oxygène, reprit-il, la tête à nouveau inclinée vers le sol. C'était pour ça. Enfin, à la naissance. Ils ont cru que tout irait bien, il se développait correctement et puis, finalement, on s'est aperçu qu'il était différent. En grandissant. Il n'était pas comme les autres gamins.

Sigurdur Oli lança à Erlendur un regard révélant qu'il n'avait pas la moindre idée de quoi parlait le vieil homme. Erlendur haussa les épaules. Il avait noté un changement dans le comportement de Haraldur. Ce dernier n'était pas comme à son habitude. D'une certaine manière, il semblait s'être radouci.

— On a constaté qu'il était bizarre, continua Haraldur. C'était un simple d'esprit. Un handicapé mental. Il était gentil, mais bête comme ses pieds, il ne pouvait rien apprendre, il n'a jamais su lire. On a mis longtemps à s'en rendre compte, on a eu du mal à le reconnaître et à l'accepter.

— Ça a dû être difficile pour vos parents, intervint Erlendur après un long silence, alors que Haraldur ne semblait pas s'apprêter à ajouter quoi que ce soit.

— Finalement, c'est moi qui ai dû m'occuper de lui, à leur mort, reprit enfin Haraldur, les yeux fixés au sol. On a habité là-haut, dans cette ferme, jusqu'à ce qu'on n'en puisse plus. On n'avait pas d'autre solution que de vendre les terres. L'exploitation a été estimée à un bon prix parce qu'elle était très proche de Reykjavik et la vente nous a bien rapporté. On a acheté un appartement et il nous restait des sous.

— Qu'est-ce que vous vouliez nous dire? s'impatienta Sigurdur Oli. Erlendur lui fit les gros yeux.

— Mon frère a pris un enjoliveur sur la voiture, annonça Haraldur. C'est tout le crime qu'il a commis. Maintenant, vous pouvez me laisser tranquille. Voilà toute l'affaire. Je ne comprends vraiment pas pourquoi vous en faites tout un plat.

Au bout de toutes ces années. Il a volé un enjoliveur! Quel crime il y a à ça?

— Vous voulez dire, sur la Falcon noire? s'assura Erlendur.

— Oui, sur la Falcon noire.

— Donc, Leopold s'est effectivement rendu à votre ferme, précisa Erlendur, vous le reconnaissez maintenant.

Haraldur hocha la tête.

— Vous trouvez vraiment que ça valait le coup de cacher ça à la police pendant si longtemps? s'emporta Erlendur. Et d'emmerder des tas de gens inutilement!

— Vous n'allez pas me donner des leçons, répondit Haraldur. Ça ne sert à rien.

— Il y a des gens qui ont souffert pendant des années, reprocha Erlendur.

— On ne lui a rien fait. Il ne lui est rien arrivé.

— Vous avez fichu en l'air une enquête de police.

— Alors, envoyez-moi au trou, ça changera pas grand-chose! rétorqua Haraldur.

— Bon, qu'est-ce qui s'est passé exactement? interrogea Sigurdur Oli.

— Mon frère était un simple d'esprit, répéta Haraldur. Mais il n'a pas fait de mal à cet homme. Il n'avait pas une once de violence. Il trouvait ces foutus enjoliveurs sacrément beaux, alors il en a piqué un. Il en restait trois. Il se disait que ça suffirait bien à ce gars-là.

— Et l'homme en question, comment il a réagi? demanda Sigurdur Oli.

— Vous étiez à la recherche d'un bonhomme qui avait disparu, continua Haraldur en scrutant Erlendur. Je ne voulais pas compliquer les choses. Vous les auriez compliquées si je vous avais dit que Joi avait volé l'enjoliveur. Vous auriez cherché à savoir s'il n'avait pas tué ce type. Il ne l'a pas tué, mais vous ne m'auriez pas cru et vous auriez emmené Joi.

— Comment cet homme a réagi quand votre frère a volé l'enjoliveur?

— Il avait l'air très énervé.

— Et qu'est-ce qui s'est passé?

— Il a sauté sur mon frère, répondit le vieil homme. Il aurait mieux fait de s'abstenir parce que, même si Joi était idiot, il était très fort. Il l'a balancé en l'air comme une plume.

— Et il l'a tué, conclut Erlendur.

Haraldur redressa lentement la tête.

— Qu'est-ce que je viens de vous dire ?

— Pourquoi on devrait vous croire alors qu'il y a des années que vous nous mentez ?

— C'est moi qui ai décidé de faire comme s'il n'était jamais venu. Comme si on ne l'avait jamais vu. Il est reparti et il allait très bien.

— Pourquoi on devrait vous croire maintenant ? demanda Sigurdur Oli.

— Parce que Joi n'a tué personne, répondit Haraldur en martelant chacun de ses mots. Il n'en aurait jamais été capable. Il n'aurait pas fait de mal à une mouche, mon petit Joi. Vous, en revanche, vous ne m'auriez jamais cru. J'ai essayé de lui faire entendre raison pour qu'il rende l'enjoliveur, mais il a refusé de nous dire où il l'avait caché. Joi était comme les pies. Il aimait ce qui brillait et ces enjoliveurs scintillaient de tous leurs feux. Il avait envie d'en avoir un. C'est tout son crime. Le gars s'est mis dans une colère noire, il nous a menacés, Joi et moi. Il en est même venu aux mains avec Joi. Ils se sont battus, ensuite il est reparti la queue entre les jambes et on ne l'a jamais revu.

— Pourquoi est-ce que je devrais croire ça ? répéta Erlendur.

Haraldur soupira d'agacement.

— Je me fiche totalement de ce que vous croyez, rétorqua-il. Ce que je viens de vous dire, vous en faites ce que vous voulez !

— Pourquoi vous n'avez pas raconté cette jolie petite histoire sur vous et votre frère à la police quand elle était à la recherche de cet homme ?

— Les flics n'avaient pas l'air de s'intéresser à grand-chose, répondit Haraldur. Ils ne m'ont demandé aucune explication. Ils ont pris ma déposition, point.

— Donc, l'homme est reparti de chez vous après la bagarre ? s'entêta Erlendur en pensant à ce fainéant de Niels.

– Oui.

– Avec un enjoliveur manquant?

– Oui, il est reparti sans l'avoir récupéré.

– Qu'est-ce que vous en avez fait, de l'enjoliveur? Je veux dire, vous avez fini par savoir où il était?

– Je l'ai enterré. Quand vous vous êtes mis à rechercher cet homme. Joi m'a dit où il l'avait caché, j'ai creusé un petit trou à l'arrière de la maison et je l'ai enterré. Vous le trouverez là-bas.

– Très bien, répondit Erlendur. On va retourner la terre derrière la maison pour voir si on le trouve. Mais je crois que vous continuez à nous mentir.

– Je m'en fous, répéta Haraldur. Vous pouvez bien croire tout ce qui vous chante.

– Il y a autre chose? demanda Erlendur.

Haraldur restait assis sans rien dire. Peut-être lui semblait-il que ça suffisait. Sigurdur Oli regarda Erlendur. Le silence régnait dans la petite chambre. Des bruits divers provenaient du réfectoire et du couloir, les pensionnaires déambulaient dans l'attente du prochain repas. Erlendur se leva.

– Merci beaucoup, conclut-il. Ces renseignements nous seront utiles. Il aurait quand même mieux valu avoir été au courant il y a une bonne trentaine d'années…

– Ah oui, il a perdu sa sacoche! s'exclama Haraldur.

– Sa sacoche? demanda Erlendur.

– Oui, le représentant, pendant la bagarre, il a perdu sa sacoche. On ne l'a trouvée qu'après son départ. Elle était tombée là où il avait garé sa voiture. Quand Joi l'a vue, il l'a cachée. Il n'était quand même pas si bête que ça.

– Vous voulez dire son portefeuille?

– Oui, c'est ça.

– Et qu'est-ce que vous en avez fait? questionna Sigurdur Oli.

– Je l'ai enterré avec l'enjoliveur, répondit Haraldur. Un sourire lui monta subitement aux lèvres. Vous devriez le trouver aussi.

– Vous n'avez pas tenté de le lui rendre? demanda Erlendur.

— J'ai essayé, mais je n'ai pas trouvé son nom dans le bottin. Ensuite, la police m'a posé des questions sur ce gars. C'est pour ça que je l'ai fait disparaître avec l'enjoliveur.

— Vous voulez dire que Leopold n'était pas dans l'annuaire?

— Non, d'ailleurs, il n'y avait pas non plus l'autre nom.

— L'autre nom? s'étonna Sigurdur Oli.

— Joi était drôle, répondit Haraldur. Il tournait toujours autour de l'endroit où j'avais enterré l'enjoliveur. Parfois, il s'allongeait par terre ou bien il s'asseyait là où il savait que l'objet était enterré. Pourtant, il n'a jamais osé le déterrer. Il n'a jamais osé y toucher. Il avait honte. Il en a pleuré dans mes bras après la bagarre. Pauvre garçon!

— C'était quoi, l'autre nom? répéta Sigurdur Oli.

— Je ne m'en souviens pas, répondit Haraldur. Je vous ai raconté ce que vous aviez besoin de savoir. Maintenant, décampez. Laissez-moi tranquille.

Erlendur avança en voiture jusqu'à la ferme déserte de Mosfellssveit. L'air s'était rafraîchi à cause du vent du nord, l'automne s'installait en Islande. Il sentit le froid tandis qu'il se rendait à l'arrière de la maison. Il resserra son manteau autour de lui. Autrefois, le jardin était entouré d'une clôture mais elle était depuis longtemps cassée et, pour la majeure partie, enfoncée dans l'herbe. Avant qu'ils ne prennent congé de Haraldur, ce dernier avait fourni à Erlendur et Sigurdur Oli une description circonstanciée de l'endroit où il avait enterré l'enjoliveur.

Erlendur avait apporté une pelle. Il compta quelques pas en partant du mur de la maison puis se mit à creuser. L'enjoliveur ne devait pas être bien profond. L'effort le réchauffa, il s'accorda une pause pour allumer une cigarette. Puis il reprit sa tâche. Il creusa environ un mètre sans trouver trace de l'objet et commença à élargir le trou. Il s'accorda une nouvelle pause. Ça faisait longtemps qu'il n'avait pas fait de travaux manuels. Il fuma une seconde cigarette.

Environ dix minutes plus tard, quand il s'y remit, la pelle tinta et il comprit qu'il avait trouvé l'enjoliveur de la Falcon noire.

Il le dégagea avec précaution, s'agenouilla pour repousser la terre avec ses mains. Bientôt, l'objet apparut entièrement. Il le sortit lentement du trou. Bien qu'il fût tout rouillé, c'était indubitablement l'enjoliveur de la Falcon. Erlendur se releva pour le taper contre le mur de la maison afin de faire tomber la terre restante. Il y eut un tintement métallique lorsque l'enjoliveur heurta le mur.

Erlendur le reposa en regardant le trou qu'il venait de creuser. Il lui restait encore à trouver le portefeuille dont avait parlé Haraldur. Il n'en voyait pas trace là où il avait découvert l'enjoliveur. Il s'agenouilla à nouveau, se pencha sur le trou pour fouiller la terre avec ses mains.

Tous les dires de Haraldur se vérifiaient. Erlendur trouva le portefeuille à l'endroit indiqué. C'était un objet en cuir noir très commun, de forme rectangulaire. L'humidité de la terre l'avait abîmé. Erlendur devait donc le manipuler avec précaution car il partait en lambeaux. En l'ouvrant, il trouva un carnet de chèques, quelques billets islandais depuis longtemps retirés de la circulation, quelques bouts de papier ainsi qu'un permis de conduire au nom de Leopold. L'humidité s'y était infiltrée, détruisant la photo du titulaire. Dans un autre volet, il trouva un nouveau document. Il lui semblait qu'il s'agissait d'un permis de conduire étranger, la photo avait moins souffert que sur le premier. Il la scruta longuement sans reconnaître l'homme qui y figurait.

Il avait l'impression que le document avait été émis en Allemagne. Il était tellement abîmé qu'on ne pouvait y distinguer qu'un mot çà et là. Il lut distinctement le prénom du titulaire, mais ne parvint pas à déchiffrer le nom* qui

---

* Le nom en question n'est pas un nom de famille, conformément à l'usage en Islande, lequel exclut pratiquement les patronymes. L'individu est toujours désigné par son prénom, suivi du prénom de son père auquel on adjoint les désinences -*son* (fils de…) pour les hommes, et -*dóttir* (fille de) pour les femmes. Ainsi, par exemple, Erlendur Sveinsson signifie *Erlendur Fils de Sveinn* et Eva Lind Erlendsdóttir *Eva Lind Fille d'Erlendur*. Par ailleurs, comme on le constate tout au long du livre, les Islandais s'adressent toujours les uns aux autres par leur prénom, de même que les divers fichiers (annuaires, listes électorales, etc.) sont classés par prénom.

suivait. Debout avec le portefeuille dans les mains, Erlendur leva les yeux.

Il reconnaissait le prénom sur le permis.

Il reconnaissait le prénom d'Emil.

35

Lothar Weiser le secouait, l'interpellait en lui administrant sans arrêt de petites gifles. Il revint peu à peu à lui, constatant combien la tache de sang s'était étendue sur le sol de ciment poussiéreux sous la tête d'Emil. Il dévisagea Lothar.

— Je viens de tuer Emil, dit-il.

— Bon Dieu! Mais qu'est-ce qui s'est passé? s'écria Lothar. Pourquoi tu t'en es pris à lui? Comment tu as su qu'il était là? Comment est-ce que tu as retrouvé sa trace? Tomas! Qu'est-ce que tu fabriques ici?

— Je t'ai suivi, répondit-il. Je t'ai vu, alors je t'ai suivi. Et maintenant, je l'ai tué, il a insulté Ilona.

— Tu penses encore à elle? Tu ne vas donc jamais oublier tout ça?

Lothar s'avança vers la porte pour la refermer doucement. Il balaya les lieux du regard à la recherche de quelque chose qui devait se trouver dans la remise. Pour sa part, Tomas restait immobile et muet, à observer Lothar, comme hypnotisé. Ses yeux s'étaient habitués à l'obscurité, il distinguait plus claire-ment l'intérieur de la remise. Celle-ci regorgeait de vieilleries, entassées les unes sur les autres : des chaises, des outils de jardinage, des meubles, des matelas. L'établi était cerné de divers engins ou appareils qui, pour certains, lui étaient incon-nus. Il y avait là des microscopes, des petits ou gros appareils photo ainsi qu'un imposant magnétophone apparemment branché à quelque chose qui ressemblait à un émetteur. Il remarqua aussi des photos éparpillées un peu partout sans toutefois parvenir à distinguer ce qu'elles représentaient. Sous l'établi, on voyait une grosse caisse noire équipée de plusieurs compteurs et boutons. Il n'avait aucune idée de ce à quoi elle pouvait bien servir. Une valise brune était posée à côté, probablement destinée à stocker l'appareil. La caisse semblait endommagée, les compteurs étaient cassés et la plaque de l'arrière avait disparu, comme si l'engin avait fait une chute.

Il avait l'impression d'être en transe. Plongé dans un drôle de rêve. Ce qu'il venait de faire était tellement irréel, tellement étrange, qu'il ne parvenait pas à s'y confronter. Il fixait Lothar pendant que ce dernier s'occupait du cadavre par terre.

— Je croyais pourtant le connaître...

— Emil pouvait être une véritable ordure, commenta Lothar.

— C'était lui? C'est lui qui vous a raconté pour Ilona?

— Exact. Il a attiré notre attention sur les réunions qu'elle organisait. Il travaillait pour nous, à Leipzig. À l'université. Il se fichait totalement de qui il trahissait, de qui il dénonçait. Même ses meilleurs amis n'étaient pas à l'abri. Comme toi, par exemple, conclut Lothar en se relevant.

— Je nous croyais à l'abri, répondit-il. Nous, les Islandais. Je n'aurais jamais imaginé que... Il s'interrompit au milieu de sa phrase, revenant entièrement à la réalité. La brume se dissipait, ses pensées s'éclaircissaient. Tu ne valais pas mieux, reprit-il. Tu ne valais pas mieux que lui. Tu étais comme lui, mais en pire.

Ils se mesurèrent du regard.

— Est-ce que j'aurais des raisons de te craindre? demanda Tomas.

Il ne ressentait aucune peur. En tout cas, pas pour l'instant. Il ne se sentait pas du tout menacé par Lothar. Bien au contraire, Lothar s'était tout de suite mis à réfléchir sur ce qu'il fallait faire d'Emil qui gisait à terre, baignant dans son sang. Lothar ne l'avait pas pris à partie. Il ne lui avait même pas enlevé la pelle des mains. De façon totalement absurde, il l'avait encore à la main.

— Non, répondit Lothar, tu n'as rien à craindre de moi.

— Comment je peux en être sûr?

— Parce que je te le dis.

— On ne peut avoir confiance en personne, observa-t-il. Tu es bien placé pour le savoir, c'est toi qui me l'as enseigné.

— Il faut que tu partes d'ici et que tu essaies d'oublier ça, dit Lothar en s'approchant pour lui prendre la pelle. Ne me demande pas pourquoi. Je vais m'occuper d'Emil. Ne fais surtout pas l'erreur d'appeler la police. Oublie ça. Et pas de bêtises !

— Pourquoi ? Pourquoi tu veux m'aider ? Je croyais que...

— Ne crois rien du tout, coupa Lothar. Va-t'en et ne parle jamais de ça à personne. Tu n'as plus rien à voir avec cette affaire.

Les deux hommes se tenaient face à face. Lothar empoigna plus fort la pelle.

— Bien sûr que si ! Bien sûr que cette affaire me regarde !

— Non, rétorqua Lothar, péremptoire. Oublie tout ça.

— Qu'est-ce que tu voulais dire tout à l'heure ?

— Quand ça ? demanda Lothar.

— Quand tu m'as demandé comment je savais qu'il était là. Comment j'avais retrouvé sa trace. Au fait, ça fait longtemps qu'il vit ici ?

— En Islande ? Non.

— Qu'est-ce qui se passe, ici ? Qu'est-ce que vous fabriquez là-dedans tous les deux ? C'est quoi, tous ces appareils ? Et toutes ces photos sur l'établi ?

Lothar empoigna plus fermement le manche de la pelle pour l'arracher à Tomas, mais ce dernier s'y cramponna, refusant de céder.

— Qu'est-ce qu'Emil fabriquait, ici ? répéta-t-il. Je croyais qu'il vivait à l'étranger, en Allemagne de l'Est. Qu'il n'était jamais rentré en Islande après ses études.

Lothar restait une énigme totale pour lui ; c'était encore plus vrai maintenant qu'auparavant. Qui était donc cet homme ? S'était-il trompé sur son compte dès le début ou bien Lothar était-il toujours cette ordure bouffie d'orgueil et de perfidie qu'il avait connue à Leipzig ?

— Rentre chez toi, conseilla Lothar. Ne pense plus à ça. Tu n'as rien à voir avec ça. D'ailleurs, ça n'a rien à voir non plus avec ce qui s'est passé à Leipzig.

Il refusait de le croire.

— Qu'est-ce qui s'est passé là-bas ? Explique-moi. Qu'est-ce qu'ils ont fait à Ilona ?

Lothar fulmina.

— On a essayé de vous amener à travailler pour nous, vous, les Islandais, dit-il enfin. Mais ça n'a pas fonctionné. Vous nous dénonciez systématiquement. Deux de nos agents ont été arrêtés puis expulsés il y a quelques années parce qu'ils avaient essayé d'obtenir d'un gars de Reykjavik qu'il prenne des photos pour nous en province.

– Des photos?

– Oui, des clichés des installations militaires en Islande. Personne ne veut travailler pour nous. Alors, on a eu recours aux services d'Emil.

– Aux services d'Emil?

– Oui, ça ne lui a pas posé de problème.

Voyant la mine incrédule de Tomas, Lothar lui parla des activités d'Emil. On aurait dit qu'il voulait le persuader qu'il pouvait se fier à lui, le convaincre qu'il avait changé.

– Nous lui avons donné un travail qui lui permettait de parcourir le pays sans éveiller de soupçons, précisa Lothar. Il se passionnait pour cette occupation. Il avait l'impression d'être un espion pour de vrai.

Lothar baissa le regard sur la dépouille d'Emil.

– Il l'a peut-être été.

– Donc, il était censé prendre des photos des installations militaires américaines?

– Exact. En plus, il allait travailler pour de courtes périodes dans des endroits comme Langanes ou Stokksnes, à côté de Höfn i Hornafirdi. Et aussi à Hvalfjördur, où se trouvent les réservoirs de pétrole. À Straumnesfjall, dans les fjords de l'Ouest. Il travaillait à Keflavik en emportant son matériel d'écoute. Il vendait des machines agricoles, ce qui l'amenait à se déplacer n'importe où en Islande. On prévoyait de grandes choses pour lui dans l'avenir, continua Lothar.

– Comme par exemple?

– Les possibilités sont inépuisables.

– Mais toi? Pourquoi est-ce que tu me racontes tout ça? Toi aussi, tu es l'un d'entre eux?

– Oui, confirma Lothar. Je suis l'un d'entre eux. Maintenant, tu veux bien t'en aller? Je vais m'occuper d'Emil. Oublie ce que tu as vu et n'en souffle jamais un mot à quiconque. Tu as compris? Jamais!

– Il ne risquait pas d'être découvert?

— Il s'était fabriqué une couverture, précisa Lothar. On lui avait expliqué que la précaution était inutile, mais ça lui plaisait d'utiliser un faux nom et ce genre de chose. Si quelqu'un venait à le reconnaître sous le nom d'Emil, il lui raconterait qu'il n'était qu'en visite en Islande, à part ça il se présentait sous le nom de Leopold. Je ne sais pas d'où il tenait ça. En tout cas, Emil aimait beaucoup jouer sur deux tableaux. Il avait un plaisir étrange à feindre d'être un autre.

— Qu'est-ce que tu vas faire de lui?

— On se débarrasse parfois de vieux trucs dans un petit lac pas loin d'ici, au sud de Reykjavik. Ça ne devrait poser aucun problème.

— Tu sais que je te hais depuis des années, non, Lothar?

— Pour être honnête, Tomas, je dois avouer que j'avais oublié ton existence. Pour ce qui est d'Ilona, elle posait un problème. Elle aurait été découverte tôt ou tard. Ce que j'ai pu faire n'a rien changé à l'affaire. Rien du tout.

— Comment tu peux être si sûr que je ne vais pas courir droit à la police?

— Parce que tu n'éprouves aucun remords envers Emil. Voilà pourquoi tu vas oublier ça. Voilà pourquoi ça ne s'est jamais produit. Je ne raconte pas ce qui s'est passé et toi, en contrepartie, tu oublies jusqu'à mon existence.

— Mais…

— Mais quoi? Tu as peut-être l'intention d'aller avouer que tu as commis un meurtre? Arrête donc ces enfantillages!

— Justement, on n'était que des gamins. Comment est-ce que ça a pu déraper comme ça?

— Essayons juste de nous en tirer, répondit Lothar. C'est la seule chose qu'on peut faire.

— Et qu'est-ce que tu vas leur raconter, pour Emil? La vérité?

— Je vais juste leur dire que je l'ai trouvé dans cet état-là, que je n'ai aucune idée de ce qui a bien pu se passer mais, qu'en tout cas, il valait mieux s'arranger pour qu'il disparaisse. Ils comprendront bien. Allez, va-t'en! Sors d'ici avant que je change d'avis!

— Tu sais ce qu'est devenue Ilona? demanda-t-il. Tu peux au moins me dire ce qu'Ilona est devenue?

Arrivé à la porte de la remise, il se retourna pour poser cette question qui le torturait depuis toutes ces années. Comme si la réponse était susceptible de l'aider à accepter cet événement que nul ne pouvait effacer.

— Je ne sais pas grand-chose, déclara Lothar. J'ai entendu dire qu'elle avait tenté de s'évader. Ensuite, elle a été transférée à l'hôpital. C'est tout ce que je sais.

— Mais pourquoi elle a été arrêtée?

— Tu le sais parfaitement, observa Lothar. Elle n'avait rien d'une innocente. Elle a choisi de courir le risque elle-même, en toute connaissance de cause. Elle était dangereuse. Elle incitait à la révolte. Elle travaillait contre eux. Ils se souvenaient des émeutes de 1953. Ils n'avaient aucune intention de laisser ça se répéter.

— Mais…

— Elle savait parfaitement le risque qu'elle courait.

— Qu'est-ce qu'elle est devenue?

— Arrête donc et sors d'ici!

— Elle est morte?

— Probablement, répondit Lothar en s'attardant d'un air pensif sur la caisse noire aux compteurs cassés. Il regarda l'établi où se trouvaient les clefs de la voiture. Sur le porte-clés, on voyait l'emblème des usines Ford.

— On fera croire à la police d'ici qu'il est parti en province, poursuivit Lothar, réfléchissant à voix haute. Il faudra que je persuade mes camarades. Ça risque d'être difficile. Ils ne croient plus grand-chose de ce que je leur raconte.

— Pourquoi donc? demanda-t-il. Pourquoi est-ce qu'ils ne te croient plus?

Lothar lui fit un sourire.

— Disons que j'ai été un vilain garçon. Et j'ai bien l'impression qu'ils en ont eu vent.

36

Debout dans le garage à Kopavogur, Erlendur examinait la Ford Falcon. L'enjoliveur à la main, il se mit à genoux pour le remettre sur la roue avant. Il correspondait parfaitement. La femme avait paru un peu dubitative quand elle avait revu Erlendur, elle lui avait toutefois ouvert le garage et même aidé à retirer l'épaisse bâche qui recouvrait la voiture. Erlendur admirait les lignes, la peinture noire, les feux arrière ronds, le tissu blanc des sièges, le volant chic, sans oublier le vieil enjoliveur qui avait retrouvé sa place après toutes ces années. Erlendur se sentit brusquement saisi d'une envie irrésistible. Il n'avait pas éprouvé ce genre de désir depuis une éternité.

— C'est l'enjoliveur d'origine? demanda la femme.

— Eh oui, répondit Erlendur, on l'a retrouvé.

— Chapeau, fit-elle.

— Vous croyez qu'elle roulerait encore?

— C'était le cas la dernière fois qu'on l'a essayée, répondit-elle. Pourquoi?

— C'est une voiture tout à fait remarquable. J'étais en train de me demander si... enfin, au cas où elle serait en vente... je pourrais même...

— En vente? s'étonna la femme. J'essaie de m'en débarrasser depuis que mon mari est mort, mais elle n'intéresse personne. J'ai essayé de passer une annonce, mais les bonshommes qui m'ont contactée étaient tous de drôles de types qui ne voulaient pas sortir un sou. Ils voulaient tout bêtement que je leur en fasse cadeau. Le diable m'emporte si je fais cadeau de cette voiture!

— Vous en voulez combien?

— Vous ne voulez pas vérifier qu'elle démarre et ce genre de chose? proposa la femme. Vous pouvez l'essayer sans problème pendant quelques jours. Il faut que j'en discute avec mes fils. Ils sont plus experts que moi sur la question. Je n'y connais rien, en voiture. Tout ce que je sais, c'est que je n'ai envie de la donner à personne. Je veux en tirer un prix honnête.

Erlendur pensa à son vieux petit tacot japonais qui partait en morceaux, rongé par la rouille. Il n'avait jamais eu envie d'acheter des biens, ne voyant aucun intérêt à s'entourer d'objets sans âme. Cependant, il y avait dans cette Falcon quelque chose qui le fascinait. Peut-être s'agissait-il du passé du véhicule, du rapport mystérieux qu'il avait avec une disparition datant de plusieurs décennies. Pour une raison obscure, Erlendur avait l'impression qu'il se devait d'avoir cette voiture-là.

Sigurdur Oli eut peine à dissimuler son ahurissement quand Erlendur passa le prendre le lendemain midi. La Ford roulait parfaitement. La femme lui avait expliqué que ses fils passaient régulièrement à Kopavogur pour la faire rouler un peu bien qu'elle ne les intéresse pas. Erlendur s'était rendu dans un garage Ford où la voiture avait été inspectée, vidangée, passée à l'antirouille puis le circuit électrique vérifié. On lui avait dit que le véhicule était comme neuf, les sièges à peine abîmés, les compteurs en état de marche. Quant au moteur, il était en parfait état en dépit de son faible kilométrage.

— Qu'est-ce que tu manigances ? demanda Sigurdur Oli en prenant place côté passager.

— Ce que je manigance ?

— Oui, qu'est-ce que tu comptes faire de cette voiture ?

— La conduire, répondit Erlendur en démarrant.

— Tu as le droit ? Elle ne fait pas partie des pièces à conviction ?

— On verra bien.

Ils partaient interroger un autre étudiant de Leipzig, Tomas, dont Hannes leur avait parlé. Erlendur était passé voir Marion dans la matinée. La malade était égale à elle-même, elle lui avait posé des questions sur l'affaire de Kleifarvatn et sur Eva Lind.

— Tu as réussi à retrouver ta fille ? avait demandé la vieille femme.

– Non, avait répondu Erlendur, je n'ai aucune nouvelle.

Sigurdur Oli expliqua à Erlendur qu'histoire de s'occuper, il était allé sur le Net se documenter sur les activités de la Stasi, la police politique est-allemande. Elle avait réussi à placer la quasi-totalité des citoyens du pays sous surveillance. Elle avait des quartiers généraux dans 41 immeubles, possédait 1 181 bâtiments destinés à ses recruteurs, 305 centres de vacances, 98 gymnases ou complexes sportifs, 18 000 appartements destinés à abriter des réunions avec ses informateurs. Elle employait un total de 97 000 personnes, 2 171 s'occupaient de la lecture du courrier, 1 486 plaçaient les téléphones sur écoute, 8 426 écoutaient les conversations téléphoniques et les émissions radio. La Stasi chapeautait 100 000 collaborateurs actifs, mais dans l'ombre. Un million de citoyens informaient la Stasi de façon occasionnelle, six millions de personnes étaient fichées. Un des services de la Stasi s'occupait en outre de la surveillance des autres membres de cette même police.

Sigurdur Oli terminait son énumération quand Erlendur et lui arrivèrent devant la porte de Tomas. C'était une petite maison d'un étage avec une cave, elle était vieille et mal entretenue. La toiture en tôle ondulée était pleine de taches, des coulures de rouille descendaient le long de la gouttière. Les murs qui n'avaient pas été repeints depuis longtemps se lézardaient. Le jardin qui l'entourait était en friche. Située à l'extrême ouest de la ville, elle bénéficiait d'un beau point de vue sur la mer. Erlendur en profita pour admirer le panorama. Sigurdur Oli appuya sur la sonnette pour la troisième fois. Il semblait n'y avoir personne.

Erlendur remarqua un bateau à l'horizon. Un homme et une femme passèrent d'un pas pressé sur le trottoir devant la maison. Lui avançait à grands pas, précédant légèrement la femme qui s'efforçait désespérément de ne pas se laisser distancer. Ils discutaient, l'homme parlait en tournant la tête en arrière et la femme devait hausser le ton pour qu'il l'entende. Ni l'un ni l'autre ne firent attention aux deux policiers.

– Ça signifie que cet Emil, de Leipzig, et ce Leopold étaient la même personne, observa Sigurdur Oli en appuyant une nouvelle fois sur la sonnette. Erlendur lui avait parlé de sa visite à la maison des deux frères de Mosfellssveit.

— On dirait bien, oui, répondit Erlendur.

— C'est lui, l'homme du lac?

— Je suppose.

Tomas se trouvait dans le sous-sol lorsqu'il entendit la sonnette. Il savait que c'était la police. Par la fenêtre de la cave, il avait vu deux hommes descendre d'une vieille voiture noire. Le fait qu'ils arrivent à ce moment précis relevait du plus grand des hasards. Il les attendait depuis le printemps, l'été était passé et l'automne arrivait. Il savait qu'ils viendraient. S'ils faisaient preuve d'un tant soit peu de persévérance, ils finiraient bien par se retrouver devant sa porte, à attendre qu'il vienne leur ouvrir.

Il quitta la fenêtre des yeux. Il pensa à Ilona et à ce jour où ils s'étaient retrouvés devant la statue de Bach à côté de l'église Saint-Thomas. C'était une belle journée d'été, ils se serraient l'un contre l'autre. Ils étaient entourés de gens qui s'agitaient, de tramways, de voitures et pourtant ils étaient seuls au monde.

Il tenait le pistolet. Fabrication anglaise datant de la Deuxième Guerre mondiale. Il appartenait à son père. Un soldat britannique le lui avait offert, avec quelques balles. Il l'avait nettoyé, frotté, graissé et, quelques jours auparavant, il s'était rendu à Heidmörk pour vérifier qu'il fonctionnait. Il l'avait chargé d'une balle. Il leva son bras en pointant le canon sur sa tempe.

Ilona leva les yeux vers l'église et le clocher.

— Tu es mon Tomas, lui dit-elle avant de l'embrasser.

Bach les regardait en surplomb, figé dans l'éternité. Tomas eut l'impression de voir un sourire s'esquisser sur ses lèvres.

— Toujours, répondit-il. Je serai toujours ton Tomas.

— C'est qui, ce gars-là? demanda Sigurdur Oli à Erlendur tandis qu'ils continuaient à attendre sur le pas de la porte. Il a joué un rôle important?

— Je sais seulement ce que Hannes nous a dit sur lui, répondit Erlendur. Il a étudié à Leipzig où il avait une petite amie.

Il appuya une nouvelle fois sur la sonnette. Ils continuèrent à patienter.

Un bruit étouffé leur parvint de l'intérieur. Comme un léger coup donné quelque part dans la maison. Comme si quelqu'un avait frappé sur un mur à l'aide d'un marteau. Erlendur regarda Sigurdur Oli.

– Tu as entendu ça ?

– Il y a quelqu'un là-dedans, répondit Sigurdur Oli.

Erlendur frappa à nouveau et actionna la poignée. Elle n'était pas fermée à clef. Ils entrèrent, appelèrent sans obtenir de réponse. Ils remarquèrent une porte donnant sur un escalier qui menait à la cave. Erlendur descendit lentement les marches. Il découvrit un homme couché à terre, un vieux pistolet à ses côtés.

– J'ai trouvé une enveloppe pour nous, annonça Sigurdur Oli en descendant l'escalier. Il tenait à la main une épaisse enveloppe jaune à l'intention de la police. Bon sang ! s'écria-t-il en voyant l'homme allongé à terre.

– Pourquoi vous avez fait ça ? demanda Erlendur, en pensant à haute voix. Il s'approcha du cadavre et regarda Tomas. Pourquoi ? murmura-t-il.

Erlendur rendit visite à la petite amie de Leopold, qui, en fin de compte, s'appelait Emil. Il lui expliqua que le squelette du lac de Kleifarvatn était ce qui restait de celui qu'elle avait autrefois aimé et qui avait disparu de sa vie comme si la terre l'avait englouti. Il resta longtemps assis dans son salon. Il lui dévoila le contenu des écrits que Tomas avait rédigés et laissés derrière lui avant de se rendre à la cave. Il s'efforça de répondre le plus clairement possible à ses questions. Elle accueillit la nouvelle avec résignation. Son visage demeura impassible quand Erlendur lui apprit qu'Emil avait probablement travaillé pour les Allemands de l'Est. Bien que l'histoire ne manquât pas de la surprendre, Erlendur savait que la question qu'elle retournait dans sa tête n'avait rien à voir avec les occupations d'Emil ni avec son identité réelle. Lorsqu'il prit finalement congé, tard dans la soirée, Erlendur n'était pas en mesure d'apporter une réponse à la question qui, plus que toute autre, brûlait les lèvres de cette femme. Leur amour avait-il été réciproque ? L'avait-il aimée ? Ou s'était-il simplement servi d'elle dans un but douteux ?

Elle tenta de trouver les mots pour exprimer cela avant le départ d'Erlendur. Il perçut combien ça lui était difficile. Quand elle parvint au milieu de sa phrase, il la prit dans ses bras, voyant qu'elle s'efforçait de retenir ses larmes.

– C'est vous qui connaissez la réponse, répondit Erlendur. Vous le savez mieux que personne, n'est-ce pas ?

Quelques jours plus tard, alors que Sigurdur Oli rentrait du travail, Bergthora, perdue et désemparée, lui lança du salon un regard déchirant. Il comprit immédiatement ce qui s'était passé. Il courut vers elle pour essayer de la consoler, mais elle s'effondra, prise de sanglots incontrôlables, tremblant de tout son corps. La radio égrenait les titres des informations de la soirée. La police lançait un avis de recherche sur un homme âgé d'une quarantaine d'années. L'information était accompagnée d'un signalement sommaire. Sigurdur Oli leva les yeux. L'image d'une femme tenant une barquette de fraises fraîches dans un magasin se présenta subitement à son esprit.

37

Quand vint l'hiver, son vent du nord glacial et ses chutes de neige, Erlendur retourna au lac où l'on avait découvert le squelette d'Emil au printemps. C'était le matin, l'endroit était presque désert. Erlendur gara sa Ford sur le bord de la route avant de descendre jusqu'à la rive. Il avait lu dans les journaux que le lac avait cessé de se vider et que son niveau remontait. Les prévisions des experts de la Compagnie de distribution d'énergie affirmaient qu'il retrouverait bientôt sa taille initiale. Erlendur jeta un œil à l'étang de Lambhagatjörn qui s'était asséché, laissant apparaître le fond argileux rouge. Il contempla la pointe de Sydri-Stapi qui avançait dans le lac et les montagnes alentour, toujours étonné à la pensée que cet endroit si paisible ait été le théâtre d'une affaire d'espionnage en Islande.

Il regarda la surface de l'eau hérissée par le vent du nord en se disant que les lieux ne tarderaient pas à retrouver leur apparence antérieure. Peut-être était-ce la volonté divine qui avait présidé à tout cela. Peut-être le lac de Kleifarvatn s'était-il vidé dans le seul but de jeter la lumière sur un crime passé. Bientôt, à l'endroit où le squelette avait reposé, conservant cette histoire d'amour et de trahison venue d'un pays lointain, l'eau serait aussi profonde, aussi froide qu'avant.

Il avait bien des fois lu le texte écrit par Tomas en guise de testament avant de se suicider. Il s'était plongé dans l'histoire de Lothar, d'Emil, des étudiants islandais tout en se familiarisant avec le système auquel ils avaient été confrontés, ce système inhumain et incompréhensible qui finirait un jour par se lézarder avant de s'effondrer. Il avait lu les réflexions de Tomas sur Ilona, sur leur courte vie commune, sur cet amour qu'il lui portait et sur l'enfant qu'ils attendaient mais que Tomas ne vit jamais. Il ressentait une profonde compassion pour cet homme qu'il n'avait jamais connu, cet homme qu'il avait trouvé, allongé dans son sang, à côté d'un vieux pistolet. Peut-être était-ce la seule solution possible pour Tomas.

Personne ne s'était inquiété de la disparition d'Emil, excepté cette femme qui le connaissait sous le nom de Leopold. Emil étant fils unique, il n'avait guère de famille. Il avait entretenu une correspondance très épisodique avec son oncle jusqu'au milieu des années 60. L'oncle avait presque oublié l'existence de ce neveu lorsque Erlendur avait cherché à retrouver sa trace.

L'ambassade américaine leur avait communiqué une photographie de Lothar, à l'époque où celui-ci était en poste en Norvège. La petite amie d'Emil avait dit ne pas se souvenir d'avoir rencontré l'homme sur le cliché. L'ambassade d'Allemagne à Reykjavik avait également envoyé de vieilles photos de lui. Soupçonné d'être un agent double, Lothar était probablement décédé dans une prison aux environs de Dresde avant 1978.

– Il remonte, dit une voix dans le dos d'Erlendur. Il se retourna, découvrant une femme qui lui parut familière et qui lui souriait. Elle portait une épaisse doudoune et un bonnet.

– Attendez un peu... ?

– Sunna, précisa-t-elle. Hydrologue. C'est moi qui ai découvert le squelette au printemps dernier, vous m'avez peut-être oubliée.

– Non, je me rappelle.

– Il est où, le gars qui vous accompagnait ? interrogea-t-elle en balayant les environs du regard.

– Vous voulez parler de Sigurdur Oli ? Eh bien, je crois qu'il est tout simplement au travail.

– Vous avez trouvé qui c'était ? demanda Sunna.

– Dans un sens, oui, répondit Erlendur.

– Je n'ai rien lu dans la presse là-dessus.

– Non, on n'a encore rien rendu public, confirma Erlendur. Et vous, quelles nouvelles ?

– Tout va bien.

– Le gars là-bas, il est avec vous ? demanda Erlendur en regardant la rive où un homme lançait des pierres pour faire des ricochets.

– Oui, je l'ai rencontré l'été dernier, précisa Sunna. Alors, c'était qui, cet homme du lac ?

– C'est une longue histoire, répondit Erlendur.

– Je la lirai peut-être dans les journaux ?

– Peut-être.

– Bon, eh bien, à la prochaine.

– À la prochaine ! répondit Erlendur en souriant.

Il suivit Sunna du regard tandis qu'elle allait retrouver l'homme. Il les vit remonter, main dans la main, jusqu'à leur véhicule garé sur l'accotement et reprendre la direction de Reykjavik.

Erlendur resserra son imperméable autour de lui en promenant son regard à la surface du lac. Il pensa à cet apôtre qui s'appelait également Thomas, dont parle l'Évangile de saint Jean. Quand les autres apôtres lui annoncèrent qu'ils avaient vu Jésus ressuscité, Thomas leur répondit : si je ne vois pas dans ses mains la marque des clous et que je ne peux pas y passer mon doigt, si je ne mets pas ma main sur son flanc, non, je ne croirai pas.

Tomas avait vu la marque des clous, il avait passé son doigt sur la surface des plaies, mais, contrairement au Thomas de l'Évangile, c'était en touchant du doigt qu'il avait perdu la foi.

– Heureux ceux qui n'ont pas vu et qui ont cru, murmura Erlendur, et ses mots s'envolèrent par-delà le lac, emportés par le vent du nord.

Cet ouvrage a été composé par
Atlant'Communication
aux Sables-d'Olonne (Vendée)

Impression réalisée sur CAMERON par
la Société Nouvelle Firmin-Didot
en novembre 2007

N° d'édition : 2807001 – N° d'impression : 87474
Dépôt légal : février 2008

Imprimé en France